풍운고월조천하

풍운고월조천하 1
금강 新무협 판타지 소설

초판 1쇄 찍은 날 § 2009년 10월 9일
초판 1쇄 펴낸 날 § 2009년 10월 15일

지은이 § 금강
펴낸이 § 서경석

편집장 § 문혜영
편집 § 정서진 · 서지현

펴낸곳 § 도서출판 청어람
등록번호 § 제1081-1-89호
등록일자 § 1999. 5. 31

주소 § 경기도 부천시 원미구 심곡2동 163-2 서경B/D 3F (우) 420-822
전화 § 032-656-4452 팩스 § 032-656-4453
http://www.chungeoram.com
E-mail § eoram99@chollian.net

ⓒ 금강, 2009

ISBN 978-89-251-1958-8 04810
ISBN 978-89-251-1957-1 (세트)

※ 파본은 구입하신 서점에서 교환하여 드립니다.
※ 저자와 협의하여 인지를 붙이지 않습니다.
※ 이 책은 도서출판 청어람과 저작자의 계약에 의해 출판된 것이므로,
  무단 전재 및 유포·공유를 금합니다.

풍운고월조천하

CHUNGEORAM ROYALTY ORIENTAL NOVEL

금강 장편 소설

풍운고월(風雲孤月)

[전 4권]

引言		6
序章		11
第一章	풍운지서(風雲之序)	15
第二章	천고기보(千古奇寶)	33
第三章	구양세가(歐陽世家)	49
第四章	소림신승(少林神僧)	67
第五章	용사혼잡(龍蛇混雜)	97
第六章	군웅결집(群雄結集)	133
第七章	연자득지(緣者得之)	157

第八章　　신기난측(神機難測)　　197

第九章　　풍운고월(風雲孤月)　　229

第十章　　주천금쇄(週天禁鎖)　　267

第十一章　무개지비(無開之秘)　　299

第十二章　강호출사(江湖出師)　　327

第十三章　연화미인(蓮花美人)　　345

第十四章　미종지비(迷踪之秘)　　371

第十五章　적정탐모(敵情探摸)　　389

引言

1

 이 땅에 무협소설(武俠小說)이라는 생소한 장르의 소설이 등장한 이후 이미 삼십 년에 가까운 세월이 흘렀다.
 애정소설(愛情小說)의 섬세함과 추리소설(推理小說)의 치밀함, 그리고 대륙의 웅대한 스케일에다가 무협소설 특유의 신비로운 영웅기인들이 한데 어울려 벌이는 한판의 놀음이 숨막히는 박진감 속에서 전개되는 무협소설은 당시의 누구나가 말하듯 경이(驚異)의 책이었으며, 보는 사람의 넋을 빼앗고도 남음이 있는 마력의 책이었다.
 군협지(群俠誌), 무유지(武遊誌) 등을 필두로 선보이기 시작한 중국 원본 무협소설은 가히 폭풍과 같은 인기를 불러일으키면서 우리나라 독서계에 등장하였고, 고(故) 김광주(金光洲) 선생이 〈비호(飛虎)〉와 〈하늘도 놀라고 땅도 흔들리고〉 등의 무협소설을 당시 동아일보를 비롯한 각종 일간신문에 연재하면서 이 땅의 무협소설은 경향 각지에서 그야말로 폭발적인 인기를 누리게 되었다.
 그처럼 대대적인 호응을 얻었던 무협소설의 인기가 떨어지면서 저질 시비가 일어나게 된 것은 70년대 말이었다. 당시의 무협소설은 모두가 중국 원본을 번역한 것이었으므로, 과다한 번역으로 인해 중국 내에서 독자의 요구를 충족시킬 수 있을 만한 수준의 원본을 찾을 수 없게 된 것이 그 가장 주된 원인이었다.

　그렇게 하여 등장한 것이 바로 80년대에 들어 시도된 국내 창작 무협소설의 출발이다. 그렇게 등장한 국내 창작 무협소설은 독자의 요구를 충족시키고 남음이 있어, 폭발적인 부수의 증가를 기록하면서 무협소설은 바야흐로 제2의 절정기를 맞이하게 되었다.

　하지만 작품성과 개성을 무시하고 오로지 독자의 요구에만 영합하면서 날림과 표절로 써낸 일단의 무협소설들로 인해 창작무협소설계는 양식있는 독자들의 지탄을 면할 수 없었고, 무협소설의 사양화는 이미 준비된 필연이라 할 수 있었다.

　그러할 즈음에 서점가에는 중국 문단의 거장 김용(金庸)의 〈영웅문(英雄門)〉 등이 일대 회오리바람을 몰고서 다시 등장하였다. 비록 그것이 지난날, 무협소설이 이 땅에 처음 등장할 때의 폭발적인 인기에는 미치지 못한다 하더라도 그것만으로도 침체된 국내 무협 문단에 있어서는 새로운 활력소가 되고도 남음이 있었다.

2

국내 처음의 서점용 무협소설로 출간되었던 본인의 역사무협소설〈발해(渤海)의 혼(魂)〉은 영웅문의 돌풍이 일던 바로 그때 쓰여졌다.

본 서〈풍운고월조천하(風雲孤月照天下)〉는 그다음으로 발간되었지만,〈발해의 혼〉이 역사무협이라는, 그 이전에는 우리나라에 없었던 분명한 획을 긋는 것과는 달리, 풍운고월조천하는 순수 정통무협이다.

즉, 이 작품은 국내 순수무협으로서는 첫 번째로 서점에 나간 무협소설이라는 의미다.

그러한 까닭에 본 서가 지니는바 의의는 적지 않다고 하지 아니할 수 없다. 그런 만큼 본인은 한 알의 밀알이고자 하는 마음으로 이 한 편에 최선을 다하였었다. 그것은 이 작품이 바로 본인의 대표작(代表作) 중 하나라는 의미이기도 하다.

출간 당시 고월(孤月)로 발표되었던 이 작품은 90년대 재간 시 원제인 풍운고월조천하로 개명되었었고 앞으로도 이 글의 제목은 풍운고월조천하에서 변하지 않을 것이다.

이 작품은 어떠한 구속에도 얽매이지 않고 무협소설이 지닌바 장점을 최대한 살려, 무협을 처음 대하는 분이나 많은 책을 읽은 독자 모두에게 신선한 감동을 줄 수 있도록 처음부터 기획하고 구성한 글이다.

그렇기에 추리 속에 다시 추리가 들어 있고 장이 거듭될수록 예측불허의 반전이 끊임없이 이어짐이 바로 이 글의 특징이라고 할 수가 있다.

성원과 질책이 함께하여 이 땅에 무협이라는 장르문학이 대중문학으로 온전히 자리 잡을 수 있게 되기를 바라면서, 이 한 편의 글 〈풍운고월 조천하〉를 재간(再刊)하는 말에 대(代)하고자 한다.

단기 4342년 7월
蓮花精舍에서 金剛 拜.

풍운고월
조천하

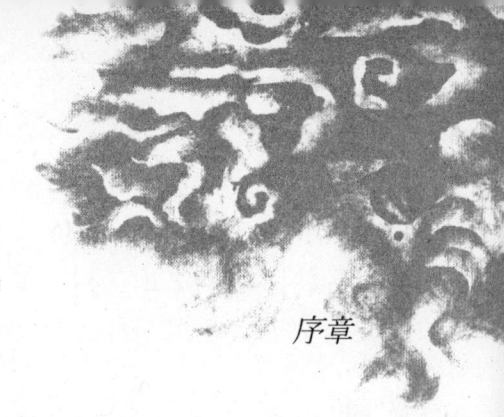

序章

하늘 아래에는 별무리처럼 많은 사람들이 존재하며, 사람들이 모인 곳에는 가문(家門)이 있다.

그러나 하늘 아래 그 어떠한 가문도 비길 수 없는 위대한 이름을 가진 가문이 있었다. 그들은 참으로 위대했다. 하늘을 우러러 부끄러움이 없었으며 땅을 향해서도 자랑스러웠다.

누구도 잊을 수 없다.

지금으로부터 정확히 오십팔 년 전에 그들이 행한 일을…….

〈암(暗)—흑(黑)—마(魔)—교(敎)—!〉

그들은 고대(古代) 마교의 일맥이라고 알려졌으며, 홀연히 일어나기 시작한 마의 폭풍은 평화를 구가하던 무림의 기조(基調)를 뿌리째 뒤흔들어 놓고야 말았다.

아무도 그들에게 대항할 수 없었다. 거역 앞에는 죽음과 피의 정복이 이루어졌고, 무림은 암흑마교의 수중에 장악되는 듯했다.

그때에 그들이 나타났다.

〈봉황곡(鳳凰谷) 절세모용가(絶世慕容家)〉

그들은 위대했다.

강호에 거의 알려져 있지도 않던 그들은 상상도 할 수 없는 힘으로 전 무림 위에 군림하기 직전의 암흑마교를 멸(滅)해 버린 것이다.

그 소식을 접한 모든 사람들이 자신의 귀를 의심했으나 그것은 사실이었다.

하지만 그로 인해 봉황곡 절세모용가 또한 치명적인 타격을 받아야 했다. 삼 대(三代)에 걸친 가문의 가주(家主)들이 후일, 봉황성전(鳳凰聖戰)이라 이름된 암흑마교와의 결전에서 죽어갔던 것이다. 손이 귀하여 단대(單代)로 이어지고 있던 봉황곡 절세모용가로서는 가문의 대가 끊어지는 타격을 받은 것이었다.

그러나 손(孫)은 남아 있었다.

비록 강보에 싸인 핏덩이라 할지라도 봉황곡 절세모용가를 이어갈 단 하나의 핏줄은 남아 있었던 것이다. 그러나 그가 장성하여 절세모용가의 제사대 가주가 되었을 때, 강호에는 또다시 겁난(劫亂)이 도래했다.

〈천축(天竺) 신성(神聖) 유가문(瑜伽門)〉

천축에서 왔다는 일단의 유가승(瑜伽僧)들, 그들은 글자가 없어 무자천서(無字天書)라 불리는 천축의 기서를 찾으러 왔다며 중원무림에 그 모습을 드러냈고, 중원무림을 향해 무자천서를 요구했다. 하지만 중원도상의 인물 그 누구도 그러한 책에 대해 아는 사람은 없었고 그들은 저 유가승들이 시비를 건다고 생각했다.

충돌이 일어났다.

그러나 그들을 당할 수는 없었다. 그들의 유가무공(瑜伽武功)은 중원의 것으로는 상상을 할 수 없는 괴이무비(怪異無比)한 것이었기 때문이다.

봉황곡 절세모용가는 다시 나섰고, 그들은 다시금 신화(神話)를 이룩해 냈다.

천축 신성 유가문을 격퇴해 낸 것이다. 하지만 그 대가는 너무도 컸다. 단손(單孫)으로 이어지고 있는 가문 이 대(二代)의 가주가 또다시 그 싸움에서 목숨을 바친 것이다.

그들은 위대했다!

누구도 부인할 수 없는 천하제일(天下第一)의 가문, 천하인들의 경배(敬拜)를 받는 가문……

그러나 그들에게 남은 것은 명예(名譽)뿐이었으며, 두 번에 걸친 성전(聖戰)으로 인해 봉황곡 절세모용가는 오 대(五代)에 걸친 가문의 가주들이 희생되었다.

그들은 아무런 대가도 바라지 않고 오직 무림정의(武林正義) 네 글자를 위해서 목숨을 초개와 같이 내던졌으나, 그로써 그 천하제일의 위대한 가문은 마침내 대(代)가 끊어지게 되었다.

이제 절세모용가를 지키고 있는 것은 오 대에 걸친 과부들뿐, 이 어찌 가슴 아픈 일이 아니랴!

〈봉황곡 절세모용가〉

이 이름은 아직도, 그리고 내일도, 아무도 부인치 못할 천하제일의 가문이다.
그러나 세월은 흐르고 있다.
무상(無常)한 것이 세월이며, 인심(人心)이 아니겠는가.

풍운고월(風雲孤月)은 여기에서 그 막(幕)을 열게 된다.
무림을 휘감으며 일어나는 풍운(風雲) 속에서 외로운 달[孤月] 하나가 천하를 밝히는[照天下], 이 상상을 절(絶)하는 이야기는……

第一章

풍운지서(風雲之序)
―천하로 불기 시작하는 바람은 낙양의 한 소년으로부터
비롯하니…….

풍운고월
조천하

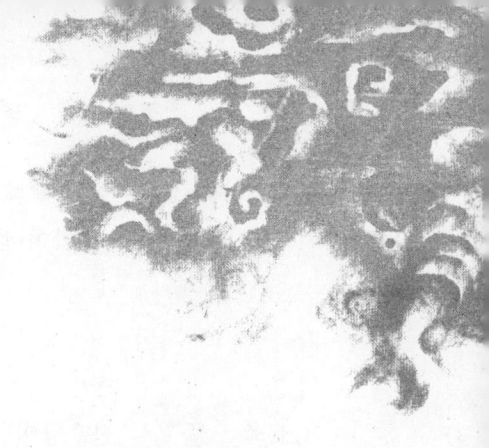

 낙양(洛陽)이라고 하는 곳은 중원 육대고도(六大古都)의 하나이다. 역대구조(歷代九朝)의 도읍이었던 이곳은 가히 천하 문화의 중심을 이루고 있는 곳이라 해도 과언이 아니다.
 그 낙양으로 향하는 관도(官道).

 쏴아아— 쏴아— 쏴—!
 오늘따라 봄비는 마치 폭우가 퍼붓듯 그렇게 쏟아져 내리고 있었다. 얼마 전부터 쏟아지기 시작한 빗줄기는 너무 거세어 가히 앞이 보이지 않을 정도였다.
 우르르…… 꽝! 콰앙!
 거기에다 이따금 울리는 천둥소리, 이런 날은 집 안에 들어앉아 뜨락에 쏟아지는 빗줄기를 바라보면서 따뜻한 차(茶) 한 잔의

맛을 음미(吟味)함이 아취(雅趣)라 할 것이다.
 하나, 이런 날에도 움직여야만 하는 사람들이 있었다.

 따각…… 따가닥…….
 덜컹…… 덜커덩…….
 빗소리를 뚫고서 진흙탕이 되어버린 관도에 마차 하나가 나타났다. 이미 나이가 들어 비루먹은 듯한 말의 행색이나 마차의 낡은 모양으로 보아 짐마차임에 분명했다.
 후줄근하게 온몸이 젖은 말은 도무지 급할 것이 없다는 듯 추적추적 걸음을 옮겨놓고 있는데, 마차에는 마부(馬夫)의 모습도 보이지 않았다.
 느릿하게 걸음을 떼어놓고 있던 말은 푸르륵거리며 고개를 흔들더니 비가 더 오기 전에 어서 가야겠다고 생각을 했는지 걸음을 조금 빨리했다.
 그때, 마차의 앞쪽에 천막처럼 어설프게 드리워졌던 휘장이 약간 걷히며 얼굴 하나가 나타났다. 소년이었다.
 비록 햇볕에 그을었기는 하지만 건강한 모습에 두 눈은 총명하게 반짝였다. 뛰어나게 준수(俊秀)한 것은 아니어도 이제 십육칠 세로 보이는 소년의 얼굴은 어딘지 깨끗한 기품이 어려 있었다.
 "비가 더 오는군! 이런 식이라면 낙양에 도착한다 해도 오늘은 일거리를 얻기 힘들겠다…… 쯧!"
 소년은 눈을 찡그리며 비가 쏟아지는 하늘을 올려다보더니 입맛을 다시며 다시 휘장 속으로 들어가려 했다. 그의 어조로 보아 아마도 소년이 이 마차의 마부인 듯했다.

한데 그때, 어디선가 빗소리를 뚫고서 휘이익, 하는 예리한 휘파람[長嘯聲] 소리가 은은히 들려왔다.

"이게 무슨 소리지? 새소리는 아닌 것 같은데…… 그렇다고 이 빗속에서 누가 하릴없이 휘파람을 불고 있지는 않을 텐데?"

소년이 다시 고개를 내밀고 사방을 살폈다.

쏴아아아―!

하지만 사방 그 어디를 둘러보아도 보이는 것은 빗줄기에 휘감긴 산하(山河)일 뿐, 아무것도 보이는 것은 없었다.

"내가 잘못 들었나? 하긴……."

소년은 고개를 갸웃거리며 머리를 털면서 휘장 안으로 들어갔다. 비는 참으로 많이도 쏟아지고 있었다.

마차의 안은 그리 넓지 않았고 비가 조금씩 새고 있었으나 최소한 비는 맞지 않을 수 있으니까 바깥보다는 백배 나았다.

뿐만 아니라 이곳은 그의 생활 터전이기도 했다.

그를 키워준 할아버지가 일 년여 전에 병사한 후에 그는 혼자서 마차를 몰면서 살아오고 있었던 것이다.

소년의 이름은 백리용아(百里龍兒).

나이답지 않게 구김살이 없는 성격에다 매우 총명해서 모든 사람들로부터 아낌을 받고 있는 편이었다.

그런데,

"엇!"

막 마차 안에서 몸을 기대려던 백리용아는 깜짝 놀라 벌떡 몸을 일으키려 했다. 놀랍게도 마차 안에 도대체 어디에서 들어왔는지 한 사람이 침침한 어둠 속에 몸을 웅크리고 있었던 것이다.

분명히 백리용아가 마차 밖으로 고개를 내밀 때까지만 해도 마차 안에는 그 외에는 아무도 없었다.

"누구……?"

백리용아의 눈이 커질 때였다.

"쉿! 소리내지 말아라! 너를 해칠 사람은 아니다!"

인영이 다급히 손을 내저었다.

백리용아는 어린 나이지만 매우 총명한데다 대담한 편이다. 그는 이내 입을 다물고는 눈앞의 사람을 살펴보았다.

소리도 없이 그의 마차에 들어와 있는 사람은 오십대쯤 되어 보이는 노인이었는데 일신에 걸친 청의(靑衣)는 비에 흠뻑 젖어 매우 낭패한 모습이었다.

노인이라고는 하나 미목은 청수했고 눈동자에는 정광(精光)이 깃들어 있어 백리용아는 한눈에 이 청의노인이 보통 사람이 아닌 것을 알 수 있었다.

'얼굴에 다급한 기색이 어려 있음을 보니 아마도…… 누군가에 쫓기고 있나 보다!'

그때, 예의 휘파람 소리가 다시 빗소리를 타고 들려왔다.

노인의 안색이 대변(大變)했다.

"이자들의 추격이 이토록 무서울 줄이야……!"

순간이다.

"우—욱!"

괴로운 신음과 함께 청의노인은 가슴을 움켜잡으며 한줄기 선혈을 입으로부터 흘려냈다. 그의 안색은 그 순간에 밀랍과 같이 창백히 변해 있었다.

"상처가 심하신 모양이군요?"

백리용아가 재빨리 그를 부축하며 말했다.

청의노인은 품속에서 붉은빛이 도는 환약 하나를 꺼내 삼키고 백리용아를 잠시 바라보더니 무겁게 입을 떼었다.

"이 마차는 네 것이냐?"

"그렇습니다. 원래는 할아버지의 것이었는데 할아버지께서 돌아가시고 난 후에는 제 것이 되었지요."

백리용아의 말에 고개를 끄덕이고 있던 청의노인은 뭔가 망설이는 것 같더니 이내 이를 악물면서 입을 열었다.

"노부의…… 부탁을 들어줄 수 있겠느냐?"

"무슨……?"

"이것은 아주 중요한 일이다. 만약 조금만 잘못하면 네 목숨마저도 보장할 수가 없게 되는 매우 위험한 일이기도 하다. 어떠냐? 할 수 있겠느냐?"

청의노인은 초조함이 어린 음성으로 빠르게 말을 이어갔다.

그의 기색에는 쫓기는 마음의 다급함이 역력했다.

백리용아가 청의노인을 바라보자 그는 다시 말했다.

"원래…… 이 일은 무림 중의 대사(大事)로 강호상에서도 아는 사람이 거의 없다……. 안다면 그는 일신의 안녕을 보전하기 힘들게 된다……."

"그것이 무림 중의 대사라면, 어떻게 무림과는 상관도 없는 저 같은 어린 마부에게 그런 일을 맡기시려고……?"

백리용아의 말에 청의노인의 얼굴에는 착잡한 빛이 떠올랐다.

"지금 노부에게는 선택의 여지가 없기 때문이다. 노부는 이미 기경팔맥(奇經八脈)을 다쳐서 원래의 능력을 도저히 발휘할 수가…… 없다……."

그는 바깥을 힐끔 보더니 다급히 말을 이어나갔다.

"거기에 지금 노부의 뒤를 쫓는 자들의 능력은 대단히 무서워서 지금의 나로서는 도저히 그들을 떨칠 수가 없다……. 노부의 죽음보다는 이 일을…… 이 일이 더 중요하다……."

백리용아는 더 이상 말을 듣지 않고 머리를 끄덕였다.

"하겠습니다!"

"……?"

"무슨 일인지 모르겠지만 제가 할 수 있다면 하겠습니다."

청의노인이 백리용아를 바라보았다.

"목숨에 위험이 있다는 것, 살아나기 힘들다는 것을 아느냐?"

백리용아는 그 말에 씩 웃었다.

"제가 보기에는 매우 다급하신 것 같은데, 그런 말씀을 하실 여유가 있으십니까? 말씀해 주십시오. 하는 데까지 해보아 안 되면 어쩔 수 없는 일이지만 노인 어른을 뵈니 우리 할아버지를 뵙는 것 같아 거절할 수가 없을 것 같습니다."

'일개 마부 아이가 이토록 사리정연하다니…….'

청의노인은 일순 놀람을 금치 못하고 다시 백리용아를 쳐다보았다. 대강 볼 때는 몰랐었는데 이제 보니 근골이라던가 눈의 총기라던가 범용(凡庸)한 인재가 아니다.

'진주가 버려져 있었군…… 아까운 일이다!'

청의노인은 내심 탄식을 하며 품속에서 주머니 하나를 꺼내 백리용아에게 건네주었다.
"이것을 소림사(少林寺)의 방장대사께 전해다오."
"소림사 방장대사라구요?"
백리용아의 눈이 커졌다.
"그렇다. 반드시 아무도 모르게 직접 전해야 한다……!"
백리용아의 눈에 난처한 빛이 떠올랐다.
"소림사야 이곳에서 그다지 멀지 않으니까 별문제가 아니지만 저 같은 마부로서는 소림사의 방장대사를 아무도 몰래 만날 재간이 도저히 없는데……."
사실이었다. 소림사의 방장대사라면 웬만한 사람은 만나기조차 힘든 신분인 것이다.
청의노인이 황급히 물었다.
"글을 아느냐?"
"사서삼경 정도는 읽었습니다."
"그렇다면 여기 적힌 대로 해라. 그러면 된다."
청의노인은 백리용아에게 봉서 하나를 건네주었다. 그리고 그는 따로이 주머니 하나를 쥐어주었다.
"이것은 네 노자로 써라. 큰 액수는 아니나 이 마차 정도는 수십 대 사고도 남을 것이다."
백리용아는 잠시 망설이는 것 같더니 이내 고개를 끄덕이며 서슴없이 그것을 받았다.
"노인 어른께서 부담을 느끼시지 않도록 이것은 거래로 해두겠습니다!"
'치밀한 아이로다! 어떻게 이런 아이가 아직까지 마부로 있었

단 말인가?'

　청의노인은 내심 머리를 흔들며 백리용아의 손을 잡았다.

　"부탁한다. 이 일은…… 수많은 사람들…… 어쩌면 전 무림의 운명이 걸리게 될지도 모른다……. 절대로 수월히 생각해서는 아니 될 것이다!"

　백리용아는 무겁게 고개를 끄덕였다.

　"명심하겠습니다."

　휘…… 이…… 이…… 휘익―!

　그 순간, 휘파람 소리가 좀 더 또렷이 들려오더니 그것에 호응하는 소리가 좌우에서 들려왔다.

　"가봐야겠다! 노부가 그들을 유인할 테니…… 그사이에 너는 이곳을 빠져나가도록 해라."

　청의노인은 다급히 고개를 끄덕여 보이며 몸을 일으켰다. 그때 백리용아가 그의 팔을 잡았다.

　"그들이 그토록 무섭다면 지금 나가시는 것은 위험합니다. 잠시만 기다려 주십시오. 제게 한 가지 방법이 있습니다!"

　"방법?"

　"그렇습니다. 잠시만 그대로 계셔주십시오!"

　백리용아는 힘있게 고개를 끄덕여 휘장 밖으로 머리를 내밀고서 말고삐를 잡더니 대뜸 세차게 그것을 잡아당겼다.

　"이랴! 달려라, 용아!"

　느닷없이 백리용아가 말고삐를 잡아채자 추적추적 걷고 있던 말은 깜짝 놀라 있는 힘을 다해 네 굽을 놓아 달리기 시작했다.

　두두두두―

마차가 흙탕물을 튀기면서 미친 듯이 달리기 시작한 것이다.
"무, 무슨 짓이냐?"
청의노인의 안색이 희게 변했다. 이런 행동이야말로 일부러 상대의 이목을 집중시키는 미친 짓이 아니고 무엇이랴?
"기척을 내지 마십시오. 그들이 노인 어른 말씀대로 무섭다면, 기척을 내시면 우리는 둘 다 죽습니다!"
백리용아는 뒤도 돌아보지 않고 나직한 음성으로 말을 하고는 입을 꽉 다물었다.
두두두— 두두—!
마차는 미친 듯이 질주하고 있었고 백리용아는 거기에다 더욱 더 세차게 채찍질을 하고 있었다. 낡은 마차 바퀴가 금방이라도 빠져나갈 듯 회전하는 가운데에 흙탕물이 비명을 지르며 튀겨 나갔다. 그 속도는 상당히 빨라 마차는 순식간에 이삼 리를 벗어났다.
비는 약간 그치는 듯도 했다.
한데 바로 그때였다.
이히히히—힝! 이힝!
앞도 보이지 않도록 쏟아지는 빗속을 질주하던 말은 다급한 울음소리를 터뜨리면서 앞발을 휘저으며 그 자리에 못 박힌 듯 그대로 멈추고 말았다. 두 발을 공중에다 놓고 미친 듯 휘젓고 있는 것으로 보아 말은 분명히 멈추고 싶어 멈춘 것이 아니었다.
급격히 질주하던 마차는 너무도 급격히 멈추게 되자 금방이라도 뒤집어질 듯하였다.

백리용아가 자신의 이름으로 용아(龍兒)라 부르는 그 말이 거의 꼿꼿이 서서 앞발을 휘저으며 별안간 멈추자 백리용아는 그 반동을 이기지 못하고 하마터면 마차에서 굴러 떨어질 뻔했다.
"누, 누구요?"
모퉁이에 머리를 처박고서야 간신히 떨어지는 것을 면한 백리용아는 떠듬거리는 음성으로 외쳤다.
놀랍게도 언제 나타났는지 마차의 앞에는 한 사람이 나타나 말의 고삐를 틀어쥐고 있었던 것이다.
백리용아는 앞을 보며 말을 몰고 있었는데도 그가 언제 나타났는지를 알아보지 못했다.
나타난 사람은 흑의경장을 했는데 커다란 방갓을 쓰고 있어 그 생김이 어떤지 일시지간 알아볼 수가 없었다. 다만 그 방갓에서 백리용아를 쏘아보는 눈길이 간담이 시릴 정도로 싸늘하다는 것뿐……
"누, 누구요? 무, 무엇을 원하는…… 겁니까? 소…… 인은 오늘 일을 못해서 돈이 없……!"
겁에 질려 떠듬거리던 백리용아는 전신을 벼락을 맞은 듯 떨며 그 자리에 굳어져 버리고 말았다.
"마차를 급히 몬 이유가 무엇이냐?"
냉랭한 음성이 놀랍게도 그의 등 뒤, 바로 마차의 안에서 들려왔던 것이다. 경악(驚愕)으로 턱이 얼어붙은 백리용아의 눈에 마차 안에서 서서히 모습을 드러내고 있는 방갓의 흑의인이 보였다.
그의 모습은 말고삐를 잡은 자와 조금도 다르지 않았다.

"나, 나는……."

백리용아는 더듬거리며 말을 잇지 못했다. 너무도 돌발적인 상황에 그의 모습은 겁에 질린 기색이 역력했다.

싸늘한 감촉이 목을 선뜻하게 했다. 어느 틈엔지 그의 목에는 검끝이 닿아 음산한 빛을 뿌리고 있었다.

"조금이라도 허튼소리를 한다면…… 네 목숨은 없다!"

억양이 없어 기괴한 음성이 검을 쥔 방갓의 흑의인에게서 흘러나왔다.

"사, 살려주…… 살려주십…… 시오……."

백리용아가 목을 치켜들고서 사색이 되어 턱을 덜덜 떨었다.

"말해!"

냉랭한 음성이 조금의 여유도 주지 않고 백리용아를 다그쳤다.

그때였다.

"검을 거둬, 그 애는 겁에 질려 말을 하지 못하고 있다."

차가운 음성이 앞쪽에서 들려왔다.

동시에 빗속을 뚫고 말고삐를 잡고 서 있는 방갓의 흑의인 앞에 또다시 한 사람이 나타났다. 그는 우의(雨衣)를 걸치고 경장을 했는데 방갓의 흑의인들과는 복색이 달랐고 백리용아는 보고 있었는데도 불구하고 그가 어떻게 나타났는지 알아볼 수가 없었다.

"검주(劍主)를 뵙습니다."

방갓의 흑의인 두 명은 그를 보자 급히 고개를 숙였다.

"그를 찾았나?"

나타난 신비인은 차가운 음성으로 그들을 향해 물었다.

"아직…… 마차 안에는 아무도 없습니다. 주위의 무영위대(無影衛隊) 형제들도 아직은 아무런 종적을 발견하지 못한 것으로 압니다."

방갓의 흑의인 중 백리용아의 목에 검을 댔던 흑의인이 짧게 대답했다.

'이상하군……. 저자가 방금 마차 안에서 나왔는데도 노인을 발견하지 못했다니…… 그럼 노인은 어디로 간 것이란 말이지?'

백리용아가 내심 의혹에 싸여 있을 때 신비인의 차갑게 코웃음 치는 소리가 들려왔다.

"흥! 이 일대 수십 리에는 본 문(本門)의 천라지망이 펼쳐져 있으니…… 본좌는 그가 하늘을 나는 재주가 있다 해도 본 문의 포위망을 빠져나갈 수 있으리라고는 믿지 못하겠다!"

신비인은 냉소하더니 백리용아를 쳐다보았다.

"네가 마차를 달린 이유가 무엇이냐?"

"그…… 그건……."

백리용아가 더듬거리며 언뜻 입을 열지 않자 신비인은 차갑게 웃으며 손을 들었다.

"욱!"

그 순간, 백리용아는 짧은 신음과 함께 가슴이 무너져 내리는 충격을 받고서 그대로 왈칵 한 모금의 선혈을 토해내고 말았다.

"죽음이 두렵지 않다면 아무 말도 하지 않아도 된다."

신비인의 음성은 크지 않았으나 백리용아의 대답은 더듬거리면서도 쏜살처럼 튀어나왔다.

"어, 어떤 노인이…… 시켜서…… 돈을 주기에…… 그래서 그

랬습니다!"

"어떤 노인?"

"예, 예…… 처, 청의를 걸친 노인이었는데…… 그냥 무조건 있는 힘을 다해 달리기만 하면 돈을 준다고 해서…… 그래서…… 제, 제발 살려주세…….."

"속았다! 우리의 시선을 끌자는 수작이었어, 모두들 그쪽 방면으로 모이도록 해라!"

그 순간에 신비인이 이를 갈면서 빗속을 날아올랐다.

방갓의 흑의인들은 백리용아를 한번 바라보고 번개같이 시선을 교환하더니 이내 휘파람 소리를 울려내면서 그 뒤를 따라 몸을 날리기 시작했다.

쏴쏴— 쏴아아—!

약간 그친 듯하던 빗줄기는 여전히 거의 앞을 분간할 수 없도록 쏟아져 내리고 있었다.

"으으……!"

그들이 사라지자 긴장이 풀린 백리용아는 이를 악물면서 머리를 마차에 기댔다. 가슴이 뼈개질 듯 아프고 금방이라도 또 피가 넘어올 듯이 기혈의 울렁거림이 느껴졌다.

그때였다.

"이것을 복용하도록 해라. 그가 평범한 벽공장력(劈空掌力)을 사용했기에 망정이지, 독문공력을 사용했더라면…… 너는 이미 죽었다."

낮은 음성과 함께 그의 뒤에서 손 하나가 뻗어 나오는 것이 아닌가! 그 손에는 환약 하나가 올려져 있었으며 그 손의 임자는 놀랍게도 청의노인이었다.

믿을 수 없게도 그는 마차 안에 그대로 있었다.

"노, 노인 어른……?"

백리용아가 믿을 수 없다는 듯 눈을 크게 떴다.

그뿐 아니라 누구라도 어찌 이것을 믿을 수 있으랴!

"너는 너무 위험한 도박을 했다. 만에 하나라도 이상한 점이 발견되었더라면 노부뿐 아니라 너까지도 살아남지 못했을 것이다. 그리고…… 이 속임수는 그들을 오래 속일 수가 없다."

청의노인의 말에 백리용아는 씨익 웃었다.

"그래도 시간은 벌지 않았습니까?"

청의노인은 어이없는 듯 고개를 흔들었다. 그러나 그의 심중에는 실로 놀라움이 감출 수 없게 고개를 들고 있는 것이다.

'순간의 기지(機智)와 결단력, 그리고 자신을 굽힐 줄 아는 아이로다. 그자들을 속여넘기다니…….'

기실 그는 처음부터 끝까지 모든 것을 다 보고 있었다.

그는 백리용아가 마차를 달리기 시작한 지 얼마 되지 않아 마차의 밑에 숨어 있었던 것이다.

"어서 가보십시오! 겨우 벌어놓은 시간을 허비할 수야 없지 않습니까?"

그가 준 환약을 삼킨 백리용아가 청의노인을 보며 재촉했다.

"음……."

고개를 끄덕이며 몸을 일으키던 청의노인은 다시 백리용아를 바라보았다.

"다행히 네가 소림의 장문인 만공 대사(滿空大師)를 만나게 되거든 노부가 했다고 이 말을 꼭 전하도록 해라! 이 아이를 다시 한 번 자세히 봐주십시오, 라고."

"이 아이를? 그건 누구를 가리키는 말입니까?"

의혹이 백리용아의 눈에 떠오르자 청의노인은 백리용아의 손을 잡았다.

"그렇게 전하면 그때 알게 될 것이다! 시간이 없으니 우리는 이제 그만 헤어져야겠구나!"

"조심하십시오."

백리용아는 창백한 청의노인의 안색을 보고는 걱정스럽게 말했다. 미미한 웃음이 처음으로 청의노인의 얼굴에 떠올랐다.

"너나 조심해라. 네가 맡은 일은…… 무림의 흥망이 걸린 일이 될지도 모른다!"

청의노인은 백리용아의 머리를 슬쩍 한 번 쓰다듬더니 소리도 없이 빗속을 뚫고 몸을 날렸다.

그의 뒷모습을 바라보고 있는 백리용아의 귓전으로 그의 음성이 가늘게 들려왔다.

"너의 이름이 무엇이냐?"

"백리용아, 백리용아입니다!"

백리용아가 그것을 말할 때 청의노인의 신형은 이미 빗속에 묻혀 사라지고 있었다.

"용아라는 이름은 할아버지가 죽기 전까지 부르시던 아명(兒名)인데……."

백리용아는 청의노인이 사라진 쪽을 보며 중얼거리더니 이내 세차게 말고삐를 잡아챘다.

"이랴! 가자, 용아!"

두두두— 덜커덩, 덜컹……!

빗속을 뚫고 흙탕물을 튀기면서 마차는 다시 폭주(暴走)하기 시작했다.

다음날 사람들은 볼 수 있었다.

그곳으로부터 오 리(五里) 떨어진 이수(伊水) 강가에 굴러 떨어져 있는 마차를…….

폭우(暴雨) 쏟아지는 날에 생긴 일, 그것을 아는 사람은 아무도 없었으나 일은 여기에서부터 비롯되었다.

풍운(風雲)의 시작(始作)은!

第二章

천고기보(千古奇寶)
―예로부터 강호상에 풀리지 않는 수수께끼 셋이 있으니
그것은 곧 불가해(不可解)의 삼보(三寶)이다

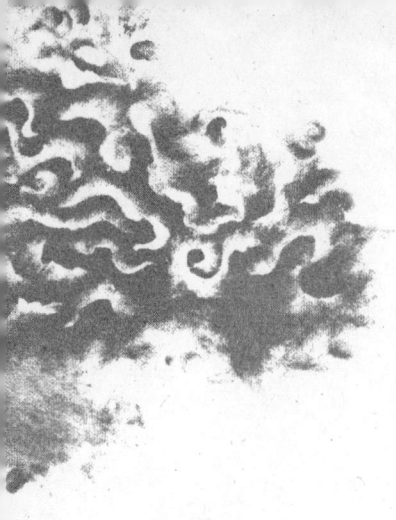

풍운고월
조천하

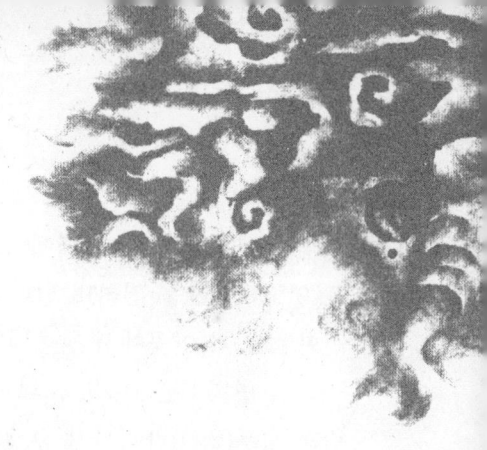

숭산(嵩山)!

낙양(洛陽) 동남쪽에 위치한 이 산은 태실(太室)과 소실(少室)의 양대산이 합쳐져 이루어져 있다.

중원오악(中原五嶽) 중의 중악(中嶽)이라 불리는 이 산은 가히 천하의 명산이며, 태실봉(太室峯) 남쪽 산록(山麓)에 위치한 중악묘(中嶽廟)나 천하사대서원(天下四大書院) 중의 하나인 숭양서원(嵩陽書院) 등이 있어 유명하지만, 그 모든 것들을 누르는 거대한 이름이 이곳에는 존재하고 있었다.

〈소림사(少林寺)〉

숭산 소림사라고 불리는 이 이름을 모르는 사람이 천하 어디에 있겠는가?
 후한 양무제(梁武帝) 때에 달마(達摩)가 이곳에 와서 선종(禪宗)을 열고 법(法)을 전하며 달마조사(達摩祖師)라 불린 이래, 무수한 신화(神話)가 이곳에서 창출되었다.
 그의 면벽구년(面壁九年)의 신화 이후, 소림일파(少林一派)는 무림의 시조(始祖)라고까지 숭상되고 있었다.

            *   *   *

 반달, 흰 대접을 반으로 잘라 엎어놓은 듯한 달이 높다랗게 허공에 걸렸다.
 구름 두어 점이 그 주위를 흘러가고 있으나 산상(山上)의 밤은 고요하기만 하다. 이따금 산짐승들의 울음소리가 들리나 그것은 산의 정취를 느끼게 해줄 뿐이었다.
 소실봉(少室峯).
 소림사가 아득히 바라다 보이는 산록의 후면, 이곳은 소림사가 위치한 곳과는 정반대의 곳이었고 지세도 매우 험악하여 인적이 드문 곳이었다.
 거기에 어둠을 뚫고서 인영 하나가 나타나고 있었다. 허름한 옷을 걸쳤으나 어둠 속에서도 눈은 총명하게 반짝이고 있는 건강한 체격의 소년, 그는 바로 백리용아였다.
 '이 부근인 것 같은데…… 끔찍하군. 이곳까지 오는 데 몇 번이나 들킬 뻔했다! 기가 막히다…… 거기서 여기까지 거리가 얼마라고 이틀씩이나 걸렸단 말인가?'

백리용아는 고개를 절레절레 흔들면서 주위를 살폈다.
그동안의 고초를 말하듯 그의 행색은 엉망이었다.
기실 그가 지난 이틀 동안 겪은 일은 그가 지금까지 살아온 모든 생을 합한 것보다도 더 숨막히는 것이었다. 만에 하나라도 그가 그때그때 절묘(絶妙)한 기지를 발휘하지 않았더라면 그는 이곳에 도달하지도 못했을 것이었다.
그때 주위를 살피던 그의 눈에 사오 장 밖에 우뚝 솟아 있는 비석 비슷한 형태의 거대한 바위가 들어왔다.
'저것이 천공비(天工碑)라는 바위인 모양이군……'
백리용아는 조심스럽게 사방을 둘러보더니 그 바위로 재빠르게 다가갔다.
그리고 그는 조그만 돌멩이 하나를 들어 그 비석과 같은 바위를 두드렸다.
땅! 땅! 따앙, 따―앙!
순간, 소리는 산곡을 길게 메아리치며 퍼져 나갔다.
'되게 크군!'
백리용아는 부지중에 깜짝 놀라 잡초 틈으로 몸을 숨겼다.
그것과 동시에 일진의 옷자락 펄럭이는 소리가 일어나더니 천공비라 불리는 거대한 바위 앞에 인영 하나가 나타났다.
그는 황색의 승의(僧衣)를 걸친 중년의 승려였다.
그의 눈은 어둠 속에서 신광을 뿜어내고 있는데 그 모습은 매우 위엄스러워 보였다.
"천공비를 울린 분을 뵙겠소."
중년의 승려는 백리용아가 몸을 숨긴 곳을 바라보며 입을 열었다.

'무예를 닦은 사람들은 과연 보통이 아니군! 소림사가 그토록 유명한 것도 무리가 아니구나.'

백리용아는 내심 고개를 끄덕이며 몸을 일으켰다.

중년의 승려는 백리용아를 발견하자 놀랍고 의아한 표정이었다.

"방금…… 천공비를 울린 분이 바로 소시주(少施主)이시오?"

백리용아는 대답 대신 엉뚱한 말을 했다.

"무림정의(武林正義) 유향백세(流香百世)……."

그는 말을 하면서 뚫어져라 중년의 승려를 바라보았다.

청의노인이 준 봉서에 있는 대로라면 이 중년승려는 이 말에 대해 정해진 대답을 해야 되는 것이다.

중년승려는 얼굴에 괴이한 빛을 떠올리더니 망설이지 않고 대꾸했다.

"살신성인(殺身成仁) 보도중생(譜渡衆生)…… 소시주는 심부름을 온 것이오?"

백리용아는 긴장된 표정을 풀며 연신 고개를 끄덕였다.

"그렇습니다. 실례지만 대사께서는 소림의 방장대사님과는 어떻게 되시는지……?"

중년의 승려는 백리용아를 바라보더니 잠시 미미한 웃음을 띠었다.

"소시주께선 매우 조심성이 많으시군요……. 빈승은 장문 사부님의 제자인 대승(大勝)이라고 합니다. 자, 이리로…… 빈승이 안내를 해드리겠습니다."

중년승, 대승 선사는 백리용아를 향해 합장을 해 보였다.
"감사합니다."
백리용아도 마주 합장을 했다.
머리 위에서는 반달이 그윽이 빛을 뿌려내고 있었다.

한 채의 초막이 정갈히 세워져 있다.
그곳은 천공비가 있던 곳으로부터 이삼 리 정도 떨어진 산곡(山谷)에 위치해 있었는데, 주위는 매우 은밀하고 조용했으며 창송취백(蒼松翠栢)으로 둘러싸여 은자지계(隱者之界)를 보는 듯하였다.
초막의 안에는 흰 수염이 가슴까지 드리운 노승이 갈대잎으로 엮은 포단(蒲團) 위에 단정히 앉아 있었다.
눈처럼 흰 긴 눈썹[長眉]을 드리운 노승은 자애한 느낌이 역력했다. 하지만 그의 앞에 있는 백리용아를 보는 그의 얼굴은 어딘지 굳어 보였다.
"어서 오시게. 노납(老衲)이 바로 소림의 만공(滿空)이라네."
노승은 바로 좀 전에 백리용아를 맞이하면서 그렇게 말했었다. 그러했다. 그가 바로 대소림사의 장문방장(掌門方丈)인 만공 대사인 것이다.
일문(一門)의 지존(至尊)!
무공뿐만 아니라 선종(禪宗) 일문의 장문이란 존귀한 신분인 소림사의 장문인. 일반인은 평생을 가도 만나기 힘든 그 장문인이 이런 밤에, 그것도 소림사가 아닌 이런 초막에서 누군가를 기다리고 있다는 것은 실로 보통 일이 아니었다.
"이것이 바로 그 노인께서 저더러 전해주라고 하신 그 주머니입니다."

 백리용아는 품에서 청의노인에게서 받은 주머니를 꺼내 만공 대사의 앞으로 밀어놓았다.

 그것을 보는 만공 대사의 눈에는 가는 경련이 일어나고 있었다.

 "소시주의 말대로라면 천리표객(千里鏢客) 등 시주(登施主)의 일신 안녕의 가능성은 희박한 것이 아닌가……."

 "……."

 백리용아는 아무 말도 하지 않았다. 그도 그렇게 생각을 하고 있기 때문이다.

 "아미타불…… 이 일로 인해 희생된 무림명숙(武林名宿)의 수가 얼마인가? 모두가 노납이 부덕한 탓이니 통재(痛哉), 통재로다……."

 만공 대사는 나직이 탄식하며 그의 앞에 놓인 주머니를 잡았다.

 "등 시주께서 전하라고 한 물건은 이것이 다인가?"

 만공 대사의 물음에 백리용아는 고개를 끄덕였다.

 "그렇습니다. 그 안에 무엇이 들어 있는지는 소생은 잘 모르니까 맞는지 한 번 확인해 보십시오."

 백리용아는 안을 들여다보지 않았으니 자연 거기에 무엇이 있는지 알지 못했다.

 만공 대사는 백리용아의 말에 담담히 머리를 끄덕이더니 주머니를 열었다. 그 안에서 나온 것은 또 하나의 주머니와 급하게 휘갈겨 써진 봉서 하나였다.

만공 대사는 가볍게 떨리는 손으로 그 봉서를 펴 들었다. 내용은 길지 않았고 빗물에 젖어 잘 알아볼 수 없게 된 부분도 있었다.

 〈……상황은 매우 다급하오이다……. 우려했던 대로 강호에는 신비 세력이 준동하고 있음이 틀림없으며 그 힘은 생각 이상으로 거대한 듯합니다. 조사를 위해 파견되었던 고수들과의 연락이 끊어진 것으로 보아 그들은 아마도 그 신비 세력에게 당한 것이 틀림없는 듯하고, 노부 또한…… 시시각각 조여오는 적의 손길을 의식하고 있어…… 과연 돌아갈 수 있을지 자신할 수가 없습니다. 그들의 조직은 실로 무서워 노부 등이 전력을 다했지만 알아낸 것은 빙산의 일각에 불과…… 그들의 힘은 은밀하고도 막강하여 지금까지 있었던 여타 그 어떠한 조직과도 유사한 점이 없는 것 같으며 그 행사(行使)는 신비하고도 잔인합니다……. 노부 등이 알아낸 것은 그들의 조직 가운데에 사대검주(四大劍主)와 팔대당주(八大堂主)가 있으며 그들이 주로 강호상에서 활동하고 있다는 정도인데…… 그들 개개인의 능력은 일방(一邦)의 패주(覇主)의 능력 이상임을 확인했습니다…….〉

 글은 잠시 끊겼다가 다시 이어지고 있는데 그 이후의 글은 거의 알아볼 수 없을 정도로 급박하게 휘갈긴 것이었다.

 〈……그들의 비밀 회합…… 극비리에 그들의 총단으로 무엇인가가 호송되는 것을 알게 되었음…… 알아낸 바에 따르면 그것은 전설 중의 기보(奇寶)임이 틀림없는 듯…… 기회가 있다면…… 그것을 탈취해서…….〉

글은 그것이 끝이었다. 뒤에도 글은 이어지고 있었는데 그것은 너무 휘갈겨진데다 빗물에 번져 도저히 알아볼 수가 없었다.

 만공 대사가 안력을 집중해서 알아낸 것은 그중 단 두 자.

 〈무개(無開)〉라는 것이었다.

 '아무런 불빛도 없이 어둠 속에서 그냥 편지를 읽어 내려가다니, 과연 소림사의 장문대사답구나!'

 백리용아는 아무 소리도 하지 않고 심각히 봉서를 들여다보고 있는 만공 대사의 안색만 살피고 있었다.

 "무개(無開)…… 이것은 무슨 소리인가?"

 만공 대사는 미간을 굳힌 채 중얼거리더니 손을 내밀어 처음의 주머니에서 나온 그 주머니에 있는 것을 꺼냈다.

 순간, 어둡던 초막의 안이 밝아지는 듯했다.

 주머니 안에서 나온 것은 하나의 옥합이었다. 그 형태는 미묘하기 이를 데 없어 한눈에도 보통 물건이 아님을 알 수 있을 정도였고 그 전체에서는 맑은 서기(瑞氣)가 광채처럼 일어나고 있어 신비롭게 보였다.

 '어둠 속에서 빛을 내다니 보통 물건이 아니다! 언젠가 들으니 강호상에는 어둠 속에서 빛을 내는 야명주(夜明珠)가 있다던데 저 옥합은 구슬도 아닌데 빛을 내는구나…….'

 그것을 보고 백리용아가 입을 딱 벌리는데, 만공 대사는 곤혹스러운 표정을 짓고 있었다. 그의 넓은 견문(見聞)으로도 일시지간 옥합의 내력을 알 수가 없었던 것이다.

 '옥합이 이렇듯 보통 물건이 아니라면 대체 이 안에는 무엇이 담겨 있단 말인가?'

만공 대사는 속으로 생각을 굴리면서 옥합을 열려 했다.

한데, 의외로 옥합은 열리지를 않았다.

그냥 열리지 않는 것이 아니라 아무리 애를 써도 열 수가 없게 되어 있었다. 마치 처음부터 열 수가 없게 만들어진 듯했다. 어디를 막론하고 틈이라곤 없는 것이다.

"이…… 이럴 수가? 열리지 않게 만들어진 함이라니…… 어떻게 열리지 않는 함이 존재……!"

어이없는 듯 중얼거리던 만공 대사의 안색이 갑자기 돌변했다.

"열리지 않는다…… 무개! 설마…… 이것이 전설 중의 불가해삼보(不可解三寶) 중 하나인 무개옥합(無開玉盒)이란 말인가?"

그의 음성은 그의 놀람을 대변하듯 떨리고 있었다.

'무개옥합? 열리지 않는 옥합이란 말인가? 그런 옥합도 다 있나?'

백리용아는 그것이 무슨 소리인지 알 수 없었으나 그 말이 가진 의미는 실로 엄청난 것이 아닐 수 없었다.

〈불가해삼보(不可解三寶)〉!

가슴 뛰는 이름.

그러나 알아도 소용없는 이름……

그것이 바로 불가해삼보이다.

결코 풀리지 않는 비밀을 가진 세 가지 천고기보(千古奇寶).

그중 첫 번째가 바로 열리지 않는 옥합이라 불리는 무개옥합(無開玉盒)이다. 아무도 열어본 사람이 없으니 그 안에 무엇이 들어 있는지 아는 사람 또한 아무도 없었다.

그러나 할 수 없는 것을 하고 싶음은 사람의 욕망(慾望)이 아닐까. 무개옥합을 열고자 하는 사람들은 끝없이 있었고 그때마다 강호상에는 어김없이 피바람[血風]이 일어났다.

그런데 그 무개옥합이 강호상에서 전설로 화해가는 지금에 또 나타난 것이다.

"음……!"

만공 대사가 신음을 흘리고 있을 때, 백리용아가 조심스럽게 입을 열었다.

"저…… 이제 제가 맡은 일은 끝이 난 듯하니, 저는 이만 하직 인사를 드릴까 하는데요……."

그 말에 만공 대사는 문득 정신을 차렸다.

"아미타불…… 이런, 노납이 잠시 결례를 했군! 소시주의 이 심부름은 정말 귀중한 것이었소. 노납이 할 수 있다면 조그마하나마 사례를 할까 하는데 소시주께서 원하는 것이 없는지?"

그의 물음에 백리용아는 웃어 보였다.

"대가를 바라고 심부름을 한 것은 아닙니다. 그리고 이 심부름에 대한 대가는 이미 그 노인장으로부터 받았으니 방장대사께서는 신경을 쓰지 마십시오."

그의 말은 매우 정연해 만공 대사는 은연중에 백리용아를 다시 바라보게 되었다.

"아미타불, 소시주의 담백한 마음씨는 노납으로 하여금 감탄을 금치 못하게 하는구려…… 그래, 혹 소시주가 만난 그 등 시주께서 따로이 노납에게 전하라고 한 말은 없었는지?"

만공 대사의 말에 백리용아는 고개를 갸웃하더니 아, 하고 감탄성을 흘려냈다.
 "그러고 보니 깜박 잊을 뻔했군요! 이런 말을 전하라고 하시더군요. 전하면 아실 거라고 하시면서, 이 아이를 다시 한 번 자세히 봐주십시오, 라고……."
 일순, 만공 대사의 눈에 의혹이 일어났으나 그는 다음 순간에 그 말이 무엇을 뜻하는 것인지를 알아차릴 수 있었다.
 "그렇군!"
 만공 대사는 백리용아를 바라보며 고개를 끄덕이고 있었다.
 '등 시주…… 그 말이 아니라 하더라도 노납은 이 아이를 눈여겨보고 있던 참이었소……. 등 시주께서 유탁(遺託)까지 하신 바에야 어찌 내 그 부탁을 저버리겠소?'
 만공 대사는 백리용아를 보며 부드러운 음성으로 입을 열었다.
 "노납은 소시주에게 한 가지 물어보고 싶은 것이 있는데, 아무런 거리낌 없이 대답을 해주었으면 하오……."
 "무슨 말씀이신지……?"
 "다름이 아니라, 혹 소시주께서 무예를 배우고 싶은 생각이 있는가 하는 것이오."
 "무예?"
 백리용아의 눈에 격동의 물결이 스치고 지나갔다. 기실 그는 벌써부터 그런 마음을 가지고 있었으나 자신이 먼저 그러한 말을 꺼낸다면 꼭 무슨 대가를 요구하는 듯해서 말을 꺼내지 않고 있었던 것이다.
 "생각이 있다면 서슴없이 말을 해주시오. 노납은 소시주를 소림의 제자로 받아들이고자 하는 마음이 있소."

"저를 제자로 받아주시겠습니까?"

백리용아의 얼굴에 격동의 빛이 스치고 지나갔다.

만공 대사는 미미하게 웃으며 머리를 끄덕였다.

"소림의 제자가 된다면 모두가 노납의 제자가 되는 것이오······."

"사부님!"

백리용아는 그 자리에 털썩 무릎을 꿇었다.

한데 백리용아가 절을 세 번 하고 나자 만공 대사는 더 이상의 절을 하지 못하게 하는 것이 아닌가?

자고로 배사지례(拜師之禮)는 가장 막중한 일이라 구배(九拜)이거늘······.

"그만 되었다. 나머지 절은 노납이 아니라 네 사부가 될 사람에게 해라."

만공 대사의 말을 들어보라. 이것은 또 무슨 소리인가?

"사부가······ 될 사람이라니요?"

만공 대사는 백리용아의 의혹 어린 물음에 담담히 미소했다.

"너는 노납의 제자가 되는 것이 아니다. 노납은 당면한 문제가 있어 너를 가르칠 만한 시간이 별로 없다. 그리고 노납은 너를 일단 속가제자(俗家弟子:머리를 깎지 않은 불문의 제자)로 받아들일 작정인데, 그러한 경우에는 사내(寺內)의 비전절기는 전할 수가 없음이 법(法)이다."

"······."

묵묵히 있는 백리용아를 보며 만공 대사는 말을 이어갔다.

"그렇게 된다면 이미 근골이 굳을 나이인 너로서는 무공을 배운다 해도 대성을 할 수가 없게 될 것이다. 그래서 노납은 너를 노납의 사제에게 보내기로 결정을 했다!"

 '사제……?'

 "그는 외부에는 알려지지 않았으나 기실 소림제일(少林第一)의 무승(武僧)이다. 성질이 원래 화급하여 불도 방면(佛道方面)에는 지난 수십 년래 별 진보가 없으나 무공 방면으로는 가히 소림제일이라 해도 절대 과언이 아니다."

 "아……!"

 백리용아의 입에서 나지막한 탄성이 터졌다. 만공 대사는 그의 표정을 보고 웃음을 머금었다.

 "이제는 마음에 드느냐?"

 백리용아는 멋쩍게 웃으며 아무 말도 하지 않았다. 원래 그는 소림사 장문인의 제자가 되지 못한다는 말에 내심 실망하고 있었던 것이다.

 그 모습을 보고 만공 대사는 가볍게 웃으면서 바깥에 서 있던 그의 제자 대승 선사를 불렀다.

 "너는 지금부터 이 아이를 회심선원(悔心禪院)으로 데려가도록 해라."

 "회심선원……?"

 대승 선사의 눈에 놀람이 크게 떠올랐다.

 "사부님, 뇌공(雷空) 사숙(師叔)께서 거처하시는 회심선원에는 외인이 들어갈 수 없다는 사조님의 유명이 계시지 않습니까?"

 그는 매우 놀란 듯했지만 만공 대사의 음성은 부드러우면서도 단호했다.

"그것은 녹옥불장(綠玉佛杖)의 권위로서 이 아이에게만은 적용시키지 아니한다! 너는 아무 소리 말고 이 아이를 뇌공 사제에게 데려다 주기만 하면 되는 것이다. 데리고 가면 뒷일은 사제가 알아서 처리를 할 테니까."

"명하신 대로 봉행하겠습니다."

대승 선사가 깊숙이 고개를 숙여 보이자 만공 대사는 백리용아를 보며 천천히 고개를 끄덕였다.

"사형을 따라가도록 해라. 네 사부가 될 사람의 성미가 불같다는 사실을 잊지 말고……."

"명심하겠습니다."

백리용아는 몸을 돌리다가 다시금 만공 대사를 바라보았다.

"다시 뵈올 때는, 기대에 어긋나지 않는 사람이 되어 돌아오겠습니다!"

그의 어조에는 믿음이 있었다.

그리고 그것은 이룩될 것이었다.

第三章

구양세가(歐陽世家)
―강호상에 우뚝 솟은 이름이 있으니 무림(武林)은
그들을 일러 신기제일(神機第一) 구양세가라 하더라

풍운고월
조천하

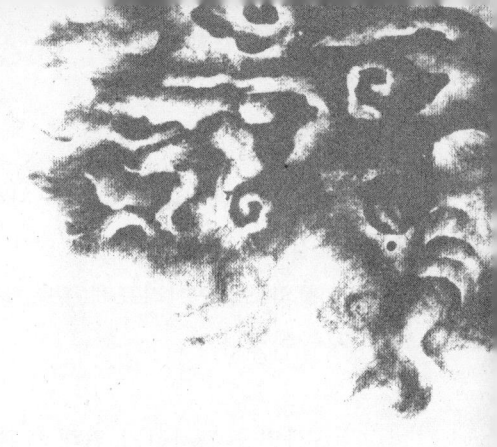

 평온(平穩), 당금의 무림은 이 한마디로 대변될 수 있었다.
 그만큼 천하는 평화로웠다.
 그런데 언제인가부터 강호(江湖)에는 한 가닥 신비한 암류(暗流)가 흐르기 시작함을 아는 사람은 매우 드물었다.
 실종(失踪)…….
 그러했다. 강호의 고수들이 원인 모르게 실종되기 시작했던 것이다. 그것은 매우 신비롭기 짝이 없는 것으로서 실종된 고수들에 대해서는 그 어떠한 단서도 남아 있지 않았다.
 거기다 그것은 너무도 은밀하게 이루어져서 강호에는 그것이 알려지지조차 않았었다. 하지만 그 일이 끊이지 않고 계속 이어지게 되자, 드디어 강호 각파에서는 그 일을 중시(重視)하지 않을 수 없게 되었다.

그리고 마침내 그것을 조사하기 위해서 고수 몇 사람이 비밀리에 강호로 파견되었다.
 청의노인, 천리표객(千里鏢客) 등가량(登家良)도 바로 그중 한 사람이었다.

 '사건을 조사하기 위해 파견되었던 고수들마저 당하다니, 그들의 힘이 그토록 대단하단 말인가? 이것이 우려했던 대로 다시금 강호상의 변고(變故)를 예고하는 것이란 말인가…….'
 만공 대사는 백리용아를 보내고 침중한 기색으로 포단에 앉아 있었다. 그는 이 사안(事案)을 암중에 추진한 중심 인물이었으므로 사태가 의외의 방향으로 진전되자 마음이 극도로 무거워진 것이다.
 '강호고수들이 실종되었다고는 하나 설마 천리표객 등 시주마저 돌아오지 못할 정도가 될 줄은 미처 상상치 못했도다……!'
 천천히 머리를 흔들고 있던 만공 대사의 안색에 미미한 변화가 일어났다. 무엇인가 기이한, 거의 들리지 않을 정도의 경미한 기척이 초막의 밖에서 들려온 것이다.
 오늘 이 초막에는 그와 제자인 대승 선사 두 사람밖에는 오지 않았었다. 그리고 그 대승 선사는 방금 전 백리용아를 데리고 소림사로 돌아가지 않았던가?
 "……!"
 만공 대사의 눈길이 가볍게 굳어지며 바깥쪽으로 향하는 찰나, 느닷없이 초막의 지붕이 폭발하듯 무너져 내리며 한 사람이 만공 대사를 덮쳐 내려왔다.

그것은 너무도 의외였으며, 풀로 덮인 초막의 지붕을 뚫고 내려오는 인영의 속도는 가공하리만큼 빨랐다.

만공 대사는 대경실색(大驚失色)했다.

그는 아직까지 무개옥합을 간수하지 않은 상황이었던 것이다. 순간적으로 만공 대사의 손은 무개옥합의 주머니를 향했다.

그러나 그 순간에 이미 그의 눈앞으로는 서릿발 같은 검망(劍芒)이 무서운 기세로 갈라오고 있었다.

만약에 만공 대사가 무리하게 계속 무개옥합을 잡으려 한다면 그의 머리는 두 쪽이 나고 말 것이었다. 그 정도로 검세는 신랄하고도 쾌속했다.

다시 말한다면, 지금 그가 몸을 피하거나 손을 거두어 적의 암습을 막는다면 그 순간에 적은 떨어져 내리는 기세 그대로 무개옥합이 든 주머니를 덮치고 말 것이 틀림없는 것이다.

"감히!"

노호(怒號)가 만공 대사에게서 터져 나왔다.

동시에 그의 승포가 펄럭이면서 그 넓은 소맷자락이 살아 있는 것처럼 빳빳이 일어나면서 거대한 경기를 쏟아냈다.

태풍과 같은 경기가 일어나며 소매가 적의 검세를 막아가고 바닥에 있던 주머니가 만공 대사의 한쪽 소매 속으로 빨려 들어간 것은 한순간이었다. 찰나,

파파팟―!

귀청이 갈라지는 매서운 음향이 검과 부딪친 만공 대사의 소맷자락에서 일어나며 맹렬한 경기가 초막 안을 뒤덮었다.

허술하게 지어진 초막이 그 경기의 진동을 이기지 못하고 단

한순간에 와르르…… 무너져 버렸다.

정말 순간이었다.

만공 대사가 습격을 받고 초막이 무너지기까지는!

초막을 벗어난 만공 대사는 승포를 펄럭이며 땅으로 내려서며 앞을 주시했다.

바깥은 여전히 달빛이 은가루와 같이 쏟아져 내리고 있었다. 쏟아지는 달빛으로 인해 주위는 은은히 밤안개가 어린 듯했다.

그 속에 교교히 떨어져 내리는 달빛을 어깨에 지고 한 사람이 만공 대사의 앞에 서 있었다. 그는 묵의경장(墨衣輕裝)을 하고 복면을 했는데, 그 복면 사이에서 빛나는 두 눈이 서리처럼 차가웠다.

손에는 보검 한 자루가 서리 같은 빛을 뿜고 있는데 그의 가슴에는 정교한 형태로 사방신(四方神) 중 현무(玄武)가 수놓여져 있음이 보였다.

만공 대사와 눈이 마주치자 묵의경장의 복면인으로부터 냉랭한 음성이 흘러나왔다.

"소림의 무공이 놀랍다더니 과연 명불허전(名不虛傳)이로군……."

그의 어조로 보아 방금 만공 대사와 일돌(一突)한 것은 그가 틀림없는 듯했다.

만공 대사는 자신의 소매에 검흔(劍痕)이 생겨 있음을 보고 놀람이 담긴 눈으로 묵의경장의 복면인을 바라보았다.

"시주의 무공은 놀랍소……. 한데 시주는 뉘시기에 무단히 노납을 공격한 것이오?"

대답은 싸늘했다.

"나는 물건을 돌려받으러 왔소."

만공 대사의 전신에 미미한 진동이 일어났다.

"물건? 그렇다면 시주는 바로 당금 강호의 암류(暗流)를 조종하고 있는 그 신비 세력의……?"

만공 대사의 말이 채 끝나기도 전에 묵의경장의 복면인이 유령과 같이 덮쳐 왔다.

"내가 바라는 것은 물건뿐이오!"

말이 들려온 것은 그다음이었다. 묵의경장을 한 복면인의 검은 지독하리만큼 빠르고 신랄했다. 일순간에 그 검세가 만공 대사의 가슴에 이르고 있는 것이다.

"악독한 검세로다!"

만공 대사에게서 침중한 외침이 터져 나왔다.

동시에 그의 소매가 펄럭이며 배산도해(排山倒海)의 경기가 묵의경장을 한 복면인의 검세를 향해 쏟아져 나갔다.

웅웅웅—!

묵의경장 복면인의 검이 막대한 경기 속에서 검신을 세차게 떨며 허공 가득 검화(劍花)를 뿌려내며 눈부시게 변화했다.

만공 대사는 단 일순간에 자신의 가슴팍 주요 요혈 오 개 소가 상대의 검세에 노출이 됨을 깨닫고 놀라 경탄의 외침을 터뜨렸다.

"아미타불…… 무섭군!"

외침은 그러하나 그의 신색은 조금도 변함이 없었고 그 순간에 그는 오히려 손을 거두며 오른손을 밀어내고 있었다.

순간, 만공 대사에게서 그토록 맹렬히 일어나던 경기가 씻은 듯이 사라지고 한 가닥 형체도 없는 부드러운 기운이 소리도 없이 뻗어났다.

동시에 쨍, 하는 귀청을 찌르는 날카로운 음향과 함께 두 사람의 가운데에서 무서운 회오리바람이 일어났다.

"으⋯⋯ 음⋯⋯!"

나직한 신음이 일며 묵의경장의 복면인은 허공을 타고 이삼 장 밖으로 날아 내렸다. 그의 신형이 불안정하게 떨리고 있는 것으로 보아 가볍지 않은 타격을 받은 것이 틀림없어 보였다.

한데 그 순간, 어디선가 은은히 야조(夜鳥)의 울음소리 같은 기이한 음향이 들려왔다. 그리고 그 소리가 채 사라지기도 전에 하늘을 울리는 장소성(長嘯聲)이 저 멀리서 들려왔다.

그 소리가 처음 들려온 곳은 분명히 가깝지 않은 듯했는데 그 소리의 여운은 이곳으로부터 그리 멀지 않은 곳에서 들리고 있었다. 놀라운 고수가 다가오고 있음이 틀림없었다.

'상황이 이렇게 된다면 매복을 발동하더라도 늦게 된다!'

묵의경장의 복면인은 나직이 신음을 삼켰다. 그리고 그는 만공 대사를 사납게 노려보았다.

"기억해 두시오! 이로써⋯⋯ 소림일문(少林一門)은 평온할 수 없을 것이오!"

내뱉듯 외치는 순간, 그의 신형은 세차게 땅을 박차고 날아올랐다. 그 속도는 밤하늘을 가르는 유성(流星)을 방불케 할 지경이었다.

그런데 그가 날아오르는 순간.

"으하하하—! 소림이 오고 싶으면 오고, 가고 싶으면 가는 곳인 줄 알았다면 오산이다!"

밤하늘을 진동하는 우렁찬 웃음소리가 들려오면서 한 사람이 유성이 내리꽂히듯이 묵의복면인을 향해서 떨어져 내렸다.

검광(劍光)이 마치 불꽃처럼 작렬하면서 일고 있었다.

피할 여유는 없다.

쨍! 쨍— 째앵—!

인영과 묵의복면인의 검이 허공에서 미친 듯이 부딪치며 불똥을 튕겨냈다.

한순간이었다. 구 초(九招) 이십팔 식(二十八式)이 찰나간에 교환이 된 것! 그리고 한소리 신음 속에 인영들이 엇갈렸다.

한 사람은 그대로 바닥으로 떨어져 내리고 또 한 사람은 허공을 빙글빙글 돌면서 숲속으로 사라지고 있었다.

"보기 드문 일대검수(一代劍手)로군!"

땅에 내려선 인영이 경악을 토해내며 재차 몸을 날려 숲속으로 날아간 인영의 뒤를 쫓으려고 했다.

"육 대협……!"

한소리 신음이 그의 신형을 붙들었다. 만공 대사였다.

"무슨 일입니까? 설마 그자에게 부상을?"

나타난 인영이 급히 만공 대사의 앞으로 다가가며 놀란 음성으로 외쳤다.

그는 황의를 걸친 육순가량의 노인이었는데 백발과 백염이 매우 보기 좋게 나부끼는 선풍(仙風)의 기풍을 지니고 있었다. 거기다 손의 보검은 그와 일체인 듯 매우 안정되어 있어 그가 평범한 검도고수(劍道高手)가 아님을 말하고 있었다.

"……"

만공 대사는 그의 물음에 아무 말도 없이 쓰게 웃으며 황의노인을 바라보며 고개를 끄덕이더니 눈을 감았다.

'괴이하군! 그자가 그사이에 소림방장 만공 대사를 상해할 정도란 말인가?'

황의노인은 자신의 눈을 믿을 수 없다는 듯 눈을 껌벅거렸다.

그때, 묵의경장의 복면인이 날아들어 간 숲속에서 다시 용이 울고 범이 신음하는 듯한 쩡쩡 울리는 음향이 일어나면서 인영 하나가 비틀거리면서 물러 나왔다.

그는 바로 방금 황의노인과 맞닥뜨리며 숲으로 날아들어 갔던 묵의복면인이었다.

"누구냐……?"

앞을 노려보고 있는 묵의경장의 복면인이 침중히 외치는데, 거기에는 은은한 경악이 어려 있었다.

순간,

"아하하하하—"

가슴을 울리는 낭랑한 웃음소리가 숲속에서 들려오면서 한 사람이 서서히 거기에서 모습을 드러냈다.

눈빛[雪光]인 듯 흰 백의(白衣)에 검미성목(劍眉星目)의 청년, 들고 있는 섭선과 조화된 그의 모습은 음풍농월(吟風弄月)하는 유생으로 보였다. 나이는 불과 이십 전후의 약관일까.

묵의경장의 복면인을 바라보고 있는 백의청년의 입가에는 담담히 미소가 감돌고 있는데 그의 전신에서는 나이답지 않은 기이한 기품이 흐르고 있었다.

"내 생각이 틀리지 않는다면…… 아마도 당신이 현무검주(玄武劍主)인 모양이군?"

묵의경장의 복면인을 바라보고 있던 백의유생이 신형을 멈추며 입을 열자, 묵의경장 복면인의 신형에는 일진 진동이 일어났고 그의 눈에는 숨길 수 없는 놀람이 강하게 드러났다.

"귀하는 누구인가?"

그의 어조가 달라졌다.

이미 상대와 한번 부딪쳐 본 경험이 있는 그로서는 홀연히 나타난 이 백의청년이 결코 평범하지 않은 인물임을 느끼고 있는 것이다.

그것은 만공 대사의 호법을 서고 있는 황의노인 또한 마찬가지였다. 그는 당금 강호의 일대종사(一代宗師)였으므로 일신 견문(見聞) 또한 범상치 않았으나 이토록 젊은 나이에 저런 기도(氣度)를 가진 사람이 있음은 들은 적도 없었던 것이다.

'당금 강호에 저런 후기지수(後起之秀)가 있었더란 말인가? 대체…… 그의 신분이 누구기에 저 복면인에 대해서 알고 있는 것이지?'

그의 의문이 이어지고 있는 사이에 백의청년은 담담히 웃으며 입을 열어 말했다.

"당신의 신분으로서는 나의 신분을 알 자격이 없지, 불만이 있나?"

백의청년이 미소 띤 모습으로 묵의경장의 복면인을 쳐다보았다.

"광오한······!"

한소리 신음이 흘러나오며 현무검주라 불린 복면인의 검이 서서히 백의유생을 향해 이동했다. 대단히 분노한 것이 틀림없는 듯했다.

한데 그때였다.

좀 전의 그 장소성이 바로 지척에서 들려오면서 앞쪽에 있는 숲속에서 잇달아 맹렬한 격투 소리가 들려오기 시작했다.

현무검주의 눈빛이 돌변함을 본 백의유생은 가볍게 웃었다.

"놀랄 필요는 없다. 당신의 매복은 이미 힘을 쓸 수가 없게 되었으니까! 다시 말한다면······ 이곳으로 오는 사람들을 막을 수 있는 힘은 이제 당신과는 상관이 없게 된 셈이지."

그의 음성은 크지 않았으나 현무검주의 가슴이 떨리게 하기에는 충분한 것이었다.

'이곳에 이르는 길에는 내가 이미 매복을 설치했었거늘, 그렇다면 그 매복을 이자가 다 해제했단 말인가? 대체 이자가 누구기에······.'

현무검주는 가슴이 서늘해졌다.

그는 오늘 이곳에 모이는 사람 중 그 누구도 자신보다 약자가 없음을 잘 알고 있었다. 더구나 자신은 이미 내상을 입은 상황인 것이다. 더 이상 지체했다가는 이곳을 벗어나기조차 힘들게 될 것이 틀림없었다.

"네게 과연 네가 말한 것과 같은 능력이 있는가를 보겠다!"

차가운 음성이 터지는 것과 동시에 현무검주의 손에서 장검이 무서운 빛을 발하며 백의청년을 향해 덮쳐 갔다.

놀람의 빛이 백의유생의 눈에 떠올라 왔다.

"수라절정검식(修羅絕情劍式)?"

경악한 음성과 함께 그의 섭선이 쫘악 펼쳐지면서 검망(劍芒)을 향해 부딪쳐 갔다.

그 순간이었다.

펑—!

그의 섭선과 현무검주의 장검이 마주치려는 순간에 갑자기 폭음이 터지며 그들의 시야에서 눈앞을 분간할 수 없는 검은 연기가 폭발하듯 일어나 주위를 휘감아 버린 것은!

백의청년은 대경실색해 번개처럼 그곳에서 물러났다.

음랭한 웃음소리가 검은 연기…… 연막 속에서 들려왔다.

"오늘은 이대로 물러나겠으나 다음에는 결코 이렇게 간단하지 않을 것이다……."

거의 일순간에 사오 장을 벗어나 주위 십여 장을 뒤덮고 있는 연막을 쳐다보고 있던 백의유생의 입에서 쓴웃음이 새어 나왔다.

"묵연개천탄(墨煙蓋天彈)까지 지니고 있다니…… 실로 복잡한 자로군."

그는 현무검주가 자신의 손에서 벗어난 것에 대해 어이가 없는 듯한 표정이었다.

황의노인은 그의 태도에서 그가 자신의 능력에 대해서 대단한 자신감(自信感)을 가지고 있음을 알 수가 있었다.

황의노인의 시선을 느꼈음인지 백의유생은 황의노인에게로 시선을 돌리더니 그에게 다가오기 시작했다.

그 기도는 매우 독특했고, 눈빛은 맑고 깊어 황의노인은 첫눈에 그의 지혜가 보기 드문 것임을 느낄 수가 있었다.

그때, 만공 대사의 얼굴이 붉어지는가 싶더니 그의 대머리 위로 수증기와 같은 기운이 뭉클뭉클 피어오르기 시작했다.

'놀라운 내공이군! 그사이에 만공 대사의 내공이 저 정도에 이르렀는지는 미처 생각지 못했는걸? 한데, 저것은 독기(毒氣)를 진기로써 몰아내는 것 같은데……'

황의노인이 미간을 찡그리는 순간, 곁으로 다가오던 백의유생이 가벼운 신음을 흘려냈다.

"중독이 되신 것 같은데…… 어떻게 그사이에 중독이 되실 수가?"

"으웩!"

그 순간, 만공 대사의 입에서 왈칵 검은 피가 토해지는가 싶더니 그의 신색이 거의 정상으로 돌아왔다.

"괜찮으십니까?"

황의노인의 물음에 만공 대사는 눈을 뜨며 담담히 고개를 끄덕였다.

"실로 간단치가 않군! 아미타불…… 폐를 끼쳤소이다……"

바로 그때였다.

우우우―!

방금까지 맹렬한 격투음이 일어나고 있던 앞쪽의 숲속에서 예의 장소성이 들려오며 한 사람이 마치 폭풍과 같이 들이닥쳤다.

세차게 야밤의 대기를 가르며 날아든 사람은 의외로 한 사람의 노도장(老道長)이었다.

그는 허리춤에 불진(拂塵)을 꽂고 손에는 서릿발 같은 한망(寒

芒)이 번뜩이는 한 자루의 송문고검(松紋古劍)을 들고 있었는데 그 기상은 첫눈에도 비범했다. 구량관(九梁冠)을 쓴 노도장의 미간에는 지금 은은히 노기가 감돌고 있어서 그의 전신에서 풍기는 위엄은 한결 더해 보였다.

"만공 도우, 어찌 된 일이오? 정체불명의 고수들이 앞을 가로막아 잇달아 악전(惡戰)을 치르고서야 겨우 이곳에 이르게 되었소……."

그는 장내의 상황도 심상치 않음을 경각한 듯 말을 하다가 입을 다물었다. 그의 행색으로 보아 그가 받은 저지가 가장 강력했던 듯했다.

"그들의 능력은 생각보다 더한 듯하군!"

만공 대사가 신음하듯 중얼거렸다.

적의 행동은 너무도 신속했던 것이다.

그들이야말로 당금 무당(武當)과 화산(華山), 양대문파의 장문인들이었다.

무당 장문 구양자(九陽子)와 화산 장문 매화신검수(梅花神劍手) 육청풍(陸淸風), 이 두 사람의 종사(宗師)를 초청한 것은 당사자들 외에는 아무도 모르는 밀약(密約)이었는데 신비적당은 그들의 앞을 가로막고 공격을 했던 것이다.

만에 하나, 적이 좀 더 강력했더라면 상황은 걷잡을 수 없는 상태가 되었을는지도 몰랐다.

만공 대사는 가슴속이 납덩이와 같이 무거워짐을 느끼고 나직이 탄식을 하면서 고개를 들었다.

그의 눈앞에 당당히 서 있는 백의청년이 들어왔다. 만공 대사의 입가에 한 가닥 미미한 미소가 일어났다.

"구양 시주?"

백의유생은 빙그레 미소하며 만공 대사를 향해 읍(揖)을 했다.

"장문인을 뵙습니다. 다행히 시간에 늦지 않은 듯하군요."

"아미타불…… 반갑소이다. 구양 시주의 기우(氣宇)는 전하는 말보다 더한 듯하니 노납의 마음 기쁘기 이를 데 없소……."

"과찬, 과찬이십니다."

백의유생은 가볍게 웃었다.

그의 모든 행동과 움직임은 기품있고 절도가 있어 그가 명가의 후손임을 의심할 사람은 아무도 없을 것이었다.

"장문인, 우리에게도 그 소협이 뉘신지……."

옆에 있던 화산 장문인 매화신검수 육청풍이 궁금증을 참지 못하고 입을 열었다. 그는 성미가 조금 급한 편인지라 심중의 것을 별로 숨기지 못하는 편이었다.

"구양 시주, 인사를 나누시지요. 이 두 분은 바로 무당과 화산의……."

만공 대사가 입을 열자 백의유생은 여전히 웃음 띤 표정으로 구양자와 매화신검수 육청풍을 향해 읍했다.

"두 분 장문인을 뵙습니다. 소생은 구양가의 구양천수(歐陽天秀)라고 합니다."

"구양…… 천수……?"

구양자와 육청풍의 미간에 의혹이 떠올랐다. 그들로서는 들은 적이 없었던 것이다.

만공 대사가 웃으며 입을 떼었다.
"기억이 나지 않으시오? 신기제일(神機第一) 구양세가(歐陽世家)가?"
순간,
"구양세가!"
"신기제일!"
두 사람의 입에서 동시에 탄성이 터져 나왔다. 경악으로 벌어진 그들의 입은 그들이 지금 들은 말이 얼마나 의외의 것이었는가를 말해주고 있었다.
"그렇소이다. 이 구양 시주는 바로 그 구양세가의 가주이외다."
"구양세가라니? 구양세가는 지난날 천기수사(天機秀士) 구양범(歐陽凡), 구양 대협이 강호의 변란을 저지하다 신비롭게 실종이 된 후에 지금까지 가주의 위(位)는 공석(空席)이라 구양세가의 대는 이미 끊어진 것으로 알고 있었는데……."
매화신검수 육청풍이 말을 있는 대로 와르르 쏟아내었다.
백의유생, 구양천수가 약간 숙연한 표정으로 말했다.
"구양 성에 범(凡) 자를 쓰시는 분은 바로 소생의 선친이십니다."
"그렇소이다. 이 구양 시주는 전대 구양 가주의 유복자이외다. 그리고 지금은 역대 그 어느 가주보다 더 대단한 능력으로서 구양가의 대를 잇고 있소이다. 아마도 구양세가는 당대에서 역대 그 어느 때보다 더 큰 영명(英名)을 누리게 될 것 같군요……."
만공 대사의 말에 두 사람은 잠시 눈만 멀뚱거리고 있었다. 그 눈에는 놀람과 반가움이 같이하고 있었다.

"이거야…… 하늘에 감사를 해야 할 일이로군! 구양세가의 대(代)가 끊기지 않았다니……."

매화신검수 육청풍이 고개를 흔들며 말했다.

"무량수불…… 그렇소이다. 이와 같은 때에 구양세가의 후인이 나타나다니, 어찌 다행이 아니겠소이까?"

구양자도 마주 고개를 끄덕였다.

그만큼 구양세가라는 이름이 가지는 힘은 간단한 것이 아니었다. 그들은 이십 년 전만 해도 신기제일(神機第一)이라는 이름으로 불렸기에…….

第四章

소림신승(少林神僧)

―폐관잠수(閉關潛修), 세상에 그 이름이 알려지지 않은 고승이 있으니 그의 무예는 소림제일이라

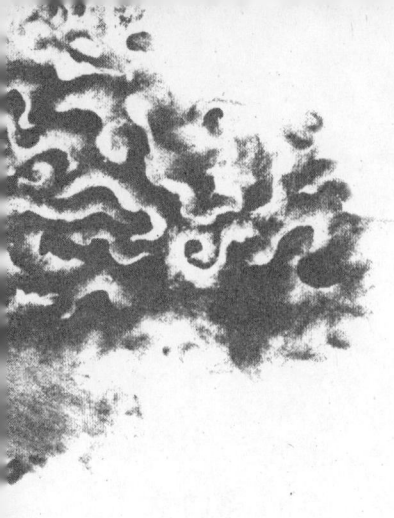

풍운고월
조천하

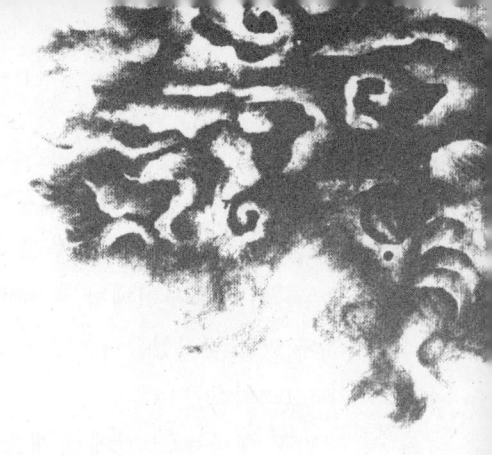

고즈넉한 달빛 아래,

산사의 밤에 들리는 것은 이따금 바람에 흔들리는 풍경(風磬) 소리이다. 소림사라고 해서 그런 것이 예외가 될 수는 없다.

은은히 독경 소리 들려오는 밤에 외인의 출입이 통제된 소림사의 방장실에는 네 명이 마주앉아 있었다.

바로 만공 대사 등의 네 사람이었다.

침중한 안색을 한 그들의 가운데에는 무개옥합이 놓여 보광을 뿌리고 있었으며 그들 네 사람은 이미 만공 대사로부터 봉서가 전달된 상황을 들은 상태였다.

"……."

좌중은 그들의 앞에 놓여진 무개옥합을 보면서 일시지간 아무도 말을 하지 않고 있었는데 먼저 입을 연 것은 구양천수였다.

그의 나이가 비록 좌중에서 제일 어리다고는 하지만 그의 신분은 구양세가의 가주인만큼 그 신분은 낮지 않은 것이다.

"좀 전에 장문인께서 중독이 되신 듯했는데, 그것이 그 현무검주에 의한 것이었습니까?"

"그러하오."

만공 대사는 그 말에 고개를 끄덕여 수긍의 뜻을 표했다.

"노납은 그의 무공 내력이 괴이한 것을 느끼고 근래에 연성한 반야장력(般若掌力)을 시전해 그를 부상케 했었소. 한데, 그때 그가 독을 전개할 줄은 미처 상상도 하지 못한 일이었소."

"무량수불, 그가 도우(道友)에게 부상을 입은 순간에 독수를 전개했단 말씀이오? 어찌 그럴 수가······."

무당의 장문인 구양자가 고개를 저었다. 그가 믿지 못하겠다는 것도 당연했다. 반야공력은 바로 소림 칠십이절기 중에서도 최상승의 절기 중의 하나인 것이다.

"그렇소이다. 노납의 생각으로는 그것이 독문의 무영지독(無影之毒) 류가 아닐까 하오."

"무영지독이라고?"

매화신검수 육청풍을 비롯해 모든 사람들이 놀람에 찬 소리를 흘려냈다.

무영지독이라고 하는 것은 글자 그대로 그림자가 없는 독이라는 뜻으로 상대가 느끼지도 못하는 사이에 중독시킬 수 있는 무서운 것이었다. 그것은 공력으로 저항할 수 없다고 알려져 있으며, 독문(毒門) 제일의 공부로 알려져 있다.

"아미타불······ 노납은 그의 하독(下毒) 솜씨가 그리 고명치 못한데도 중독이 되었소. 그의 솜씨가 능숙치 않은데도 노남이 중독을 피할 수 없다면, 세상에 그런 독은 무영지독이 있을 뿐이오."

"음……."

구양천수는 묵묵히 고개를 끄덕였다. 그의 식견은 나이답지 않게 박대(博大)했으며, 그러한 그가 알기에도 그런 위력의 독은 무영지독밖에는 없었다. 하나, 그 무영지독은 세상에 나타나지 않은 지가 이미 백여 년이 넘고 있었다.

그때 화산의 육청풍이 입을 열었다.

"그자는 장문인의 반야장에 부상을 입고도 노부의 연환삼검(連還三劍)을 막아내고 도주했소……. 만약 그가 적당의 수괴(首魁)에 속하는 자가 아니라면 문제는 자못 심각해지는 것이오!"

그것은 사실이었다.

지난 백여 년 이래 무림을 영도하던 구대문파는 침체하여 쇠퇴의 길을 걸었고 그로 인해 강호 각파가 흥성해 세력을 떨치니 분쟁이 끊이지를 않아 그것은 직, 간접으로 강호 분란 조성의 원인이 되었었다.

하지만 지난날의 태두였던 무림 구대문파는 그것을 막을 힘이 없었다. 암흑마교 때에도, 천축 신성 유가문 때에도…….

무림의 겁난은 봉황곡 절세모용가로 인해 진정되고, 그 후에는 신기제일이라는 구양세가가 혜성과 같이 나타나 강호의 혼란을 막았다.

그로 인해 명문 거대 문파의 위명은 땅에 떨어진 상태였다.

하지만 그것은 구대문파의 자각과 분발을 가지고 왔으며, 그로부터 세월이 흐른 지금에 와서는 구대문파는 지난날의 구대문파가 아니었다.

새로운 중흥기(中興期)를 맞이하고 있는 구대문파는 그 옛날의 황금기를 오히려 능가하는 기세를 보이고 있는 것이다.

한데, 그런 양대문파 장문인의 협격(協擊)을 적당의 수괴가 아닌 자가 막아냈다면 일은 정말 심상치 않다고 봐야 했다.

침중히 말을 하고 있던 육청풍은 문득 생각이 난 듯 구양천수를 보았다.

"구양 가주는 현무검주라는 그의 정체를 알고 있던데, 그들에 대해 알고 있는 것이 얼마나 있소?"

그의 말에 구양천수는 쓰게 웃었다.

"죄송합니다. 기실 저도 여러분들보다 알고 있는 것이 별로 많지 않습니다. 저는 여러분들보다 조금 먼저 오다가 주변의 상황이 이상함을 발견하고 그들의 매복을 처리했는데, 그 과정에서 그들의 지휘자가 현무검주라는 것을 알게 되었을 뿐입니다. 당시 저는 현무검주를 제압할 자신이 있어 그들에게서 더 이상 자세한 것을 알아내려고 하지를 않았었습니다……."

구양천수는 말끝을 흐리면서 품속에서 동패(銅牌) 하나를 꺼냈다.

"이것이 제가 제압했던 자들에게서 나온 것입니다."

동패는 손 안에 들어가도 남을 정도로 작았는데 앞면에는 천도상전(天道常轉)이라는 네 글자가 있었고 그 아래에 팔괘(八卦) 중 건괘(乾卦)가 새겨져 있었으며 후면에는 현무(玄武) 제이십구호라는 번호가 보였다.

구양천수는 그것을 그들에게 내놓으며 말했다.

"이것은 그들의 소속을 나타내는 것 같은데, 앞의 천도상전이라는 말의 의미를 알 수가 없습니다. 세 분 장문인께선 견문이 넓으시니 그러한 명칭을 쓰는 방파에 관해 들어보신 적이 있으십니까?"

"천도상전이라……."

만공 대사 등은 미간을 찡그린 채 그 말을 되뇌었으나 기억이 있을 리 없었다.

기실 화산파의 매화신검수 육청풍을 제외하고는 소림, 무당 양파의 장문인은 거의 바깥출입을 하지 않고 있는 상태이니 알 리가 없는 것이다.

그들이 강호상에다 신경을 쓰지 않아도 좋을 만큼 당대 강호는 평온했었다.

만공 대사와 구양자의 시선은 자연히 화산의 육청풍에게 향할 수밖에 없었고 그들의 시선을 의식한 육청풍은 고개를 저었다.

"나도 본 적이 없소. 하나 등 대협의 서신으로 짐작해 보건대, 이들은 분명히 전에 있었던 어떤 집단이 아니고 새로이 조직된 방파일 것 같소."

구양천수도 고개를 끄덕여 긍정을 표했다.

"제 생각도 그렇습니다. 서신대로라면 그들은 매우 무서운 집단임에 틀림이 없습니다. 더구나, 그들이 우리를 습격한 기동성만 보더라도 당세의 그 어떠한 문파도 따르기 쉽지 않은 일입니다."

그때 구양자가 무개옥합을 보며 입을 열었다.

"그들이 그토록 신출귀몰한 이상, 이 옥합을 빼앗기고는 절대 그냥 있지는 않을 것이외다."

"당연한 일입니다."

구양천수가 고개를 끄덕이자 구양자는 심각한 안색이 되어 말했다.

"만에 하나…… 그들에게 이것이 다시 들어간다면, 그래서 이 무개옥합의 신비가 그들에게서 풀어진다면 그것은 호랑이에게 날개를 달아주는 격이 될 것이오!"

그의 말에 구양천수는 담담히 미소했다.

"등 대협께서 어떤 상황에서 이것을 탈취해 오셨는지는 모르겠으나, 그들이 이것을 되찾아가도 그렇게 쉽게 신비를 풀어낼 수는 없을 겁니다. 그렇게 쉽게 풀릴 신비였다면 이 무개옥합은 강호 삼대불가해의 하나가 될 수 없었을 테니까요."

"물론 그렇게 쉽게 풀리지는 않겠지만, 거기에 대한 대비는 해야만 할 것이오. 그래야 등 시주 등의 순사(殉死)가 헛되지 않을 것이 아니겠소……."

"음……."

구양자의 말에 침중한 모두는 숙연해지고 말았다. 주위의 분위기는 만근과 같이 무거웠다.

구양천수는 신분이 그들보다 낮다고는 할 수 없었으나 나이 차가 있어 말을 꺼내기가 불편해 그 침묵을 깨지 않고 있었다.

침묵을 먼저 깬 것은 화산의 육청풍이었다.

"대비에 관한 것은 만공 장문인께서 하심이 순서일 것 같은데, 만공 장문인께서 먼저 말씀을 해보시지요."

만공 대사는 천천히 입을 열었다.

"기실 노납이 두 분 장문인 외에 구양 시주를 다시 은밀히 초청한 것은 적당의 행동이 너무 은비(隱秘)하여 그 대책을 상의코자 함이었소. 구양세가의 신기(神機)는 강호제일이니, 노납은 우선 구양 시주의 고견을 경청하고자 하오."

그의 정중한 말에 구양천수는 겸사의 말을 했다.

"소생은 아직 나이가 일천(日淺)하고, 경륜이 얕아 아는 것이 없는데 장문인께서 과찬의 말씀을 하시는 듯합니다. 하나, 물으시니 한 말씀만 드리지요."

구양천수는 가볍게 숨을 들이켜더니 낭랑한 음성으로 말을 계속했다.

"비록 지금 우리가 적의 정체를 모른다고 할지라도 여기에 무개옥합이 있으므로 적당은 반드시 우리를 찾을 것입니다. 그렇게 되면 적을 어둠 속에서 밝은 곳으로 끌어낼 수가 있게 될 것이니, 그러는 한편으로 강호 각파 수뇌들과 비밀리에 회동하여 다시 대책을 논의하는 것이 좋을 것 같습니다."

그의 말은 명쾌(明快)하고 조리정연하여 듣는 사람으로 하여금 가슴을 시원하게 했다. 그리고 아는 것이 없는 지금으로서는 그 이상의 방법이 있을 수가 없었다.

"무량수불…… 일단은 구양 시주의 말대로 일을 처리하는 것이 좋을 것 같군요."

구양자가 말하자 만공 대사가 덧붙였다.

"그러나 무개옥합을 미끼로만 사용한다면 적을 기다리고만 있어야 하는 피동이 되니, 그동안에 거기에 담긴 신비를 풀어봄도 나쁘지는 않을 것입니다."

그 말에 육청풍이 대뜸 구양천수를 보았다.

"그 일은 구양 가주가 가장 적임자일 것 같으니 구양 가주가 맡으시게."

이러한 일에는 누구라도 한 번쯤은 사양을 하게 되어 있었다.

한데 구양천수는 태연하고도 담담하게 고개를 끄덕이는 것이 아닌가!

"좋습니다. 기실 소생은 그러한 생각을 가지고 있었지만 소생이 먼저 그러한 말씀을 드리면 혹 오해를 하실까 저어해서 말씀을 드리지 않았었습니다."

그리고 그는 힘있게 말을 맺었다.

"최선을 다해서 불가해의 신비를 한번 풀어보겠습니다!"

그의 눈은 빛나고 있었다.

그를 보는 세 사람, 노장문인들의 입가에는 은은한 미소가 번져 가고 있었다. 스스로의 지혜를 믿는 자신(自信)에 찬 젊은이를 보고 있는 그들의 마음은 기꺼운 것이다.

그러면서도 그는 건방지거나 거만하지 않았으므로.

* * *

삼 일이라는 시간이 그야말로 물 흐르듯이 흘러갔다.

그동안 소림에 있어 겉보기로 달라진 것은 하나도 없었다. 굳이 찾아내자면 한 사람의 빈객(賓客)이 소림의 후원에 은밀히 머물러 있다는 것일 뿐…….

서편으로 노을이 빨갛게, 그 장대한 몸체를 드리우고 있을 때, 소림사의 후원도 예외없이 저녁때가 되고 있었다.

노을이 드리우고 있는 산사(山寺)의 저녁은 한가롭다.

소림사라고 해서 그것이 다를 리 없었다. 오히려 더욱 엄숙하고 독경 소리는 장엄했다. 하긴 이곳은 무술의 본산이기 이전에 중국 선종의 본산인 것이다.

소슬한 바람이 아직도 옷깃을 여미게 하는 그 봄의 노을 속에 소림 후원의 뜨락에는 한 사람이 있었다.

송림(松林)으로 둘러싸인 객방을 등지고 서 있는 그는 바로 구양천수였다.

뒷짐을 지고 노을을 바라보고 있는 그의 안색은 사흘 전보다 창백했고 약간 수척해 보였다. 뿐만 아니라 굳은 얼굴로 주변을 어슬렁거리고 있는 그의 미간에는 고뇌의 빛이 뚜렷했다. 사흘 전과는 전혀 다른 모습이다.

'지난 삼 일간 모든 노력을 기울였으나…… 아직도 무개옥합의 비밀을 풀어내지 못했다. 도대체가 그놈의 옥합은 열리도록 만들어져 있지를 않다! 그냥 돌덩이에 조각만 해놓은 듯하다.'

구양천수는 머리를 흔들었다.

'열쇠는 분명히 그 조각들에 있는데, 그 십장생(十長生)의 조각들…… 거기에는 분명 어떤 현기(玄氣)가 숨어 있음을 느낄 수 있는데도…….'

그는 잔양(殘陽) 속에서 가볍게 눈살을 찌푸렸다. 그는 지난 삼일 만에 처음으로 바깥 공기를 쐬고 있는 것이다.

그는 그동안 그가 지닌 모든 학문과 지혜를 총동원해서 무개옥합의 신비와 일대 격전을 벌였다 할 수 있었다. 그의 학문은 나이에 어울리지 않도록 고금박통(古今博通)했다. 그 어떤 난제라도 그로서 풀지 못한 것이 없었다.

구양세가는 강호상에서 신기제일(神機第一)이라고 불리고 있는 만큼, 그들의 능력은 일반인들의 생각을 초월하고 있었다.

그런 구양세가의 당대 가주로 키워진 만큼, 그가 지닌 일신의 능력은 가히 천하를 뒤져도 짝을 찾을 수 없을 정도였다.

그러니 그가 풀지 못하는 문제가 어디 있었으랴!

한데 그런 그가 오늘 드디어 강호의 불가해삼보라는 벽에 부딪힌 것이다.

"하긴, 그리 쉽게 풀릴 수 있다면 그것이 무림의 삼대불가해가 될 수 없었겠지······."

그는 뒷짐을 진 채 머리를 식히려는 듯 걸음을 옮기고 있었다. 난제에 부딪힐 때 산책을 하는 것은 그의 습관이었다.

구양천수는 골똘히 생각에 잠겨 시간이 어떻게 되는지도 모르고 걸음을 떼고 있었다.

그러다 문득, 그는 생각이 미친 듯 미간을 찡그렸다.

"그들에게 무슨 일이 생겼단 말인가? 이미 돌아올 때가 지났거늘······."

그의 중얼거림은 의미 모를 것이었다.

그런데 그는 그때에야 주변의 경치가 완연히 다른 것을 발견하게 되었다. 그리고 보니 주위는 이미 노을이 완전히 지고 어두워져 있었다. 생각에 잠겨 시간이 가는 줄을 몰랐던 것이다.

"이곳이 어디지? 내가 이런 실수를 하다니!"

그는 안력을 돋우어 주변을 돌아보았다.
창송취백(蒼松翠栢)이 우거져 있어 인적이 없는 산중의 경치는 어딘지 모르게 쓸쓸하달까, 황량한 감이 들었다.
그는 방장의 귀빈이므로 당직승들도 그를 막지 않게 되어 있었기에 무의식중에 엉뚱한 곳으로 오게 된 것이었다.
'내가 소림사에서 벗어난 것이란 말인가? 이곳은 소림사 같지가 않은데……'
구양천수는 주위를 두리번거렸다.
그때, 어디선가 경미한 파공음이 들려왔다.
'사람이 있단 말인가?'
그 소리에 호기심이 동한 구양천수는 그곳으로 몸을 날렸다.

가면 갈수록 사방의 송림은 더욱 우거져 하늘이 보이지 않을 정도였다. 게다가 가시덤불이 기승을 부리며 자라나 있었고 이따금 드러나는 기암괴석이 돌출한 지세는 심히 험악했다. 도대체가 사람이 다닌 것 같지 않은 지세는 조금만 신경을 쓰지 않으면 길을 잃을 정도였다.
한데, 어느 순간엔가 눈앞이 탁 트이면서 공지 하나가 나타났다. 거기에는 목옥(木屋) 한 채가 서 있고 그 주위는 싸리울타리가 빙 둘러쳐져 있었다.
'이런 곳에 집이라니, 더구나 암자도 아닌 것 같아 보이는데……?'
의혹에 잠긴 구양천수의 앞에는 풍우(風雨)에 시달린 목비(木碑) 하나가 서 있었다.

〈사내(寺內)의 제자는 하인(何人)을 막론하고 접근을 금한다.
소림 제삼십이대 장문 천망(天網).〉

목비를 발견한 구양천수의 눈에 괴이한 빛이 떠올랐다.
'천망이라면…… 당금 소림사 장문인인 만공 대사의 사부가 아닌가?'
구양천수는 놀람과 동시에 호기심이 치밀었다.
이런 황량한 곳에 목옥이 서 있는 것도 신기한데다 소림의 전대 방장이 남겨둔 목비까지 발견하니 저 목옥 안에 무엇이 있는지 궁금하기 짝이 없었던 것이다.
그는 이내 빙그레 웃었다.
"실례가 될진 모르지만 나는 소림사의 제자가 아니니, 이 일에 해당 사항이 없지! 목비에는 분명히 소림의 제자라고 명시했으니까……."
목비를 향해 고개를 끄덕여 보인 구양천수는 그대로 쓱쓱 목비를 스쳐 지나 목옥의 울타리에 다가섰다.
획획거리는 파공음은 바로 그 울타리의 안에서 들려오고 있었다.
목옥은 서너 칸 정도로 이어져 있는데 지붕에 인 기와는 너무도 오래되어 무성한 풀 포기에 덮여 보이지를 않고 보이는 것은 지붕을 온통 뒤덮은 잡초들뿐이었다.
그리고 목옥의 주위는 싸리울타리가 빈틈없이 자라고 있는데 드나들게 된 문도 없을 정도로 조금의 틈새도 없이 뒤엉킨 상태였다.
 그 싸리울타리에 둘러싸인 목옥의 마당 한쪽에는 깎은 듯 평평한 바위 하나가 있었고 지금 그 위에는 한 사람이 단정히 앉아 있음이 보였다.
 구양천수가 안력을 집중하여 바라보니 그는 미목이 청수한 소년이었다. 그는 두 눈을 감고 운기행공(運氣行功)을 하고 있는 듯했다. 이따금 자세를 바꾸고는 있으나 그가 취하고 있는 자세는 시종여일(始終如一)하게 포란지세(包卵之勢)였다.
 구양천수가 들었던 경미한 파공음은 그가 자세를 바꿀 때 일어나는 소리였다.
 '무슨 고심한 내공(內功)을 연마하고 있는 모양이군. 그러나 기색을 보니 아직 경지에는 이르지 못한 것 같구나.'
 잠시 그를 살펴본 구양천수는 뇌리를 굴리면서도 내심 고개를 갸우뚱했다.
 기이하지 않을 수가 없었다. 이런 곳에 금지가 있는데 거기 있는 것은 또 어찌 난데없는 소년이란 말인가?
 그때였다.
 "후우—!"
 소년이 길게 한숨을 내쉬며 눈을 떴다. 그 눈에서는 초롱초롱한 빛이 반짝이고 있었다.
 "아무래도 나는 아둔한 모양이다……. 사부께서 혈맥(穴脈)을 타통해 주셨는데도, 내공 연마 삼 일이 지난 상태에서도 아직 진기를 제대로 도인(導引)하지 못하니……."
 머리를 흔들고 있는 그의 표정은 매우 낙담한 기색이었으나,

그 말을 들은 구양천수는 깜짝 놀라지 않을 수 없었다.

'뭐라고? 내공을 연마한 지 이제 겨우 삼 일이란 말인가? 아무리 그의 사부가 혈도를 타통해 주었다고 해도 어떻게 그럴 수가 있단 말인가? 저 정도라면…….'

생각을 굴리던 구양천수는 더욱 호기심이 동하는 것을 억제할 수가 없었다.

그는 호기심이 유난해 일단 문제가 생기면 그것을 풀고서야 직성이 풀리는 성미였다. 그러한 성품이었기에 지금 구양천수의 성취가 가능했다고 할 수도 있었다.

'그의 사부는 대단한 고인임에 틀림이 없다……. 더구나 그것을 받아들일 수 있는 저 소년도 평범한 재목은 아니다!'

구양천수는 가볍게 머리를 젓다가 그만 싸리울타리에 걸려 조그마한 소리를 내고 말았다. 순간 소년이 구양천수가 있는 곳을 바라보았다.

"거기 누구요?"

'할 수 없군.'

구양천수는 쓴웃음을 짓고는 더 이상 숨어 있을 수 없음을 느끼고 모습을 나타냈다.

그를 보자 소년은 바위 위에서 훌쩍 뛰어내려 오며 말했다.

"귀하는 뉘시기에 여기에 함부로 침입을 한 것이오? 이곳은 소림의 금지라, 외인은 출입할 수 없는 곳이오!"

그의 낭랑한 음성에 구양천수는 담담히 웃으며 말을 받았다.

"대단히 미안하게 되었소. 나는 소림의 빈객인데, 길을 잃고 헤매다 이곳에 이르게 되었으니 소림 후원의 선방(禪房)으로 가는 길을 좀 일러주시겠소?"

구양천수가 너무 태연하자 소년이 오히려 얼떨떨해졌다. 그러더니 그는 이내 어색한 표정이 되어 머리를 긁적였다.

"나도…… 소림의 지리는 잘 모르는데……."

"아니, 소형제는 소림의 제자가 아니오?"

구양천수가 의혹 어린 어조로 그의 말을 받자 소년은 입맛을 다셨다.

"소림의 제자임에는 틀림이 없지만…… 입문한 지가 얼마 되지를 않아서……."

그의 말이 채 다 끝나기 전이었다.

"용아! 너는 지금 누구와 이야기를 하고 있는 것이냐?"

목옥 안에서 낮은 음성이 흘러나왔다. 낮다고는 하지만 그 음성에 깃들인 내력의 웅후(雄厚)함은 구양천수가 처음 보는 놀라운 것이었다.

'대단한 내공이다! 대체 저 안에는 누가 있는 것일까?'

그가 놀라고 있을 때 소년은 목옥을 향해 말을 하고 있었다.

"사부님, 여기 외부인이 한 사람……."

그의 말이 끝나기도 전에 목옥 안의 음성이 벼락같이 노성(怒聲)을 질렀다.

"이곳은 사내의 제자들마저도 출입이 엄금된 곳이거늘, 외부인이 어찌 감히 침범을 한단 말이냐? 당장 그놈의 다리몽둥이를 분질러 내쫓아라!"

그의 말에 구양천수는 기가 막힌 표정이 되었다. 주위의 신비스러움으로 보아 절세고인(絕世高人)이 은거하고 있거니 생각을 했었는데 난데없이 이렇게 흉악한 소리가 터져 나올 줄이야 누가 알았으랴!

"사부님, 그는 길을 잃었다고······."

"잔소리 마라! 누가 제 놈 보고 길을 잃으라고 했더냐? 눈알이 삐지 않은 놈이라면 선사의 금비(禁碑)를 보지 못했을 리가 없다!"

'선사(先師)? 그럼, 이 목옥 안에 있는 사람은 소림 전대 방장의 제자란 말인가?'

목옥 안의 외침에 구양천수는 다시금 목옥을 바라보지 않을 수가 없었다.

그때 소년은 그를 보고 어깨를 으쓱해 보이더니 어쩔 수 없다는 듯 말했다.

"사부님의 분부시니 난들 어쩌는 수가 없군요······."

그 말에 구양천수는 빙긋이 웃어 보였다.

"설마, 정말 내 다리를 부러뜨리겠다는 말은 아니겠지?"

소년은 담담히 그의 말을 받았다.

"그것은 결과가 말을 할 것이오."

그러더니 그는 정말로 구양천수를 향해 다가오기 시작했다. 구양천수는 가볍게 웃으며 목옥을 쳐다보았다.

"목비에는 사내 제자의 출입을 금한다고 되어 있지 외부인의 출입을 금한다고 되어 있지를 않으니, 이 말은 이 금역이 소림제자에게만 적용이 된다는 말인 것 같은데······ 내게 무슨 잘못이 있는지 알 수가 없군요."

그의 말은 궤변인 듯도 하나, 어디 한곳 흠잡을 데가 없어 목옥 안의 인물도 말문이 막히는지 일시지간 아무 말이 없었다.
 그러나 상대는 그런 것에 구애를 받는 인물이 아니었다.
 "이제 보니 교활하기 짝이 없는 놈이로구나! 자고로 혓바닥이 매끄러운 놈치고 쓸 만한 놈이 없지, 그놈의 혓바닥도 마저 뽑아 버리도록 해라!"
 목옥 안의 음성이 냉소를 터뜨렸다.
 "소생의 혀는 매끄러워 잡기가 불편할 텐데……."
 구양천수가 웃으며 말을 받는 순간이다.
 "한번 시험을 해봅시다."
 소년이 낭랑히 외치며 날듯이 공격해 왔다.
 그의 한 동작 한 동작에는 절도가 있고 정기(精奇)하여 단순한 듯했지만 어느새 구양천수의 가슴팍은 모조리 그의 권세하에 노출이 되고 말았다.
 하나 구양천수의 안색은 그것을 보지 못한 듯 태연했다.
 "정종(正宗)의 소림 나한권(羅漢拳)이로군. 하나 이 정도로는 내 혓바닥은커녕 다리도 건드리기 힘들 것 같은데?"
 말을 하는 도중에 그가 몇 번 걸음을 옮겨놓자 그의 신형은 어느새 소년의 뒤로 돌아가 있었다.
 그것은 바로 천하에 이름 높은 구양가의 천기미리보(天機迷離步)로서 소년으로서는 얼굴이 붉어지도록 있는 힘을 다해도 구양천수의 옷자락 하나 건드릴 수가 없었다.
 그가 아무리 천재라도 당대 구양세가의 가주인 구양천수를 단 삼 일 전수받은 무공으로 상대한다는 것은 어불성설(語不成說)이었다. 한데 그때였다.

갑자기 소년의 권법이 장조(掌爪)를 포함한 괴이한 수법으로 변해 버린 것은.

그것은 어찌나 신기무비(神奇無比)한지 단 삼 초가 지나지 않아 구양천수는 소년의 손에 가슴을 격타당할 뻔했던 것이다.

천기미리보는 천도(天道)의 운행에 따라 창안된 절세의 신법으로서 무림의 일류고수라도 그 옷자락조차 만지기 힘든 것이었는데 이 돌연한 사태는 구양천수를 놀라게 하기에 충분했다.

'금룡수(擒龍手)도 아니고 보리수(菩提手)도 아니다……. 나는 사람으로서 삼 일 만에 이러한 경지에 이를 수 있다는 것을 도저히 믿지 못하겠다!'

구양천수는 안색을 굳히고는 지금껏 피하던 자세를 고쳐 그 자리에 버티고 서는가 싶더니 그의 안면을 향해 뻗어오고 있는 소년의 주먹을 슬쩍 밀어버렸다.

그 동작은 매우 기묘적절하여 소년은 그것을 피하지 못하고 나직한 신음과 함께 잇달아 서너 걸음 물러서는데 하마터면 넘어질 뻔했다.

가볍게 민 듯했으나 구양천수는 그 동작에서 내력을 사용했으므로 소년은 충격을 받은 듯 안색이 대번에 붉게 달아올랐다.

그의 기색을 본 구양천수는 짐작되는 바가 있어 소년에게서 눈을 돌려 목옥을 바라보았다.

"선배께서는 무슨 잘못을 저질러 밖으로 나오지 못하는 영어(囹圄)의 몸이 되었는지는 모르겠으되, 한낱 소년을 시켜 이렇게 구차한 공부(功夫)를 보이신다면 세간의 비웃음을 살 것입니다. 세상을 대함에 부끄러움이 있으시다면 소생은 이만 작별을 고하겠습니다!"

 총명절정의 그는 방금 소년이 펼친 무공이 목옥에서 전음(傳音)으로 지시한 대로 움직인 것임을 직감했던 것이다.

 그의 말에 소년은 수치감으로 얼굴이 붉어졌다. 그러나 그는 이어지는 구양천수의 말에 이를 악물며 노기를 드러냈다.

 "당신이 이긴 것은 보잘것없는 나인데, 어찌 감히 사부님을 모욕한단 말이오?"

 구양천수는 그를 보며 담담히 웃었다.

 "너의 자질이 비록 금방 전수받은 것을 운용할 수 있을 정도이기는 하지만 십년각고(十年刻苦) 이후라도 나를 상대할 수는 없다!"

 구양천수는 소년이 무참해지게 말을 하고는 목옥을 향해 포권해 보이고 돌아섰다.

 순간,

 "와핫핫핫하하―!"

 목옥의 안에서 굉량(宏量)한 웃음소리가 천지를 떨게 하며 터져 나왔다. 격렬한 노기를 나타내는 웃음소리는 놀라운 위세로서 목옥의 지붕을 덮고 있는 기와를 들썩거리며 풀 포기를 날아오르게 했다.

 웃음소리는 구양천수를 잡아놓기에 족했다.

 "지난날 같았다면 그 말로써 너는 이미 살아 있지 못했을 것이다! 비록, 지난 사십 년의 수도로 말미암아 나의 심중에서 살기가 사라졌으되, 그렇다고 해서 무공 입문 삼 일의 애송이를 이기고 하늘 높은 줄 모르는 네놈을 그냥 둘 정도로 해탈(解脫)을 한 것은 아니다!"

 천둥과 같은 외침 소리가 울려 나오고 동시에 목옥의 문이 펑! 하는 소리와 함께 날아가며 그 안에서 웅후한 잠경(潛勁)이 바다를 뒤엎을 듯이 구양천수를 향해 휘몰아쳐 왔다.

 그것을 본 구양천수는 안색이 돌변했다. 그와 같은 공력은 세상에서 보기 드문 것이었던 것이다.

 그는 급격히 숨을 들이켜며 양손을 가슴에 교차시키더니 쌍장을 맞대고 서서히 그 덮쳐 오는 잠경을 밀어내기 시작했다.

 꽝!

 한소리 굉음이 두 사람의 앞에서 일어나더니 바닥의 흙먼지가 맹렬한 경기에 휘말려 하늘로 치솟아올랐다. 시야가 흐려지는 가운데 구양천수는 탁한 신음을 흘리며 어깨를 격렬히 흔들다가 기어코 한 걸음 물러나고 말았다.

 그러자 문이 열린 목옥 안의 어둠 속에서 나직이 아, 하는 놀란 듯한 음성이 들려왔다.

 "대단하군. 너와 같은 나이에 노납의 일장을 막아낼 수 있다니…… 그렇기에 그토록 광망했었군! 좋아, 좋아. 그럴수록 너를 그냥 둘 수 없군. 다시 한 번 나의 공격을 받아보거라!"

 방금의 일장을 받아본 구양천수는 상대의 다음 공격이 필시 풍운변색(風雲變色)의 위세가 있을 것임을 깨닫고는 전신의 공력을 끌어올리고 있었는데 그 외침이 들려온 후에 목옥의 안에서 뻗어 나온 것은 어이없게도 봄바람과 같이 부드럽기 짝이 없는 기운이었다.

 웅후강맹함은 소림무공의 특징이었다.

한데 이러한 경력은 구양천수를 어리둥절하게 하기에 족했다.

 그러나 다음 순간에 그는 마치 무형의 거미줄이 자신을 옭아맨 듯해 그 경기를 피할 수 없음을 느끼고는 대경실색해 부르짖었다.

 "반선마하장력(般禪摩訶掌力)!"

 그의 외침과 동시에 세 살 먹은 어린아이라도 상해할 수 없을 듯한 기운은 이미 그의 가슴에 도달하고 있었다.

 구양천수는 망설일 겨를도 없이 짤막한 기합과 함께 가슴팍에 모았던 두 손을 일제히 뒤집으며 앞으로 밀어내었다.

 찰나였다.

 팍, 하는 기이한 음향이 일어나며 놀라운 소용돌이가 구양천수와 목옥의 사이에서 일어났다. 그 힘은 무서운 위세로 바닥을 쓸어 휘말아 올렸으며, 소년은 그것을 견디지 못하고 비틀거리다가 그대로 나동그라지고 말았다.

 그리고 구양천수도 나직한 신음을 흘려내며 술 취한 사람처럼 자세를 가누지 못하고 잇달아 쿵쿵 소리를 내면서 물러났다.

 그가 한 걸음을 물러날 때마다 바닥에서는 흙먼지가 일어나면서 깊은 족인(足印)이 찍히고 그 족인이 발자국마다 점점 깊어지고 있는 것으로 보아 지금 구양천수가 받고 있는 압력이 얼마나 엄청난 것인가를 짐작하고도 남음이 있었다.

 구양천수는 잇달아 다섯 걸음을 물러났는데도 상대에게서 밀려 나오는 압력이 조금도 줄지 않고 점점 더 강해져 기혈이 마구 뒤엉킴을 느끼고는 이를 악물면서 전신의 공력을 모조리 끌어올렸다.

순간, 그의 장심에서는 금빛이 번뜩이는가 싶더니 한 가닥 막강한 기운이 그의 장심을 통해 쏟아져 나갔다.

꽝!

그와 동시에 벼락치는 굉음이 일어나며 구양천수는 가슴을 쇠망치로 때리는 충격과 함께 눈앞이 깜깜해지는 것을 느끼고는 그대로 왈칵 한 모금의 선혈을 토해내고 말았다.

"대라금광수(大羅金光手)…… 천기미리보가 네게서 펼쳐진 것을 보고 설마 했더니 구양가의 사람이란 말이냐?"

시야를 가리며 피어올랐던 흙먼지가 천천히 가라앉는 사이에 목옥의 안에서는 약간 놀란 듯한 음성이 흘러나왔다.

그 말에 구양천수는 입가에 흘러내린 피를 손으로 쓱 문질러 닦으며 빙그레 웃었다. 창백한 그의 얼굴은 그런 가운데에서도 당당했다.

"지난날 소림에 성미가 열화와 같은 신승(神僧)이 있었고 그분의 무공은 가히 소림제일이라 당세에 당할 자가 없었다는 말을 들은 적이 있었는데 오늘 보니 그 뇌공 대사의 전설이 결코 과장이 아니라는 것을 알 수가 있었습니다."

"흥, 아는 것이 결코 적지 않군."

구양천수의 말에 목옥의 안에서 냉소가 들려왔다.

그러나 그 음성은 알아볼 수 있게 누그러져 있었다. 목옥 안에 있는 사람은 바로 구양천수가 말한 뇌공 대사였다. 그리고 그는 당대 소림 장문인 만공 대사가 소개한 백리용아의 사부였으며, 구양천수의 앞에 있는 소년이야말로 삼 일 전에 뇌공 대사의 문하에 입문한 바로 그 백리용아인 것이다.

구양천수는 뇌공 대사의 말에 전혀 개의치 않고 창백한 얼굴에 다시 담담한 미소를 떠올렸다.
 "과찬의 말씀을, 아직은 아는 것이 많다고 할 수가 없습니다. 대사께서 수중에 사정을 두시지 않았었더라면 저는 내일의 태양을 보지 못했을 뻔했으니까요."
 "흥, 과연 구양가답게 말은 번드르르하게 잘 하는군. 네 이름은 어떻게 되느냐?"
 "소생의 이름은 천수라고 하는데 바로 당대 구양가를 맡고 있습니다. 앞으로도 많은 가르침을 부탁드리겠습니다."
 구양천수의 말에 돌연 목옥의 안에서는 밤하늘을 찌르는 커다란 웃음소리가 터져 나왔다.
 목옥의 어둠 속에서는 마치 등불과 같은 두 줄기 빛이 일어나고 있어 그것이 눈빛임을 짐작케 해 사람으로 하여금 놀람을 금할 수 없게 하고 있었는데도 구양천수는 조금도 꿀리지 않고 당당히 그쪽을 바라보고 있었다.
 그의 안력 또한 범상한 것은 아니라 그는 어둠 속에 한 인영이 결가부좌하여 앉아 있는 것을 볼 수 있었다.
 뇌공 대사는 한바탕 광소를 터뜨린 후에 구양천수를 보고는 그가 여전히 당당히 자신을 보고 있음을 알자, 오히려 웃음기 어린 음성으로 말했다.
 "쓴맛을 보고도 광망한 점이 마음에 드는군. 너는 구양범과는 어찌 되는 사이냐?"
 "선친이십니다."
 아버지에 대한 이야기가 나오자 비로소 구양천수의 얼굴이 엄숙해졌다.
 뇌공 대사가 그를 보고 광망하다고 하는 것은 조금 전 그가 말한 앞으로도 가르침…… 운운이 언젠가는 설욕을 하겠다는 뜻임을 알아듣고서 한 말이었다.
 "선친…… 그가 결국……."
 뇌공 대사는 나직이 탄식을 하더니 기이하게 말끝을 흐렸다.
 구양천수는 괴이함을 느끼지 않을 수가 없었다. 그는 여기에 갇혀 지낸 지 사십 년이라고 했었는데, 언제 이십 년 전에 실종된 구양범과 만날 수가 있었단 말인가?
 "구양범…… 이십여 년 전에 네 선친이 이곳으로 나를 찾아와서 그를 만나보았었는데, 그는 정녕 당세의 용봉지재(龍鳳之才)였었다. 한데 네 녀석은 왜 그렇게 광망하냐?"
 뇌공 대사의 말에 심중의 의혹이 대강 가신 구양천수는 빙그레 웃음을 보였다.
 "광망이 아니라, 이런 것은 자신(自信)이 넘친다고 하는 것입니다!"
 "으핫핫하하하……."
 그 말에 뇌공 대사는 또다시 크게 웃었다.
 백리용아는 사부가 저렇게 웃는 것을 비록 삼 일 동안이었지만 본 적이 없었다.
 '사부는 오히려 그를 좋아하는 것 같다…….'
 "정말 대책이 안 서는 놈이로군. 구양 시주가 지하에서 눈을 감기가 힘이 들겠다!"
 구양천수는 여전히 미소 띤 얼굴로 말을 받았다.

"그 눈에는 이 아들의 자랑스러운 모습만 보일 겁니다."
"……."
목옥의 안에서는 더 이상의 말이 들려오지 않았다. 정좌수도만 해오던 그로서는 이토록 청산유수인 구양천수와 더 이상 입씨름을 한다는 것은 애초에 승산이 없는 것이다.
구양천수는 마지막 한마디를 덧붙였다.
"제 성격은 아버님의 매사에 신중치밀하심과는 조금 다릅니다. 해결책이 있든 없든 일단 부딪치고 보는 것이라서 말이죠……. 그 성격이 혹 대사님께 무례하게 보였다면, 사과를 드립니다."
이렇게 되고 보면 흠잡을 곳이 없다.
그의 태도는 광망한 듯도 했으나 자신감이 넘쳤고, 그것은 남에게 반감을 사지 않고 기이한 호감을 불러일으켜 오히려 그의 장점이 되고 있었다.
뇌공 대사가 다시 말을 했다.
"좋다…… 이제 그만 가보도록 해라. 선사의 법유가 있어 외부인을 오래 머물게 할 수는 없다."
그 말에 구양천수는 정중히 읍을 했다.
"언젠가 다시 한 번 찾아뵙도록 하겠습니다."
"복수를 하고 싶으냐?"
"어찌 감히…… 그저 언젠가는 한 번 더 찾아뵙고 가르침을 받아야 할 일이 생길 것 같은 예감이 들어 드리는 말씀입니다."
구양천수는 정색을 하고 말했다. 그러자 뇌공 대사는 조용히 말을 했다.

"글쎄, 회자정리(會者定離)라 하나, 만나고 헤어짐에 무슨 의미가 있으랴, 모든 것이 무상(無常)하니 너는 마음에 두지 말아라. 수년 후에 이 녀석이 나의 뒤를 잇게 될 것이니……."

 그 말이 끝이었다. 그 말 이후로 목옥 안에서는 어떠한 말도 흘러나오지 않았다. 정광이 번뜩이던 눈빛도 사라진 것으로 보아 아마 눈도 감아버린 모양이었다.

 잠시 목옥을 응시하고 있던 구양천수는 몸을 돌려 곁에 있던 백리용아를 바라보았다. 백리용아는 힘있는 눈빛으로 그를 보고 있었다.

 "후일, 다시 만나게 될 때에는 오늘과 같이 실망을 시켜 드리지는 않겠소."

 백리용아는 침착히 말하고는 입을 다물고 나가떨어진 목옥의 문짝을 향해 다가갔다.

 담담한 웃음이 창백한 구양천수의 입가에 피어났다. 그리고 그는 문짝을 일으켜 목옥에 달려고 하는 백리용아를 향해 말했다.

 "그것을 그대로 달면 그대의 사부는 또다시 기약없는 연금을 당해야 할 거야."

 그 말에 백리용아는 의혹 어린 빛이 되어 구양천수를 돌아보았다.

 "생각해 봐. 그대의 사부가 왜 사십 년을 여기에 갇혀 있어야만 했었는가를, 그것은 그대 사조(師祖)의 법유 때문이었는데 그의 친필 법유는 바로…… 더 이상 이야기를 한다면 자네의 머리를 모독하는 것이 될 테니까 그만두지. 그럼……."

 구양천수는 그를 보고 있는 백리용아의 눈길을 등 뒤로 두고 미련없이 몸을 돌려 그곳을 벗어났다.
 백리용아가 들고 있는 문짝의 위쪽에는 걸레가 되다시피 한 종이 조각이 펄럭이고 있었다.

第五章

용사혼잡(龍蛇混雜)
―끊임없이 이어지는 변화 속에 용과 뱀이 섞여 있으니
신비는 점점 깊어지고…….

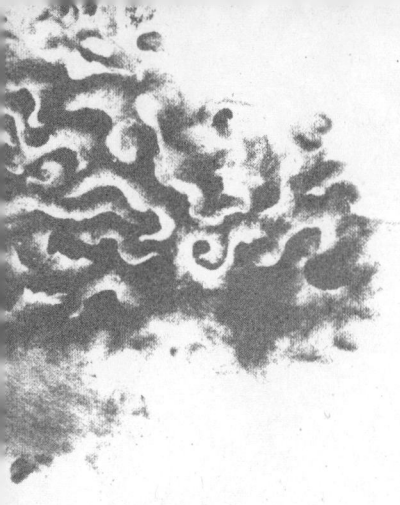

풍운고월
조천하

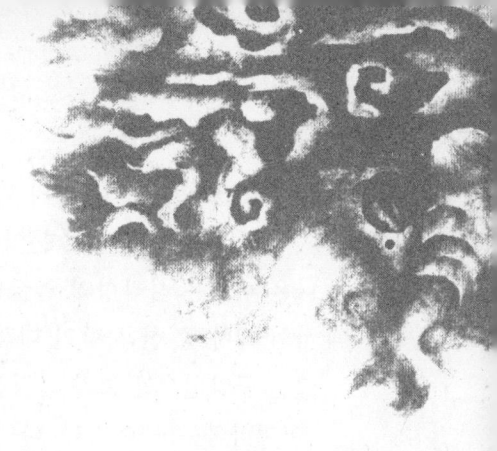

 '소림사는 과연 소림사다. 그의 무공은 아마도 당세 무림에서 당해낼 사람이 거의 없을 것이다…….'
 구양천수는 머리를 흔들었다.
 천년 소림의 위명은 정녕 헛된 것이 아니었다. 아무리 신기제일 구양세가의 당대 가주라 하나, 소림제일이라는 뇌공 대사에게 패한 것은 어쩌면 당연한 것일 수밖에 없었다. 그는 폐관수도 사십 년이나 된 전대 고인, 구양천수의 나이는 그 절반도 못 되는 약관이 아니던가.
 그의 눈앞에 그가 묵고 있는 선방이 보이고 있었다. 자신의 거처를 제대로 찾아온 것이다.
 한데, 자신이 묵고 있는 선방 앞에 다다른 구양천수의 발길이 흠칫 굳어졌다.

자신의 방 안에서 사람의 기척이 느껴졌던 것이다. 그가 걸음을 멈춤과 동시에 선방의 문이 열리며 한 사람이 나타났다.

나온 사람은 사각형의 얼굴을 가진 중년승인데 그는 바로 만공 대사의 제자 중 한 사람인 대각(大覺)이었다.

그는 구양천수를 보자 합장을 하며 나직이 불호를 외웠다.

"아미타불…… 어디를 다녀오십니까? 빈승은 오늘 당직이라 이 주변을 돌아보다 방 안에 구양 시주께서 계시지 않아 지금 막 찾아보려고 나오던 참이었습니다."

말을 하던 그는 구양천수의 입가에 미미한 핏자국의 흔적을 발견하고는 안색이 약간 변했다.

그 기색을 얼른 눈치챈 구양천수는 태연히 말을 돌려 버렸다.

"심려를 끼쳐 죄송합니다. 과로를 좀 했는지, 코피가 나기에 개울에 나가 세수를 좀 하고 오는 길입니다."

태도는 태연이고, 말은 완벽한지라 대각은 더 이상 궁금할 것이 없었다.

"몸을 보중하셔야지요……. 언제라도 불편한 것이 있으시면 빈승을 부르십시오. 그럼."

대각은 가볍게 구양천수에게 고개를 숙여 보이고는 몸을 돌려 총총히 사라져 갔다.

구양천수의 신분은 비밀로 되어 있어서 대각도 그가 구양세가의 가주인 줄은 알지를 못하고 있었다. 다만 장문인의 명으로 무엇인가를 하고 있는 것으로만 알고 있는 것이다.

구양천수가 뇌공 대사의 일격에 받은 내상은 가볍지 않았다.

반선마하장력은 불문 선천기공(先天氣功)으로서 만약 구양천수가 아닌 다른 사람이었다면 단 일 장에 내부가 으스러져서 즉사를 하고 말았을 것이었다. 그런 반선마하장력인지라 그것을 정면으로 맞받은 구양천수가 무사할 리가 없었다.

구양천수는 방에 들어서자마자 방문을 잠가놓고서 운공조식에 들어갔다.

창백했던 그의 얼굴은 시간이 지남에 따라 천천히 제 빛을 되찾아가고 그의 머리 위로는 수증기와 같은 기운이 어리기 시작했다. 얼마의 시간이 지나자 그의 신색은 평온해졌고 머리 위에 어렸던 수증기와 같은 기운도 사라져 버렸다.

그리고 구양천수도 눈을 떴다. 그의 눈은 다시 빛나고 있었다.

"정말 대단하다. 만에 하나, 그가 중도에서 힘을 거두지 않았더라면 나는 이렇게 간단히 회복할 수가 없었을 것이다. 그가 뇌공 대사임을 짐작하고 과연 그의 능력이 얼마나 되는가를 시험해 보기 위해서 그의 비위를 일부러 거슬려 보았었는데…… 그것은 어리석은 일이었다."

원래 구양천수가 뇌공 대사의 앞에서 말을 무례하게 한 것은 그의 성미를 건드려 그로 하여금 손을 쓰게 하려는 의도가 있었던 것이다.

그러나 상대의 능력은 구양천수가 생각하던 범위를 벗어나 있었다. 하긴 그럴 수밖에 없었다. 이미 사십 년 전에 무로써 이름 높던 뇌공 대사였는데 그런 그가 사십 년이란 세월을 정진(精進)했으니 어찌 범상하겠는가.

운기조식(運氣調息)으로써 겨우 내상을 억눌러 놓은 구양천수는 목이 마름을 느끼고 탁자 위에 놓인 차를 마셨다. 소림의 차는 원래가 유명하여 구양천수는 소림에 머문 삼 일의 시간 동안에 거기에 상당히 맛을 들인 상태였다.

 그런데, 그 차를 마시고 난 후에 잠시 생각에 잠겨 있던 구양천수는 문득 머리가 어지러움을 느끼고는 안색이 돌변했다.

 "이상한데? 어떻게 이런……."

 머리를 짚으며 자리에서 일어나려던 구양천수는 비틀거리다가 그 자리에 그대로 픽 쓰러져 버리고 말았다.

 구양천수가 쓰러지고 난 후에 불과 얼마 지나지 않아 인영 하나가 번개처럼 방으로 스며들어 왔다.

 그 인영은 날렵하게 사방의 기척을 살피고는 구양천수의 품을 뒤져 그의 품에 있던 가죽주머니 하나를 꺼냈다. 그가 그것을 열어보자 주위는 은은한 보광으로 물드는데, 그 안에는 바로 무개옥합이 들어 있었다.

 안의 물건을 확인한 인영은 만족한 미소를 지으며 그 자리에서 사라져 버렸다.

 그것은 아무도 생각지 못한 변화였다. 아니, 구양천수가 내상을 입지만 않았어도 일어날 수 없는 변화였는지도 몰랐다.

*　　　*　　　*

 소림사 경내에는 암자(庵子)가 많았다.

 소림사뿐만 아니라 명산대천(名山大川)에는 널려 있는 것이 암자요, 산신묘(山神廟)였다.

월정묘(月精廟)라 불리는 암자도 그중 하나였다. 이곳은 예전에는 산신각이었었는데 지금은 퇴락하여 사람은 살지 않고 남아 있는 것은 산신본당 하나뿐이었다.

나머지는 모조리 무너지고 잡초에 뒤덮여 있어 대낮에도 등골이 으스스한 곳이었다.

인영은 바로 거기에 나타났다. 그는 나타나 주위를 조심스럽게 둘러보고는 가볍고 길게 두 번, 짧게 한 번 손뼉을 쳤다.

순간.

"어떻게 되었느냐?"

산신묘의 본당 안에서 차가운 음성이 들려왔다.

그러자 인영은 허리를 굽히며 입을 열었다.

"다행히 명을 어기지는 않았습니다!"

"그래? 좋아…… 큰 공을 세웠구나. 이리 가지고 오너라."

산신당 안의 신비인의 명령에 따라 인영은 몸을 일으켰다. 그는 복면을 했으며, 몸을 일으킨 그는 품에서 무개옥합이 담긴 가죽주머니를 꺼냈다.

그 순간에 싸늘한 음성이 산신당의 안에서 터져 나왔다.

"너와 같이 온 자는 누구냐?"

"가, 같이 온 자라니요?"

복면인이 느닷없는 말에 어리둥절해 의혹 어린 눈빛으로 주위를 두리번거렸다.

그가 놀라 주위를 두리번거리는 순간이다.

"아하하하하……."

낭랑한 음성이 맑게 웃음을 터뜨리며 한 사람이 복면인의 등 뒤 숲속에서 모습을 드러냈다. 그곳은 복면인으로부터 불과 삼사 장 정도밖에 떨어지지 않은 곳이었다.

"다, 당신은……?"

그를 발견한 복면인은 귀신이라도 본 듯 대경실색하여 전신을 부르르 떨며 흠칫 뒤로 물러났다.

놀라지 않을 수가 없었다. 나타난 사람은 바로 정신을 잃고 쓰러졌던 구양천수였던 것이다.

"어, 어떻게? 분명히 미신환(迷神丸)이 녹은 차를 마셨었는데……"

더듬거리는 복면인을 향해 구양천수는 태연히 웃어 보였다.

"그 정도에 당한다면 어찌 강호상에 구양세가가 신기제일이란 이름으로서 발을 붙이고 서 있을 수 있을까? 정녕 면목없는 일이지."

그는 말을 하며 천천히 걸어 그에게 다가서며 싸늘한 시선으로 그를 노려보았다.

"적들이 장경각(藏經閣)에 보관하고 있는 무개옥합이 가짜임을 어떻게 알고 동정이 없는가 했더니 바로 당신이 배신자였기 때문이었군?"

"으으……"

복면인은 구양천수가 다가오자 신음을 토해내며 주춤주춤 뒤로 물러났다. 그는 바로 소림 장문 만공 대사의 제자인 대각 선사였던 것이다. 어찌 상상이라도 할 수 있는 일일까!

그때 산신당 안에서 냉랭한 음성이 흘러나왔다.

"그렇다면…… 그가 가지고 온 것은 진짜가 아니겠군!"

그 말에 구양천수는 빙그레 웃으며 산신당 쪽을 바라보았다.

"물론이지, 그렇지 않고서야 사문을 배신한 쥐새끼가 어찌 그 물건에 손이라도 대어보겠나?"

"우──욱!"

그 말에 대각은 치미는 노기에 전신을 부들부들 떨었다.

그것을 본 구양천수는 픽 웃었다.

"왜, 아직 양심은 남아 있나? 불가의 제자로서……."

"닥쳐라!"

그 말이 끝나기 전에 대각은 노호를 지르며 손에 들고 있던 무개옥합이 든 주머니를 구양천수에게 집어던지면서 그에게 덮쳐왔다.

그는 소림 장문인의 제자인만큼 그 공력은 심후하기 이를 데 없어 그의 장세는 산악과 같았다.

하나 구양천수는 그의 장세를 맞받지 않고 천기미리보를 사용하여 슬쩍 그의 장세를 피하며 몸을 날려서 그에게 날아오는 무개옥합이 든 주머니를 받아 들었다.

냉큼 그 주머니를 받아 들고 내려선 구양천수는 고개를 끄덕이며 웃음을 지었다.

"좋아, 좋아…… 이렇게 회개하는 빛이 보이니 내 이따 만공 장문인께 잘 말씀을 드려보지! 죽음만은 면하고 음…… 뭐가 좋을까? 그렇군! 회개와 더불어 득도(得道)를 할 수 있도록 면벽 이백 년 정도가 아주 적당하겠군!"

그의 웃음은 아주 의미심장했다.

뒤늦게 산신당의 안에서 무엇에 억눌린 듯한 음성이 새어 나왔다.

"설마…… 그것이 진짜란 말인가?"

구양천수는 빙긋 웃었다.

"당연하지, 장경각에 있는 것이 가짜인데 내가 무슨 재주로 그 사이에 가짜를 두 개나 만들 수 있단 말인가?"

"……."

기가 막힌 듯 산신묘 내에서는 일시지간 아무 소리도 들리지 않았다.

"이…… 이……!"

특히 대각은 안색이 창백해지고 식은땀을 흘려내며 말을 잇지 못하고 있었다. 손에 든 것을 상대에게 던져 줬으니 어찌 기가 막히지 않을 것인가.

그가 무참함에 부들부들 떨고 있을 때 산신당의 안에서는 신음과 같은 냉소가 새어 나왔다.

"실로 대담하군! 진짜를 미끼로 쓰다니……."

"주로 멍청이들과 상대할 때는 조금 대담한 편이지, 왜냐하면 멍청이의 수중에 있는 물건은 언제든 이렇게 말 한마디로 다시 가져올 수가 있으니까 말이야."

구양천수가 웃으며 수중의 무개옥합을 만지작거렸다.

순간, 안색이 참담히 일그러진 대각이 노성을 터뜨리며 그를 덮쳐 왔다.

그것을 보고도 구양천수는 안색 하나 변하지 않았다.

"소림 무공은 불가정종이라 정(定)을 으뜸으로 하니, 너와 같은 간적(奸賊)이 그러한 성취를 이루었을 리가 없지!"

그 말과 함께 구양천수는 물러나는 것이 아니라, 오히려 대각의 장세 안으로 덮쳐들어 갔다.

그의 신형이 단숨에 대각의 장세 안으로 휩쓸려 버리는 것 같은 순간, 대각이 신음과 함께 피를 토하며 쓰러졌다.

원래 그는 구양천수의 상대가 아닌데다가 노기와 당혹이 한데 엉클어져 제대로 손을 쓸 여가도 없이 구양천수의 일격에 가슴을 얻어맞고 나가떨어지고 만 것이다.

구양천수는 대각을 쓰러뜨리고는 그대로 산신당의 문을 박차며 산신당의 안으로 덮쳐들어 갔다.

그의 행동은 눈부시게 빨랐으나, 반쯤 열려 있던 문짝이 부서져 나가는 것과 함께 어둠 속에서 섬광이 번뜩이며 그를 향해 덮쳐 왔다.

땅땅—! 쨍그랑!

구양천수가 수중의 섭선을 뒤집자 예리한 금속성이 잇달아 일어나며 어둠 속에서 불똥이 튕겨났다.

그를 공격한 것은 두 자루의 검이었으며 그의 섭선에 부딪힌 검들은 나직한 놀람의 소리와 함께 밀려나고 말았다.

구양천수는 적의 검과 부딪친 자신의 섭선을 쥐고 있는 손목이 은은히 저려옴에 놀라 번개처럼 안을 쓸어보았다.

산신당의 안은 넓지 않아 공탁(拱卓)을 빼고 약 삼 장가량 정도였는데 공탁에는 신상이 아무렇게나 쓰러져 있고 그 자리에는 한 사람이 대신 앉아 있음이 보였다. 그는 문과 정면으로 마주보고 있는데 복면을 했으며 눈빛은 비수와 같았다.

구양천수는 문을 박차고 들어왔으므로 당연히 그와 마주보게 되었으며, 그 흑의복면인과 구양천수와의 사이에는 서늘한 빛을 뿌리는 장검을 들고 있는 흑의인 둘이 구양천수를 노려보고 있었다.

"구양세가에 어린 호랑이가 나타났다고 하더니…… 오늘 보니 과연 헛말은 아닌 것 같군."

복면 속의 차가운 눈빛으로 구양천수를 주시하고 있던 흑의복면인은 미미하게 놀람의 기색이 깃든 음성으로 중얼거렸다.

그 말에 구양천수는 낭랑히 웃었다.

"어린 호랑이라고? 하하하…… 그대의 눈은 겉보기와는 매우 다르군! 이미 산중대호(山中大虎)가 된 호랑이를 일컬어 어린 호랑이라고 하다니!"

"광오하군."

"자신의 능력에 대해 자신이 있는 사람만이 광오할 수 있지! 만에 하나 그렇지 않은 자가 그런다면 그는 미친 자일걸?"

흑의복면인의 말에 구양천수는 웃으며 그를 주시한 채로 그를 향해 걸음을 옮겼다.

그의 태도는 태연자약하여 곁에서 한망이 번뜩이는 장검을 비껴들고 그를 노리고 있는 흑의인 둘은 안중에도 두지 않고 있는 듯했다.

그러자, 흑의복면인은 손을 들어 구양천수를 저지하며 여전히 차가운 어조로 말을 하였다.

"구양세가는 본 문과 아무런 연원도 없는데 굳이 나서서 본 문과 적대할 필요가 어디 있소? 이쯤에서 손을 떼고 물러선다면 본 문에선 구양세가와의 마찰을 없던 것으로 하겠소."

그 말을 듣자 구양천수는 흥미있는 듯 눈을 빛내며 걸음을 멈추었다.

"귀하에게 정말 그런 능력이 있소?"

의외의 반응에 흑의복면인은 얼른 고개를 끄덕였다.

"비록 나의 지위가 높지는 않으나, 그 정도는 충분히 감당할 수가 있소. 물론 물건은 우리에게 넘겨주어야겠지만……."

순간 구양천수는 낭랑히 웃음을 터뜨렸다. 흑의복면인은 기이한 기색이 되어 물었다.

"왜 웃는 것이오?"

구양천수는 웃음을 멈추며 그를 쳐다보았다.

"그대를 잡으면 내가 궁금한 것을 확실히 알 수 있다는 사실을 알게 된 때문이지!"

말이 채 끝나기도 전에 구양천수는 오른쪽의 흑의인을 향해 덮쳐 갔다. 그 속도는 놀랍도록 빨라 그 흑의인이 미처 어떤 반응을 보이기도 전에 그의 손에 들린 섭선은 그 흑의인의 목덜미를 후려갈기고 있었다.

"으악!"

그 흑의인이 단말마의 비명을 지르며 쓰러지는 순간에 왼쪽의 흑의인이 차가운 검광을 번뜩이며 구양천수를 덮쳐 왔다.

하나, 구양천수는 이미 섭선을 휘둘러 덮쳐 온 검을 쳐냄과 동시에 드러난 흑의인의 그 가슴을 향해 장력을 쏟아내고 있었다.

"와악!"

흑의인이 참담한 비명과 함께 일 장여나 밀려가 요란한 음향과 함께 벽을 박고 쓰러지자 구양천수는 접었던 섭선을 쫙 펼쳐서 공탁 위에 있는 흑의복면인을 공격해 갔다.

이 일련의 동작은 마치 대본을 두고 연습이라도 한 듯 지독히 빨랐고 자연스러워 흡사 태풍이 휩쓸고 지나가는 듯했다.

흑의복면인은 눈 깜박할 사이에 자신의 수하들이 어이없이 쓰러지고 구양천수가 자신을 공격해 오자, 대노하여 공탁을 박차고 날아올라 구양천수의 공격을 피함과 동시에 흑의를 펄럭이면서 허공에서 거꾸로 곤두박질해 그를 공격해 갔다.

쨍!

한소리 날카로운 음향이 귀청을 찔렀다.

두 사람은 어둠 속에서 사납게 얽혀 돌아가기 시작했다.

어느 사이엔가 흑의복면인은 이미 수중에 차가운 빛이 번뜩이는 단검을 한 자루 꺼내 휘두르고 있었는데 그 기세는 신랄하기 이를 데 없었다.

어둠 속에서 벌어지는 그들의 격투는 가히 용호상박이었다.

한데 어느 순간, 구양천수의 입에서 낭랑한 웃음소리가 터져 나왔다.

"좋아, 이제 보니 당신이 쓰고 있는 것은 강호상에서 사라졌던 칠절마검식(七絕魔劍式)이로군그래?"

그 소리와 함께 뒤엉켜 싸우고 있던 두 사람의 사이에서 날카로운 쇳소리가 격렬하게 터져 나오더니, 나직한 신음이 들려왔다.

그리고 비틀거리며 물러나는 것은 흑의복면인, 그의 가슴 어림의 옷자락은 사납게 찢어져 있었으며 거기에서는 피가 흘러내리고 있었다.

"어…… 어떻게?"

복면 속의 그의 눈은 부릅떠져 있었고 거기에 어린 것은 당혹과 불신! 그는 실로 어떻게 자신의 검세가 파괴되었는지 알 수가 없었다.

"당신은, 질문할 위치에 있는 것이 나이지 당신이 아니라는 것을 그새 잊어버린 것 같군?"

구양천수는 담담히 웃으며 그에게 한 걸음 다가갔다.

순간이었다.

펑, 하는 소리와 함께 흑의복면인이 있던 곳에서 일진의 연막이 피어나 시야를 가리는 것과 동시에 산신묘의 지붕이 터져 나갔다.

돌변한 상황에도 구양천수는 조금도 당황하지 않고서 냉소를 터뜨렸다.

"흥!"

현무검주의 같은 수법에 한번 당한 적이 있던 구양천수는 연막이 터지는 것과 동시에 이미 산신묘의 밖으로 몸을 날리고 있었다.

전광처럼 사방을 휩쓰는 그의 눈에 산신묘의 뒤쪽에 있는 숲속으로 몸을 날리고 있는 흑의복면인이 잡혔다.

"실수는 한 번이면 족하지! 또 너를 놓친다면 내 어찌 구양세가의 가주 자격이 있으랴!"

차갑게 중얼거린 그는 조금의 망설임도 없이 막 숲속으로 사라져 가고 있는 흑의복면인을 향해 신형을 날렸다.

한데, 그가 막 숲속으로 날아드는 순간에 인영 하나가 그의 앞을 가로막는 것이 아닌가!

그러자 구양천수는 놀라기는커녕, 오히려 그것을 기다렸다는 듯 차갑게 웃었다.

"좋아, 그대는 생각보다 멍청하군!"

그와 동시에 구양천수는 쏘아가던 기세를 멈추지 않고 되려 그 기세를 이용하여 날벼락과 같이 앞을 가로막는 인영을 공격해 대체 누가 누구를 공격하는지 분간할 수 없을 지경이 되고 말았다.

그런데 괴이한 일이 일어났다.

"가, 가주! 접니다!"

날아든 인영이 그를 공격하는 것이 아니라 오히려 그의 공격에 혼비백산하여 다급히 외치는 것이 아닌가.

'정 이숙(程二叔)!'

구양천수는 그 외침을 듣는 순간에 일이 고약하게 되었음을 직감하고, 공세를 거두며 그 탄력으로 땅을 박차 나타난 인영의 키를 날아 넘었다.

그리고 전광과 같은 눈빛으로 사방을 쓸어보았으나 칠흑과 같이 어두운 숲속에서 이미 어떤 흔적을 발견할 수 있을 리 없었다.

그러나 어찌 단념할 수 있으랴!

구양천수는 번개같이 자신의 손가락도 보기 힘든 어둠이 깔린 숲속으로 사라져 갔다.

방금 나타난 사람은 청삼을 걸친 눈매가 날카로워 보이는 중년인이었는데 그는 구양천수가 바람과 같이 자신을 타 넘어 사라져 버리는 것을 보고는 잠시 주위를 살펴보더니 미간을 찡그렸다.

"아무래도 내가 때를 잘못 맞춰 나타난 거 같은데……."

그가 중얼거리고 있을 때 구양천수의 음성이 들려왔다.

"당연하죠. 때를 잘못 맞춰도 보통 잘못 맞춘 게 아닙니다."

말의 여운이 채 사라지기도 전에 구양천수가 숲속에서 천천히 걸어나왔다. 사라질 때는 그처럼 다급하더니 지금은 어디 산책이라도 하듯 한가한 기색이었다.

하나 청삼인은 구양천수의 숨결이 약간 거칠어져 있음을 보고는 내심 놀라 생각했다.

'가주는 평소 자부심이 대단해 되도록 전력을 사용하는 법이 없었는데……'

청삼인은 미간을 약간 찡그린 채 구양천수를 바라보았다.

"누구를 추적하셨던 것 같은데 놓치신 모양이군요?"

구양천수는 고개를 끄덕였다.

"덕분에 가주 자격이 없게 되어버렸습니다."

"그건 무슨 소리입니까?"

청삼인이 어리둥절해 되물었으나 구양천수는 가볍게 혀를 차고는 말을 돌렸다.

"가셨던 일은 어떻게 되었습니까? 그들의 근거지를 알아내셨습니까?"

그 말에 청삼인의 안색이 약간 굳어졌다.

"본거지라고는 할 수 없고, 그들이 숭산 일대의 연락 장소로 사용하는 듯한 곳을 알아내기는 했는데 행적이 탄로 날까 저어하여 더 이상 깊게 알아볼 수는 없었습니다."

"이숙이 행적의 노출을 꺼렸다면, 그들의 경비가 그만큼 삼엄하다는 말로 들리는데……?"

"조금도 틀림없습니다. 그들은 생각보다 더 대단한 저력을 가지고 있어요……."

말을 하고 있는 청삼인은 추풍객(追風客) 정락성(程樂成)이라고 하는 인물로 바로 전대의 가주인 천기수사 구양범과 형제처럼 지내던 사람이었다.

그는 구양세가의 가신을 자처하나 구양세가에서는 그를 형제의 예로써 대우하여 구양천수도 그를 숙부로 부르는 것이다.

구양천수는 이번에 집을 떠나오면서 그와 동행했는데, 그가 여태까지 모습을 나타내고 있지 않았던 이유는 바로 그가 며칠 전 사라졌던 현무검주의 뒤를 추격해 갔었기 때문이었다.

그의 경공은 일절(一絶)로서 구양천수는 그가 무엇인가를 발견해 올 것을 믿었지만 만일의 경우를 대비해 그가 현무검주의 뒤를 쫓아갔었던 것을 말하지 않았다.

그것은 만에 하나라도 추풍객 정락성이 그냥 돌아오는 일이 생긴다면 본의 아니게 일문의 주인인 그 자신이 한 말에 대해서 책임을 지지 못한 것이 되기 때문이다.

그러한 마음씀은 얼핏 보기에 젊음의 혈기에 넘쳐 있는 듯한 구양천수의 내심이 얼마나 세심한가를 의미하는 것이기도 했다.

"지금, 바로 출발을 하지요. 잠시 일을 처리하고……."

말을 하던 구양천수는 시선을 산신묘가 있던 쪽으로 돌렸다.

옷자락 스치는 소리가 들리며 사람들의 그림자가 그쪽에서 어른거리고 있음을 느낄 수 있었다.

그 순간에 승포를 펄럭이며 한 사람의 승인이 빠른 신법으로 숲속으로 날아들었다. 육순의 나이인 그는 바로 소림 장문 만공 대사의 사제이며 지객당(知客堂) 수좌인 지공 대사(智空大師)였다.
 침중한 빛으로 나타난 그는 구양천수의 곁에 서 있는 추풍객 정락성을 발견하고는 기이한 빛을 떠올렸다.
 "어찌 된 일입니까, 구양 시주? 저 앞 산신묘에는 대각 사질(大覺師姪)이 죽어 있고 그 안에는 흑의인들이……"
 "대각이 죽었단 말입니까?"
 구양천수의 눈에 놀람이 떠올랐다. 흑의인들이 죽었다는 것은 그럴 수도 있겠지만, 대각은 소림의 제자이기 때문에 그 처리를 소림에 맡기기 위해서 분명히 손을 씀에 있어 여지를 남겨두었었다. 한데 그가 죽다니?
 말과 함께 구양천수는 바람처럼 그 자리에서 사라졌다.
 과연 대각은 그가 있던 자리에서 얼마 떨어지지 않은 곳에서 죽어 있었다. 그의 얼굴은 푸르게 변해 있었고 일그러진 입가에는 선혈이 흘러 있었다.
 "자살했군……"
 그를 본 구양천수는 한눈에 상황을 짐작하고 중얼거렸다.
 "자살? 아니, 대각 사질이 무엇 때문에 자살을……"
 그의 말을 들은 지공 대사가 믿을 수 없다는 듯 그의 말을 받았다.
 "그는 소림을 배반했습니다. 아마도 그는……"
 "소림을 배반? 대각 사질이 말씀이오?"
 눈이 커지는 지공 대사를 보고 구양천수는 설명을 하자면 시간이 걸릴 것이라고 짐작을 했다.
 "시간이 없어 지금은 상세한 설명을 드릴 수 없으니 일단 그의 시신을 수습하시고 방장대사께 말씀드려 주십시오. 이미 적당의 마수가 소림사 내부에까지 뻗쳐 있으니 조심하시라고……."

"소림사 내부에……."

"그렇습니다. 소생은 그 문제 때문에 잠시 외부에 다녀와야겠으니, 상세한 것은 다녀와서 말씀을 드리겠다고 전해주십시오. 그럼……!"

구양천수는 지공 대사에게 포권을 해 보이고는 추풍객 정락성과 함께 공중으로 떠올랐다. 두 사람의 신법은 바람과 같아서 순식간에 그 자리에서 사라졌다.

"소림사 내부에 반도라니……."

그들이 사라지는 것을 본 지공 대사는 눈을 돌려 안색이 푸른 빛으로 변해 죽어 있는 대각을 보더니 주위를 살펴보고 있는 제자 하나를 불렀다.

"너는 속히 대각의 시신을 약왕당(藥王堂)으로 보내어 그가 과연 자살을 한 것인지, 아니면 독사(毒死)한 것인지를 가려내도록 해라."

소림은 돌림자의 항렬이 엄격히 지켜지고 있는 곳이다. 당대 소림의 중추를 이루고 있다 할 수 있는 공(空) 자배는 삼십삼 대이며, 그 아래 대(大) 자배는 삼십사 대, 지금 지공 대사의 명을 받든 승려는 바로 그 대 자배의 아래인 삼십오 대 원(元) 자배였다.

*　　*　　*

숭산은 소실(少室), 태실(太室)의 양대 봉우리가 모여서 이루어진 산이다. 깊고 험한 산세라기보다는 웅준함이 숭산의 자랑이며, 천하 명산 중 숭산이 오히려 오악의 하나인 중악(中嶽)이라 불리는 까닭이다.

소림사는 소실봉 북쪽 기슭에 위치해 있지만 그 소림사를 등지게 되면 거대한 산 하나를 바라보게 되니, 바로 태실봉이다.

어둠이 주위를 덮어갈 때, 그 태실봉 어느 기슭에 두 사람이 은밀히 움직이고 있었다.

바로 구양천수와 정락성이었다.

그들이 몸을 숨기고 있는 바위의 앞에는 저 멀리 어둠 속에 몸을 담그고 있는 장원 하나가 있었다. 규모도 크지 않았고 숲으로 둘러싸인 그곳은 어딘지 음침해 보였다.

"저깁니까?"

구양천수가 나직이 물었다.

정락성이 고개를 끄덕이자 구양천수가 마주 고개를 끄덕여 보이며 말했다.

"가죠."

미풍이 일어나며 구양천수의 신형이 어둠 속으로 사라졌다.

그것을 보고 정락성은 머리를 흔들었다.

'무분별하지는 않지만 가주는 호승심이 너무 강해서 세상에 무서워하는 것이 없음이 탈이란 말이야…….'

그는 나직이 혀를 차고는 구양천수의 뒤를 따라 몸을 날리기 시작했다.

장원은 심히 황량했다.

사방에 잡초가 우거지고 정원은 돌보지 않은 지 오래된 듯 한마디로 황폐했다. 퇴락한 담벼락에 그러나 그 후원 주변은 그래도 어느 정도의 면목을 유지하고 있었다.

하지만 사람이 살고 있지 않음은 누구라도 한눈에 느낄 수 있는 것이 이 장원의 전체 분위기였다.

'괴이하군…… 어디를 보아도 사람이 있는 흔적이 없다. 설마 그새 그들이 모두 사라지기라도 했단 말인가?'

은밀히 장원으로 숨어들어 사방을 살펴본 구양천수는 그의 곁으로 다가오는 정락성을 돌아보았다.

그의 눈빛으로 그의 의중을 짐작한 정락성은 그에게 곤혹스러운 표정을 지어 보였다.

후원 일대에는 쓸쓸한 바람만이 불어갈 뿐, 그 어디에도 정락성이 말한 것처럼 용담호혈(龍潭虎穴)의 기미는 보이지 않았다.

"조금 이상합니다. 그 삼엄하던 매복이 보이지를 않습니다."

정락성의 의어전음(蟻語傳音)에 구양천수는 미간을 약간 찡그리다가 시선을 들어 십여 장 밖에 원래의 형체를 유지하고 있는 대청을 바라보았다.

어둠 속에 버티고 서 있는 대청은 마치 복마전(伏魔殿)처럼 깊고 어두워 보였다.

구양천수가 대청을 바라보는 것을 보고 정락성은 대뜸 그의 의도를 짐작하고는 놀라 그의 옷소매를 잡으려 했으나, 구양천수의 신형은 이미 그가 몸을 숨기고 있던 담벽을 떠나 대청의 문 앞에 도달하고 있었다.

'정말 말릴 수 없군! 전대 가주께서는 저처럼 함부로 움직이지 않았었는데…… 하긴 저러시니까 큰공자께서 나를 딸려 보내신 것이겠지만.'

정락성은 혀를 차며 그의 뒤를 따를 수밖에 없었다.

그가 구양천수의 뒤를 따라 안으로 들어섰을 때, 구양천수는 조금의 거리낌도 없는 태도로 당당히 대청의 가운데에 몸을 세우고 서서 주위를 둘러보고 있었다.

대청은 쥐 죽은 듯 조용했고 또한 어두웠다.

"가주……."

정락성이 입을 열자 구양천수가 먼저 말했다.

"이들이 무엇에 죽은 것 같습니까?"

난데없는 그의 말에 정락성이 흠칫해 앞을 보니 구양천수의 앞에는 네 명의 흑의인들이 바닥에 쓰러져 있었다.

"이들은?"

"모르겠습니다. 제가 들어왔을 때는 이미 아무도 없었고, 이들만이 여기에 죽어 있어 사인(死因)을 살펴보고 있던 중입니다."

쓰러진 흑의인 넷 중 세 명은 정수리가 깨져 참혹하게 죽어 있었고 나머지 한 명은 두 눈을 부릅뜨고 뒤틀린 얼굴로 죽어 있음을 알아볼 수 있었다.

"이들의 죽은 형상으로 보아…… 자결을 한 것 같은데, 그사이에 무슨 일이 벌어졌었던 모양이군요."

정락성이 중얼거리자 구양천수는 고개를 끄덕이며 말했다.

"제가 보기에도 그렇습니다. 혹 어떤 단서를 발견할 수 있을는지도 모르니까 주위를 한번 살펴봐 주시겠습니까?"

구양천수의 말에 정락성은 머리를 끄덕여 보이고는 바람과 같이 그 자리에서 사라졌다.

정락성이 사라지자 구양천수는 흑의인들 옆에 한쪽 무릎을 꿇고 앉으며 그들의 품을 뒤지기 시작했다.

하지만 그들의 품에서 나온 것은 자질구레한 것들뿐, 구양천수가 기대했던 것들은 아무것도 없었다.

"누군가가 이미 이들의 품속을 뒤진 듯하군. 죽은 자들이 그들과 같은 무리라면 무엇 때문에 자결을 해야 했을까? 왜 이들을 남겨두고 그들은 갑자기 이곳을 떠나야 했을……!"

생각에 잠겨 있던 구양천수의 생각이 돌연 뚝 끊어졌다.

미세한 기척이 정락성이 들어간 대청의 안쪽에서 들려왔던 것이다. 평소라면 그냥 흘려들을 수도 있는 미약한 소리였다.

구양천수는 번개처럼 안으로 신형을 날렸다.

대청의 안쪽은 하나의 회랑으로 이어져 있었고 회랑의 끝에는 화청(花廳)이 하나 존재하고 있었다.

회랑도, 화청도 어둠에 싸여 있었다.

보이는 것은 희미한 사물뿐이었다.

화청에 들어선 구양천수는 화청의 어둠 속에 쓰러져 있는 사람 하나를 발견하게 되었다. 그가 누구인지를 알아보는 데에는 시간이 필요없었다.

"이숙!"

구양천수는 황급히 그를 부축했다.

그는 정말 조금 전에 안으로 들어갔던 추풍객 정락성이었다.

그러나 그는 구양천수의 부름에 아무런 반응도 보이지 않고 죽은 듯 늘어져 있었다.
"그는 미혼분(迷魂粉)에 잠시 기절했을 뿐이니까 얼마 지나지 않아 정신을 차릴 수 있을 거예요……."
돌연 그의 뒤에서 탁탁 하는 소리가 들려오며 누군가가 말을 하지 않는가.
동시에 주위가 환하게 밝아졌다.
구양천수는 내심 크게 놀라 몸을 일으켜 소리가 들려온 곳을 바라보았다.
화청의 입구에는 손에 작은 등잔을 든 묘령의 흑의여인 하나가 서 있었다. 전신은 검은색 일색이고, 얼굴마저 검은 면사로 가려져 눈 아래는 보이지 않았다. 그녀의 손에 들린 등잔에서 일어나는 불꽃은 푸르러 그 빛에 드러난 흑의여인의 모습은 심히 괴기(怪奇)해 보였다.
구양천수는 아무 말 없이 그녀를 쳐다보다가 입을 열었다.
"당신은 누구요?"
"……."
흑의여인은 아무 말 없이 구양천수를 물끄러미 바라보다가 미미하게 고개를 끄덕였다.
"구양세가에 걸출한 인재가 났다고 하더니 과장은 아닌 듯하군……."
그녀의 중얼거림은 심히 괴이했다.
불빛 아래 드러난 그녀의 모습은, 음산하기는 했으나 결코 구양천수보다 나이가 많아 보이지 않는데, 어찌 된 셈인지 그 어조는 나이 적은 사람의 것이 아닌 것이다.

"나를 아시오?"

구양천수는 그녀를 주시하다가 물었다.

흑의여인은 다시 미미하게 고개를 끄덕였다.

"신기제일 구양세가를 모른다면 강호인이라고 할 수 없지……."

그녀는 말을 하다가 돌연 나직이 탄식하더니 말을 돌렸다.

"천도문(天道門)의 힘은 이미 경시할 수 없는 지경에 도달했으며, 그 힘은 그대의 아버님이신 구양범, 그분이라면 몰라도 당신으로서는 상대할 수 없어요……."

그녀는 말끝을 흐렸다가 다시 말을 이었다.

"더 늦기 전에 당신은 세가로 돌아가서 가업을 보전하는 것이 좋을 거예요. 겁난은 이미 시작되었으며, 이 일은 일개인이 막을 수 있는 범위를 벗어나 있어요."

그녀의 어조는 나직했다.

하지만 별로 길지 않은 그녀의 말속에는 놀라운 의미가 담겨 있어 구양천수는 다시 한 번 그녀를 바라보았다.

일신에 칠흑과 같은 흑의를 걸치고 검은 면사로 얼굴을 가린 그녀의 이목구비는 청수했고, 드러난 눈은 매우 차고 아름다워 보였다.

"내 아버님을 아시오?"

"강호에 조금이라도 견문이 있는 사람이라면, 지난날 강호 혼란을 단신으로 처리해 낸 천기수사 구양범을 모를 리가 없죠. 당신은 너무 당연한 것을 묻는다고 생각지 않나요?"

그녀의 음성은 싸늘한 듯했으나 매우 맑고 또렷했다.

그러나 그녀의 나이는 결코 자신보다 많아 보이지를 않아 구양천수는 그녀가 어떤 종류의 사람인지를 가늠하기에 혼란함을 겪지 않을 수가 없었다.

그가 생각에 잠겨 아무 말도 하지 않고 있자 흑의의 면사여인은 그를 보며 말했다.

"당신은 더 늦기 전에 이 시비의 와중에서 벗어나는 것이 좋을 거예요……."

말과 함께 그녀는 몸을 뒤로 돌렸다.

순간, 한 가닥 미풍이 일어나며 그녀의 앞에 구양천수의 모습이 나타났다.

흑의여인의 눈빛이 싸늘히 변했다.

구양천수는 빙그레 웃어 보였다.

"상대가 나를 아는데, 내가 상대를 모른다는 것은 매우 신경 쓰이는 일 중의 하나요. 소저께서 이렇듯 홀연히 나타났다가 바람처럼 사라져 버린다면 구양 모는 닭 쫓던 개 지붕 쳐다보는 격이 되지 않겠소?"

흑의여인은 한참 구양천수를 쳐다보고 있더니 이윽고 입을 열었다.

"내게 무슨 말을 하고 싶은가요?"

그녀의 음성은 더욱 차가워져 있었고 그에 비례해 등잔의 불꽃은 더욱 파랗게 타올랐다.

"나는 궁금한 것이 매우 많소. 소저께서 어떠한 신분인지, 그리고 여기에 있던 자들이 무엇 때문에 이 자리를 떠난 것인지, 그들이 기도하는 바가 무엇인지……."

순간, 흑의여인은 날카로운 웃음을 터뜨렸다.

구양천수가 그녀를 보고 있자 웃음을 그친 흑의여인은 오히려 부드러워진 어조로 말했다.

"당신은 내게 너무 많은 것을 요구한다고 생각지 않나요? 더구나 나는 당신이 생각하듯 많은 것을 알지 못해요……."

말끝을 흐리던 그녀는 다시 말을 이었다.

"그보다 중요한 것은 당신이 그 어떠한 말도 들을 수 없을 거라는 것이지요……."

그녀는 말은 심상치 않았다.

동시에 구양천수는 갑자기 머리가 핑 돌면서 어지러워지는 것을 느꼈다. 중심을 잡기 힘들어 그는 절로 비틀거리지 않을 수 없었다.

웃고 있는 흑의여인의 눈이 그의 시야에 들어왔다.

파랗게 등잔을 피워 올리고 있는 등잔의 불빛 속에서 여인은 웃고 있었다.

"등잔!"

구양천수는 돌연 날벼락과 같은 호통을 치며 흑의여인이 들고 있는 등잔을 향해 웅후한 일장을 때려냈다. 그 등잔에서 언제인가부터 담담한 향기가 피어나고 있음을 깨달았던 것이다.

팍!

세찬 바람이 용솟음쳐 주위를 휘감은 가운데 흑의여인의 손에 들려 있던 등잔이 그 위세를 이기지 못하고 꺼져 버리고 말았다.

주위가 칠흑과 같이 어두워졌다.

구양천수는 전력을 다한 일장을 흑의여인에게 때려냄과 동시에 눈앞이 깜깜함을 느끼고 휘청이며 벽에 기대섰다.

억지로 눈을 떴지만 보이는 것은 아무것도 없었다. 흑의여인이 어떻게 되었는지조차 알아볼 수가 없었다. 주위는 먹물과 같이 어두운데다가 그의 눈은 이미 영활(靈活)함을 상실하고 있었던 것이다.

그러나 흑의여인이 어떻게 되었는지 아는 데에는 시간이 걸리지 않았다.

"이제 알았나요? 이렇기 때문에 당신은 세가로 돌아가야 하는 거예요······."

차가운 흑의여인의 웃음소리가 어둠 속에서 울려 퍼졌던 것이다. 구양천수는 그녀가 다가오는 것을 느꼈지만 이미 몸이 말을 듣지 않았다.

그녀의 모습이 눈앞에 희미하게 나타났다. 그녀는 구양천수의 기색을 보고는 다시 웃었다.

"귀화강기연(鬼火彊肌烟)에 중독이 되면 제아무리 내가고수라도 몸을 움직일 수 없음이 정상이니, 구양 공자는 자신의 몸이 말을 듣지 않음에 너무 심려할 것이 없어요······."

말과 함께 그녀는 돌연 구양천수의 삼 개 마혈(麻穴)을 번개처럼 점했다. 그것은 너무도 빨라 방비하고 있었어도 미처 막을 수가 없을 정도였다.

"세심하군······."

구양천수가 일그러진 얼굴로 그녀를 노려보았다.

희미하게 어둠 속에서 웃고 있는 그녀의 눈이 보였다.

"과찬이에요. 당금 강호의 상황은 대단히 흉험무비해서 조심하지 않을 수 없지요…….”
 말과 함께 흑의여인은 구양천수의 가슴을 향해 손을 뻗었다.
 그 순간이다.
 “아미타불…… 여시주는 손을 거두시오.”
 장중한 불호 소리가 들리더니 난데없이 웅혼(雄渾)한 장풍이 산을 밀어내고 바다를 뒤집을 듯한 기세로 흑의여인을 향해 밀려왔다.
 그 기세는 너무도 맹렬해 흑의여인은 대경실색해 교구(嬌軀)를 틀어 바람같이 물러서지 않을 수 없었다.
 그녀로서는 이 순간에 누군가가 이처럼 기척도 없이 나타날 줄은 생각지도 못했던 것이다. 더구나 이 주위에는 그녀의 수하가 비밀리에 매복해 사방을 감시하고 있었음에랴…….
 흑의여인이 뒤로 물러남과 동시에 구양천수의 앞에 한 사람의 승려가 나타났다. 그의 나이는 사십대의 중년인 듯했는데 그 눈은 마치 횃불과 같이 빛을 뿜고 있었다.
 그는 순식간에 삼사 장을 물러난 흑의여인의 신법이 의외인지 그녀를 한번 바라보고는 구양천수를 바라보며 물었다.
 “아미타불…… 구양 가주께서는…….”
 그의 말이 끝나기 전에 구양천수가 미간을 찡그리며 소리쳤다.
 “나는 괜찮으니, 어서 그녀를 잡도록 하십시오! 그녀는 적당의 일당……!”
 그의 외침과 함께 흑의여인이 날카롭게 웃으며 소매를 쳐들었다.
 그러자 쓱쓱, 소리와 함께 무엇인가가 중년의 승려를 향해 날아왔다. 중년의 승려는 횃불같이 빛나는 눈으로 그것이 마치 쇠 털과 같이 가는 암기임을 알아보고는 안색이 굳어져 침중한 불호 와 함께 소매를 휘둘렀다.

그러자 한줄기 막강한 경풍이 일어남과 동시에 그의 소매가 철 판과 같이 쫙 펴지더니 날아오던 암기를 모조리 튕겨냈다.

"아! 철수신공(鐵袖神功)!"

놀람의 소리가 뒤를 이으며 흑의여인이 번개처럼 대청의 밖으 로 날아나갔다. 중년승려의 소매에 부딪힌 암기들이 팅팅, 소리 와 함께 모조리 그녀를 향해 되날아왔던 것이다.

어둠 속에서 쇠털같이 가는 암기를 막아내는 것만도 어려운데 그것을 상대에게 되돌려보낸다는 것은 나타난 사람의 능력이 어 느 정도인지 웅변하는 것이라 하지 않을 수 없었다.

그 순간, 세찬 바람이 중년승려의 곁을 스치면서 한 사람이 바 람과 같이 흑의여인의 뒤를 따라 대청을 벗어났다.

"음?"

그의 뒷모습을 본 중년의 승려는 괴이한 표정이 되어 얼른 뒤 를 돌아보았다.

없었다. 방금까지도 벽에 기대 있었던 구양천수의 모습이 감쪽 같이 사라져 버렸던 것이다.

"뭔가 잘못된 것 같은걸?"

중년의 승려가 미간을 찡그리는 순간에 대청의 밖에서 호통 소 리와 요란한 음향이 연이어 들려왔다.

그가 급히 밖으로 나와 보니 뜨락에는 앞을 분간할 수 없는 괴 이한 밤안개가 잔뜩 서려 있고 그의 눈에 한 사람이 그 밤안개를 뚫고 지붕 위로 날아오르는 것이 들어왔다.

 그가 옷자락을 펄럭이며 지붕 위로 올라서니 구양천수가 우뚝 서서 신광이 번뜩이는 눈으로 주위를 둘러보고 있었다.

 그가 올라옴을 보자 구양천수가 물었다.

 "소림사에서 오셨습니까?"

 중년의 승려가 합장하며 말했다.

 "아미타불…… 빈승은 장문사존의 명을 받은 대방(大方)이외다. 아무래도 주제넘게 간섭을 하여 구양 가주의 심혈을 그릇되게 한 듯해 불안한 마음 금할 수가 없소이다……."

 그의 말을 듣자 구양천수의 눈에 놀람의 빛이 떠올랐다.

 "대방? 이십 년 전에 폐관에 들었던 그 대방 대사이시란 말씀입니까?"

 "아미타불……."

 중년의 승려는 대답 대신 가볍게 불호를 외며 한 손을 세워 보였다.

 그의 신분을 알게 되자 구양천수는 놀람을 금할 수가 없었다.

 대방, 그의 이름을 아는 사람은 당금 강호에는 별로 없다.

 차대(次代)의 소림사 장문인으로 내정된 당대 소림의 제일기재.

 뇌공이 소림제일의 무재(武才)라면, 그는 불도(佛道)와 무도(武道) 양자에 걸친 일대의 걸출한 인재였으며 그의 그릇은 일찍이 소림 장로원의 인정을 받아 만공 대사의 뒤를 이은 소림의 다음 대 장문인으로 내정이 되었다.

그 결정 이후, 그는 불도, 무도 양자의 정진(精進)을 위해 이십 년 폐관에 들었으며 이십 년이 지난 지금 강호상에서 그의 존재를 기억하는 사람은 없었다. 그럴 수밖에 없는 것이 그는 어린 소사미(小沙彌) 시절에 폐관에 들어 강호상에 전혀 알려지지 않았기 때문이다.

그런 대방 대사가 난데없이 구양천수의 앞에 나타난 것이다.

그가 폐관에 들었을 때 거의 태어나지도 않았을 구양천수가 자신을 알아보자 대방 대사는 그를 다시 보지 않을 수 없었다.

"어떻게 이곳을?"

그의 물음에 대방 대사는 자신이 오늘 아침 개관(開關)했으며 스승인 만공 대사로부터 대강의 상황을 들었음을 말했다.

그리고 구양천수가 지객당의 지공으로부터 누군가와 더불어 어디론가 갔다는 말을 듣고 걱정이 되어 특별히 자신을 보냈다는 것을 설명했다.

그의 설명을 들은 구양천수는 입맛을 다셨다.

"지나친 염려를 하셨군…… 그래서 일부러 아무런 말씀도 드리지 않았었는데……."

"죄송하오이다. 빈승은 구양 가주가 그 흑의여인에게 제압당한 줄 알고…… 빈승이 경망하여 일을 망친 듯하군요."

말을 들으면서도 구양천수는 애석한 듯 주위를 둘러보았다.

밤안개로 덮여 괴괴한 어둠에 잠긴 주위는 어디에서도 사람의 흔적을 발견할 수가 없었다. 이따금 들리는 것은 풀벌레의 울음소리뿐…….

"이처럼 순식간에 나의 시야를 벗어날 수 있는 사람은 그리 흔하지 않을 텐데, 대체 어떤 신분을 지닌 여자인지 알 수가 없군……."

그는 중얼거리면서 오른손을 들어 손가락을 폈다.

거기에는 찢겨진 검은 옷자락이 한 움큼 쥐어져 있었다. 그것이야말로 흑의여인에게서 찢어낸 것이다.

백옥빛 젖무덤의 아름다움이 그 옷자락을 본 순간에 그의 뇌리에 다시 떠올라 왔다.

대청을 벗어난 그는 그녀와 맞닥뜨렸고, 그녀의 얼굴을 가린 면사를 벗기려던 그는 그녀가 몸을 피하는 바람에 그녀의 옷 앞섶을 잡아 찢게 되었었다.

그렇게 해서 드러난 것은 정말 눈부시게 아름다운 탄력의 결정체, 흑의여인의 한쪽 유방이었다. 성내듯 출렁이는 그 가슴의 아름다움은 가히 전율할 지경. 일시간 돌연히 벌어진 상황에 멍청해진 구양천수의 앞에 외마디 욕설과 함께 연막이 터져 퍼지고, 그녀는 그 어둠 속에 퍼진 연막 속으로 사라져 버리고 말았던 것이다.

그가 그 옷자락을 내려다보고 있는데 멀리서 둥둥, 하는 북소리가 울리더니 이내 급박한 종소리가 잇달아 울려 퍼지기 시작했다.

"이게 무슨 소립니까?"

구양천수가 대방 대사를 돌아보자 대방 대사가 굳은 표정이 되어 소림사 쪽을 돌아보더니 말했다.

"사내에 강적이 침입한 것 같습니다. 이것은…… 사내의 고수들을 소집하는 경종(驚鐘) 소리입니다."

"소림사에?"

구양천수가 소림사 쪽을 쳐다보았다.

어둠이 소림이 있는 소실봉을 덮고 있었다.

第六章

군웅결집(群雄結集)
—야반 삼경, 소림사에는 무림의 군웅들이 모여드니
그 가운데에는 검은 마수가 숨어 있고…….

풍운고월
조천하

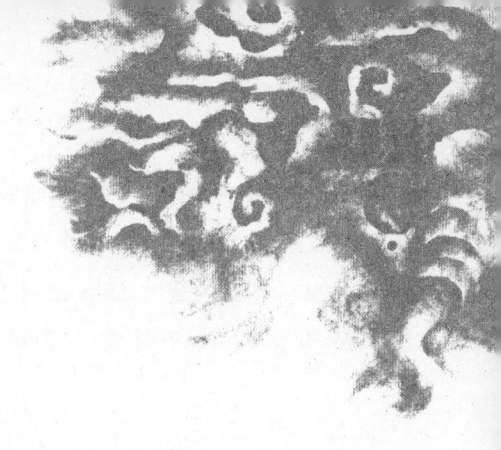

　세상에 알려진 대찰(大刹)에는 장경각(藏經閣), 혹은 장경루(藏經樓)라고 불리는 곳이 있다.
　곧 불경을 보관하는 곳이다.
　그러나 소림사 내에 존재하는 장경각은 세상에 알려진 장경각과는 다른 의미를 갖는다.
　바로 거기에 천하무공의 으뜸이라 불리는 소림 칠십이예(七十二藝)가 비장되어 있기 때문이다.
　무공을 배우는 사람으로서 소림 칠십이예에 관한 말을 한 번쯤 듣지 않은 사람은 있을 수 없으나, 기실 그 소림의 칠십이예는 겉으로 드러난 것일 뿐이다.
　역대의 수많은 소림고승들이 폐관정진하면서 만들어낸 숱한 심오한 절학들은 소림을 무예의 보고(寶庫)로 만들어 지금에 이르러서는 과연 어떤 것이 원래의 소림 칠십이예인가를 알지 못할 정도였다.

그 소림무예들이 모두 모여 있는 곳이 소림의 장경각이니 소림사 장경각은 당연히 중지 중의 중지가 될 수밖에 없었다.

*   *   *

그런데, 오늘밤 그 소림 중지인 장경각 주변에는 대낮과 같이 횃불이 환하게 밝혀져 있었다.

그리고 흰 돌[白石]이 깔린 장경각으로 이르는 길에는 일단의 승려들이 손에 선장 등을 들고 길목을 차단하고 있었으며, 장경각의 문 앞에는 한 명의 노승이 흰 수염을 밤바람에 휘날리며 우뚝 서 있었다.

합장을 한 채 서 있는 노승은 바로 이 장경각의 수좌인 법공(法空)으로서 소림 장문 만공 대사의 사형이 되는 사람이었다. 사내에서 가장 수양이 높은 사람 중의 하나인 법공 대사의 미간에는 지금 은은히 노기가 어려 참기 위해 애쓰는 모습이 역력했다.

그의 앞에는 칠팔 명의 소림승려들이 쓰러져 있었고 그 앞에는 일단의 속가 차림의 사람들이 법공 대사의 앞쪽에 늘어서 있었다.

그들 중 가장 눈에 두드러지는 사람은 법공 대사의 앞에 서 있는 우람한 체구를 가진 고리눈의 금포노인(錦袍老人)이었다.

"아미타불……"

경종 소리가 급박하게 울려 퍼지고 있는 가운데 법공 대사가 심중의 노화를 삭이려는 듯 길게 불호를 외웠다.
그리고 그는 금포노인을 보며 침중히 입을 열었다.
"시주께서 이 밤에 폐사에 침입하여 야경을 돌던 본 사의 제자들을 이처럼 상해하신 것은 무엇 때문이오?"
법공 대사의 물음에 고리눈의 금포노인은 미간을 찡그리고 슬쩍 주위를 둘러보더니 가볍게 흥, 하고 냉소를 날리면서 돌연 일장을 법공 대사를 향해 쳐왔다.
"아미타불……! 시주는 정녕 소림에 사람이 없는 줄 아시는 모양이구려!"
법공 대사가 한소리 호통과 함께 합장한 손을 그대로 밀어냈다. 산악과 같은 경기가 고리눈의 금포노인을 향해 밀려갔다.
펑!
지축을 울리는 음향이 두 사람의 사이에서 일어나며 한줄기 회오리바람이 생겨났다.
법공 대사가 승포 자락을 휘날리며 어깨를 부르르 떠는 것을 보고 고리눈의 금포노인의 눈에 놀람이 떠올랐다.
그의 개산장(開山掌)의 위력은 능히 바위를 분쇄할 수 있어 감히 그것을 정면으로 받아내는 자가 없었다. 그런데 법공 대사는 그것을 받아내고도 어깨를 떨 뿐, 물러나지도 않았던 것이다.
"좋아! 과연 소림의 명성은 명불허전이군. 그대가 노부의 삼 장을 그대로 받아낼 수 있다면 오늘 노부가 소림에 온 일은 사죄를 하도록 하지!"
고리눈의 금포노인은 소리치며 잇달아 삼 장을 쏟아냈다.
광풍노도와 같은 무서운 기세가 일어났다.

그 광경을 본 법공 대사의 눈에 놀람이 떠오르고 얼굴이 엄숙해졌다. 동시에 그는 두 다리를 정(丁) 자 형태로 벌리고 쌍장을 쳐들었다.
 그 순간이다.
 "아미타불…… 법공 사형은 물러나도록 하시오. 개산삼장(開山三掌)은 무림일절이니 어찌 쉽게 상대하겠소……."
 창노한 음성이 불호와 함께 들려왔다.
 그 소리가 들려옴과 동시에 사방에 울려 퍼지던 경종 소리가 뚝 그쳤고 법공 대사도 뒤로 물러났다.
 고리눈의 금포노인은 자신의 퇴로를 차단하고 있던 소림사 승려들이 좌우로 갈라서는 것을 볼 수 있었다.
 그리고 그들의 사이로 일단의 승려들이 마치 행운유수와 같이 나타나더니 좌우로 늘어서는데, 그들의 나이는 채 중년이 되지 않은 듯한데도 눈에서 빛나는 정광(精光)은 그들의 내가공력(內家功力)이 범상치 않음을 잘 말해주고 있었다.
 그들의 수효는 열여덟.
 그들을 본 금포노인의 눈꼬리가 찌푸려졌다.
 "소림 십팔나한(十八羅漢)?"
 그의 중얼거림과 동시에 갈라선 열여덟 명의 중년승의 가운데로 천천히 한 사람의 노승이 나타났다. 바로 소림 장문 만공 대사였다.
 그를 발견한 고리눈의 금포노인의 안색이 약간 달라졌다.
 금포노인을 보며 만공 대사는 한 손을 들어 가슴에 세우면서 창노한 음성으로 말했다.

"노납의 눈이 틀리지 않는다면 시주께서는 청하(靑河)의 금사신군(金獅神君) 도광곤(都廣坤), 도 시주이신 듯한데 어인 연유로 이 밤에 본 사에 이렇듯 수하들을 이끌고 오신 것인지……."
 만공 대사의 말에 고리눈의 금포노인은 얼굴이 굳어졌다.
 그는 과연 금사신군 도광곤이었다. 그가 행하는 모든 일은 사리를 따지지 않고 그때그때 자신의 기분에 따라 처리를 한다. 그러면서도 그의 무공은 강호절정이라 어느 누구도 그와 맞서려 하지를 않는 상대하기 거북한 존재가 바로 그였다.
 그러나 그의 이름은 이미 강호상에 십 년이나 들리지 않았다. 사람들은 거의 그의 이름을 잊어버리고 있을 정도였는데 소림사의 장문인이 단숨에 자신을 알아볼 줄은 생각도 못한 일이었던 것이다.
 '과연 소림은 허술히 상대할 곳이 아니로구나!'
 금사신군 도광곤이 암중으로 경계심을 높이며 막 입을 열려고 할 때였다. 좀 더 정확히 말한다면 만공 대사의 끝말이 완전히 마무리되지 않았을 때였다.
 돌연 장경각의 이층에서 요란한 음향이 들리면서 처절한 비명이 터져 나왔다.
 법공 대사와 그의 주위에 있던 몇 명의 승려들이 흠칫 위를 올려다보더니 번개처럼 위로 몸을 날렸다.
 "도 시주는 오늘 얼마나 많은 사람들을 이끌고 본 사에 온 것이오?"
 만공 대사의 음성이 침중해졌다.
 그의 물음에 금사신군 도광곤은 어리둥절한 빛이 되어 장경각과 만공 대사를 번갈아 보더니 돌연 아, 하는 소리와 함께 몸을 솟구쳐 올려 장경각의 이층으로 올라가려 했다.

순간, 와장창 하고 장경각의 삼층 창문이 박살나면서 검은 물체 하나가 쏜살같이 아래로 떨어져 내렸다.

그것은 공교롭게도 금사신군 도광곤의 머리 위라 몸을 떠올렸던 금사신군 도광곤은 냉소를 치면서 허공에서 손을 뒤집어 그 검은 그림자를 공격했다.

"멈추시오!"

그것을 본 만공 대사가 다급히 외치며 날아올랐다.

동시에 금사신군 도광곤이 상황이 이상함을 느끼고 내밀었던 장세를 철회했다. 하지만 그의 외가무공(外家武功)은 강호일절이라 할 정도라 강맹하여 떨어져 내리던 사람이 그 장세에 휩쓸리는 것은 면할 수가 없었다.

만공 대사가 금사신군 도광곤의 장세에 휩쓸린 인영을 받아 돌아 내려섰다.

"아미타불……."

그를 내려다본 만공 대사가 침중한 불호를 외었다. 그는 장경각 주지인 법공 대사가 가장 사랑하는 제자인 대혜(大慧)였던 것이다.

그의 안색은 백지장과 같고 입으로는 검붉은 선혈이 울컥울컥 쏟아내고 있어 이미 내부가 완전히 으스러져 한눈에 살아날 가망이 없음을 알아볼 수 있었다.

"적이……!"

대혜가 꿈틀거리며 미약한 음성을 흘려냈다. 그 소리는 그를 안아 들고 있는 만공 대사조차도 잘 알아들을 수 없을 정도였다. 그의 상세는 엄중해 금사신군의 장세에 휩쓸리지 않았어도 이미 살아날 수 있는 것이 아니었다.

 소림 장문 만공 대사는 대혜의 구개요혈을 점하여 옆에 다가온 제자에게 넘기고는 노한 눈으로 금사신군 도광곤을 쳐다보았다.

 그의 주위는 이미 천하에 유명한 소림사의 십팔나한이 둘러싸고 있었다.

 그런데 그 순간에 장경각의 안에서 노한 음성과 함께 호통이 터져 나오더니 한 사람의 신형이 불끈 솟구쳐 올랐다. 거의 동시에 그 뒤를 따라 한 사람이 장경각에서 날아 나와 그 인영을 공격했다. 번개처럼 일장이 허공중에서 교환되고 장경각에서 뒤에 날아 나온 사람은 그 충격으로 밑으로 떨어졌다. 처음의 사람은 그 탄력을 이용하여 오히려 더 멀리 날아가 십 장 밖에 있는 나무 위에 내려섰다.

 그러한 경공은 실로 강호상에 손꼽힐 수 있는 것이었다.

 "대단하군……."

 금사신군이 그것을 보고 중얼거릴 때 그 인영은 이미 나무를 떠나 건물 한 채를 날아 넘고 있었다. 인영의 신법은 너무도 영교(靈巧)하고도 신속하여 소림사의 승려들이 그를 막으려 했을 때 그의 신형은 이미 시야에서 사라질 정도였다.

 한데 막 건물의 지붕을 넘어가던 인영의 앞에 돌연 침중한 불호 소리와 함께 한 사람이 나타나며 일장을 눌러왔다.

 그것은 장중의 어느 누구도 생각지 않은 일이라 어떠한 사람이라도 당황하지 않을 수 없었다.

하지만 그 인영은 그 순간에 허공에서 방향을 틀어 자신의 앞을 가로막은 사람의 공세를 피해 이 장여 떨어져 있는 건물로 옮겨갔다. 그 신법의 변화는 가히 놀라울 지경이었다.

그런데,

"하하하…… 과연 비천귀도(飛天鬼盜)답군! 그럴 줄 알고 여기에서 기다린 지 오래다!"

낭랑한 웃음소리와 함께 그 지붕 위에서 백의인 한 사람이 불쑥 나타나더니 수중의 섭선을 흔들며 그를 공격하는 것이 아닌가.

제아무리 놀라운 신법을 지닌 자라 해도 이처럼 돌변하는 사태에는 어쩔 수가 없다. 인영은 몸을 뒤집으며 나타난 백의인의 공세를 막으려 했으나 나직한 신음과 함께 지붕 위에서 밑으로 추락하고 말았다.

인영은 일신에 검은 야행의(夜行衣)를 걸치고 복면을 해 반짝이는 두 눈만을 드러내 놓고 있었는데 체구는 매우 작은 편이었다. 그 흑의인은 이미 자신이 무사히 이곳을 벗어나기 힘들 것임을 짐작하고는 땅에 떨어지는 순간에 신속히 몸을 가누며 벽으로 몸을 붙였다.

그러나……

"후후후…… 비천귀도가 빠르다는 말은 이미 듣고 있었지. 과연 누가 더 빠른가 오래전부터 알고 싶었다."

그때 뒤에서 누군가의 음성이 불쑥 들려오지 않는가.

흑의인, 목적한 물건은 무엇이든 자신의 품속에 넣고야 말아 강호상에서 비천귀도라 불릴 정도로 골칫거리인 그는 지금까지 이러한 경우를 당해보기는커녕, 생각조차 해본 적이 없었다.

　모골이 송연하고 혓바닥에서 절로 식은땀이 솟아 나올 지경이었다.

　그러나 그가 어떠한 행동을 취하기도 전에 그는 전신이 목석과 같이 굳어지며 그 자리에서 쓰러지고 말았다.

　그의 앞에는 수중의 섭선을 만지작거리는 구양천수와 대방 대사가 우뚝 서 있음이 보였다.

　쓰러진 비천귀도의 뒤에서는 한 사람이 어둠 속에서 걸어나오고 있었다. 그는 바로 추풍객 정락성이었고 그의 손에는 무엇인가를 싼 듯한 보자기가 둘둘 말려 있었다. 그것은 쓰러지는 비천귀도의 품속에서 빼앗아낸 것이었다.

　비천귀도는 너무도 어이가 없는지 부릅뜬 눈을 깜박이지도 못하고 있었다.

　그 광경을 보고 금사신군 도광곤의 안색은 괴이하게 변했다.

　'저놈이 비천귀도란 말인가? 저자의 경공은 강호일절로 이미 이십 년 이래 강호를 제집 드나들듯 하면서도 꼬리를 보이지 않았었는데, 대체 저놈은 누구이기에 비천귀도를 저렇듯 간단히 제압해 버렸을까?'

　그가 아무리 머리를 굴려 보아도 구양천수가 누군지 짐작조차 할 수 있을 리 없다.

　그때 소림사 동편에서 은은히 싸우는 소리가 들려오더니 다시 경종 소리가 다급히 터져 나왔다.

　만공 대사는 구양천수가 다가오는 것을 보고 대방 대사에게 동편으로 가보도록 눈짓을 하고는 금사신군 도광곤을 쏘아보며 말했다.

"도대체 도 시주는 오늘 얼마나 많은 사람들을 이끌고 본 사를 공격해 온 것이오? 노납은 도 시주가 어떠한 의도로 이러한 일을 벌이고 있는지 오늘 반드시 들어보아야겠소이다!"

지난 수십 년 래의 소림은 지난날의 강대함을 회복하여 어느 누구도 감히 소림을 넘본 적이 없었다. 한데 오늘밤 소림사는 시비의 소용돌이에 휩쓸리고 있는 것이다.

금사신군 도광곤은 비천귀도가 거의 어이없을 정도로 제압당함을 보고는 예기가 꺾이지 않을 수 없었다.

하지만 그는 오늘날까지 그 어느 누구에게도 굽히고 살아본 적이 있는 사람이 아니었다. 그러했다면 그가 강호상의 노괴물(老怪物)로 취급을 받지는 않을 것이었다.

금사신군 도광곤은 자신을 둘러싸고 있는 십팔나한들을 둘러보더니 냉소하며 입을 열었다.

"흥! 소림무예가 아무리 놀랍다고 하더라도 노부 도 모(都某)가 어떤 사람인데 다른 자들의 힘을 빈단 말인가? 도 모가 오늘 소림사에 온 것은 소림사 장경각에 희귀한 강호기보(江湖奇寶)가 비장되어 있다는 소문을 들었기 때문이지, 그렇지 않다면 소림사에 금은보주가 산처럼 쌓여 있다고 해도 도 모를 은거지에서 움직이게 하지는 못했을 것이오!"

그의 말에 만공 대사의 안색이 기이하게 변했다.

"강호기보?"

금사신군이 뭐라고 말을 하려는데 그의 뒤쪽에 서 있던 일단의 사람들 중에서 한 사람이 불쑥 나섰다.

"그렇소이다! 설마하니 소림사 장문대사의 신분으로서 장경각 내에 무개옥합이 있다는 것을 부인하지는 않으시리라 믿소이다!"

만공 대사와 구양천수들이 놀라 그를 보니 그는 청색 무복을 날렵히 차려입고 등에는 한 쌍의 오구검(吳鉤劍)을 교차하여 메고 있었다. 눈빛이 날카로운 것이 내외공이 경지에 이른 듯 보이는 복면인이었다.

"시주께서는……?"

만공 대사가 금사신군과 그를 번갈아 보자 그 사람은 만공 대사에게 가볍게 읍(揖)을 해 보이더니 가라앉은 음성으로 말했다.

"소생은 그저 강호기보의 소문을 듣고 과연 그 기보가 어떻게 생겼나 구경을 왔을 뿐이니, 정식으로 인사를 드리지 못함을 해량(海量:널리 용서)하시길……."

그의 어조나 금사신군의 태도로 보건대 그가 금사신군과 같이 온 사람이 아님은 분명한 것 같았다. 그러고 보니 금사신군의 뒤쪽에 있는 여덟 명의 사람들 중에 서넛 정도는 은연중에 서로 간격을 두고 있는 것이 같이 온 사람이 아니고 제각기 장경각으로 들어온 듯 느껴졌다.

그렇다면 오늘 소림사에 침입한 자들은 가히 한두 갈래가 아닌 것이다.

그들의 주위는 이미 소림제자들로 겹겹이 포위되어 있어 그들이 움직일 수 있는 범위는 거의 없었다.

만공 대사와 구양천수가 미간을 찡그리고 암암리에 곤혹을 금치 못하고 있을 때 돌연 칠팔 장가량 떨어진 고송의 위에서 음침한 웃음소리가 들려왔다.

"흐흐흐…… 옳아, 옳아…… 소림사에 보물이 없다면 저 간교한 비천귀도가 위험을 무릅쓰고 소림사까지 왔을 리가 없겠지!"

갑자기 들려온 목소리는 마치 심야에 울려 퍼지는 올빼미 소리와 같아, 매우 듣기에 기분이 좋지 않았다.

동시에 고송의 주위에 있던 소림제자 대여섯 명이 담담한 신음을 흘리면서 비틀거리며 물러나더니 몸을 가누지 못하고 쓰러졌다. 사람들이 놀라 보니 고송의 주위에는 새파란 불빛이 번뜩이는데 자세히 보니 그것들은 놀랍게도 세모꼴의 머리를 한 독사들이었다.

소림제자들이 대경실색하여 분분히 뒤로 물러서는 순간에 비린내가 크게 일어나며 독사들의 수효가 별안간 많아졌고 그 독사들의 가운데로 고송 위에서 한 사람이 날렵하게 날아 내렸다.

그의 생김은 매우 괴이했으며 얼굴은 음침하기 이를 데 없었다. 게다가 일신에 걸친 것은 번들번들한 뱀가죽이었고 그의 어깨 위에는 굵은 뱀 두 마리가 그의 전신을 친친 휘감고 혀를 날름거리고 있었다.

"사노(蛇老)?"

추풍객 정락성의 손에서 보자기를 건네받아 만공 대사에게 다가오던 구양천수가 기이한 빛으로 그 괴인을 쳐다보았다.

뱀가죽을 걸친 깡마른 괴이한 사람은 구양천수가 단숨에 자신을 알아보자 의외인 듯 그를 쳐다보더니 그의 수중에 있는 보자기에 시선을 고정시키며 음침하게 웃었다.

"노부가 강호상에서 활동할 때 너는 태어나지도 않았을 텐데, 제법이로군. 어디 네 손에 든 물건 구경 좀 할까?"

말과 함께 그는 손을 내밀었고 순간적으로 바람을 가르는 소리가 들리며 무엇인가가 구양천수를 덮쳐 왔다.

구양천수는 그것이 가느다란 채찍임을 알아보고 빙그레 웃으며 수중의 섭선을 쫙 펴들며 입을 열었다.

"죄송하지만 본인의 수중에 있는 물건은 본인 소유가 아니니 부득이 그 기대를 저버려야겠소……."

말을 하던 그는 돌연 놀란 빛으로 옆으로 한 걸음 물어나며 섭선을 접으며 날아오는 채찍을 쳐갔다. 놀랍기 이를 데 없이 펼쳐진 섭선에 막 부딪치려던 채찍이 꿈틀하더니 밑으로 처지며 그의 손목을 노리고 뻗어왔던 것이다.

구양천수의 응변(應變)이 빨랐음에도 불구하고 채찍은 이미 다시 꿈틀거리며 접혀진 섭선을 휘감았다.

뿐만이 아니었다. 섭선을 휘감은 채찍은 그것으로 그치는 것이 아니라 그 머리를 쳐들며 구양천수의 손목을 물어오는 것이었다.

"뱀……!"

구양천수의 눈에 경악이 떠올랐다.

동시에 그의 뇌리에 한 가닥 기억이 떠올랐다. 사노와 관계된 것은 모조리 뱀이며, 심지어 그의 무기조차도 세상에 보기 드문 독사인 묵선영사(墨線靈蛇)라던 말이…….

순간적으로 벌어진 광경에 추풍객 정락성이 대경실색한 것은 물론, 모든 사람들의 입에서 놀람에 찬 탄성이 터져 나왔다.

그러나,

찍, 하는 괴이한 소리가 들림과 동시에 구양천수의 섭선이 그의 손을 벗어나는가 싶더니 허공중에 솟아 있던 섭선이 구양천수의 손에 들어가고 그 섭선을 휘감고 있던 묵선영사는 번개처럼 사노의 손으로 회수되었다.

그 변화는 너무도 빨라 어느 누구도 상황이 어떻게 되었는지 알아볼 수가 없었다. 다만 일그러지고 웃음기 띤 두 사람의 대조적인 표정이 그 결과가 어떠했음을 말해줄 뿐이었다.

"무슨 짓을 했느냐?"

자신의 수중에 있는 묵선영사가 괴롭게 꿈틀거림을 보고 사노가 음침한 어조로 외쳤다.

그의 말에 구양천수는 빙그레 웃으며 자신의 손을 들여다보았다.

"아무것도…… 아마 내 손의 냄새가 싫었던 모양이지. 그보다는 당신이 데리고 온 흉악한 뱀들이 물어댄 소림제자들에게 해독 영약을 나누어 주는 것이 더 급한 일인 듯한데……."

그의 말에 사노는 기분 나쁘게 웃으며 말했다.

"그거야 어렵지 않지, 네 수중에 있는 보따리를 노부에게 건넨다면……."

구양천수는 자신의 손에 있는 보자기를 슬쩍 내려다보더니 그를 보았다.

"이게 무엇이라고 생각을 하고 하는 말이오?"

"흐흐흐…… 그거야 당연히 무개옥합이지."

"무개옥합이라? 만약 아니면?"

구양천수의 물음에 사노는 일순 흠칫했다가 힐끗 쓰러져 있는 비천귀도를 쳐다보고는 내뱉듯 말했다.

"아니라면, 노부는 해독약을 내놓지! 그것도 단순한 해독약이 아니라 노부가 특별히 사곡(蛇谷)에서 조제한 영단(靈丹)으로. 하나! 만에 하나라도 그것이 무개옥합이라면?"
"그렇다면 당연히 귀하에게 이것을 드리지."
구양천수는 담담히 웃으며 보자기를 풀어헤쳤다.
모든 사람들의 눈이 커져 거기에 집중되었다.
그러나 그 다음 순간에 가장 큰 변화를 보인 사람은 사노의 눈이었다. 그의 얼굴은 일그러질 수밖에 없었다. 그 속에서 나온 것은 무슨 옥합이 아니라 대여섯 권의 경서였던 것이다.
"이것이 조금 전 장경각에서 도둑맞은 것이 틀림없는지 한번 확인시켜 보시지요."
구양천수는 그 경서들을 보자기째 만공 대사의 손으로 넘겨주고는 사노를 쳐다보았다.
"약속을 이행해야 되지 않겠소?"
사노의 얼굴이 다시 일그러졌다.
강호를 종횡한 지 수십 년에 이처럼 어이없이 상대에게 당한 적이 없었던 것이다. 자신이 왜 그처럼 경솔히 약속을 했는지 알 수가 없었다.
'죽일 놈의 도적 같으니…… 단 한 번도 실수가 없었다기에 놈이 훔친 것이 그것인 줄 알았더니…….'
그는 내심 이를 갈며 비천귀도 쪽을 다시 한 번 쳐다보았다.
하지만 아무리 주기 싫더라도 강호상에서 누리고 있는 그의 신분으로 볼 때 이처럼 많은 사람들의 앞에서 약속한 것을 어길 수는 없는 일이었다.
그가 내팽개치듯 던진 해독약이 든 봉지를 받아 든 구양천수는 그것을 만공 대사에게 넘겨주다가 독사에 물려 쓰러진 소림제자들이 신속히 운반되어 약왕당으로 옮겨지고 있음을 보고 돌연 안색이 굳어졌다.

'오늘 이 자리에 나타난 자들은 하나같이 지난 십여 년 이래 강호상에 모습을 잘 보이지 않던 고수들이다. 더구나 그들은 한 곳에 있는 것도 아닌데 어떻게 이렇듯 한꺼번에 약속이나 한 듯이 나타날 수가 있단 말인가?'

심상치 않음을 느낀 구양천수가 해독약이 든 봉지를 건네주면서 그것을 전음입밀지법으로 말하자 만공 대사의 안색도 굳어지고 말았다.

그러나 그들이 어떤 움직임을 보이기 전에 장경각 안에서 대자배(大字輩)의 소림제자 한 사람이 황망한 빛으로 눈썹이 휘날리도록 달려나왔다.

"무슨 일이냐?"

법공 대사의 물음에 그 승려는 급급히 합장을 하면서 법공 대사에게 귓속말을 했다.

만공 대사는 그의 안색이 대변하는 것을 보고 장경각 내에 심상치 않은 일이 생긴 것을 짐작할 수 있었다.

그리고 법공 대사의 전언을 받은 만공 대사는 법공 대사가 장경각 안으로 달려들어 가는 것을 보고는 시선을 돌려 금사신군 등을 쏘아보았다. 그 눈은 지금까지의 자애한 빛 대신 형형한 빛이 충일(充溢)하게 일어나고 있어 심히 위엄스러웠다.

"노납은 방금 여러분들이 말씀하시던 무개옥합이 장경각 내에서 감쪽같이 분실되었다는 전갈을 받았소……"

그의 말에 금사신군과 사노 등의 안색이 크게 변했다.

금사신군이 이내 코웃음을 치며 외쳤다.

"흥! 그처럼 공교로운 일이 어디 있단 말이오? 우리가 오자마자 장경각 내에 있던 기보가 감쪽같이 사라지다니? 소림사 장경각의 경비가 그처럼 허술하다면 어찌 소림 칠십이예가 오늘날까지 강호상에 남아 있을 수 있단 말이오? 그야말로 세 살 먹은 꼬마가 웃을 일이로군!"

사노도 지지 않고 음침히 웃어대었다.

"옳아, 옳아! 흐흐흐…… 그런다고 천 리 먼 길을 온 노부가 그대로 돌아갈 것이라고 생각을 한다면 천만의 말씀이지!"

"아미타불……."

그들의 말에 침중히 불호를 외운 만공 대사는 무거운 어조로 입을 열었다.

"역대로 소림은 그 어떤 어려움을 당해도 남에게 부끄러운 일을 해본 적이 없으며, 따라서 남에게 보이기 위해서 연극을 해야 할 이유도 없소! 노납이 그 일을 여러분들에게 말하는 것은 그 일이 여러분들이 이곳에 온 것과 동시에…… 너무도 공교롭게도 마치 기다렸다는 듯이 같은 순간에 일어났기 때문이오이다. 노납은 그 일로 미루어 여러분들이 이곳에 온 것은……."

그의 말이 채 끝나기도 전에 금사신군이 노함을 참지 못하고 외쳤다.

"그럼 노부가 오늘 소림사에 온 것이 누군가를 위해 바람을 잡기 위해서란 말이오?"

"그렇게 말해도 과히 틀린 말은 아닐 정도로 상황은 그러하오."

찰나,

"와핫하하하하······!"

금사신군이 하늘이 무너져라고 광소를 터뜨렸다. 그의 성미는 급하고도 과격하여 만공 대사의 말을 그대로 참아낼 수가 없는 것이다. 웃음소리의 위세는 대단하여 저 멀리 있던 횃불이 마구 일렁였다.

"좋아! 좋아! 오늘 도 모가 소림사에 와서 수모를 겪는군! 하긴 기보에 눈이 멀어 자초한 일이니 누구를 탓하랴. 그래, 노부가 바람을 잡았다고 치면 노부를 어찌할 것이오?"

만공 대사는 조용히 불호를 외더니 말했다.

"노납은 도 시주께서 과연 어떻게 하여 본 사 장경각 내에 무개옥합이 있다는 것을 알았는지 묻고 싶을 따름이오."

"도 모가 말을 하지 못하겠다면?"

금사신군이 냉소를 터뜨렸다.

그의 말은 무례하기 이를 데 없는 것이라 그들을 둘러싸고 있던 소림제자들의 눈에는 노한 빛이 떠올랐다.

금사신군의 부러질지언정 휘어지지 않는 성미를 익히 듣고 있던 구양천수는 이런 상태로 가면 충돌이 불가피한 것을 알고 침착한 어조로 입을 열었다.

"이 일에는 당금 강호정세의 대국(大局)이 걸려 있으니 도 선배께서는 신중히 답해주십시오. 기실, 오늘밤에 여러분들이 소림사에 무단 침입하여 사람까지 상하게 한 행위는 어떤 이유를 대더라도 옳다고 할 수가 없습니다."

그의 말은 크지 않았지만 사리가 명백하여 으르렁거리던 금사신군 도광곤도 말문이 막혀 입을 다물고 말았다.
 그 순간에 사노가 날카롭게 웃더니 물었다.
 "소림사가 그처럼 신성한 곳이라면 그런 곳에서 마구 설치고 다니는 너는 누구냐?"
 그의 말은 모두의 궁금증을 대변한다고도 볼 수 있었기 때문에 사람들의 시선이 일제히 그에게 향했다.
 그의 말은 매우 날카로운 편이었다. 더구나 구양천수의 입장으로서는 아직 공개적으로 자신의 신분을 밝힐 입장이 아니었다.
 구양천수는 자신에게 집중되는 사람들의 시선을 느꼈지만 담담히 말했다.
 "소생은 잠시 소림사에 빈객의 신분으로 머물고 있을 뿐이니, 소생의 신분을 알고 싶거든 언제라도 소생을 찾아오시지요."
 그의 말은 매우 교묘하여 사노의 물음을 개인적인 원한에 의해 물은 것처럼 돌려 버려 사노는 후일에 다시 물을 수밖에 없게 되었다. 뿐만 아니라, 다른 사람들도 물었다가 그런 대답을 들을 것이 뻔하기 때문에 물을 수가 없게 된 것이다.
 그때 좀 전에 입을 열었던 청의복면인이 천천히 한 걸음 나서더니 구양천수를 한번 바라보고는 품속에서 한 장의 첩지를 꺼내 만공 대사를 향해 내밀었다.
 그러자 그 첩지는 만공 대사를 향해 이 장 정도의 허공을 격하고 서서히 날아들었다.
 만공 대사가 그것을 받아 드는 것을 보자 청의복면인이 말했다.

"소생은 원래 첩지를 받고 호기심을 참지 못하고 소림사까지 오게 되었습니다……."

그 말을 들으면서 만공 대사가 그 첩지를 펴보니, 그 안에는 언제까지 소림사로 오게 되면 장경각 내에 무개옥합이 숨겨져 있음을 보게 될 것이라는 내용이었는데 그 날짜는 바로 오늘이었다.

청의복면인이 말을 계속했다.

"소생은 원래 첩지를 받고 동정을 살펴보고자 했는데 숭산 일대에 이르러 많은 사람들이 소림사로 스며드는 것을 보고……."

그가 고개를 끄덕이며 입을 다무는 것을 보고 만공 대사는 여러 사람들을 둘러보았다.

사노가 말했다.

"그거라면 나도 가지고 있지!"

그의 품속에서도 똑같은 형태의 첩지 한 장이 모습을 드러냈다. 그러고 보니 지금 여기에 있는 외부인 모두는 그 첩지를 받고 왔음이 틀림없을 것 같았다.

사람들의 품에서 첩지가 나옴을 본 금사신군 도광곤의 얼굴이 일그러졌다.

"빌어먹을…… 어떤 자가……."

그의 손에서도 첩지 한 장이 구겨져 있었다.

만공 대사가 구양천수를 돌아다보았다.

"어떻게 했으면 좋을 것 같으신가? 이들은 모두 그들의 성동격서(聲東擊西)의 계책에 이용되었을 뿐인 것 같은데……."

그의 전음입밀에 구양천수가 되물었다.

"장문인께서는 어쩌실 생각이십니까?"

그의 말에 만공 대사는 천천히 말했다.

"노납의 생각으로는 이들을 그대로 돌려보냈으면 하네. 어쩌면 이들 중에는 적당의 일당이 있을지 모르지만 그것을 가려내기는 쉽지 않은 일이며, 가려보았자 그들의 목적이 달성된 이상, 수뇌가 될 만한 사람이 아직 여기에 남아 있지는 않을 것이라 생각이 되니……."

구양천수는 두말없이 찬성했다.

그것은 바로 그의 생각과 동일했던 것이다.

그럼에도 그가 그 말을 쉽게 할 수 없었던 것은 오늘의 일로 인해 소림사에는 적지 않은 사람들이 죽거나 다쳤을 텐데 그러한 일을 모두 불문에 붙이라는 말을 그의 입장으로서는 차마 하기 어렵기 때문이었다.

第七章

연자득지(緣者得之)
―인연이 있는 자를 기다리며 천 년을 잠자고 있는
아미타불의 미소는 마침내 광명(光明)을 뿜어내니…….

풍운고월
조천하

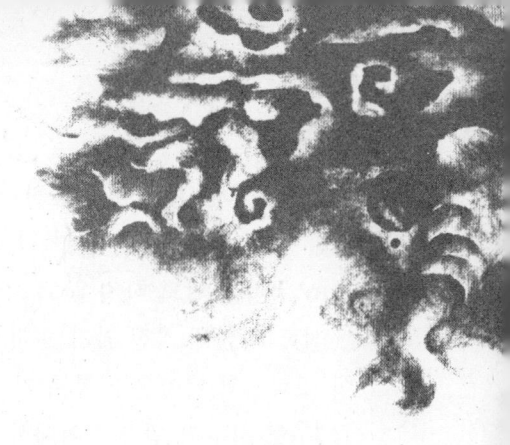

 심야에 감행된 소림 침공이 마무리되었을 때는 이미 오경(五更:새벽 세시경)이 되어오고 있었다.
 그리고 구양천수와 만공 대사가 방장실에서 서로를 마주보고 앉을 때는 오경도 중반이 넘어서고 있을 때였다.
 그들의 얼굴은 침중했다.
 오늘밤 그들은 상대의 얼굴도 보지 못하고 한바탕 호되게 당한 꼴이 되고 만 것이다. 만에 하나라도 만공 대사의 수양이 부족하여 침입한 자들에게 죄를 물으려 들었다면 일은 지금보다 매우 복잡하게 되었을 것이었다.
 오늘밤에 소림사를 침입한 그들 개개인은 모두가 녹록치 않은 자들이라 그렇게 되었다면 암중의 적은 무릎을 쳤을 것이 틀림없었다.

금사신군을 비롯한 침입자들은 소림이 죄를 묻지 않는데다가 그들이 노리고 있던 무개옥합이 이미 사라진 것을 알게 되자 거의 모두가 두말도 하지 않고 소림사를 떠났다.
　설혹 의심을 가진 자가 있다 하더라도 어느 누가 감히 홀로 남아 소림사와 자웅을 겨룰 수가 있을 것인가.
　"구양 시주의 생각은 어떠하오?"
　마주앉아 잠시 침묵을 지키고 있던 만공 대사가 무거운 어조로 입을 떼었다.
　"소생의 생각으로는……."
　구양천수는 침중한 어조로 말을 잇기 시작했다.
　"좀 전에 말씀드린 대로 그들은 이미 장경각에 있는 것이 가짜임을 알고 소생을 공격했었습니다. 한데도 적이 그처럼 심혈을 기울여 장경각 내에 있는 무개옥합을 탈취해 간 것은 매우 의미심장합니다. 여기에서 이끌어낼 수 있는 가능성은 모두 세 가지 정도로 종합할 수 있습니다……."
　"세 가지?"
　"그렇습니다. 그 첫째는 우리가 상대해야 할 적이 하나가 아니라는 것입니다."
　"적이 하나가 아니라니? 그럼, 우리가 모르는 제삼의 적이 또 있다는 말씀이오?"
　만공 대사의 눈빛이 굳어졌다.
　"겉으로 드러난 것만 놓고 생각할 때는 그러합니다. 왜냐하면 그들이 같은 무리라면 절대로 이미 가짜임을 알고 있는 무개옥합을 그처럼 심혈을 기울여 탈취해 가지 않았을 것이라는 것이지요. 무개옥합을 빙자하여 소림사를 귀찮게 굴 작정이었다면 그냥 소문만 내고 말지, 장경각 내에 있는 무개옥합을 손에 넣을 필요는 없었을 테니까요."

"음……."

만공 대사의 고개가 절로 끄덕여졌다.

"그것은 서로 다른 조직이 움직이고 있음을 의미한다고 볼 수 있습니다. 두 번째 가능성은 그럼에도 그들은 같은 무리라는 것입니다. 다시 말한다면 그들은 소림사 내에…… 있는 첩자를 이용하여 무개옥합이 하나가 아님을 알기는 했는데 어느 것이 진짜인지 확신하지를 못해 양면 작전을 벌였다는 것이지요……. 하지만 그 어느 것이든지 적의 힘은 생각보다 훨씬 우려할 만한 것에는 틀림이 없는 것 같습니다."

구양천수는 만공 대사의 앞인지라 소림사 내에 첩자라는 말에서는 약간 사이를 띠었다.

만공 대사는 그 말에는 괘념치 않고 잠시간 눈을 감았다가 뜨더니 물었다.

"구양 시주의 생각으로는 제삼 세력이 존재할 가능성은 과연 어느 정도나 될 것 같으시오?"

구양천수는 그 문제에 대해 이미 많은 생각을 했었기에 조금도 망설이지 않고 대답했다.

"반반이라는 생각이 들지만 제삼 세력이 존재할 가능성 쪽이 오히려 더 큰 것 같습니다. 좀 전에 제삼의 가능성에 대해서는 말씀을 드리지 않았었는데, 만에 하나 적이 우리의 이목을 흩트리기 위해서 오늘밤 장경각의 일을 꾸몄다면 제삼 세력의 존재는 없는 것이 되겠지만 그들의 무서움은 제삼 세력이 존재하는 것보다 훨씬 더 크다고 할 수 있습니다."

그럴 가능성도 배제할 수는 없었다.

적이 소림사로 하여금 제삼 세력이 있는 것으로 생각케 하기 위해 벌인 양동 작전일 수도 있는 것이다. 그렇다면 장경각에서 물건을 빼간 것도 무리는 아닌 셈이다.

"과연 그러하다면 그쪽에서는 무서운 심기(心機)를 가진 모사(謀士)가 있다는 말이 되는데, 소생은 무림을 위해서라도 저쪽에 그러한 자가 없기를 바라고 있습니다……."

구양천수는 말끝을 흐렸다.

하지만 만공 대사는 그의 어조에서 어쩌면 그 일을 가장 우려하고 있는 듯한 느낌을 받았다. 그렇다면 그 가능성이 가장 크다고 할 수도 있는 것이 아닌가.

다만 그 우려를 배제하기 위해서 그 가능성을 제삼의 순서로 미루어놓았을 수도 있었다.

만공 대사는 잠시 생각을 굴려보다가 다시 물었다.

"구양 시주는 우리가 어떻게 대처하는 것이 좋을 것이라고 생각을 하시오?"

구양천수가 잠시간 머뭇거리는 것을 보고 만공 대사가 부드럽게 재촉했다.

"어떠한 말이라도 마음에 두지 말고 하셔도 괜찮소. 이 일은 무림의 안위가 걸린 것이니 거리낌없이 말을 하셔도 되오."

그의 말에 구양천수는 천천히 숨을 들이켜더니 무겁게 말했다.

"말씀드리기 죄송하지만, 오늘 장경각의 무개옥합 탈취 사건은 외부의 힘만으로는 그처럼 감쪽같이 이루어질 수가 없어 보입니다. 다시 말하자면 내부의 조력이 있어야……."

"내부의? 그렇다면 본 사의 대각을 제외하고 또 다른 반도(反徒)가 있단 말이오?"

만공 대사의 백미가 크게 찌푸려졌다.

"외람되지만 소생의 생각은 그러합니다. 소생이 좀 전에 비천귀도를 심문해 본 결과, 그는 장경각에 침입하여 내부를 뒤지다 무개옥합이 이미 탈취되었음을 알고 몇 권의 경서를 훔쳐 나오다가 발각이 되었습니다. 그의 말에 따르면 그가 무개옥합이 비장된 곳에 들어가기 전에 한 사람이 그곳에서 급히 나가는 것을 보았는데 그는 한 사람의 승려였다고 합니다……."

"나무관세음보살……."

만공 대사는 침중히 불호를 외었다. 하룻밤 사이에 사내(寺內)에 반도가 두 사람이나 나타났다는 것은 소림사의 입장으로 본다면 실로 간단한 일이 아니었다.

"그가 만약에 비천귀도가 말했듯 소림승려라면…… 허튼 신분의 사람은 아닐 것입니다. 그 일이 가지는 의미는 실로 간단치 않습니다."

만공 대사는 장탄식을 했다. 그럴 수밖에 없는 것이 장경각을 마음대로 출입할 수 있다는 것은 말단 제자일 리가 없기 때문이다.

"노납 또한 내부의 조직이 없이는 이러한 일이 일어나지는 못할 것이라 믿고 좀 전에 계율원(戒律院)에 은밀히 이 일을 조사하도록 명했는데 아미타불! 어찌하여 노납의 대에 이르러 이러한 일이······."

구양천수는 만공 대사의 기분을 짐작하고 있었으므로 잠시 묵묵히 있다가 말했다.

"소림사의 계율(戒律)이 구대문파 중에서 가장 엄하다는 것은 자타가 공인하는 바인데도 오늘과 같이 사태가 벌어진 것으로 보아 각파의 사정 또한 소림사보다 낫다고 볼 수는 없을 것입니다. 이렇게 본다면 강호 각파와 회동하는 일이 과연 기밀을 유지할 수 있는지가 문제입니다."

그 말이 의미하는 바는 엄중했다.

만공 대사는 깊게 가라앉은 눈을 들어 구양천수를 응시했다.

"정말 강호 각파에 적의 간세(間細:첩자)가 있다고 생각하시오?"

구양천수는 서슴지 않고 고개를 끄덕였다.

"정도의 차이는 있을지 모르나 아마 의심할 필요가 없는 사실일 것입니다. 그러한 능력이 없다면 적의 힘은 사실 무섭게 볼 것이 아니겠지요. 더구나 강호 각파와 회동할 기일은 아직도 많이 남아 있어 적의 힘이 처음 생각보다 강력함이 판명된 지금, 이대로 적을 기다린다는 것은 섶을 지고 불 속에 뛰어드는 것과 마찬가지가 될 가능성이 많습니다."

만공 대사는 구양천수의 말에서 상황이 매우 엄중함을 짐작할 수 있었다. 과연 무엇이 그로 하여금 저토록 무거운 말을 하지 않으면 아니 되도록 만드는 것일까.

만공 대사는 깊은 생각에 잠겼다.

저 젊은이는 비록 약관 스물의 나이지만 신기제일 구양세가의 가주이다. 그의 신분으로는 결코 허튼소리를 할 수가 없는 것이다.

"제가 만든 가짜 무개옥합은 급조한 것이라 가져간 자들은 아마 이삼 일 내로 그것이 가짜임을 알게 될 것입니다. 그렇게 되면 그들이 한통속이든 다른 무리들이든 간에 그들은 다시 소림사로 찾아올 것입니다."

이어지고 있는 구양천수의 말은 불을 보듯 당연했다.

"적이 일단 움직이기 시작하면 소생은 더 이상 무개옥합의 신비를 구명(究明)할 시간적인 여유가 없게 될 것입니다. 더구나 이 무개옥합의 현기(玄機)는 소생의 능력으로는 하루 이틀에 풀어낼 수 있는 것이 아니니, 소생이 지니고 있는 것은 오히려 행동의 제약만 가지고 올 것 같습니다."

만공 대사는 미간을 은은히 찌푸렸다가 구양천수를 쳐다보았다.

"복안이 있으시오?"

구양천수는 서슴없이 고개를 끄덕였다.

"허락을 하신다면 은밀히 소생의 본 가에 한번 다녀왔으면 합니다."

"본 가? 구양세가 말이오?"

"그렇습니다. 적들이 이처럼 심혈을 경주하는 것으로 보아 어쩌면 이 무개옥합은 향후 무림 정세에 크나큰 변수로 작용을 할 것 같습니다. 소생이 그동안 무개옥합을 관찰한 바에 따르면 이 옥합은 복연(福緣)이 닿아야 풀 수 있지, 머리만 가지고는 풀 가능성이 거의 없습니다. 하지만……."

문득 구양천수의 입가에 한줄기 신선한 웃음이 피어났다.

"당금 천하에서 오직 한 사람만은 그가 지닌바 능력으로써 무개옥합의 신비를 풀어낼 수가 있을 것입니다."

듣고 있던 만공 대사가 의혹 어린 빛으로 구양천수를 쳐다보았다.

구양세가가 강호상에서 신기제일이라 불리고 있는 가장 큰 이유는 그들의 재지(才智)가 천하제일이기 때문이다.

그러하기에 만공 대사도 비밀리에 구양천수를 청해 온 것이다.

그리고 그가 보기에 구양천수는 그 구양세가 가주의 자격을 충분히 갖추고 있었다. 한데 그러한 그가 이런 말을 하다니…….

"그가 누구요?"

만공 대사의 물음에 구양천수는 길게 숨을 들이쉬더니 천천히 말했다.

"그 사람은 바로 저의 가형(家兄)이십니다."

"가형……?"

너무도 뜻밖의 말에 만공 대사는 눈을 크게 뜨고 구양천수를 쳐다보았다.

"아니, 구양 가주의…… 형님이란 말이오?"

"그렇습니다."

구양천수의 대답은 태연했지만 만공 대사는 다시 한 번 묻지 않을 수가 없었다.

"친형님…… 그러니까, 영존 구양범 시주의 아들이신 친형님을 말하는 것이오?"

그 말에 구양천수는 다시 고개를 끄덕였다.
"그렇습니다. 사실을 말씀드리면 저의 모든 학문은 형님으로부터 전해받은 것이라 해도 과언이 아닙니다."
"음……."
만공 대사는 그의 말을 들으면서 괴이한 신색으로 나직이 신음했다.
그럴 수밖에 없는 것이 구양범에게는 평생 아내가 하나밖에 없었는데, 그야말로 원앙과 같은 한 쌍으로서 지금 그의 앞에 있는 구양천수를 잉태한 그의 아내 은하협녀(銀河俠女) 이옥환(伊玉環)은 구양범이 실종되자 그 충격을 이기지 못하고 구양천수를 출산한 지 며칠 만에 숨을 거두고 말았다고 알려져 있는 것이다.
그녀가 구양천수를 잉태하고 있었다는 것조차 세상에는 별로 알려져 있지 않아 세상 사람들은 구양가에 대가 끊어진 것으로 알고 있었다.
한데 난데없이 형님이라니?
구양천수는 만공 대사의 기색을 보고 이미 그러할 것을 짐작했었던 것처럼 입을 열고 있었다.
"거기에 얽힌 인과(因果)는 매우 복잡하여 소생도 잘 모르고 있는 점이 많으니 자세한 말씀을 올리지 못함을 양해하십시오. 다만 소생이 말씀드릴 수 있는 것은 그분이 저의 형님이 분명하다는 것입니다. 저의 가형과 저는 아버님이 같지만 어머님이……."
말을 하던 구양천수는 갑자기 말을 뚝 끊으며 뒷창문을 쳐다보았다.

동시에 만공 대사의 몸이 앉은 자세 그대로 떠올랐다.
"누구냐?"
쾅!
문이 부서져 나가며 만공 대사의 몸이 뜨락으로 내려섰다.
휘—익!
그 순간, 인영 하나가 창문으로부터 지붕으로 올라서더니 이내 먹이를 본 매와 같이 뒤쪽에 있는 송림을 향해 덮쳐 갔다.
만공 대사는 그것이 구양천수임을 알아보고 한 번 소매를 떨치는 사이에 번개처럼 송림을 향해 날아갔다.
이미 오경이 중반을 넘어서는 시간이라 하나 숲속은 앞을 분간하기 어렵도록 캄캄했다.
만공 대사는 찰나간에 주위를 쓸어보고는 한줄기 바람을 끌면서 십 장여나 치솟아 있는 거송의 위로 날아 올라갔다.
먹물을 뿌려놓은 듯 퍼져 있는 송림의 모습이 보여왔다. 하지만 어디에도 사람의 모습은 보이지 않았다. 그러던 어느 순간, 만공 대사의 신형이 어둠을 가르며 날아가기 시작했다.
그가 날아 내린 곳은 이십여 장가량 떨어진 측백나무의 앞이었다. 거기에는 구양천수가 굳은 표정으로 주위를 둘러보고 있었다.
"구양 가주……."
만공 대사가 입을 열자 구양천수는 무거운 음성으로 만공 대사를 돌아보았다.
"놓쳤습니다. 대단히 빠르군요. 분명히 이 숲속으로 사라지는 것을 보고 따라왔는데도 감쪽같이 사라져 버렸습니다."

그때 만공 대사의 눈빛이 굳어졌다.
 구양천수의 손에 검은 야행의가 들려 있음을 보았던 것이다.
 "그게…… 무엇이오?"
 구양천수가 수중의 야행의를 힐끗 쳐다보더니 말했다.
 "제가 본 자가 입었던 옷인 듯합니다. 급하게 쫓기니까 옷을 벗어놓고 도주한 듯한데, 잠깐 뒤져보았지만 단서가 될 만한 것은 전혀 없습니다."
 그의 말에 만공 대사의 얼굴은 납덩이가 되고 말았다.
 그 말이 의미하는 것이 무엇이랴!
 소림사 내에 나타난 적이 공연히 옷을 벗어놓고 도주할 리는 없다. 이유는 단 한 가지뿐이다. 도주할 때 편하기 위해서…….
 소림사 내에서 도주하기에 편한 옷은 과연 무엇인가?
 그것은…… 승복이다.
 그러한 추론(推論)은 방금 그들이 쫓던, 그들의 대화를 엿들은 자가 소림사의 인물임을 암시하고 있다고 할 수 있는 것이다.
 "어떤 특징이 있는지 전혀 보지 못했소?"
 만공 대사가 신음하듯 물었다.
 구양천수가 고개를 흔들고 뭐라고 말을 하려고 할 때 옷자락 스치는 소리가 들리며 경비를 맡은 소림제자들이 바람과 같이 날아들기 시작했다.
 만공 대사는 나직이 탄식하더니 그들 중 책임자라 할 수 있는 대광(大匡)에게 침중한 어조로 명했다.
 "지금부터 사내 전역에 걸쳐 별도의 명이 있기 전까지는 모든 제자들이 자신이 맡은 부서를 이탈하는 것을 금한다. 시행에 어김이 없도록 명심하라.”
 만공 대사는 그들의 반응은 보지도 않고 방장실로 돌아왔다.
 그의 얼굴은 말할 수 없이 침중했다. 그는 이제야 구양천수가 말한 사태의 엄중성을 실감할 수 있었다.
 소림사 방장실은 소림일문의 장문지존(掌門至尊)이 거하는 곳으로 나는 새도 드나들 수 없다고 알려진 곳이다. 한데……
 과연 적의 검은 손이 어디까지 뻗쳐 있는지 공포스러운 일이 아닐 수 없었다.
 잠시 침묵이 흐른 끝에 먼저 입을 연 것은 구양천수였다.
 “침입한 자가 어느 정도의 능력을 지녔는지는 모르겠지만 다 듣지는 못했을 겁니다. 만약의 경우를 대비해서 소생이 하는 말에는 약간의 재주를 부렸었기 때문에…….”
 그 말을 듣자 만공 대사는 확연히 깨달아지는 것이 있었다.
 구양천수의 말에는 기이한 울림이 있었다. 바로 곁에서 듣는 사람은 모르나 만약에 떨어져서 듣는 사람이 있다면 말이 웅웅거려 매우 모호하게 들릴 것이었다.
 그러기에 혹 그들의 말을 엿듣는 자가 있다면 그는 답답함을 참지 못하고 가까이 다가올 수밖에 없다.
 ‘과연 신기제일이라 불릴 만하군……. 노납과 말을 하면서도 그러한 것까지 신경을 쓰고 있었다니…….’
 만공 대사는 진정 감탄하지 않을 수 없었다.
 구양천수가 말을 함에 진기로써 그 말소리를 떨어 울리지 않았더라면 그들의 말을 엿듣던 자는 절대로 가까이 다가왔다가 들키지 않았을 것이기 때문이다.

만공 대사가 생각에 잠겨 있는 것을 보고 구양천수는 다시 말했다.

"적의 움직임이 생각보다 점점 대단합니다. 허락해 주신다면 적이 어떤 움직임을 보이기 전에 출발을 했으면 합니다."

만공 대사는 잠시 눈을 감았다 떴다.

"무개옥합은 비단 무림의 성쇠에 관계가 있을 뿐만 아니라, 천리표객 등 시주가 자신의 목숨으로써 바꾸어 온 것이오. 구양 시주는 노납의 말에 조금도 불쾌함을 느끼지는 마시오……. 시주의 가형이신 그분의 능력이면 정녕 무개옥합의 신비를 풀 수 있다고 확신을 하시오?"

구양천수는 조금도 망설이지 않았다.

"제가 드리는 말은 절대로 과장이 아닙니다. 제 형님의 능력은 능히 지난날 무후(武候:제갈공명)에 비할 만합니다. 제가 굳이 집으로 가고자 하는 것은 물론 무개옥합의 신비를 풀고자 함에도 이유가 있지만, 그보다는 형님을 만나뵙고 앞으로의 일에 대한 가르침을 구하고자 해서입니다."

말을 듣자니 점점 가공하다.

"형님께서…… 올해 나이가 얼마나 되시오?"

"갑진생(甲辰生), 그러니까 소생보다 두 살이 많습니다."

그렇다면 스물둘이다.

"그런데도 그러한……."

만공 대사는 말을 하다가 자신의 말이 조금 이상한 것을 느끼고 입을 다물었다.

구양천수는 담담히 웃고 있을 뿐 더 이상 말을 하지 않았다.

'괴이하군……. 어찌 그러한 능력을 지닌 사람이 강호상에 전혀 알려지지 않았을까? 더구나 저 친구는 자부심이 매우 강해 절대로 남에 대해 저렇게 말할 리가 없을 텐데…….'

암중에 고개를 흔든 만공 대사는 다시 물었다.

"구양 시주의 형님께서 그처럼 뛰어난 능력을 지니고 있다면 어찌 그분을 청해볼 생각은 하지 않으시오?"

구양천수는 가볍게 고개를 흔들었다.

"그러한 생각이 어찌 없겠습니까? 하지만 그것보다는 하늘의 별을 따는 것이 더 쉬운 일이 될 겁니다. 장문인께서 아마 그러한 능력을 지닌 사람이 어찌 강호상에 전혀 알려지지 않았는지 이상하게 생각을 하셨을 겁니다. 거기에는 이유가 있지요."

구양천수는 쓴웃음을 지었다.

"저보다 겨우 두 살 많은 형이지만 이미 수백 년을 산 노인처럼 도대체 세상의 명리(名利)에는 관심이 없어서 도저히 움직이게 할 재간이 없습니다. 오죽하면 세가의 가주 자리마저 거추장스럽다고 제게 물려주고 말았겠습니까?"

만공 대사는 구양천수의 형이라는 사람에 대해서 신비함을 느끼지 않을 수 없었다.

스물둘이라는 나이는 한창 혈기왕성할 나이이다. 그런데 도대체 어떤 사람이기에 그처럼 담백한 성품을 지니고 있단 말인가?

구양천수는 나직이 혀를 찼다.

"만에 하나라도 형님께서 세상에 나와주시기만 한다면 적이 아무리 강하더라도 충분히 자웅을 결해볼 수 있을 텐데……."

그의 말 한마디 한마디에는 그의 형에 대한 신뢰(信賴)가 충만

했다.
 만공 대사는 생각에 잠겼다.
 '그의 형이 어떤 사람인지 추측하는 것은 곤란한 일일 것 같다. 하지만, 그의 능력을 짐작해 볼 때 그의 형이라는 사람의 능력이 쉽게 볼 것이 아닌 것만은 분명하다. 그렇다면 이미 본 사가 안전지대가 아니고 적에게 노출이 된 이상, 그의 말을 따라봄도 나쁘지는 않을 것 같구나. 그들 형제가 지난날 구양범과 같이 강호의 혼란을 수습해 낼 수 있을는지 모르는 일이 아닌가.'
 만공 대사는 고개를 끄덕였다.
 "언제 떠나시려오?"
 그의 물음에 구양천수는 이미 예상하고 있었다는 듯 조금도 망설이지 않고서 말했다.
 "지금 바로 출발하겠습니다. 적은 제가 이처럼 빠르게 행동을 할 것이라고까지는 생각하지 못하고 있을 겁니다."
 "음……."
 만공 대사는 다시금 고개를 끄덕였다.
 "사람은 얼마나 필요하시오?"
 만공 대사의 뒤이은 물음에 구양천수는 고개를 저었다.
 "이 일에 필요한 것은 절대신속과 기밀의 유지입니다. 저 혼자 떠나겠습니다. 제 거처에는 저와 함께 온 정 이숙을 남겨두어 제가 소림사에 있는 것처럼 꾸미도록 하겠습니다. 장문인께서는 사람들의 접근을 막아주시면 좋겠습니다."
 만공 대사가 뭐라고 입을 열려고 하자 구양천수는 다시 입을 열었다.

"소생이 소림사를 떠나는 것은 장문인을 제외하고는 그 어떤 사람에게도 비밀이 유지되어야 합니다. 소생은 되도록이면 적이 눈치채기 전에 소림사로 되돌아올 생각입니다."

그의 말에 만공 대사는 더 이상 뭐라고 할 말이 없어졌다.

위험하기는 어차피 마찬가지인 것이다.

구양천수가 다시 말했다.

"혹…… 아무도 모르게 소림사를 빠져나갈 만한 비밀 통로가 없겠습니까? 지금 상황으로써는 그들의 이목에 걸리지 않고 소림사를 빠져나간다는 것은 장담할 수 없는 일인 듯합니다."

그 말에 만공 대사는 잠시 백설 같은 눈썹을 찌푸리더니 천천히 입을 열었다.

"난을 피하기 위한 비밀 통로는 몇 군데 있소. 하지만 아무도 모르는 곳이라면…… 한 군데가 있긴 하군. 그러나 너무 오랫동안 사용을 하지 않아 과연 그곳이 어디로 통하는지, 또 온전히 보존되어 있는지는 잘 알 수가 없구려."

구양천수가 일어섰다.

"그 정도면 되었습니다. 통로만 있다면 어떻게 해서든지 바깥으로 나갈 수야 있겠지요."

"아미타불……."

만공 대사도 뒤따라 일어섰다.

* * *

소림사 내에는 일반인들에게 잘 알려지지 않고 있는 곳들이 있다. 장로원(長老院)이나 백의전(白衣殿), 그리고 지금 구양천수가 서 있는 곳이다.

"이곳은 사내의 제자들이 수련한 무공의 정도를 알아보는 곳이라오. 잘 알려진 소림사 동인진(銅人陣)도 바로 이곳에 있지……. 하지만 그것들은 소림제자들이 세상에 나갈 수 있는 자격을 부여하기 위해 만들어진 것일 뿐, 진실된 실력을 가늠하는 곳은 바로 여기라 할 수 있소."

만공 대사는 희미한 불빛에 드러난 암도(暗道)를 걸으며 설명을 하고 있었다.

구양천수는 그의 안내를 받아 가면서 내심 놀람을 금할 수 없었다.

'세상에서 소림사를 잠자는 거인이라고 하는 이유를 이제야 알 수 있을 것 같다. 드러난 소림사의 힘보다는 이렇듯 숨은 소림사의 힘은 더욱 크구나. 이 지하 건축만 하더라도 지상 건축을 오히려 능가하는 듯하다…….'

기관매복의 학문에 있어 둘째가라면 서러워할 구양세가의 가주인 구양천수다. 그는 만공 대사의 뒤를 따르면서 이 암도 안에 수많은 기관매복이 숨어 있음을 알 수 있었다.

그들의 앞에 웅대한 지하 대전이 하나 드러났다.

거기에는 마귀(魔鬼)에 항복받는 백여덟 개의 나한상이 마치 살아 움직이듯 조각되어 있어 가히 복마전으로 불릴 수 있는 분위기를 가지고 있었다.

"관문을 통과한 본 사의 제자들은 이곳에 들어와 제각기 능력에 따라 배움을 얻어가는데……."

말을 하다가 구양천수를 돌아본 만공 대사는 내심 감탄을 금할 수 없었다.

그의 설명을 듣고 있던 구양천수가 나한상 하나를 유심히 들여다보더니 이내 눈길을 돌려 다시는 벽에 조각된 나한상을 보지 않고 있음을 보았던 것이다.

벽에 조각된 나한상은 바로 소림비전의 절기였다.

그 한 동작 한 동작이 바로 무예의 고심한 도리를 나타내고 있는데, 구양천수는 그것을 본 순간에 그것이 소림의 절기임을 깨닫고는 다시는 그것을 보지 않는 것이다.

그러한 마음가짐이야말로 남의 것에 대한 예의를 확고히 하는 태도라 하지 않을 수 없었고 쉬운 일이 아니었다.

지하 대전은 무려 삼십 장이나 될 정도로 넓고 컸다.

긴 타원형의 지하 대전의 끝 쪽에는 일좌(一座)의 아미타불(阿彌陀佛)이 금신(金身)으로 자리하고 있어 엄숙한 분위기를 더하고 있었다.

만공 대사는 아미타불의 앞에서 합장배례하면서 잠시 염불을 한 다음에 그 앞으로 다가가 단 위에 가볍게 연이어 삼 장을 가했다.

그러나 잠시의 시간이 지나도 아무런 변화는 보이지 않았다.

만공 대사의 백미가 곤혹스러운 듯 찡그려졌다.

"기관이 너무 오래되어 말을 듣지 않는 것인가……."

그 말이 끝날 즈음, 돌연 끼끼…… 하는 소리가 단상에서 들려오더니 사람의 두 배는 됨직한 크기로 자리하고 있던 아미타불의 몸이 서서히 물러나기 시작했다.

그리고 그 자리에 밑으로 뚫린 구멍이 하나 나타났다.

안은 칠흑처럼 어둡고 습기 찬 바람이 불어 나와 어디로 통하는지 알 수가 없었다.

"노납이 알고 있는 바에 따르면 아마 이 통로의 끝은 소실산을 거의 벗어나 있을 것이오. 그러니 아무도 구양 시주가 본 사를 떠나는 것을 알 수가 없게 될 것이오."

만공 대사의 말에 구양천수는 만공 대사를 향해 길게 합장을 해 보였다.

"너무 심려하지 마십시오. 모든 것이 잘될 것입니다. 어쩌면 소생이 적을 너무 높이 평가하고 있는 것인지도 모를 일이니까요."

그의 말에 만공 대사는 담담한 미소를 머금었다. 그 웃음은 그가 평소에 지녔던 넓은 자애의 웃음이라 할 수 있었다.

"조심하시오. 무림의 앞날은 구양 가주와 같은 젊은 사람들에게 달려 있소."

"명심하겠습니다."

구양천수가 다시 한 번 허리를 굽혀 보이고 암도의 안으로 들어가려는데 만공 대사가 말했다.

"암도의 안이 어떠한 상황인지는 노납도 잘 모르오. 하나…… 혹여 발견하는 것이 있다면 조금 전처럼 외면을 하지 않아도 되오. 모든 것은 인연이 있는 사람에게 전해지는 법이니까."

"……?"

구양천수는 기이한 빛으로 만공 대사를 쳐다보고는 천천히 암도의 안으로 들어갔다.

쿠웅…….

 둔중한 소리를 내며 아미타불이 다시 몸을 움직여 그 비밀 통로를 막아왔다.

 순간, 만공 대사가 다시 소리쳐 물었다.

 "잠깐! 구양 시주의 형 되시는 분의 이름은 어찌 되시오?"

 절반 정도 막혀가고 있던 암도의 안에서 구양천수의 대답이 들려왔다.

 "천상(天翔)…… 형님의 이름은 구양천상입니다……."

 말의 여운은 암도를 막아서는 아미타불의 육중한 금신에 의해 끊어졌다.

 만공 대사는 천천히 몸을 세웠다.

 "천상이라…… 구양천상……."

 그의 중얼거림은 넓은 지하 대전을 감돌고 있었다.

 구양천상, 그 이름의 거대함은 아직 세상에 드러나지 않았다.

* * *

 구양천수가 지금껏 들어오면서 보았던 지하 건축들은 모두가 석괴(石塊)를 쌓아 올린 방대한 것이었다. 천연이라기보다는 거의 모두가 인공이라 보는 사람으로 하여금 놀람을 금할 수 없게 하는 것이다.

 그런데 지금 그가 걷고 있는 곳은 거의 인공의 흔적이 없었다. 암벽의 사이로 나 있는 동굴이라기보다는 틈새와 같은 형태의 좁은 길이 어둠 속에 길게 길게 뻗어 있는 것이다. 처음의 얼마를 제외하고는 이후부터는 인공이 아니라 암벽 사이로 난 틈새와 같은 형태의 좁은 길이 뻗어 있었다.

'오랫동안 사용하지 않았다고 하더니 정말 사람이 다닌 흔적이 전혀 없군…….'

길은 계속 밑으로 내려가고 있는 듯했다.

동굴은 좁긴 했지만 한 가닥이라 오히려 길을 잃어버릴 염려는 없었다.

하지만 어둠은 정말 손가락이 보이지 않을 정도로 짙어 구양천수는 품속에서 준비한 천리화통(千里火筒)을 꺼내 주위를 살피지 않을 수 없었다.

길은 점점 더 넓어지고 있었고 밖으로 통하는 통로가 있음을 말하는지 음습한 바람이 이따금 일어나고 있었다.

불빛에 드러난 주위는 매우 기묘해 완연한 동굴의 모습을 보이고 있었다. 꿈틀거리며 솟아오른 석순(石筍)과 기이한 형태로 내려온 종류석들이 눈을 어리게 하고 있는 것이다.

"낭패로군……."

조금 더 나아가던 구양천수는 난감한 표정이 되었다.

잘 나가던 동굴이 돌연 세 갈래로 갈라졌던 것이다.

과연 어느 쪽이 바깥으로 통하는 통로인지 알 수가 없었다.

하지만 잘 살펴보면 가운데와 왼쪽에 있는 동굴은 오른쪽에 위치한 동굴보다 좀 더 크고 인공의 흔적이 은밀히 남아 있는 것을 알 수가 있었다.

구양천수는 천리화통을 들어 그 두 동굴의 안쪽에 이끼가 끼어 거의 알아볼 수 없도록 숨겨져 버린 불상을 발견할 수 있었다. 불상은 반 자도 되지 않은 크기로 투박하게 동굴의 천장 부분에 새겨져 있었는데 그것을 발견한 구양천수는 내심 놀람을 금할 수가 없었다. 그것이 사람의 손에 의해 새겨진 것임을 알아보았기 때문이다.
 "대단한 대력금강지력(大力金剛指力)이로군! 당금 천하에서 이런 정도의 능력을 지닌 사람은 아마 별로 찾아볼 수 없을 것이다……."
 천리화통을 들어 불상을 살펴본 구양천수는 잠시 생각에 잠겨 있다가 의외에도 인공의 흔적이 없는 오른쪽 동굴로 걸음을 옮겨가기 시작했다.
 '만공 대사의 말씀에 따르면 이 동굴 통로는 난을 피하기 위한 것이라고 했으니…… 반대로 생각을 해봄도 나쁘지는 않을 것이다.'
 하지만 그가 올바른 선택을 했다는 자신감을 주는 표징(表徵)은 어디에서도 나타나지 않았다. 오히려 길은 점점 더 좁아지고 나중에는 기어가야 할 곳이 나타나고 있어 구양천수 자신도 내심 후회하지 않을 수 없게 되었다.
 공기는 점점 탁해졌고 아주 습했다.
 고민이 되지 않을 수 없었다.
 돌아가야 하나, 그대로 가야 할 것인가…….
 미간을 찡그린 채 앞을 쏘아보고 있던 구양천수는 돌연 픽, 웃었다.
 "별거 아닌 것을 가지고 고민을 하고 있군……."
 동시에 그는 지금까지의 망설임을 모두 떨쳐 버리고 성큼성큼 앞으로 나아가기 시작했다..

 무슨 단서를 발견한 것이 아니었다. 생각하기보다는 가다가 막히면 돌아가면 될 것이라고 결정을 했기 때문이다.

 그러나 그가 한참의 시간을 전진했어도 상황은 조금도 호전이 되는 것 같지 않았다. 천리화통의 불빛이 어두워질 정도가 된 것으로 보아 상당한 시간이 지났음이 틀림없었다.

 '도대체 이 동굴은 어디까지 뻗어 있는지를 알 수가 없군…….'

 생각을 굴리던 구양천수는 문득 걸음을 멈추고 말았다.

 허리를 굽히고서야 겨우 나아갈 수 있던 통로가 그나마 이끼 덮인 종유석들로 인해 거의 막혀 있었던 것이다.

 "어이가 없군……."

 구양천수의 눈에 곤혹의 빛이 어렸다.

 가물거리는 천리화통의 빛에 드러난 통로는 그 틈새가 팔뚝 두어 개나 드나들 수 있을 정도밖에 되지 않았던 것이다.

 어린애라 하더라도 저런 곳을 통과할 수는 없다.

 길은 하나, 온 길을 되돌아가는 것뿐이었다.

 그런데 기가 막혀 잠시 멍청히 있던 구양천수의 얼굴에 기이한 빛이 떠올랐다.

 어디선가 무슨 소리가 들리고 있음을 깨달았던 것이다.

 "물소리?"

 정말이었다.

 물이 흘러가는 소리가 들리고 있었다. 그것도 바로 저 막힌 통로의 저쪽에서!

잠시 귀를 기울이고 있던 구양천수는 뭔가 생각을 하더니 이내 손을 들어올려 앞을 가로막고 있는 종유석을 갈기기 시작했다.

쿵! 쿵…….

요란한 음향이 들리면서 사방이 흔들리고 천장에서 돌 부스러기가 마구 떨어졌다. 돌 조각이 사방으로 날아오르고 주위가 진동하며 크게 흔들리더니 한순간에 그의 주변 동굴이 와르르 무너져 내렸다. 구양천수는 이미 몇 장가량을 뒤로 물러나서 그 무너지는 동굴을 보고 있었다.

그의 계산은 틀림없었다.

동굴은 무너졌지만 오히려 그의 앞에는 그가 허리를 펴고 걸을 만한 통로가 생겨나 있었던 것이다. 그가 무너진 돌 더미를 헤치고 나섰을 때, 그의 앞에는 지하 광장 하나가 그 모습을 드러냈다.

불빛에 드러난 지하 광장의 천장과 바닥은 종유석과 석순이 기묘한 조화를 이루어 가히 천연의 절경(絕景)을 이루고 있었고 그 넓이는 수십 장에 이르는 것 같았다.

구양천수는 몇 걸음 나가지 않아 흐르는 물소리를 더 크게 들을 수가 있었다. 그리고 그의 시야에는 넓이가 칠팔 장가량에 이르는 지하 호수가 나타났다. 지하 호수는 일견 검게 출렁이고 있는 듯했으나, 기실은 그 바닥이 보일 정도로 맑았다.

물소리는 바로 그 지하 호수로 여기저기에서 실처럼 흘러드는 지하수에서 나는 소리였다.

그 지하 호수의 옆에 서서 천리화통을 들어 주위를 둘러본 구양천수의 안색은 점차 난감하게 변해갔다. 아무리 둘러보아도 자신이 들어온 곳을 제외하고는 밖으로 통할 만한 곳이 보이지를 않았던 것이다. 지하 광장은 그가 들어온 통로의 끝인 듯했다.

그때, 그가 들고 있던 천리화통의 불빛이 깜박거리더니 그만 꺼져 버리고 말았다.

"이런! 설상가상이로군······."

구양천수는 나직이 혀를 찼다.

그리고 자신의 품속에서 화섭자(火攝子)를 찾던 구양천수는 갑자기 한 가지 사실에 생각이 미치게 되었다.

출구가 없는 지하의 동굴이다.

천리화통의 불이 꺼진 이상, 칠흑 같은 어둠에 잠겨야 정상인 이곳이 기이하게도 희미한 빛이 어려 어렴풋이나마 사물을 분간할 수가 있음을 느꼈던 것이다.

아무리 구양천수의 공력이 훌륭하다 하더라도 빛이 전혀 없는 곳에서 사물을 분간할 수 있을 정도는 아닌데도 불구하고······.

물론 내가 공력이 지고(至高)의 경지에 이르게 되면 허실생동(虛實生同)이라고 하여 어둠 속을 대낮과 같이 꿰뚫을 수가 있다고 하지만 그것은 가히 전설적인 경지이지, 무림 사상 과연 몇 사람이나 그러한 경지에 이르렀는지조차 의문인 상황인 것이다.

기이한 표정이 되어 지하 광장을 둘러보던 구양천수의 시선이 머문 곳은 바로 지하 호수였다.

검게 보이던 지하 호수는 천리화통이 불이 꺼지고 나자 오히려 희미한 빛을 떠올리며 미미하게 출렁이고 있었다.

호수는 너무 맑아 바닥이 보일 정도였지만 의외로 깊은 듯 그 바닥이 얼마나 깊은지는 얼핏 짐작이 되지 않았다.

그러나 구양천수는 심각한 표정으로 호수 바닥을 들여다보고 있었다.

"빛이 흘러나오고 있는 곳은 분명히 호수의 바닥이다……. 그리고 빛이 보이고 있는 곳 위쪽의 물이 은은히 맴돌고 있는 것으로 보아 호수의 바닥에는 물이 빠져나가는 출구가 있는 것 같다. 만약 그렇다면, 빛이 흘러나오는 것으로 보아 수로는 그리 길지는 않을 것이다."

묵묵히 호수 바닥을 내려다보고 있던 구양천수는 천천히 중얼거리더니 무슨 생각에서인지 눈을 내리감고 숨을 조절하기 시작했다.

그리고 눈을 뜬 그는 조금도 망설이지 않고 호수 속으로 뛰어들었다. 바깥의 날씨는 여름이지만 이 지하 호수의 물은 뼈가 저릴 정도로 차가웠다. 하지만 어릴 때부터 장난이 심해 여름만 되면 집 부근 계곡 물에서 종일 놀다시피 했던 그의 수영 실력은 이미 물고기를 뺨칠 경지에 이르러 있었다.

호수의 바닥은 그가 생각한 것보다 훨씬 깊었다. 이미 사오 장을 내려왔는데도 바닥에 도달하지 못하고 있는 것이다.

한데, 그가 막 칠팔 장가량을 잠수했을 때였다.

돌연 물속에서 회오리가 크게 이는 것 같더니 한 가닥 소용돌이가 강한 힘으로 구양천수의 몸을 잡아당겼다. 동시에 구양천수는 호수의 바닥을 볼 수 있었으며, 자신이 당겨가는 쪽에 빛이 있음을 알아볼 수 있었다.

소용돌이에 휘말린 그는 순간적으로 이미 자신이 어떤 수중 동굴의 안에 들어와 있음을 알게 되었다. 물살은 그의 몸을 휘감고 세차게 수중 동굴을 빠져나가고 있었고 빛은 점점 강해졌다.
 구양천수는 물살에 휘감긴 채 몸에 힘을 빼고서는 조금도 태만하지 않은 채 앞을 주시하고 있었다. 그를 잡아당기고 있는 물살이 워낙 세차 만에 하나라도 어디에 부딪친다면 성할 수가 없는 것이다.
 그러나 그 시간은 실로 찰나간이라 해도 좋았다.
 그의 눈앞에 눈이 멀 듯한 광채가 빛나는 순간에 그는 반사적으로 눈을 감았고 그와 동시에 그의 몸은 세찬 힘에 휘말려 위쪽으로 치솟아올랐던 것이다.
 그가 어떻게 된 것인지 채 정신을 차리기 전에 그의 귓전에는 천둥과 같은 소리가 울려 퍼지고 있었으며, 그의 몸은 이미 물을 벗어나 있었다.
 "이건 도대체……?"
 세차게 머리를 흔든 구양천수는 이내 자신이 하나의 암동에 들어와 있음을 알게 되었다. 아직도 그의 하반신은 소용돌이쳐 튀어 오르고 있는 물속에 잠겨 있었다. 그 물은 일 장가량의 크기를 가진 웅덩샘과 같이 생겼는데, 어찌 된 셈인지 물이 소용돌이치며 위로 솟아 밖으로 흘러나가고 있었다. 그 흘러나가는 바깥에서는 찬란한 빛줄기가 새어 들어오고 있는데, 귀청이 먹먹할 정도의 굉음은 바로 거기에서 들려오고 있었다.
 빛이 새어 들어오고 있는 곳은 너비가 일 장이 채 되지 않는 듯하지만 높이는 사오 장가량이나 되어 보이는 동굴이었다.
 그런데 놀랍게도 그 바깥으로는 수정과 같은 물기둥이 쏟아지고 있었다.

바로 폭포인 것이다.
"절묘하군······."
구양천수는 주위를 한참 살펴보고는 고개를 흔들었다.
그가 있는 곳은 아마도 어떤 폭포 뒤에 숨겨진 동굴인 듯했다. 일종의 수렴동(水簾洞)인 셈이었다.
폭포 사이를 뚫고 쏟아져 들어오는 햇살에 눈이 부신 구양천수는 그쪽에서 외면을 하면서 막힌 동굴이 안쪽을 향해 시선을 돌렸다. 어두운 곳에 오래 있어 갑자기 강한 빛에 적응하기 힘든 것이다.
한데, 고개를 돌렸음에도 또 눈을 뜰 수가 없지 않은가.
이제 보니 폭포 사이로 스며들어 오는 빛이 동굴의 안쪽에 있는 기이한 생김의 암벽에 반사되고 있는 것이다.
잠깐 눈을 가렸던 구양천수는 문득 이상한 느낌이 들어 눈을 가늘게 뜨고 그 암벽을 바라보았다.
찬란한 햇살은 암벽에 반사되어 지금 그가 있는 암동 전체를 빛의 동굴로 만들고 있는 듯했다. 하지만 조금 주의해 본다면, 그 빛이 한쪽으로 모아지고 있음을 알 수 있었다.
그 모아진 빛은 바로 구양천수가 솟구쳐 나온 그 웅달샘과 같은 소용돌이의 물속을 비추고 있었다.
그제야 구양천수는 자신이 수로 속에서 보았던 빛의 정체가 무엇인가를 알게 되었다. 그것은 바로 반사된 아침 햇살인 것이다. 절묘하다 하지 않을 수 없었다.
만일 햇살이 들어올 때가 아니라면 빛의 반사가 없었을 것이니 어찌 이 출구를 찾을 수 있었겠는가.

하지만 그것을 알았음에도 구양천수의 안색은 밝아지는 것이 아니라 오히려 무엇인가 심각히 고심을 하는 듯했다.

이윽고 뚫어져라 자신이 나온 물의 소용돌이를 쳐다보고 있던 구양천수는 알 수 없는 말을 중얼거렸다.

"분명히…… 분명히 잘못 본 것은 아니었다. 비록 순간적이라 해도……."

천천히 고개를 흔든 그는 돌연 그 소용돌이치고 있는 물속으로 뛰쳐들었다.

어떻게 된 셈인지 알 수 없어도 물은 모든 것을 위로 빨아올리고 있어 도로 밑으로 내려간다는 것은 결코 쉽지 않았다.

하지만 구양천수는 천근추(千斤錘)의 심법(心法)을 사용하여 몸의 균형을 잡으면서 천천히 밑으로 내려가고 있었다.

끓어오른다고 표현해야 될 소용돌이의 물속은 그리 깊지 않았다. 이삼 장? 더구나 반사된 빛이 세차게 안으로 스며들고 있어 주위는 밝기 이를 데 없었다.

구양천수는 순식간에 그 소용돌이의 밑바닥에 도달했다.

눈이 시릴 정도의 강한 빛이 그의 눈을 자극했다.

이제 보니 그 소용돌이의 밑바닥에도 위쪽 동굴과 마찬가지로 햇빛을 반사하는 거울 같은 암벽이 하나 존재하고 있었다.

구양천수가 위로 빨려 올라가기 전에 보았던 빛은 바로 이 암벽에서 반사된 빛이었던 것이다.

그런데……

'과연이었구나!'

눈을 가늘게 뜨고 빛의 덩어리인 듯한 암벽을 본 구양천수의 눈에 한 가닥 회심의 미소가 떠오르는 것이 아닌가.
 햇빛에 반사되어 빛의 덩어리가 된 듯한 암벽의 중앙에는 일좌(一座)의 아미타불(阿彌陀佛)이 장엄한 형상으로 새겨져 있었던 것이다.
 바로 그 때문이었다.
 구양천수가 다시 이 물속으로 들어온 것은…….
 그는 소용돌이에 휘말려 위로 빨려 올라갈 때, 좀 더 정확히 말해 강한 빛에 눈을 감는 순간에 누군가가 그를 향해 자애로운 미소를 머금고 있는 것을 본 듯 느꼈던 것이다.
 '그것이 바로 아미타불의 미소이셨군…….'
 구양천수는 쓴웃음을 지었다.
 그가 본 것은 마치 산 사람의 웃음인 듯했던 것이다.
 여기에 불상이 새겨져 있는 이상, 이곳은 구양천수가 목적하던 소림사의 비밀 통로가 분명했다.
 솟구쳐 오르는 물줄기의 힘은 대단히 강해서 구양천수가 밑바닥에 있을 수 있는 시간은 한계가 있었다. 한데 막 몸의 힘을 풀고 위로 올라가려던 구양천수의 눈이 조금 커졌다.
 시간이 조금 흘러서 빛의 각도가 바뀐 탓일까.
 빛의 강도는 조금 부드러워져 있었다. 그리고 나니까 아미타불의 모습은 더욱 확실하게 보였고 아미타불의 좌우로 넉 자씩, 모두 여덟 자가 새겨져 있음을 발견했던 것이다.

〈불법무한(佛法無限)〉

〈연자득지(緣者得之)〉

'불법무한? 부처의 법은 무한하다? 그런데 인연이 있는 자가 얻는다는 연자득지라는 말은 또 무슨 소리일까?'

그러고 보니 아미타불의 모습은 대단히 신기했다.

아미타불의 손은 대체로 양손을 다리 위에서 모으는 형태의 미타정인(彌陀定印)을 취하는 법인데, 저 암벽에 새겨진 아미타불의 손은 전혀 달라 한 손은 비스듬히 앞으로 내밀고 또 한 손은 그 뒤를 받치고 있어 언제라도 그 손이 뻗어 나올 수 있어 보였다.

그 모양은 대범천왕인(大梵天王印)의 모양과 비슷했지만 그도 아니고 부동존심검인(不動尊心劍印)의 형태를 닮았으나, 자세히 보면 그것도 아니었다.

더더욱 괴이한 것은 단좌(端坐)해 있어야 할 아미타불이 암벽에 몇 개의 발자국을 찍어놓은 채 오른쪽 다리를 반걸음쯤 앞으로 내민 채 서 있음이었다.

'뭔가 있다!'

그것을 보고 있는 구양천수는 자신이 물속에 들어와 있음도 잊은 듯했다.

혼백(魂魄)이 사로잡힌 듯 아미타불의 모습을 들여다보고 있던 구양천수는 돌연 아미타불의 모습이 몽롱해지는가 싶더니 퍽 꺼져 버림을 느끼고 정신이 퍼뜩 들었다.

얼마나 시간이 흘렀는지 숨이 답답해 왔다.

머리에서 피가 거꾸로 도는 듯 현기증이 일어났다.

암벽의 끝에 등을 기대 몸을 지탱하고 있던 구양천수는 더 이상 지탱하지 못하고 물을 차면서 위로 솟구쳐 올랐다. 가슴이 터지는 듯했다. 그의 내공이 정심(精深)하지 않았더라면 이미 질식을 하고도 남을 시간을 물속에서 보낸 것이다.
 숨을 안정시킨 구양천수는 주위를 둘러보고는 그처럼 찬란하게 암동의 안을 가득 메웠던 빛이 모조리 사라지고 바깥이 밝다는 것만이 폭포를 통해 보임을 보고 감탄을 했다.
 아마도 태양이 움직이면서 각도가 달라지면 빛이 폭포를 뚫고 들어오지를 못하게 되어 있는 모양이었다.
 잠시 숨을 가다듬은 구양천수는 다시 거꾸로 곤두박질해 물속으로 들어갔다.
 하지만 그는 다음 순간에 다시 올라오지 않을 수 없었다.
 거기에서는 아무것도 보이지 않았던 것이다.
 희미한 빛이 주위에 어리기는 했으되, 분명히 좀 전까지 그처럼 선명하게 보였던 아미타불의 모습이 씻은 듯이 사라져 버리고 보이지를 않았던 것이다.
 "그렇군……!"
 물 위로 올라와 곤혹스러운 빛을 띠고 생각에 잠겨 있던 구양천수가 고개를 끄덕였다.
 "빛이 들어와 반사가 될 때에만 그 불상은 사람의 눈에 보이도록 설계가 된 모양이다……. 아마도 빛의 굴절과 반사 각도를 교묘히 이용한 듯한데, 소림사에 이러한 설치가 되어 있을 줄은 정말 상상외로군……."
 소림사가 무림의 태산북두라고 불리고 있는 이유를 다시 한 번 인식할 수 있을 듯했다.
 어쩌면 그 아미타불의 형상을 볼 수 있는 것은 매일이 아니라,

일 년에 한 번, 혹은 몇십 년에 한 번일는지도 몰랐다.

"연자득지라고 하여 그처럼 신비롭게 숨겨놓은 불상…… 불법 무한이라 불리는 그 아미타불의 자세는……."

구양천수는 기억을 되살려 아미타불이 취하고 있던 자세를 연습해 보기 시작했다. 총명절정의 그는 거기에 심오한 현기가 깃들어 있음을 보는 순간에 알았던 것이다.

어쩌면 만공 대사가 그에게 했던 말은 이미 이러한 결과를 알고서 한 말인지도 몰랐다.

그런데 몇 번 자세를 연습해 본 구양천수는 그 자세가 무궁무궁한 현기를 품고 있음을 알 수 있었다. 더더구나 괴이한 것은 그 자세는 마치 하늘에서 뚝 떨어진 듯 돌발적인 것이라 거기에서 어떠한 변화를 일으킬 수가 없는 점이었다.

"이렇지는 않을 텐데……."

미간을 찡그리고 생각에 잠겨 있던 구양천수는 돌연 정신이 번쩍 들었다.

그가 소림사를 떠난 것이 이미 상당한 시간이 흘렀음을 깨닫게 되었던 것이다.

"더 이상 시간을 지체할 수는 없는 일이다. 생각은 가면서 해도 충분할 것이다!"

생각을 돌린 그는 망설이지 않고 폭포 바깥으로 뛰어나갔다.

콰콰콰— 콰아아—

은빛 물줄기는 거대한 용틀임을 하면서 창궁(蒼穹:하늘)으로부터 거꾸로 쏟아져 내리고 있었다. 월궁 항아(恒娥)가 보병(寶甁)에서 은하(銀河)를 부어내는 듯 그 형상은 심히 절기(絕奇)했다.

수십 장의 물줄기를 이루며 쏟아져 내리는 폭포…….

그 아래에는 거창한 소용돌이가 일어나는 가운데 둘레 십여 장의 소(沼:못) 하나가 존재했고 거기에서는 세찬 급류 한줄기가 사방으로 전신을 비틀어대면서 하류로 쏟아져 내리고 있었다.

구양천수가 고개를 내민 것은 바로 그 폭포의 앞에 있는 소였다.

고개를 내민 그의 머리 위에는 푸르른 하늘이 드넓게 펼쳐져 있었다. 눈이 부셨다. 어느새 밤이 지나가 있는 것이다.

그가 잠시 눈을 깜박이고 있는 동안에 저 멀리서 덩덩…… 하는 웅장한 종소리가 사방으로 메아리치면서 은은히 들려왔다.

'소림사의 아침 조과(早課)를 알리는 종소리로구나. 나의 예상보다 통로를 지나오는 시간이 많이 흐른 것 같군.'

구양천수는 서서히 헤엄을 쳐 기슭으로 다가갔다.

그리고 막 위로 올라가려던 그는 문득 두런두런 들려오는 음성에 놀라 반사적으로 물 위로 솟아 있는 바위 뒤로 몸을 숨겼다.

그가 올라가려던 소 기슭에는 한 사람이 구양천수 쪽으로 등을 보인 채 우뚝 서 있었다.

구양천수는 그가 누군지 한눈에 알아볼 수 있었다.

바로 얼마 전에 소림사에 나타났던 무리 중에 어딘가 특이하게 보였던 청색 무복의 복면인이었던 것이다.

그의 음성이 들려왔다.

"후후후…… 신군께서 가족들의 안전을 돌보고 싶지 않다면 어떻게 시험을 해보아도 무방하오."

그의 음성은 차고 맑아 기이한 느낌을 주었다.

'신군?'

구양천수는 슬그머니 고개를 빼밀고 청색 무복의 복면인의 앞쪽을 힐끔 쳐다보았다.

놀랍게도 거기에는 역시 소림사에 나타났던 금사신군 도광곤이 만면에 노기를 떠올린 채 두 눈을 부릅뜨고 있는데, 그의 전신이 부들부들 떨리고 있음을 보아 금방이라도 출수를 할 것처럼 보였다.

금사신군 도광곤은 잡아먹을 듯 청색 무복의 복면인을 쏘아보고 있다가 신음하듯 입을 열었다.

"노부의 손녀가 너희들의 손에 있다는 것을 무엇으로 증명하겠느냐?"

말을 하던 그의 얼굴이 순식간에 일그러짐을 구양천수는 볼 수 있었다.

청색 무복의 복면인이 손에 무엇인가를 들고 있었다. 일견하기에 여인의 목걸이처럼 보이는…….

청색 무복의 복면인은 수중의 목걸이를 금사신군에게 던져 주며 약간 부드러운 어조로 말했다.

"천주(天主)께서는 신군과 같은 인재를 중용하고 계시오. 기실 이러한 방법은 정도(正道)가 아니나, 부득이한 일이었으니 양해하시기 바라오. 그러나 일단 신군께서 천주 각하를 만나보신다면 그분이 얼마나 위대한 능력을 가지고 있는가를 알 수 있을 것이며, 오해도 사라지게 될 것이오."

청색 무복의 복면인의 말에 금사신군 도광곤은 아무런 말도 하지 않고 두 눈을 부릅뜨고 그를 쏘아보고 있을 따름이었다.
'천주?'
구양천수는 복면인의 말에 생각을 굴려보았으나 과연 그가 지칭하는 천주라는 사람이 누군지 알 수가 없었다. 다만 그가 현재 움직이고 있는 신비 세력과 관계가 있으리라는 생각이 갈 뿐.
"기일 내에 백화원(百花院)에 당도하시리라 믿고 있겠소이다."
청색 무복 복면인의 말소리가 다시 들려왔다.
구양천수는 염두를 굴려본 다음에 대강의 상황을 추측해 낼 수 있었다.
'저자가 그들의 일당이라면, 그들은 실로 일석이조의 계책을 쓰고 있는 셈이다. 정말 상대하기 쉽지 않은 자들인데!'
적은 각로의 고수들을 소림사로 끌어들이고는 그사이에 그들의 가족들에게 손을 써서 그들을 포섭하는 미끼로 사용하고 있는 것이다.
그때, 청색 무복의 복면인의 음성이 다시 들려왔다.
"신군을 배웅하라!"
그 말과 함께 어디선가 사오 명의 청의복면인들이 나타났다.
금사신군 도광곤은 그들을 한차례 잡아먹을 듯 쏘아보며 냉소를 터뜨리고는 세차게 땅을 구른 뒤 그 자리를 떠났다.
금사신군이 사라지자 청색 무복의 복면인은 음랭히 웃고는 짧게 말했다.
"돌아간다."
그들은 순식간에 그 자리에서 사라졌다.
그 자리에 뒤를 이어 나타난 것은 구양천수였다.

그는 청색 무복의 복면인이, 사라진 쪽을 눈여겨보며 어떻게 할까 고민을 하는 듯하다가 머리를 흔들었다.
 "어차피 적과는 다시 부딪칠 것이니, 지금 나의 행적을 노출시키는 것은 옳지 못하다……."
 그는 천천히 숨을 들이켜더니, 방향을 가늠하고는 몸을 날리기 시작했다.
 그가 빠져나온 비밀 통로의 입구는 거의 숭산 소실봉 아래에 위치해 있었다.

第八章

신기난측(神機難測)
―덫이 있어 용을 잡으나 구원의 손길은 미리
준비되어 있으니…….

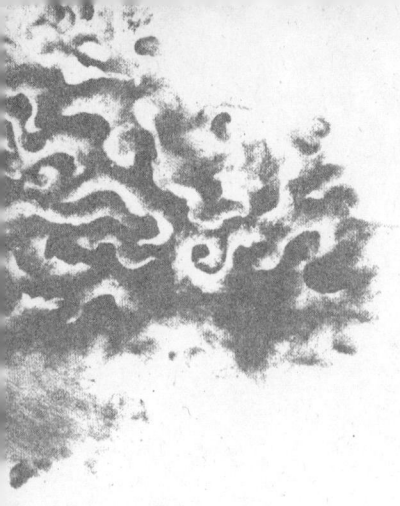

풍운고월
조천하

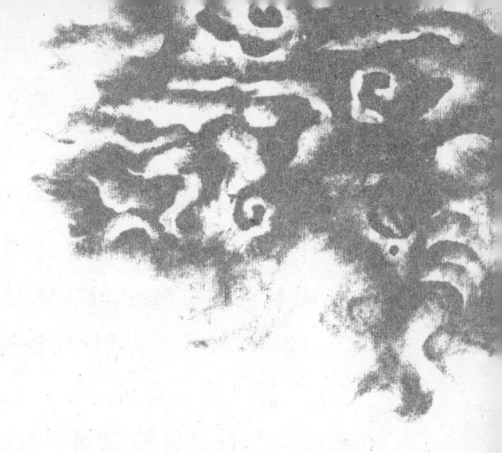

 태산이라고 하는 곳은 천하에 유명하여 그 어떠한 사람이라도 그 이름을 듣지 못한 사람은 없다.
 중원오악 중의 동악(東嶽)이며, 역대 중국을 지배한 수많은 제왕(帝王)들이 하늘에 스스로 천자(天子)임을 고하는 봉선(封禪)의 예를 행한 곳이기 때문이다.
 태산이 높다 하나 중원천하에는 그보다 높은 산이 모래알처럼 많고 그보다 풍경이 절가(絶佳)한 곳 또한 수를 헤아릴 수가 없음에도, 중국의 제왕들이 왜 하필이면 동쪽에 면한 동악 태산에서 봉선의 예를 행했는가에 대해서는 구구한 해석이 많다. 그러나 가장 뚜렷한 이유는 그 옛날 주나라 이전까지의 중원을 지배한 것이 중국 민족이 아니라 동이족(東夷族)이었기 때문이다.
 주나라 이전까지 대륙을 지배한 것은 동이족이었고, 그들은 동이의 구족(九族) 중 일족들로서 단군 조선의 제후국들이었으므로 제위에 오를 때마다 동쪽이 바라다보이는 태산의 위에 올라 그러한 사실들을 고하는 의식(儀式)이 전래해 오고 있었다.

그러한 의식은 후일 서장족의 일족인 주의 무왕(武王) 희발(姬發)이 동이의 제후국이었으며, 대륙을 지배했던 은(殷)의 실정(失政)을 틈타 그들을 멸하면서도 변하지를 않아 후일까지도 전해 내려오게 되었다.

그럴 수밖에 없었던 이유 중의 하나는 그때까지 황하 연변을 점하면서 퍼져 있던 민족의 주류가 동이족이라, 비록 정권을 잡기는 했지만 그들의 반발을 살 수가 없었기 때문이었다*.

그렇듯 고래(古來)로부터 제정(祭政)에 걸쳐 많은 연관을 맺어오고 있는 산이라, 태산이란 곧 제왕의 상징으로 여겨지고 있는 것이다. 그러니 제왕의 상징인 태산이 중원인들의 뇌리에 차지하는 비중은 가히 절대적인 것이 되었고 유명하지 않으려야 않을 수가 없었다.

그 영향력은 태산에서 내려다보이는 바다(황해)를 건너 일본에까지 미쳐, 날이 밝아올 즈음 나가사끼[長崎] 해안에 서면 태산에서 우는 닭 울음소리가 은은히 들린다고까지 전해질 정도였다.

그것은 그 옛날 동이—그 종주국인 단군 조선의 영향력이 얼마나 지대했던가를 간접적으로 증명하는 일이기도 했다.

---

*좀 더 자세한 사실은 본인의 졸저 〈발해의 혼〉 1, 2권의 내용을 참고하시면 보실 수 있습니다.

태산이 위치한 곳은 산동성 태안현이다.
 태기산맥(泰沂山脈)의 주봉 태산의 높이는 불과 오천여 척(1,500미터)에 불과하지만 드넓은 화북평원에 돌연히 우뚝 솟아 그 높이를 수십 배 능가하는 위엄을 보인다.
 하오의 태양이 뜨거운 햇살을 이글거리고 있을 때, 태산의 한 능선을 가로지르는 청년이 있었다.
 검은 무복을 입고 등에는 한 자루 청색 수실이 나부끼는 보검을 멘 청년의 눈썹은 마치 먹물을 찍어 바른 듯 짙고 굵어 그의 모습은 매우 용맹스러워 보였다.
 그가 일신에 지닌 경공은 이미 경지에 이르러 옷자락이 펄럭이는 사이에 길도 없는 숲속을 지나고 있는데, 무슨 급한 일이 있는지 조금도 쉬지를 않고 있었다.
 그의 신형은 순식간에 능선을 덮은 숲을 통과해 한 계곡에 도달했다.
 그의 앞에는 계곡을 흘러가는 시내가 맑은 물소리를 울려내며 굽이치고 있었다. 질풍처럼 거기까지 도달한 흑의청년은 돌연 그 짙은 눈썹을 찌푸리며 우뚝 신형을 세웠다.
 시내의 맑은 물속에 한 조각의 붉은 옷자락이 수초에 걸려 흔들리고 있음을 발견한 까닭이다.
 '여자의 옷에서 찢겨진 것인 듯한데 어떻게 여기에 이런 것이……?'
 흑의청년은 기이한 빛으로 주위를 둘러보다가 그가 서 있는 곳에서 얼마 떨어지지 않은 곳에, 그러니까 시내의 조금 상류 쪽에 있는 수풀이 마구 꺾여지고 흐트러져 있는 것을 발견하게 되었다.

'누가 싸운 것 같은데……?'

흑의청년은 물속에서 하늘거리고 있는 옷자락과 꺾여진 나뭇가지들을 보고는 거의 순간적으로 시내 건너에 있는 숲속을 쳐다보았다.

그 순간이었다.

그가 서 있는 곳에서 십여 장 떨어진 시내 건너에 있는 숲속에서 쨍쨍, 하는 금속성이 들려오더니 노한 외침 소리가 엇갈려 들려왔다.

동시에 흑의청년의 신형이 허공중으로 떠올라 그 소리가 들려온 곳을 향해 날아갔다.

솔과 잣나무로 이루어진 숲은 울창한데다 그 아래에는 푸른 융단과 같은 풀밭이 깔려 있어 매우 보기 좋았다.

그러나 지금 그 자리에서는 한차례 격렬한 싸움이 벌어지고 있었다. 아니, 싸움은 이미 끝난 상황이었다.

여인! 채 스물도 되어 보이지 않는 미모의 녹의미인이 괴로운 표정으로 비틀거리며 잇달아 물러서고 있는 것이 보였다. 머리장식은 흩어져 구름 같은 머리카락은 그녀의 어깨와 얼굴을 온통 덮으며 흘러내려 있었다. 찢겨진 옷자락과 움켜쥔 어깨에서는 선혈이 방울방울 떨어지고 있는데 상처는 가볍지 않아 보였다.

흐트러져 흘러내린 머리카락 사이로 보이는 그녀의 얼굴은 놀람과 당황으로 뒤엉켜 있는데 그 가운데 자리한 한 쌍의 봉목(鳳目)은 자신의 눈앞으로 다가오고 있는 두 사람의 흑의대한을 쏘아보고 있었다.

　흑의대한 두 명의 나이는 모두 마흔이 되지 않은 듯한데 각기 한 자루의 대감도(大坎刀)를 들고 있는 모습에서는 시정무뢰배의 행색은 찾아볼 수 없었다.

　"지금이라도 물건만 내놓는다면 죽이지는 않겠다······."

　"흥!"

　그 말이 끝나기도 전에 녹의미인의 입에서는 싸늘한 웃음소리가 터졌고, 동시에 그녀의 어깨를 움켜잡고 있던 손에서는 몇 가닥의 빛이 그녀를 향해 다가오고 있는 두 명의 흑의대한에게로 날아갔다.

　놀란 외침 소리가 두 흑의대한에게서 터져 나왔다.

　그리고 땅땅, 하는 금속성과 노한 호통 속에서 인영이 엇갈리며 폐부를 갉아내는 듯한 신음 소리가 흘러나왔다.

　흑의대한 하나가 가슴을 움켜잡으며 쓰러지고 있었고 녹의미녀는 외마디 비명과 함께 물러나고 있는데 그녀의 가슴팍에는 바로 그 흑의대한의 손에 들렸던 대감도가 깊숙이 박혀 있었다.

　녹의미녀의 손에서 발사된 것은 십여 개의 철질려(鐵蒺藜)였는데 그녀의 좌측에 있던 흑의대한은 순간적으로 날아드는 철질려를 대감도로 쳐 떨어뜨리고는 동료가 쓰러지는 것을 보고는 노해 그녀를 덮쳐 가고 있었다.

　그것은 그녀가 가슴에 대감도가 박힌 채 물러나고 있는 상황이라서 피할 수도 없었고, 피할 수 있다 해도 그녀가 살아날 가능성은 거의 없을 정도로 상세는 지독했다.

　그런데 그 순간에 한 가닥 강력한 힘이 옆에서 비스듬히 밀려오더니 흑의대한의 대감도를 쳐냈다.

땅!

흑의대한은 수중의 대감도가 자신의 손을 벗어날 듯이 크게 진동하며 튕겨짐을 느끼고는 대경실색해 한 걸음 뒤로 물러서며 외쳤다.

"누구냐?"

그가 외칠 때 그의 앞에는 이미 흑의청년 한 사람이 그와 녹의미녀 사이에 나타나 있었다.

그의 수중에는 한 자루 장검이 검집을 벗어나지 않은 채 들려 있어서 방금 흑의대한의 공격을 막은 것이 바로 그임을 알 수가 있었다.

흑의청년은 가슴에 대감도를 꽂은 채로 쓰러지는 녹의미녀를 보고는 안색을 굳히며 천천히 수중의 검을 거두면서 그의 앞에 서 있는 흑의대한을 바라보았다.

"무엇 때문에 여인에게 저러한 독수를 쓰는 것이오?"

흑의대한은 나타난 사람이 겨우 이십 세 전후의 청년임을 알아보고는 그의 말에는 대답도 하지 않고 수중의 대감도를 휘둘러 그를 공격해 왔다.

흑의청년의 미간이 약간 찡그려졌다.

"버릇이 없군."

말과 함께 그의 발이 그 자리에서 약간 움직이자 흑의대한의 대감도는 세찬 바람 소리를 일으키며 그의 얼굴을 스치며 지나갔고, 흑의대한이 속으로 좋지 않음을 외칠 때 흑의청년의 손에 들려 있던 검의 손잡이 끝은 드러난 흑의대한의 명치에 있는 구미

혈(鳩尾穴)을 가격했다.
 "흐—윽!"
 쥐어짜는 듯한 신음과 함께, 흑의대한은 대감도를 떨어뜨림과 동시에 그 자리에 거꾸러졌다.
 단 일 초식에 흑의대한이 거꾸러짐을 보자 쓰러진 상태에서 팔꿈치로 겨우 땅바닥을 짚으며 몸을 일으키려 안간힘을 쓰고 있던 녹의미녀의 눈에는 경악의 빛이 드러났다.
 흑의청년은 쓰러진 흑의대한은 쳐다보지도 않고 그녀의 옆에 한쪽 무릎을 꿇고 앉으며 그녀의 어깨를 싸안아 부축했다.
 "견딜 수 있습니까?"
 녹의미녀는 괴로운 표정으로 고개를 끄덕이고는 힘들여 입을 열었다.
 "흑의이도(黑衣二刀)는 시시한 사람들이 아닌데…… 무어라고 감사의 말씀을 드려야 할지 모르겠군…… 요……."
 그녀는 말을 하다가 신음과 함께 입술을 꼬옥 깨물며 전신을 떨었다.
 그것을 보고 흑의청년은 무거운 표정으로 말했다.
 "상처가 가볍지 아니하오. 예가 아니지만 소생이 소저의 상세를 한번 보겠소. 양해하시오……!"
 말과 함께 녹의미녀의 오른쪽 가슴팍에 꽂혀 있는 대감도에 손을 가져가던 흑의청년의 안색이 갑자기 괴이하게 변했다.
 그의 품에서 괴로운 표정으로 눈을 감고 있던 녹의미녀가 눈을 뜨고 그를 올려다보더니 천천히 입을 열었다.
 "구양세가의 가주라 해도 여자에게는 약하군요? 나는 일이 이처럼 쉬우리라고는 생각지 못했어요…….”

굳은 표정으로 자신의 품에 안겨서 자신을 올려다보고 있는 녹의미녀를 내려다보고 있던 흑의청년의 표정이 서서히 풀어졌다.

“존경할 만하군…… 어떻게 알았소?”

그들의 말이 의미하는 것은 실로 기이했다.

녹의미녀는 흑의청년의 말에는 대답을 하지 않고 섬섬옥수를 들어올려 그의 뺨을 한번 쓰다듬더니 한 꺼풀의 매미 날개와 같은 면구(面具)를 벗겨냈다.

흑의청년의 얼굴이 달라졌다.

그 얼굴은 바로 소림사를 은밀히 떠났던 구양천수의 것이었다.

잠시 그의 얼굴을 쳐다보고 있던 녹의미녀는 만족한 듯 창백한 얼굴에 미소를 머금었다.

“아무리 교활한 여우라 해도 마지막에 갈 곳은 자신의 집이죠. 그 정도로 존경까지 받을 만한 가치는 없지 않나요?”

그녀는 흘러내려 얼굴을 덮고 있는 머리카락을 쓸어 넘기며 천천히 구양천수의 품에서 몸을 일으켰다.

그녀가 몸을 일으킴을 보고도 구양천수는 그저 목석이 된 듯 그녀를 바라보고만 있었다. 그럴 수밖에 없는 것이 그녀의 상세를 돌보려다가 암습을 당해 혈도를 짚였던 것이다.

구양천수는 쓴웃음을 지으며 그녀를 보았다.

“당신의 눈에는 내가 늑대로 보이지 않고 겨우 여우로 보이오? 멍청한 늑대라야 교활한 여우에게 당할 수가 있지…….”

“아……!”

그 순간, 몸을 일으켜 세우던 녹의미녀가 나직한 신음과 함께 금방이라도 쓰러질 듯이 몸을 비틀거렸다. 무리하게 움직이자, 그녀의 가슴에 박혀 있던 대감도가 진동되면서 선혈이 흘러나오고 있었다.

"연극이 아니었군?"

구양천수의 눈에 놀람이 떠올랐다.

녹의미녀는 창백한 얼굴을 들어 구양천수를 보더니 힘없는 미소를 떠올렸다.

"연극이라면 어떻게 멍청한 늑대를 속일 수 있었겠어요? 당신과 같은 사람을 상대함에는 조금도 소홀할 수가 없지요······."

말과 함께 그녀는 가슴에 박혀 있는 대감도를 조금도 망설이지 않고 단숨에 잡아 뽑았다.

진홍의 선혈이 피무지개를 이루며 뿜어져 나왔다.

그녀의 가슴은 피로 물들어 있음에도 불구하고 백설과 같은 윤택이 흐르고 있어서 눈이 부셨다.

그 모양을 보고 있던 구양천수는 담담히 웃었다.

"미인의 살결을 보고 빙기옥골(氷肌玉骨)이라 하더니 오늘 보니 과연 과장이 아닌 듯하군······."

녹의미녀의 안색이 얼음처럼 변했다.

그녀는 구양천수를 쏘아보더니 차갑게 말했다.

"당신은 지금 자신이 어떠한 처지에 빠져 있는지 잊어버린 듯하군요? 나는 마음이 너그러운 편이 되지 못해요!"

순간, 구양천수는 낭랑히 웃었다.

"물론 모를 리가 없지! 자신을 돌보지 않을 정도의 교활한 여우가 너그러울 리가 있겠나? 삼척동자도 알 일이지······."

녹의미녀는 구양천수의 말에 냉소를 터뜨리더니 소매 속에서 뭔가를 꺼내 손을 쳐들어 몇 번인가 흔들었다.
　구양천수는 그녀의 손에서 반사광이 번뜩임을 보고 그것이 작은 손거울임을 짐작했다.
　일당에게 성공했음을 알리는 것이 분명했다.
　구양천수는 정색을 했다.
　"당신은 천도문에서 왔소?"
　그 말에 녹의미녀의 안색이 기이하게 변했다.
　그녀는 구양천수를 잠시 바라보더니 천천히 말했다.
　"당신이 아는 것은 실로 적지 않군요…… 당금 무림 중에서 그 이름을 아는 사람은 별로 없을 텐데……."
　그녀의 말은 애매모호하여 얼핏 들으면 구양천수의 물음을 시인하는 듯했지만 사실은 그 어느 쪽도 명확하지 않았다.
　그러한 화술(話術) 하나만으로도 구양천수는 상대를 무겁게 느끼지 않을 수 없었다.
　구양천수는 다시 물었다.
　"구양세가가 태산 소요곡(逍遙谷)에 있다는 것은 알 만한 사람은 다 아는 것이니까, 나를 찾고자 하여 태산으로 와 기다렸다는 것은 상식적인 일이 될 수 있겠지만…… 나는 역용(易容)을 한데다 일부러 본 가로 들어가는 길이 아닌 곳으로 우회하고 있었는데, 어떻게 이처럼 내가 올 시간을 맞추어 나를 기다리고 있을 수가 있었는지 수수께끼가 아닐 수가 없군……."
　얼음 같던 녹의미녀의 얼굴에 미미한 웃음이 떠올랐다.
　"우리가 당신을 맞이하기 위해서 기울인 심혈은 간단치 않았어요. 소요곡으로 통할 수 있는 모든 지형에다 암중매복을 설치해야만 했었으니까요……."

그녀의 얼굴에 웃음이 떠오르자 그것은 마치 겨울 중에 봄이 오듯, 봄바람에 시내에 얼었던 살얼음이 풀리는 듯 아름다웠다. 그녀의 미모는 가히 절세이나, 그녀의 말이 의미하는 것은 정녕 간단치 않았다.

구양천수는 소림사를 떠난 이후에 전력을 다해 자신의 집인 구양세가를 향해 길을 재촉했었다.

그가 계산하기로는 그런 정도의 속도라면 적이 제아무리 신속히 움직일 수 있다 하더라도 자신보다 앞설 수가 없어야 했다. 그런데……

"애석하군……."

구양천수는 그녀의 얼굴을 쳐다보고 있다가 문득 나직이 탄식했다.

"무슨 말이죠?"

녹의미녀의 물음에 구양천수는 씩 웃었다.

"당신은 참으로 아름답소. 하나, 그 아름다움의 껍질 속에 숨은 것은 사갈과 같은 독랄하고도 추악한 마음씨이니 어찌 애석타 하지 않을 수 있겠……!"

짝!

말을 하던 구양천수는 녹의미녀의 옥장(玉掌)이 번뜩임과 함께 눈앞에 별이 번쩍임을 느끼고는 그대로 뒤로 넘어졌다.

쓰러진 그의 관옥과 같은 얼굴의 뺨에는 다섯 개의 손가락 자국이 금세 붉게 생겨났으며, 그의 입가로는 한줄기 실낱같은 선혈이 천천히 흘러내렸다.

사정없이 구양천수의 뺨을 갈기고 난 녹의미녀는 가슴에 통증이 있는 듯 가볍게 미간을 찡그리고 나더니 구양천수를 내려다보며 차갑게 웃었다.

"기분이 어떠신가요, 구양 가주? 당신은 자신이 쓸데없는 말을 했다고 후회하지 않나요?"

그녀의 말에 구양천수는 쓰게 웃었다.

"후회하오. 이제 보니 나는 그 말 중에 한 가지 빼먹은 것이 있었소……. 그것은 당신이 남녀칠세부동석이라는 말도 모를 정도로 몰염치하다는 것이오……."

'몰염치?'

그녀의 안색이 굳어지는 것을 보고 구양천수는 계속해서 말했다.

"그렇지 않고서야 어찌 외간남자의 신성한 볼에다 함부로 손을 댄단 말이오? 아마 당신은 조금 있으면 몰염치를 지나 음탕하게 변할 것이오."

피를 흘려 창백해졌던 녹의미녀의 얼굴이 치미는 화를 참지 못하고 붉어졌다. 잡아먹을 듯, 금방이라도 손을 쓸 것 같던 녹의미녀는 이내 냉랭히 코웃음쳤다.

"이제 보니 원군을 기다리는 모양인데, 그런 정도의 지연술책으로 당신을 구할 사람이 나타나리라고 생각을 하나요?"

그녀는 말을 하면서 조금도 망설이지 않고 구양천수의 가슴팍 옷깃 속으로 손을 집어넣으려 했다.

구양천수가 미간을 찡그렸다.

"과연 금방 음탕하게 변하는군……. 음탕한 여인의 종말은 언제나 좋지 않은 법이지!"

녹의미녀는 어이가 없어 절로 손이 굳어졌다.

'이 사람은 이미 모든 것을 다 계산하고 있었군……. 도대체 무엇을 믿고 이처럼 대담할까?'

하지만 그녀는 이내 손을 놀려 구양천수의 품속에서 무개옥합을 찾아냈다.

그러나,

"앗!"

막 옥합을 꺼내 살펴보려던 녹의미녀는 외마디 비명과 함께 손에서 무개옥합을 떨어뜨리고 말았다.

"진리란 언제나 곁에 있는 법이지!"

구양천수가 낭랑히 웃었다.

녹의미녀는 쓰러질 듯 비틀거리더니 이를 악물고 그 자리에 버티고 서서 구양천수를 쏘아보았다. 그녀의 백옥과 같은 손은 순식간에 기이하게 변색되어 마치 물감을 들여놓은 듯했다.

"무슨 짓을 한 거지?"

그녀가 싸늘히 외쳤다.

"욕념(慾念)을 가지고 내 몸에 손을 대지 않았었더라면 아무 일도 일어나지 않았을 것인데 나의 충고를 무시하고 스스로가 음탕한 여인임을 증명해 보였으니, 누구를 원망할 수 있을까?"

"감히!"

구양천수의 말에 녹의미녀는 한 쌍의 봉목(鳳目)을 사납게 치뜨며 일장을 쳐내 구양천수를 땅바닥에서 한 바퀴 구르게 만들었다.

 둔탁한 소리와 함께 한 가닥 흙먼지가 구양천수를 휘감았고 관옥과 같은 구양천수의 얼굴은 백지장과 같이 창백해졌다.

 그녀는 일장을 쳐내고도 분이 풀리지 않았는지 그를 내려다보는 그녀의 눈꺼풀은 절로 떨리고 있어 금방이라도 다시 일장을 쳐낼 듯했다.

 하지만 창백한 얼굴의 구양천수의 얼굴에서는 조금의 흔들림도 보이지 않았다.

 "벽옥로(碧玉露)라고 하는 것이 과연 어떤 물건인가 하는 것을 시험해 보고 싶다면 다시 한 번 나를 때려보아도 괜찮겠지……."

 그의 말에 녹의미녀는 안색이 돌변했다.

 벽옥로라고 하는 것은 어떤 물건에 묻어 있을 때는 거의 눈에 띄지도 않을 정도로 미세한 가루에 지나지 않는다. 하지만, 그것이 일단 사람의 몸에 닿으면 그것은 사람의 체온에 의해 거의 순식간에 액체로 변해 체내로 흡수가 되고 마는 것이다.

 일단 벽옥로에 감염이 되면 그 자리는 단숨에 파랗게 변색이 되며, 만약에 그 상태에서 힘을 쓰면 그 푸른 기운은 단숨에 혈맥을 타고 심장에 이르게 되어 죽음을 몰고 온다고 알려져 있었다.

 그것을 증명이라도 하듯 그녀는 팔이 뻣뻣하고 푸른 기운이 대번에 팔꿈치 위로 뻗어오는 것을 보고 감히 힘을 돋울 수가 없었다.

 그녀의 안색을 보고 구양천수는 미미하게 웃더니 눈을 내리감고 두 번 다시 그녀를 보지 않았다.

 그것을 보자 녹의미녀는 직감적으로 구양천수의 심계(心計)에 자신이 걸려들었음을 알 수 있었다.

'내가 흥분하지만 않았다면 옥합에 벽옥로가 묻어 있음을 발각할 수가 있었을 것이고, 그가 나로 하여금 손을 쓰도록 충동질을 하지 않았다면 벽옥기(碧玉氣)가 이처럼 빨리 퍼지지는 않았을 것인데…….'

그녀는 내심 다급해졌다.

구양천수가 암암리에 운공하여 그녀에게 제압된 혈도를 풀어내려고 함을 알 수가 있었던 것이다. 남에게 제압된 혈도를 스스로 풀어낸다는 것은 결코 쉬운 일이 아니었다.

그렇지만 그는 약관의 청년이라도 강호상에서 신기제일이라 불리는 구양세가의 가주인 것이다.

그녀와 구양천수와의 사이에는 무개옥합이 떨어져서 찬란한 보광(寶光)을 햇살 속에서 뿜어내고 있었다.

돌연히 찾아온 정적은 사람의 숨을 막히게 할 듯했다.

녹의미녀는 뒤를 돌아보았다.

그녀와 같이 왔던 흑의대한 두 명 중 한 명은 그녀가 던진 암기에 맞아 즉사를 면치 못한 상태였고, 구양천수에게 제압되었던 흑의인은 아직껏 혼수상태를 면치 못하고 있었다.

'과연 무서운 인물이군! 상부에서 구양세가를 경계하는 이유를 이젠 알고도 남음이 있다!'

그녀는 구양천수를 쉽게 제압하자 자신이 너무 마음을 놓았음을 땅을 치고 싶도록 후회를 했지만 이미 어쩔 재간이 없었다.

어쨌든 구양천수가 해혈(解穴)을 하기 전에 그녀가 먼저 움직일 수가 있어야 했다. 그녀는 거의 눈에도 보이지 않을 정도의 느린 움직임으로 자신의 품속으로 손을 움직이기 시작했다. 벽옥로의 가장 무서운 점은 일단 중독이 되고 나면 반점의 힘도 쓸 수가 없는 점이다.

목소리조차 크게 내면 독기가 단숨에 심장으로 돌진을 하는 판이니 감히 함부로 움직일 수조차 없는 것이다.

그녀의 품속에는 비전의 해독영약(解毒靈藥)이 있었다. 그녀가 알기로는 그 약이면 벽옥로를 완전히 해독은 하지 못한다 할지라도 일단 움직이는 데 지장을 주지 않을 정도는 될 것이었다.

긴 듯하지만 찰나와 같은 시간이 흘러갔다.

어느 순간.

휘리리…… 휘이이……!

어디선가 낮게 깔린 새 울음소리 같은 것이 숲을 뚫고서 들려왔다.

녹의미녀의 얼굴에 다급한 빛이 떠올랐다.

그녀가 기다리던 원군이 당도한 것이다. 하지만 지금의 그녀는 그들에게 신호를 보낼 형편이 되지 않았다. 만에 하나라도 기혈이 진동된다면 그녀는 죽음을 피할 수가 없는 것이다.

잇달아 그 소리는 주위를 맴돌며 들려왔다.

멀어졌다가 가까워지고 하는 것을 보면 아마도 사방을 수색하고 있는 듯했다.

'멍청한 자들! 흔적이 남아 있을 텐데 이처럼 오래 걸리다니, 이곳이 구양세가의 세력권에 들어 있음을 생각지도 못하더란 말인가?'

그녀는 초조하여 입술을 깨물었다.

그녀의 손은 이제 자신의 가슴팍에 도달하고 있었다.

그녀의 손이 자신의 품속에서 하나의 자기병을 꺼냈을 때, 예의 소리가 날카롭게 울려 퍼지며 숲 밖에서 한 사람이 바람처럼 날아들었다.

그는 쓰러져 있는 흑의대한과 같은 복장을 하고 있었는데 숲 안의 상황을 일별(一瞥)하고는 이내 휘파람 소리를 울리면서 녹의미녀를 향해 날아왔다.

그것과 동시에 숲 밖에서 흑영 십여 개가 움직이는 듯하더니 흑의인들이 바람과 같이 숲 안으로 날아들었다.

녹의미녀는 맨 먼저 나타난 흑의인이 자신의 앞에 도달함을 보고는 내심 안도의 숨을 내쉬며 입을 열려고 했다.

바로 그 순간이었다.

"윽!"

귀청을 째는 파공음이 주위를 울리며 그 흑의인이 비틀거렸고 그 뒤를 따르던 흑의인들 중 몇이 신음을 흘리며 잇달아 쓰러졌다. 흑의인들이 놀란 토끼처럼 사방으로 흩어졌고 그들의 손에서 검도(劍刀)가 번뜩임과 함께 날아오던 암기들이 맑은 금속성을 울리면서 튕겨져 나갔다.

"누구냐?"

흑의인들이 놀라고 노해 주위를 두리번거리자 낭랑한 웃음소리가 꼬리를 물고 일어났다.

"핫하하하……."

흑의인들은 웃음소리에 섞여 다시 예리한 음향이 자신들을 엄습해 옴을 느끼고, 놀라 잇달아 뒤로 물러나며 수중의 무기를 움직여 날아오는 암기들을 막아냈다. 암기의 기세는 매섭지만 빠르지 않아 그들을 상해하기보다는 물러나게 하는 데 목적이 있는 듯했다.

그때였다.

돌연 숲 밖에서 귀청을 떨어 울리는 장소성(長嘯聲)이 놀랍게 빠른 속도로 다가오는가 싶더니 한 사람이 바람처럼 허공을 가로질러 구양천수와 녹의미녀의 사이에 떨어져 있는 무개옥합을 향해 내리꽂혔다.

그의 출현은 너무도 돌발적이고 빨라 이제 막 해독약을 삼킨 녹의미녀는 보면서도 그것을 저지할 만한 힘이 없었다.

그런데 그 순간에 꾸짖는 호통 소리가 들려오며 흰 그림자[白影] 하나가 그 사람의 앞을 가로막으며 불쑥 나타났다.

그는 나타남과 동시에 호통을 치면서 맹렬한 일권(一拳)을 숲 밖에서 날아든 흑영(黑影)에게 질러냈다.

펑!

주위를 뒤흔드는 격돌음이 울려 퍼지면서 숲 밖에서 날아든 흑영과 그를 저지한 백영이 제각기 뒤로 물러났다.

흑영은 복면을 했으며 복면 사이로 드러난 두 눈에서는 음산한 빛을 쏟아내고 있었다.

그의 앞에는 일신에 백의를 걸친 이십여 세가량의 청년이 고리눈을 부릅뜨고 우뚝 서 있는데, 흑의복면인은 자신의 앞을 가로막은 사람이 그와 같이 젊은 사람임을 믿을 수 없는 듯 그를 노려보고 있다가 냉소했다.

동시에 그는 바람처럼 움직여 자신의 앞에 버티고 서 있는 백의청년을 향해 덮쳐 갔다.

고리눈의 백의청년은 신력(神力)을 타고났으며 지금껏 권(拳)을 수련하여 온 사람이었다. 그럼에도 불구하고 그는 좀 전의 맞부딪침으로 이미 약간의 손해를 보고 있었다.

상대는 강했다. 그런데도 그는 조금도 물러서지 않고서 자신을 덮쳐 오고 있는 흑의복면인을 노려보고 있을 따름이었다.

한데 흑의복면인의 공세가 막 고리눈의 백의청년에게 이르는 순간, 바람이 끊어지는 예리한 소리가 들리면서 날카로운 기세가 흑의복면인의 측면을 엄습해 왔다.

흑의복면인은 곁눈질로 그것이 하나의 채찍임을 알아보았고, 또 한 사람의 백의청년이 나타나 그것으로 자신을 공격함을 알아차릴 수 있었다.

그가 내심 주춤하는 사이에 앞서 고리눈의 백의청년이 날벼락 같은 고함을 지르면서 잇달아 양권(兩拳)을 격출하여 흑의복면인을 공격해 갔다.

그의 공격은 매우 절묘하게 시기를 맞추었으며 흑의복면인이 다른 생각을 하기도 전에 이번에는 획획, 하는 소리가 들리면서 그의 머리와 가슴을 향해 대여섯 매의 작은 암기가 날아왔다.

그는 또 한 명의 적이 나타났음을 짐작했다. 물러서지 않는다면 삼면의 공세를 한꺼번에 상대해야 할 판이었다.

그러나 적의 공세가 이루는 조화는 너무도 절묘하여 함부로 상대할 것이 아니었다. 그는 내심 이를 갈며 땅을 박차고 뒤로 물러났다.

그는 뒤로 물러나자마자 나직이 외치며 적이 준비할 여유를 주지 않고 번개처럼 다시 그들을 향해 덮쳐들었다. 그의 무공은 이미 고수의 자격이 충분했다.

 그런데, 그는 막 덮쳐들려다가 안색이 돌변해 그 자리에 몸을 세우고 말았다. 얼마나 급하게 몸을 세웠던지 그의 흑의 자락이 세차게 춤을 추며 흙먼지를 일으킬 정도였다.

 그럴 수밖에 없는 것이 그가 덮쳐 가는 방향에 또 한 사람의 백의청년이 나타나 두 개의 단창(短槍)을 들고 그를 기다리고 있었던 것이다. 만에 하나라도 그가 그대로 돌진했다면 피할 여가도 없이 그의 가슴에는 그 단창이 박혀들고 말았을 것이었다.

 등골에 식은땀이 솟아났다.

 말은 쉬운 듯했지만 그러한 것은 상대가 어떻게 움직일 것인가를 완전히 예측하고 있지 않으면 결코 이루어낼 수 없는 일이다.

 '대체 이놈들은 누구란 말인가?'

 흑의복면인의 앞에는 이미 기러기처럼 늘어선 네 명의 백의청년들이 나타나 있었다. 그들의 생김은 마치 쌍둥이처럼 비슷해 보였고 나이 또한 비슷한 듯했다.

 물러났던 흑의인들이 흑의복면인의 뒤로 모여들었다.

 흑의복면인은 그 네 명의 백의청년의 눈에서 정광(精光)이 번뜩임을 보고 상황이 간단치 않음을 느끼지 않을 수 없었다.

 그런데 이제 보니 그 네 명의 백의청년의 뒤쪽에 또 한 명의 백의청년이 나타나 구양천수 쪽으로 다가가고 있는 것이 아닌가!

 다급한 빛이 그의 눈에 떠오르고 그의 흑포가 바람도 없는데도 불구하고 저절로 펄럭이기 시작했다. 눈에는 무서운 빛이 뿜어져 나왔다. 전력을 일으키고 있음이 분명했다.

흑의인들이 흑의복면인 좌우로 늘어서 다가오고 있었다. 그들의 수효는 이미 쓰러진 자들을 제외하고도 열대여섯 정도로 늘어나 있었다.

"가주! 저희들입니다! 괜찮으신 겁니까?"

그들은 본 체도 하지 않고 구양천수의 곁으로 다가간 백의청년이 물었다.

하지만 그의 물음에 구양천수는 눈을 감은 채 대답이 없었다.

그 순간, 갑자기 녹의미녀가 번개처럼 몸을 날리며 그녀의 앞에 떨어져 있던 무개옥합을 집어 들었다.

그녀는 돌연히 다섯 명의 백의청년들이 나타남을 보고 일이 심상치 않게 꼬임을 직감했다. 그런데 그중 하나가 구양천수에게로 다가옴을 보고 가슴이 철렁했는데 그는 무개옥합에는 신경도 쓰지 않는 듯 구양천수만 바라보는 것이었다.

해독약을 복용하고 몸을 움직일 수 있게 된 그녀는 더 이상 망설이지 않고 구양천수가 움직이기 전에 무개옥합을 집어 도주하려는 것이다.

한데, 그 순간이었다.

"당신은 이미 기회를 잃었소. 기회라는 것은 언제나 있는 것이 아니지……"

그녀의 귓전에 낭랑한 웃음소리가 들려오는 것이 아닌가!

동시에 그녀는 막강한 힘이 그녀를 덮침을 느꼈다.

펑!

무개옥합이 있던 곳에서 흙먼지가 하늘을 가릴 듯 일어났다.

녹의미녀는 거의 자신의 손에 잡혔던 무개옥합이 충격을 견디지 못하고 자신의 손을 벗어나 누군가의 손으로 옮겨가는 것을 느낄 수 있었다.

그녀의 앞에는 한 사람이 우뚝 서 있었다.

그의 손에는 무개옥합이 찬란히 빛을 뿌리며 들려 있었다.

"당신이……."

믿을 수 없는 듯한 신음이 그녀의 입에서 흘러나왔다.

그녀의 앞에 서 있는 창백한 얼굴의 저 사나이는 바로 조금 전까지만 하더라도 그녀의 손에 생사가 달렸던 구양천수였던 것이다.

그녀가 경악함은 당연했다.

비록 독문(獨門)의 쇄맥수법(鎖脈手法)을 사용하지는 않았다 하더라도 그녀는 완벽히 구양천수를 제압했었는데, 어찌 이처럼 빠른 시간에 스스로 혈도를 풀고 일어날 수가 있단 말인가.

더구나 그는 자신에 의해 일장을 격타당해 내상을 입었을 몸인 것이다.

그녀의 마음을 들여다보듯 구양천수의 음성이 들려왔다.

"본 가에는 일종의 충격요법이 있지. 별다른 쓰임새는 없지만 남에게 혈도를 제압당했을 때 충격을 받으면 그 힘을 이용해서 제압된 혈도를 푸는 데에는 탁월한 효능이 있는……. 그런 의미에서 좀 전에 나에게 가한 일장은 빚으로 치지 않도록 하겠소."

구양천수의 웃음을 보는 녹의미녀는 머릿속에서 피가 거꾸로 도는 듯했다.

자신은 그를 제압했었지만 그 이후의 모든 것은 그의 계산에서 조금도 벗어나지 못하고 있었음을 절감한 것이다.

바로 그때, 차가운 웃음소리가 그들의 앞쪽에서 들려왔다.
"당신들은 스스로 죽음을 자초하는군!"
그것은 바로 네 명의 백의청년들이 외친 것이었다.
원래 흑의복면인은 녹의미녀의 동료로서 그의 무공은 오히려 그녀보다 높아 백의청년들이 그처럼 큰소리치는 것은 광오하다 할 수밖에 없었다.
그녀는 무의식중에 그쪽을 보다가 얼굴이 창백해졌다.
백의청년들 네 명의 손에 제각기 직경이 한 치 정도의 은빛 통이 들려 있음을 보았던 것이다.

은하도괘(銀河倒掛) 경신읍귀(驚神泣鬼)
은하수가 거꾸로 쏟아지니, 귀신이 놀라고 흐느끼는도다…….

지난날 강호상에 떠돌던 한 귀절의 노래를 떠올린 그녀는 거의 순간적으로 소리쳤다.
"피해요! 그것은 구양세가의 은하침통(銀河針筒)이에요!"
하지만 그때는 낭랑한 웃음소리와 함께 백의청년 넷의 수중으로부터 은빛 광채가 폭포수처럼 폭사되어 나가고 있을 때였다.
"으악―!"
바람을 째는 소리가 귀청을 찢는 가운데 처절한 비명이 사방에서 메아리치며 일어났다.
구양세가의 은하침통은 지난날 천하에 신기제일 구양세가라는 이름을 유전(流轉)시킨 구양천수의 아버지 구양범이 만들어낸 것으로, 십 장 내에 있는 모든 것이 요행을 바랄 수 없다는 사천(四川) 당가(唐家)의 폭우이화침(暴雨梨花針)마저 무색하게 만드는, 가공할 위력이 있는 것이었다.

오죽하면 그것을 형용하는 말에 경신읍귀라는 말이 붙어 있으랴.

녹의미녀는 은하침통을 보는 순간에 모든 것이 다 틀렸음을 직감했다.

그녀는 피하라고 소리치는 것과 동시에 구양천수와 그의 곁에 서 있는 백의청년을 향해 소매를 휘둘러 십여 매의 한망(寒芒)을 날려보내고는 반대쪽으로 몸을 날렸다.

그녀의 행동이 뜻밖인지 구양천수가 몸을 기울여 그녀가 날려보낸 암기를 피해냈을 때 그녀는 이미 팔구 장 밖을 벗어나고 있었다.

"쫓을까요?"

백의청년이 구양천수를 보며 물었다.

묻는 그의 몸은 이미 사오 장 밖에 있었다.

그런데 구양천수는 의외로 고개를 저었다.

"그만둬라. 오늘이 아니라도 앞으로 기회는 얼마든지 있을 테니까. 그녀는 나를 위해 스스로의 가슴에다 칼까지 꽂았으니 오늘은 그 정도에서 용서해 주기로 하지."

백의청년은 그제야 구양천수가 그녀를 쫓지 않고 암기를 피하기만 한 이유를 알 수 있었다. 원래부터 그는 그녀를 쫓을 생각이 없었던 것이다.

다음에 스스로 해결을 하겠다는 생각인 것이다.

'한번 혼이 나시고도 그 성격은 여전하시군……'

 백의청년이 암암리에 고개를 흔들 때 장중의 상황은 이미 모두 끝이 나고 다른 네 명의 백의청년들도 구양천수의 앞으로 오고 있었다.

 흑의인들은 가공할 은하침통의 위세 앞에 하나도 요행을 바라지 못하고 쓰러져 있었다. 그들 중에 보이지 않는 것은 그 흑의복면인뿐이었다.

 그 또한 은하침통을 보는 순간에 상황이 심상치 않음을 직감하고는 더 이상 망설이지 않고 그 자리를 떠나 버린 것이다.

 남아 있는 것은 거의 이십 명에 이르는 흑의인들의 시체뿐이었다.

 적은 승리 일보 직전에서 처참한 패배를 한 것이다.

 "안색이 좋지 않으신데, 견딜 만하십니까?"

 처음에 나타나 흑의복면인을 막았던 백의청년이 입을 열었다.

 구양천수는 다섯 명의 백의청년들이 자신을 호위하듯 늘어서 있음을 보고 수중에 있던 무개옥합을 품에 간직하면서 물었다.

 "어떻게 여기를 알고 때를 맞추어 올 수 있었느냐?"

 처음부터 구양천수의 곁으로 다가왔던 눈빛이 침착한 백의청년이 입을 열었다.

 "저희들은 대공(大公)의 명을 받들고 가주님을 영접키 위해서……."

 "영접? 내가 올 줄을 어떻게 알고?"

 구양천수의 물음에 그는 간단히 머리를 저었다.

 "그거야 저희들이 알 리가 있습니까? 명대로 마중을 나왔을 뿐입니다."

"마중이라고……!"

구양천수는 말끝을 흐렸다.

과연 형이다.

그는 암중으로 혀를 찼다.

그는 오늘 돌아오는 것은 아무에게도 말하지 않았었고 연락조차 하지 않았었다. 그런데 어떻게 알고 마중을 보냈단 말인가.

호가오영(護家五英).

그들 다섯 백의청년들은 그렇게 불린다.

그들은 구양천수의 형인 구양천상(歐陽天翔)이 심혈을 기울인 정예들로서, 이미 몇 년 전부터 구양천수를 따르고 있었다.

원래 구양세가의 정영(精英)들은 구양천수의 아버지인 구양범이 이십 년 전에 실종이 되면서 막대한 손실을 초래했다. 그래서 이들 다섯은 바로 후일 구양세가의 기둥이라고 해도 과언이 아니었다.

이번 숭산행에 구양천수가 그들과 동행치 않은 것은 그들 다섯 사람이 함께 수련하는 무공이 완성을 앞두고 있었기 때문이다. 그들 다섯 사람은 제각기 특기가 있었고, 특히 그들의 연수합격은 막강하다고 자부해도 전혀 과언이 아니었다.

구양천수는 마중이라는 말에 기이함을 느끼고 다시 묻지 않을 수 없었다.

"평소 형님의 성품을 보면 너희들에게 무조건 마중을 나가라고 하시지 않았을 텐데……?"

그의 말에 권법을 쓰던 우람한 체구의 백의청년이 대뜸 고개를 끄덕였다.

"물론이죠. 그렇지 않다면 어찌 저희들이 이처럼 때를 맞추어 나타날 수가 있었겠습니까? 대공께서는 가주께서 바른 길을 택하시지 않고 우회하여 오실 거라고 하셔서 저희들이 기다리고……."

그는 말을 하다가 아차 싶은지 급히 말을 끊었다.

하지만 구양천수가 누군데 그 말의 의미를 알아듣지 못하겠는가.

"그러니까…… 내가 이 길로 올 것을 알고 미리 대기하고 있었다는 말이로군? 그래서 내가 누군지도 모르는 여인에게 따귀를 맞는 것도 심심치 않게 잘 구경을 하고……?"

"그, 그럴 리가…… 저희들은 그저……."

당황한 빛이 백의청년들의 사이에서 떠올랐다.

구양천수는 무섭게 그들을 노려보았다.

"나를 속일 생각은 하지 마라. 형님께서 너희들을 이곳으로 보내시면서 한 말을 한 자도 빠뜨리지 말고 해봐라."

그들이 난처한 얼굴로 서로를 쳐다보는 것을 보고 구양천수는 냉소했다.

이미 꼬리를 뺄 수 없게 되었음을 깨달은 백의청년 하나가 원망스런 시선으로 우람한 체구의 백의청년을 쳐다보고는 입을 열었다.

그는 바로 처음부터 구양천수의 옆에 서 있던, 호가오영의 우두머리라고 할 수 있는 육무영(陸無影)이었다.

"사실은…… 저희들은 적의 움직임을 알고 있었지만 절대의 위기가 아니면 모습을 나타내지 말라는 대공님의 엄명이 계셔서…… 죄송합니다."

 구양천수는 그 말을 듣자 우람한 체구의 백의청년을 바라보았다. 그의 이름은 철무적(鐵無敵)으로서 호가오영 중 가장 막강한 힘을 가지고 있으나 그와 비례해 오히려 조금 단순한 면이 있었다.

 "무적, 네가 말해봐라. 형님께서는 그 말 외에 다른 말이 또 있으셨지?"

 철무적은 우물쭈물하는 것 같더니 구양천수의 눈빛에 할 수 없다는 듯 입을 열었다.

 "별다른 것이 아니었습니다. 그냥 지나가는 말로…… 가주께서는 성격이 너무 급하고…… 너무 자신감에 차 있어서 한 번쯤 적에게 꺾이는 것도 좋은 경험이 될 것이라고…… 그냥 그 말밖에는 아니 계셨습니다."

 "……."

 구양천수는 씁쓸한 표정이 되어 그만 입을 다물고 말았다.

 할 말이 있을 리 없었다.

 그의 능력으로 부주의하지 않았다면 어찌 이런 곤욕을 치렀겠는가. 녹의미녀가 잠시간 방심하지 않았다면 그는 꽤 고생을 해야 했을 것이었다.

 '그러나저러나 내 행동은 또 형님의 계산을 벗어나지 못하고 말았구나……. 도대체 내가 올 것은 어떻게 알았을까? 설마 그동안 연구하던 신산지술(神算之術)을 벌써 완성하여 모든 것을 예측

할 수 있게 되었단 말인가? 도대체가······.'

생각할수록 구양천수는 머리가 저어졌다.

그의 형은 언제나 그러했다.

나이 차이는 불과 두 살, 그런데도 그는 구양천수의 아버지였고 스승이었다. 아버지를 보지 못하고 자란 구양천수에게 그의 형 구양천상은 그야말로 완벽한 우상(偶像)이었다.

그가 아는 한, 그 어떠한 사람도 그의 형보다 뛰어난 사람은 존재하지 않았다.

분명코······.

그러나 그가 아는 세상은 한계(限界)가 있는 것이다.

이 세상의 그 어떤 사람이라 할지라도 아는 것에 한계가 지어지는 것처럼 그도 예외일 수는 없었다.

第九章

풍운고월(風雲孤月)
―암흑에 잠긴 하늘은 아무런 희망이 없건만
빛을 감춘 채 숨은 고월(孤月)은 풍운 속에서
그 빛 뿌릴 날을 기다리도다

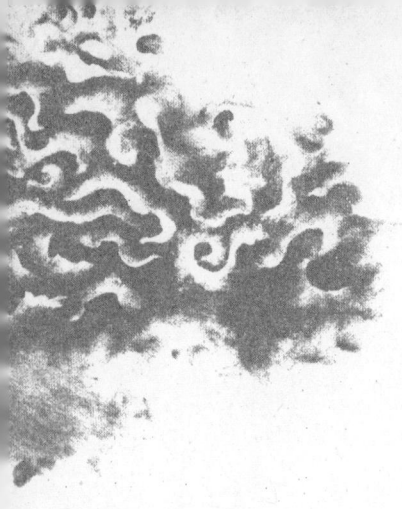

풍운고월
조천하

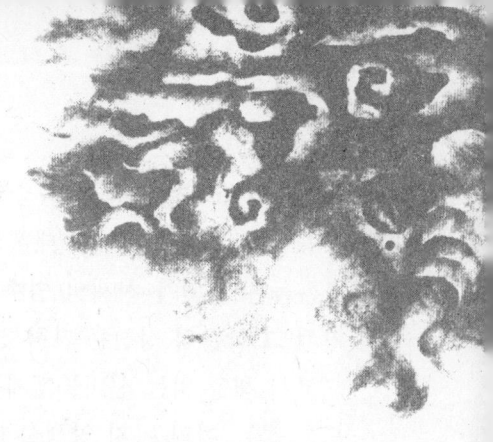

　소요곡(逍遙谷)은 무림인들이 쉽게 잊을 수 없는 곳이다.
　신기제일이라는 이름을 가지고 있는 구양세가가 존재하는 곳이기 때문이다.
　구양세가의 역사는 이미 몇백 년을 두고 내려오는 장구한 것이었지만, 이십여 년 전만 하더라도 태산 소요곡 구양세가를 아는 사람은 별로 없었다.
　원래 그들은 무림 중의 가문이 아니라 처음에는 유림 명문이었던 까닭이다. 하지만 본래 유생의 집안이었던 구양세가는 그들의 칠대조(七代祖)인 구양해(歐陽海)의 대에 이르러 간인들의 모함을 받고 세상의 혼탁함을 피해 태산에 이르러 은거한 것이 오늘날의 구양세가의 내력이었다.
　선비의 가문인 그들은 벼슬길을 버린 대신, 세상의 모든 학문을 연구하고 천기를 살펴 스스로의 학문정진에만 힘을 쏟았다. 구양세가는 손이 귀하여 대체로 단손으로 전해져 왔지만, 그들의 자손들은 거의가 천재의 범주에 들 수 있는 머리를 가지고 있었기에 그 학문의 정진은 가히 경인(驚人)의 도에 들고 있었다.

본시 책을 읽는 선비들에게는 정신을 맑게 하고 건강을 유지하도록 하는 여러 가지 양생술(養生術)이 전해져 오는데, 세상에 유명한 호연지기(浩然之氣) 등이 바로 그러한 범주에 속한다.

비록 무림 중에 속하지 않았던 구양세가였지만, 그러한 양생술에다가 우연한 몇 차례의 기연, 거기에 그들의 천재성이 부여되자 무공 방면에서도 일가를 이루게 되어 참으로 새로운 형태의 무림세가인 구양세가가 탄생을 하게 되었던 것이다.

그렇게 되어 구양세가는 은연중에 무림에 들게 된 셈이지만, 그들 가문은 원래 세상의 혼탁함을 피하여 은둔했기에 세상에 즐겨 나가지를 아니하여 그 이름은 그리 알려진 편이 아니었다.

그러한 그들의 이름이 세상에 알려지게 된 것은 천기수사 구양범, 바로 구양천수의 아버지에서부터 비롯하였다.

이십여 년 전, 몇 대에 걸쳐 무림의 지주가 되어왔던 봉황곡 절세모용가는 천축 유가 문파의 일전에서 마침내 그 힘을 다하고 대가 끊어지게 되었다. 그러자 무림 각지에서는 신진 세력들이 속출하여 서로가 반목하고 질시하면서 강호무림의 주도권을 잡기 위해 호시탐탐하니 그 혼란은 가히 춘추전국시대를 방불케 할 지경에 이르렀다.

그것을 절세의 지모와 용기로써 조정, 수습해 낸 것이 바로 천기수사 구양범이었다.

어떠한 일이라 하여도 그가 나서면 해결되지 않는 일이 없었고, 그로 인해 강호상에는 신기제일이라 불리는 구양세가의 존재가 급격히 떠올랐다.

만에 하나, 전대 가주—구양천수의 아버지인 구양범이 신비롭게 실종이 되지 아니하였더라면 오늘날, 구양세가의 이름은 강호상의 어느 누구도 한걸음 양보하지 않을 수 없는 거대한 것이 되고도 남았을 것이었다.

* * *

소요곡이 존재하는 곳은 얼핏 보면 하나의 계곡이었지만, 다시 보면 그 안에서 천험기준(天險奇峻)의 산봉들이 꿈틀거리며 사방으로 뻗어나가고 있어 매우 기묘한 산세를 이루고 있다.

구양세가는 바로 그 소요곡 깊숙한 곳에 자리잡고 있는 것이다.

푸르른 대숲과 소나무, 잣 등의 상록수들이 둘러싸고 있는 구양세가는 처음 들어서는 사람들은 어디까지가 숲이고 산곡이며, 어디까지가 구양세가인지 분간을 할 수가 없다.

그러나 지키는 사람조차 없어 보이는 그 구양세가가 실제로는 인도를 받지 못하면 한 걸음도 제대로 움직일 수 없는 곳임을 무림 중에 조그만 안목이 있는 사람이라면 누구나 알고 있었다.

* * *

구양천수는 세가에 들어서서 총관 사도광(司徒匡)을 만나 몇 가지 간단한 말을 나눈 후에 조금도 쉬지 않고 자신의 거처인 포고금헌(抱古今軒)을 떠나 움직였다.

그 뒤를 육무영 등 호가오영이 난처한 빛으로 머뭇머뭇 뒤를 따르고 있었다.

졸졸 귓전을 울리는 물소리가 나며 폭 반 장가량의 시내가 그들의 앞에 나타났다.

휘영청 늘어진 수양버들 사이로 반월형으로 걸린 조각된 목교(木橋)를 구양천수가 건널 때 그의 뒤에서 철무적이 입을 열었다.

"조금도 쉬지 않으셨는데 괜찮으시겠습니까? 안색이 그리 좋지 않으십니다. 대공을 만나뵙는 것은 조금 쉬신 후에 하심이……"

그는 말을 하다가 구양천수가 그를 돌아보자 가슴이 뜨끔하여 말을 멈추었다.

"그렇게 걱정이 되었다면 안색이 나빠지기 전에 손을 쓰지 이미 나빠진 후에 말로만 해서 잃은 점수가 되찾아질 것 같으냐?"

그 말에 철무적은 난처한 빛이 되어 육무영을 쳐다보았다.

"거봐, 내가 그만 보고 나서자니까…… 계속 두고 보라고 말리더니 이 모양……!"

그는 말을 하다가 육무영이 당황해 그를 쏘아보는 것을 보고 급히 입을 다물고 구양천수를 쳐다보았다.

그때 구양천수는 뒤도 돌아보지 않고 목교를 건너 푸른 대숲을 등지고 온통 대로 엮어진 하나의 건물로 들어서고 있었다.

〈청풍헌(聽風軒)〉

　절묘한 솜씨로 전체가 대나무로 이루어진 이층의 죽루(竹樓)의 정면에는 그러한 현판이 걸려 있었다.
　그가 청풍헌이란 현판을 쳐다보고는 안으로 들어서려는데 그의 뒤쪽에서 맑은 음성이 들려왔다.
　"가주님을 뵈옵니다."
　그의 뒤에는 일신에 녹의를 걸친 이제 십칠팔 세가량의 맑은 얼굴을 가진 소녀가 품에 나물 바구니를 안고서 그를 향해 허리를 굽히고 있었다.
　"운아(雲兒)로구나. 그래, 형님께서는 안에 계시느냐?"
　그의 물음에 녹의소녀는 허리를 펴면서 고개를 저었다.
　"지금은 안 계십니다. 소녀는 숲에 가서 대공께서 저녁에 드실 나물을 캐오느라 어디 가셨는지 잘…… 아마 금아(琴兒)가 잘 알고 있을 거예요."
　"음."
　구양천수가 고개를 끄덕이자 운아라 불린 녹의소녀는 안을 향해 소리쳤다.
　"금아! 금아! 뭐 하고 있어? 가주님께서 오셨는데!"
　구양천수는 안으로 걸음을 옮겨놓으려다가 고개를 돌려 운아를 가만히 쳐다보았다.
　운아의 얼굴이 붉어졌다. 그녀는 당황해 더듬거렸다.
　"왜 그러세요? 제 얼굴에 뭐라도 묻었나…… 요?"
　구양천수는 그녀의 당황한 모습을 보고 빙그레 웃더니 말했다.

"아니, 예쁜 네 얼굴에 뭐가 묻은들 어떻겠느냐? 다만…… 앞으로는 네가 녹의를 입지 않는 게 좋을 것 같다. 내 생각으로는 네게 잘 안 어울리는 것 같거든."

그가 말을 마치고 안으로 들어가자 운아는 괴이한 표정으로 자신의 녹의를 내려다보았다. 그녀는 구양천수의 형인 구양천상의 시중을 드는 시비(侍婢) 두 명 중 하나로 어릴 때부터 줄곧 녹의만을 입어왔어도 구양천수가 한 번도 그러한 말을 하는 것을 들은 적이 없었던 것이다.

그녀가 어리둥절해 있는데 그녀의 뒤에서 나직한 웃음소리가 들려왔다.

그녀가 보니 호가오영들이 서로를 쳐다보고 터지는 웃음을 참느라고 얼굴이 붉게 달아오르고 있었다.

녹의소녀 운아는 그들의 표정을 보고 더욱 당황해 자신의 옷을 내려다보고 올려다보고 하더니 아무래도 뭔가 자신에게 부끄러운 일이 생긴 모양이라고 단정을 하고는 얼굴이 홍시가 되어 안으로 뛰쳐들어 갔다.

그 모양을 보고 암기의 명수인 신무쌍(申無雙)이 폭소를 참으며 말했다.

"가주께서는 그 녹의녀에게 당하곤 녹의만 봐도 소름이 끼치는 모양이신가? 저 수줍음을 잘 타는 운아는 가엾게도 무슨 영문인지를 몰라 며칠간 고민을 할걸?"

말을 하던 그는 더 이상 참지 못하고 웃음을 터뜨렸다.

구양천수가 안으로 들어서니 가구조차 대[竹]로 이루어진 죽루

안의 대청에는 아무도 없었다.

그가 몇 걸음을 옮겨놓지 않아 홍의를 걸친 십팔구 세가량의 소녀 하나가 치맛자락을 휘날리며 달려나왔다.

"이제 돌아오십니까? 죄송해요. 안에서 청소를 하느라고 미처 가주께서 돌아오신 것을 몰랐어요."

그녀가 휘청 허리를 굽히자 구양천수는 가볍게 손을 저어 보이며 물었다.

"괜찮아. 그보다 형님께서는 어디로 가셨느냐? 아마도 내가 온 것을 알고 계셨을 텐데?"

그의 물음에 홍의소녀 금아가 말했다.

"그러잖아도 말씀이 계셨었습니다. 하실 일이 조금 있으셔서 세심거(洗心居)에 가 계실 테니 가주께서 돌아오시면 그리로 오시라고……."

구양천수의 형인 구양천상은 매우 특별한 사람이었다.

그는 한창 혈기방장할 나이임에도 불구하고 구양천수와는 달리 조용한 것을 좋아해 거처조차도 세가 내에 있지 않았다.

그의 거처인 청풍헌은 세가의 가장 깊숙한 곳에 있었지만 그가 주로 있는 곳은 청풍헌보다 한참 산봉으로 올라가야 하는 세심거였다.

앞으로는 가늘기는 하지만 세찬 급류가 호호탕탕 용솟음치며 흘러가고 있고 좌우로는 웅준한 산세가 병풍처럼 둘러싸고 있는 세심거는 정말 더러워진 마음이 씻겨질 듯한 분위기에 감싸여 있어 세속을 떠난 은자(隱者)의 거소라 해도 과언이 아닐 정도였다.

호가오영을 청풍헌에 떼어놓고 온 구양천수는 세심거의 앞을 힘차게 흘러가는 옥룡류(玉龍流) 위에 놓인 등룡교(騰龍橋)를 건너며 소리쳤다.

"형님! 소제가 돌아왔는데 나와보지도 않을 겁니까?"

그런데 그가 검박하게 세워진 세심거의 안으로 들어설 때까지도 안에서 그를 마중하는 사람은 없었다.

"형님!"

세심거의 대청에 들어서면서 구양천수가 좀 더 크게 소리쳤으나 대답하는 사람은 없었다.

언제라도 그가 소리치면서 들어가면 웃음 띤 얼굴로 나타나 조용히 맞아주던 형이었다. 그가 나타나지 않는 것은 오직 한 가지 경우뿐이었다.

지금 세심거에는 구양천상이 없는 것이다.

아마도 잠시 어딘가에 나간 듯했다.

"단로(丹爐)에 가신 걸까……?"

구양천수는 중얼거리면서 자리에 앉으려고 하다가 문득 그가 앉으려는 자리의 정면 벽을 거의 차지하다시피 하면서 걸려 있는 그림을 보게 되었다.

그림은 매우 장대(壯大)하고도 컸다.

너비가 여덟 자는 넘어 보이고 세로의 길이 또한 다섯 자는 되어 보였다.

그러나 그 크기보다는 화폭에 담긴 그림이 가지는 힘은 가히 보는 사람을 압도하고도 남음이 있을 정도로 절대했다.

암흑(暗黑)에 담긴 천공(天空)에서 세찬 바람에 휘감긴 구름은 마치 예리한 칼날에 솜털이 찢겨지듯 사방으로 소용돌이치며 퍼져 나가고 있는데, 그 가운데 희미한 초승달 하나가 서서히 흩어지는 구름 속에서 모습을 드러내며 어둠을 밝혀주고 있었다. 그 암흑의 천공을 머리에 이고 그 아래에는 넓디넓은 산하(山河)의 모습이 장대하다고 표현할 수밖에 없도록 거대하게 펼쳐지고 있었다.

그림을 조금이라도 볼 줄 아는 사람이라면, 이 그림 앞에 서는 순간에 그 그림이 지니는 힘에 숨이 막힘을 느끼지 아니할 수 없을 것이었다.

마치 암흑에 휘감긴 드넓은 광야에 자신이 홀로 버려진, 그런 느낌이 그와 비슷할 것인지…….

한 가닥 위안이라면 그 어두운 하늘에 초승달 하나가 빛을 찾아가고 있음이었다.

구양천수는 홀린 듯 그림을 쳐다보고 있다가 그 그림의 우측 변에 화제(畫題)가 쓰여져 있음을 보게 되었다.

〈풍운고월도(風雲孤月圖)〉

고예(古隷:예서의 옛 글씨체)로 쓰여진 다섯 글자는 용이 승천하고 호랑이가 바람을 타고 달리는 듯했다.

구양천수의 얼굴에 미소가 떠올랐다.

"마침내 풍운고월도를 완성하셨군……. 내가 돌아올 즈음이면 그림이 완성되리라 하시더니 과연이구나!"

풍운고월이라는 화제의 옆에는 찬(讚)으로 보이는 조금 작은 글씨들이 예의 필체로 힘있게 춤추고 있었다.

〈산하는 어둠 속에 잠겨 있고, 외로운 달은 풍운 속에 자도다.〉

구양천수는 혀를 찼다.
"이토록 장대한 힘을 지닌 그림에 쓰인 글이 어찌 이처럼 맥이 없을까?"
중얼거리던 그는 그 찬의 옆에 약간의 여백이 남아 있음을 볼 수 있었다.
거기에는 을축(乙丑) 성하(盛夏) 고월(孤月)이라는 글이 있고 낙관이 찍혀 있었다.
"을축년 한여름에 고월…… 고월? 언제부터 형님께서 고월이라는 호(號)를 쓰셨지?"
그의 중얼거림은 무심중이었으나, 그는 상상치도 못했다. 그 고월이라는 두 글자가 향후 과연 얼마나 거대한 의미를 지니게 되는가를…….
그림은 완성된 지 얼마 되지 않은 듯했다. 대청에는 묵향(墨香)이 가득했고 그림의 앞에 있는 탁자에는 벼루와 먹, 붓 등이 그대로 놓여 있고 벼루 속에는 그림에 사용한 것인지 아닌지는 모르겠지만 아직 먹물이 남아 있었다.
먹물과 그림의 여백을 보던 구양천수의 눈에는 기이한 빛이 떠올랐다. 그것은 망설임이라 할 수 있었다.
그는 잠시 망설이는 듯하다가 앞으로 나서서 붓을 집어 들고 먹물을 듬뿍 찍었다.

그리고 그는 심호흡을 크게 한 번 하더니 그 글씨들의 옆에 있는 여백에다 번개처럼 붓을 휘둘러 한 줄의 글씨를 첨가했다. 그것은 절묘하게 여백에 자리잡아 마치 처음부터 거기에 쓰여져 있는 듯했고, 글씨조차도 처음의 것과 완벽하도록 같은 힘과 모습을 보이고 있었다.

그럴 수밖에 없는 것이 그가 본을 받은 것은 형의 글씨였으니, 그것은 별로 이상할 것도 없는 일이었다.

그러나 그가 첨가한 한 줄의 글씨로 인해 〈풍운고월도〉의 찬에 쓰인 의미는 거의 완전히 달라지고 있었다.

〈산하는 어둠 속에 잠기었으되, 외로운 달 하나 풍운 속에 자나, 그 빛을 뿌릴 날을 기다리노라.〉

아직 창백한 구양천수의 얼굴에 득의한 미소가 떠올랐다.
"좋아! 이제야 그림과 찬이 제대로 어울리는 것 같구나!"
그가 붓을 내려놓으며 낭랑히 웃을 때, 그의 뒤에서 인기척이 들려왔다.
"무엇이 그리 우스우냐?"
구양천수는 대번에 누가 나타났는지 알 수 있었다.
맑고 조용한 여운이 있는 그 음성은 귀에 익을 대로 익은 그의 형, 구양천상의 것이기 때문이었다.
그의 뒤, 대청의 입구에는 구양천수와 마찬가지로 백의유삼을 입은 청년 한 사람이 서 있었다.
그의 생김은 구양천수와 매우 닮았다. 하지만 그의 눈은 맑고 깊어 마치 오랜 세월 동안 수도하여 깨달음을 얻은 수도자의 눈과 같아 구양천수의 깊으면서도 강한 빛을 띤 눈과는 분명히 달랐다.

그에게서 풍기는 것은 무림명가(武林名家)의 자제다운 것이 아니라 유문(儒門)의 석학이나, 불가의 고승과 같은 잔잔함이라 실로 그의 나이와는 걸맞지 않아 보였다.

"형님……!"

구양천수의 얼굴이 웃음으로 환하게 퍼지다가 그의 앞에 선 형 구양천상의 눈이 그의 등 뒤로 향하고 이내 망연(茫然)해짐을 보고 말끝을 흐렸다.

어이가 없는 듯 구양천수가 첨가해 놓은 한 구절의 글을 바라보고 있던 구양천상은 미간을 찌푸린 채 구양천수를 쳐다보았다.

"돌아오자마자 이게 무슨 짓이냐? 왜 이런 어처구니없는 장난을 한 것이냐?"

그의 꾸짖음에 구양천수는 어색한 빛으로 머리를 긁적였다.

노한 빛으로 풍운고월도와 구양천수의 얼굴을 번갈아 쳐다보던 구양천상은 장탄식을 했다.

"너는 내가 지난 육 개월간이나 심혈을 기울인 것을 일시지간의 기분으로 한순간에 망쳐 버리고 마는구나……."

그 말에 구양천수가 입을 열었다.

"함부로 손을 대어 죄송합니다. 하지만…… 이 웅대한 힘을 가진 그림에 찬이 가진 기운(氣韻)이 그처럼 억눌린 듯 보여서야 어찌 어울린다 할 수 있겠습니까? 형님께서는 지금의 찬이 그림과 더 잘 어울린다고 생각지 않으십니까?"

 한참을 아무 말 없이 구양천수만을 쳐다보고 있던 구양천상은 〈풍운고월도〉를 돌아보고는 머리를 흔들며 다시 한 번 장탄식을 하더니 걸음을 옮겨 창가로 다가갔다.

 구양천수는 내심 큰일났다고 생각했다.

 그의 형이 지니고 있는 수양은 대단해 그가 이처럼 말을 하지 않는 것은 화가 보통 나지 않았음을 의미하고 있음을 그는 잘 알고 있는 것이다.

 구양천수는 슬그머니 구양천상의 등 뒤로 다가가서 기어들어가는 음성으로 다시 입을 열었다.

 "제 경솔한 행동으로 인해 기분이 상하셨다면…… 용서하십시오. 어떻게든 제가 쓴 글씨를 지워 버릴 수 있는 방법을 연구해 보겠습니다."

 그 말에 구양천상은 고개를 돌렸다.

 그는 죄지은 소년과 같은 표정을 짓고 있는 구양천수를 바라보고는 나직이 혀를 찼다.

 "바깥나들이를 하고 와 조금 진중해졌을 줄 알았더니, 조금도 달라진 것이 없구나."

 그가 입을 열자 구양천수의 얼굴이 밝아졌다.

 "타고난 천성인데 쉽게 변하면 어찌 개성이 있다 할 수 있겠습니까?"

 그의 이런 태도를 소림사의 만공 대사가 보았다면 아마도 어이가 없어할 것이었다.

 구양천상도 동생의 말에 어쩔 수 없다는 듯 웃고 말았다.

"네 성미를 뻔히 알면서 너를 이곳으로 오라고 한 내가 잘못이지, 누구를 원망하겠느냐?"

그는 말을 하다가 구양천수의 창백한 얼굴을 보고 말했다.

"밖에 나갔다가 조금 고생을 한 것 같구나. 얼굴빛이 별로 좋지 않아 보인다."

그 말에 구양천수는 픽 웃었다.

"형이 그렇게 원하는 건데 어쩔 수 없는 일이지요. 이 정도로 끝난 것도 다행이라고 생각하고 있습니다. 하지만…… 그렇다고 소제가 타고난 천성이 달라질 것 같습니까?"

그의 말에 구양천상은 나직이 혀를 찼다.

"이런 엉터리 같은 녀석들…… 하지 말라는 말까지 곧이곧대로 고해바친 모양이군……."

그는 품속에서 자그마한 옥병을 하나 꺼내더니 구양천수에게 내밀었다.

"그렇다고 잠시도 쉬지 않고 이렇게 달려오다니, 언제나 네 성미가 누그러질지 모르겠구나. 아무리 간단한 것이라도 간과하면 돌이킬 수 없는 결과를 초래할 수가 있으니 너무 자신을 믿지 마라."

구양천수가 그 옥병을 받아보니 안에는 은은한 금빛을 발하는 제법 큰 환약 하나가 들어 있었다.

그가 마개를 열자 맑은 향기가 주위로 퍼져 나갔고, 구양천수는 그것이 조금 전에 형이 들어섰을 때 그의 몸에서 나던 것과 같은 것임을 기억해 냈다.

동시에 그의 눈에 흥분의 빛이 떠올랐다.

"마침내…… 완성을 한 겁니까?"

그의 물음에 구양천상은 고개를 저었다.

"아직은 몰라, 방금 단로의 불을 껐으니까, 내일 아침 즈음이면 결과를 알 수 있겠지. 완성이 되더라도 약재가 부족했기 때문에 효능은 장담하기 어렵다. 그것은 내가 먼저 만들어본 것인데, 먹어도 해는 되지 않을 것이다."

구양천수는 형이 자신을 왜 이 세심거로 오라고 했는지 알 수가 있었다.

그의 손에 들린 금빛 나는 환약은 구양세가에서 비전되어 오는 고본정양환(固本定陽丸)으로써 진기를 돋우고 상세를 극제하는 탁월한 효능이 있었다. 더구나 그 약재는 세상에 보기 드문 영약으로 이루어지는 것이 아니라, 일반적인 약재로써 상충상조(相衝相助)의 효능을 일으켜 만드는 것이라 놀랍다고 할밖에는 표현할 길이 없는 신단(神丹)이었다.

그처럼 놀라운 고본정양환은 안타깝게도 그 제조 방법이 실전되어 역대 가주들이 대대로 심혈을 기울였지만 그 누구도 성공을 한 적이 없었다.

그런데 이제 약관을 넘긴 지 얼마 되지 않는 구양천상이 그 고본정양환을 제련해, 성공을 눈앞에 두고 있는 것이다.

구양천수는 머리를 흔들지 않을 수 없었다.

"본 가에서는 역대 최고의 기재로 누구나가 아버님을 손꼽고 있지만 그 말은 이제부터 수정되어야 할 것 같군요……."

구양천상의 나이는 이제 불과 스물둘이다.

그러나 그가 이루어놓은 것은 가히 눈부셨다.

구양천수는 앞으로 일 년만 더 지나게 된다면 형이 역대 구양세가의 그 누구보다도 뛰어난 업적을 쌓게 될 것임을 믿어 의심치 않았다.
하지만 정작 구양천상은 간단히 고개를 저었다.
"어리석은 소리는 하지 마라. 아버님께서는 천하를 위해 모든 심혈을 기울이셨는데, 문밖에 나가지도 않고 편히 있는 나와 어찌 비교할 수 있단 말이냐? 더구나 내가 하고 있는 이 일들은 역대 선조들께서 다 해놓으신 것을 너를 위해 정리하는 것에 불과한 것임을 누차 말하지 않았느냐?"
구양천상은 정색을 했다.
"너는 본 가의 가주이다. 너의 어깨에는 본 가의 운명이 달려 있음을 너는 잊어서는 아니 된다. 나는 다만 너의 형으로서 너를 도울 뿐이다. 한신(韓信)과 장량(張良)이 지닌 능력은 한고조 유방(劉邦)을 뛰어넘는 것이었지만, 그들은 한고조의 휘하에서 그를 위해 봉사하기를 주저하지 않았음을 너는 항상 생각하여야만 한다."
구양천수의 얼굴이 엄숙해졌다.
"항상 명심하여 잊지 아니하고 있습니다."
구양천상은 구양천수의 어깨를 두드렸다.
"앉아라. 네가 나갔다 온 이야기나 들어보자. 어떤 자가 너의 얼굴을 이처럼 질리게 했는지······."
"하필이면 말씀을 그렇게······."
구양천수가 입맛을 다셨다.
그의 출발은 상당히 좋았다고 할 수 있었는데, 맥 빠지게 그의 집 코앞에서 좌절을 당했던 것이다.

동생의 이야기를 모두 듣고 난 구양천상의 안색은 약간 침중히 변해 있었다.
"상황은 내가 생각했듯이 그렇게 간단치 않은 듯하구나."
"그렇습니다. 그들의 움직임은 소제의 생각을 언제나 뛰어넘을 정도로 신속했습니다. 소제가 알기로는, 어떤 세력도 그들처럼 신속한 움직임을 보인 예는 별로 없었습니다."
구양천상은 고개를 끄덕였다.
"그들의 힘은 실로 간단하지 않은 것처럼 보인다. 더구나 쉽지 않게 느껴지는 것은…… 그들이 한 세력이 아니라 별도의 세력이라는 점이다."
"그렇게 단정하십니까?"
"아마 틀리지 않을 것 같다. 천도문이라는 단체는 그 문의 주인이 당연히 문주(門主)라 불려야 한다. 그러나 본 가의 앞에서 너를 습격한 자들과 소림사를 습격한 자들을 조종한 자들의 수령은 천주(天主)라 불리니, 거기에는 분명히 차이가 있다. 명칭만으로 단정을 하는 것이 아니라, 너의 말에서 느껴지는 느낌이 그러하다."
구양천수가 무겁게 고개를 끄덕이며 말했다.
"소제도 그렇게 생각을 하고 있었습니다. 하나도 상대하기 어려운데 적이 둘이라면…… 실로 벅찬 것이 아닐 수가 없습니다. 형님……."
그가 말을 잇기도 전에 구양천상은 머리를 저었다.

"나를 강호로 끌어들이려고 하지는 말아라. 집안의 일은 내가 돌볼 수 있지만, 강호상에서 본 가의 위치를 확립하는 것은 너의 일이다."

"형님이 도와주셔야 합니다! 이 일은 간단한 문제가 아닙니다. 본 가의 일뿐만 아니라, 어쩌면 강호 존망의 중대사가 될 가능성이 완연합니다. 아버님의 실종 이후, 지난 이십 년 동안 강호는 기이할 정도로 조용했습니다!"

구양천수의 말은 격했다.

하지만 구양천상의 말은 여전히 흔들림없이 잔잔했다.

"네가 무슨 말을 하든지 나의 결심은 변하지 않을 것이다. 무익한 다툼은 시간만 헛되이 보낼 따름이다."

구양천수는 원래부터 형에게서 가볍게 찬동의 말을 들을 수 있으리라고는 기대조차 하지 않았다.

"형님, 아버님께서는 강호상의 안녕을 위해 진력하시다가 실종이 되어 이십 년이 지난 오늘날까지도 생사를 알지 못하고 있습니다. 아버님의 실종에는 실로 수많은 의혹이 뒤엉켜 있음을 저는 그동안의 조사로 알아냈습니다! 이러한 일들을 조사하는 것은 바로 우리 형제들의 일입니다! 지금의 강호 상황은 어쩌면 아버님의 실종과 연관이……!"

구양천상은 조용히 눈을 들어 동생의 격동된 눈을 바라보았다.

"네게는 그것을 조사할 충분한 능력이 있다. 나는…… 그것을 위해 지난 세월 동안 내가 배운 모든 것을 하나도 남김없이 네게 가르쳤다."

구양천상은 숨을 들이켜며 다시 말을 이었다.

"너의 능력은 나에 조금도 뒤지지 않는다. 자신(自信)에 차서 자신(自身)을 과신하는 것이 흠이라면 흠이 될 수도 있겠지만, 어떤 의미에서는 그것이 장점이 될 수도 있다."
 그는 구양천수의 눈을 들여다보며 손을 뻗어 그의 어깨를 잡았다.
 "이제부터 네가 할 일은 스스로에 대해 진정한 자신을 가지는 것이다! 진정으로 자신을 믿고, 어려운 일이 있다면 그것을 헤쳐나가는 경험을 쌓는다면 본 가의 성망(聲望)은 너로 인해 다시 피어날 수 있을 것이다."
 "형님······."
 구양천상은 고개를 저어 구양천수의 말을 막았다.
 "너도 내가 나서지 않을 것임은 잘 알고 있을 것이니 불필요한 논쟁은 그만두자."
 구양천수는 한숨을 쉬었다.
 "정말 무엇으로 형의 마음을 돌릴 수 있을는지 짐작조차 가지를 않는군요······. 차라리 소제가 가주가 아니었다면 마음대로 저들과 싸워볼 수 있겠는데, 저의 한걸음 한걸음이 모두 본 가를 대표하는 것이 되니······."
 구양천상은 동생의 말에 가볍게 웃었다.
 "그렇게 골치가 아프니, 네게 가주의 자리를 물려주고 나는 이처럼 유유자적하는 것이 아니냐? 너는 내가 마음이 좋아서 네게 가주를 양보한 줄 아느냐?"
 구양천수는 쓰게 웃었다.
 그는 형의 말이 자신에게 부담을 주지 않기 위한 것임을 잘 알고 있는 것이다. 명리(名利)에 죽고 사는 것이 인간의 생리임을 누가 모르겠는가.

 구양천수가 쓴웃음을 짓고는 말을 하지 않자 구양천상은 다시 조용한 음성으로 입을 열었다.

"나는 다른 학문에 몰두하느라 이미 이삼 년 전부터 무공에 정진(精進)하지 않아서 무공 방면에서는 이미 너보다 나은 것이 없는 상황이다. 거기다 너는 원래 무공 방면에 재질이 있지 않았더냐? 내가 강호상에 나가는 것은 그런 점으로 보아 별 큰 의미가 없다. 그것보다는 차라리 내가 집에 있으면서 너를 돕는 것이 더 효과적일 것이다."

"그럼, 소제가 형님이 강호상에 나서는 것을 거절한다고 집 안에서 편히 쉬도록 둘 줄 아셨습니까? 뻔한 일을 가지고 공연히 생색을 내려고 하지 마십시오."

구양천상은 낭랑히 웃었다.

그에게 있어 구양천수는 언제나 자랑스럽고 사랑스러운 동생인 것이다. 같은 어머니를 가진 형제는 아니었지만, 그들의 우애(友愛)는 이 세상의 어떤 형제들보다 진했다.

*　　*　　*

밤의 자락은 넓고도 크다.

이 세상 어디라 하더라도 밤의 품을 벗어날 수는 없다.

중천에 떴던 태양의 빛이 잦아들고 서늘한 바람이 시원한 물소리에 섞여 불어오고 있을 때 구양천상은 홀로 세심거에 있었다.

시냇물 소리, 한들거리는 바람 소리…… 그리고 이따금 불에 달려드는 벌레들의 날갯짓을 제외하고 나면 주위는 그야말로 천뢰구적(天籟俱寂)이었다.
 대청의 탁자에 앉은 그의 안색은 엄숙하기조차 했다.
 그의 눈앞에 있는 탁자의 위에는 천하를 경동시키는 불가해삼보의 하나인 무개옥합이 놓여 빛을 발하고 있었다.
 높이 두 치 일곱 푼, 가로세로가 각각 다섯 치 세 푼과 세 치 두 푼으로 맑은 서기를 뿜어내고 있는 무개옥합의 전체에는 십장생이 거의 믿을 수 없을 정도로 정교히 새겨져 있었다.
 그 기법은 구양천상이 지금껏 보았던 어떤 것과도 다른, 독특(獨特)을 넘어서 독보적(獨步的)인 것이었다.
 "정말 대단하군…… 이것을 만든 사람은 천하를 오시할 수 있을 정도로 초절한 지혜를 가진 사람이다."
 뚫어지게 무개옥합을 들여다보고 있던 구양천상은 이윽고 한숨을 내쉬면서 중얼거렸다. 그의 중얼거림으로 보아 아마도 어떤 단서를 발견한 것 같기도 했다.
 구양천수가 그에게 무개옥합을 맡기고 돌아간 것은 이미 세 시진(三個時辰:여섯 시간)을 넘어서고 있었다. 그 순간부터 구양천상은 이 자리에서 조금도 움직이지 않고 무개옥합을 살펴보고 있었던 것이다.
 "십장생 하나하나에는 모두 현기(玄機)가 숨어 있다. 그리고 그것들은 한데 어울려 그 전체가 또 하나의 거대한 무엇을 의미하는 듯하다……. 과연 그것이 무엇일까……?"
 너무도 장시간 움직이지도 않고 밑을 내려다본 탓일까. 구양천상은 피곤함을 느끼고 뒤로 고개를 젖혀 한차례 기지개를 켜고는 자세를 바로 했다.

그리고 다시 무개옥합을 내려다보려던 구양천상의 눈에 벽에 걸린 〈풍운고월도〉가 들어왔다.

소용돌이치는 칠흑의 어둠 속에 풍운을 헤치며 서서히 모습을 드러내고 있는 초승달은 어둠에 짓눌린 대지에게는 희망의 상징처럼 보였다. 그 달이 만월이 되어 천하를 비추게 되면 어둠은 물러가고 천하는 밝음을 되찾으리라.

〈산하는 어둠 속에 잠기었으되, 외로운 달 하나 풍운 속에 자니, 그 빛을 뿌릴 날을 기다리노라.

을축 성하 고월······.〉

구양천상의 미간에 그늘이 생겼다.

구양천수가 무심결에 첨가한 한 줄 글은 그의 미간에 그늘을 드리울 정도로 위력이 있는 것이다.

"빛을 뿌릴 날을 기다린다······. 과연 그러할까, 내 마음속에 아직 욕망이 남아 있단 말인가?"

구양천상은 고개를 저었다.

"풍운 속의 고월과 같이 청정한 마음이 되고자 이 그림을 그렸다. 그런데······ 나는 무엇 때문에 한 줄의 글이 첨가될 수 있는 여백을 거기에 남겨두었었단 말인가? 아직도 내 신세에 대한 미련을 버리지 못하고 있었을까? 이것이 과연 하늘의 뜻이란 말인가?"

그는 무의식중에 가슴팍을 더듬었다.

거기에는 목걸이 하나가 있었다. 백옥의 가운데 푸른 비취가 영롱한 빛을 발하고 있는 목걸이……

그것은 그가 어릴 때부터, 아니, 어쩌면 태어나면서부터 걸려 있었을 목걸이였다. 그것은 그가 이 구양세가에 처음 들어올 때부터 목에 걸고 있었다.

천기수사 구양범의 돌연한 실종은 강호상에 실로 커다란 파문을 불러일으켰었다.

그러나 천기수사 구양범이 이십 년이 지난 오늘날까지도 어떻게 되어 그가 그처럼 감쪽같이 사라진 것인지에 대해서는 아무것도 알려진 것이 없었다.

그 일은 당년의 강호를 들끓게 하는 중대사였지만, 남의 일인 만큼 시간이 지남에 따라 하나의 의안(疑案:의심스러운 사건)으로 남게 되었을 뿐으로, 사람들의 뇌리에 남아 있는 기억조차 희미하게 되었다. 오죽하면 구양범에게 유복자가 있음조차 강호인들이 알지 못했을 것인가. 그러니 그 유복자에게 이복형이 있음을 강호인들이 알 리가 없다.

구양천상의 존재가 세상에 전혀 알려지지 아니한 것처럼, 그의 출생 또한 신비에 묻혀 있었다.

천기수사 구양범과 은하협녀 이옥환과의 금슬은 세상이 부러워할 정도로 두텁고 아름다운 것이었다.

그러면서도 그와 이옥환은, 강호의 기둥이던 모용세가의 힘이 사라진 뒤 강호상의 혼란을 수습키 위한 주역이 되어 그들만의

253

시간을 가질 만한 틈이 별로 없었다.

그러던 중에 구양세가에 일대 경사가 생겼으니 바로 은하협녀 이옥환에게 태기가 있음이었다.

아이를 가질 여유조차 없었던 그들 부부에게 있어 그 일은 정녕 너무도 기쁜 일이 아닐 수가 없었다.

하지만 그러한 기쁨을 누릴 여가도 없이 구양범은 모종의 의혹을 조사하기 위해서 다시금 강호로 나가야 했다. 그렇게 해서 구양범은 정예고수들을 이끌고 은하협녀 이옥환의 곁을 떠났고 세가 내에서는 회임한 이옥환만이 남아 집을 지키게 되었다.

그런데 구양범이 떠나고 얼마 안 있어 그녀에게는 실로 충격적인 일이 도래하였다.

별빛과 같이 초롱한 까만 눈망울에 통통하게 살이 찐 사내아이 하나가 한 통의 편지와 함께 그녀의 앞에 나타난 것이다.

편지에는 그 아이가 구양범의 핏줄이며, 자세한 것은 구양범에게 아이가 걸고 있는 목걸이를 보여주면 알 것이라 하였다. 그리고 덧붙이기를, 부디 친자식과 같이 키워준다면 지하에서라도 은혜를 잊지 않겠다고 했다.

이옥환은 여인의 직감으로 아이를 보는 순간에 이미 그 아이가 구양범의 피를 받았음을 인정하지 않을 수 없었다.

그럴 수밖에 없는 것이 그 아이는 구양범을 빼다 박은 듯한데다, 오로지 구양세가의 사람에게만 전해 내려오는 유전적인 특징마저 지니고 있었던 것이다.

돌부처도 씨앗을 보면 돌아앉는다 하였다.

그토록 믿고 있던 남편에게 배신당했다 생각하니, 이옥환은 가 숨이 싸늘히 식어왔다. 잠이 오지 않았다.

 그러나 그녀는 옹졸한 아낙이 아니었기에 모든 것은 구양범이 돌아오면 물어보리라 생각하고 그 사내아이를 맞아들였다.

 하지만 구양범이 없는 터에 무조건 그 아이를 구양세가의 혈통으로 인정할 수는 없는 일이었다. 구양천상의 존재는 그렇게 하여 세상에 알려지지 아니하게 되었다.

 그를 인정하여 줄 구양범이 다시는 구양세가로 돌아오지를 못하고 신비롭게 실종이 되어버렸기 때문이다.

 눈을 감았던 구양천상은 나직이 탄식하며 눈을 떴다.

 그는 의자에서 일어나 뒷짐을 지고 천천히 창가로 갔다. 밤하늘은 구름이 잔뜩 끼어 마치 그믐밤과 같이 어두웠다.

 그가 묵묵히 하늘을 쳐다보고 있을 때 솨아솨아, 바람이 불더니 시냇물 소리와 어우러져 점점 세차게 변하기 시작했다.

 바람의 탓인지 구름이 빠르게 휙휙 움직이더니 그 틈새로 희미한 빛이 보였다. 그 빛은 뿌옇게 구름 사이로 자리를 잡아가더니, 찬서리 같은 빛을 뿌리며 불쑥 날카로운 칼끝이 허공중에 몸을 드러냈다.

 어둠 속에 잠겨 있던 세상은 구름 속에 머물러 있던 초승달이 모습을 드러내자 문자 그대로 일점 광명(光明)을 얻은 듯 보였다.

 그것은 구양천상이 그린 〈풍운고월도〉와 조금도 다를 바 없는 모습이었다.

 고월(孤月)이 구름 속에 자지 아니하고 그 모습을 드러내는 생동감이 조금 다르다고 할까?

"아버님께서 실종되신 충격을 그분은 견디지 못하셨다. 까무러치기를 수차례…… 결국 그분은 천수를 조산하시고는 산후를 이기지 못하고 세상을 떠나시고 말았다…….."

은하협녀 이옥환은 연이은 타격을 이겨내지 못하였다. 아이는 다행히 건강하였으나 자신의 운명을 예감한 이옥환은 그대로 눈을 감을 수가 없었다.

그녀는 가내의 원로들을 불러 아들을 부탁하고 이제 두 살을 지나 세 살이 되는 구양천상을 머리맡에 불러서 그의 고사리 손을 잡고 말하였었다.

"네 동생을 부탁한다. 비록 너희 형제는 동부동모의 태생은 아니나, 다른 친형제들보다 더욱 친하게 지내야 한다……. 상아(翔兒)…… 나는 너를 믿겠다. 수아를…… 수아를 보살펴 다오……."

한 손으로 구양천상의 손을 잡고, 다른 한 손으로는 아무것도 모르는 채 자신의 가슴에 매달려 젖을 빨고 있는 구양천수를 안은 이옥환은 그 말을 남기고 세상을 버렸다.

그녀는 불과 세 살짜리인 구양천상이 자신의 말을 기억하리라고는 믿지 아니하였지만, 그렇게라도 하지 않고서는 눈을 감을 수가 없었던 것이다.

하지만 구양천상은 세상이 흔히 말하는 천재의 범주를 뛰어넘는 사람이었다. 놀랍게도 그는 아직도 은하협녀 이옥환이 임종하던 때를, 그리고 그녀의 부탁을 생생히 기억하고 있는 것이다.

구양천수는 다시 눈을 떠 구름 속에서 부침하고 있는 달을 바라보았다.
 백운일편거유유(白雲一片去悠悠)하니 교교공중고월륜(皎皎空中孤月輪)이라……. 흰 구름 한 점 유유히 떠가니, 화안한 공중에 외로운 달 하나 떠 있도다.
 달빛은 점점 더 밝아지고 있었다.
 "그분은 나를 조금도 거리끼지 않으시고 마치 친아들과 같이 대해주셨음을 나는 기억한다. 나는 크면서 그것이 절대로 아무나 할 수 있는 일이 아님을 알았다. 그리곤 다짐했었지, 내가 할 수 있는 모든 것을 천수에게 주겠노라고……."
 구양천수의 눈은 아득한 달빛 속에 머물렀다.
 그의 성장은 상규를 벗어나는 비약의 연속이었다. 그가 성장함에 따라 세가 내에는 갈등의 기류가 일어나고 있었다.
 그가 이루고, 보이고 있는 성취는 가히 공전절후라서, 그가 비록 아버지인 구양범의 인정을 받지는 못했으나 그의 정부인인 이옥환이 그를 구양범의 자식으로 인정했으니 당연히 그를 가주로 세워야 한다는 주장과, 그렇다고는 하나 정실의 아들인 구양천수가 있는데 어찌 그를 세우겠느냐는 주장이 팽팽히 맞서기 시작한 것이다.
 하지만 그가 보이고 있는 성취는 시간이 지날수록 그를 가주로 옹립하도록 여론을 조성하고 그렇게 기울고 있었다.
 그것을 안 구양천상은 조금의 미련도 없이 가주의 자리를 구양천수에게 물려주고 말았다.
 "돌아가신 분의 유탁이 아니라 할지라도, 천수의 성품은 총명하고 야심 만만하여 나보다는 오히려 대임을 맡을 만하지, 나는 지금도 그 결정이 잘된 것이라고 믿는다. 그리고 나에게는 따로 할 일이 있었다…….”
 그것은 그의 신세를 밝히는 것이었다.
 그의 아버지가 구양범임은 거의 의심할 여지가 없다. 하지만 그의 목에 목걸이를 걸어준 그의 어머니가 누구인가를 밝히는 일은 너무도 당연한 인간의 본능이라 할 수 있었다.
 나이답지 않게 고요히 가라앉은 성품으로 명리에 담백한 구양천상이라 할지라도 그 일만은 마음속에서 떨쳐 버리기가 쉽지 아니하였던 것이다.
 하나 그것은 대해에서 바늘을 찾는 일이었다.
 모든 것은 실종된 구양범을 찾아야만 밝혀질 일이었다.
 밤은 그렇게 깊어가고 걷히어가고 있었다.

　　　　　＊　　　＊　　　＊

 구양천수가 구양천상의 앞에 나타난 것은 다음날 아침이었다.
 밤새 그의 정신은 매우 쇄락(灑落)해 보였고 활기를 회복해 있었다.
 구양천수는 세심거 안에 구양천상이 없음을 보고 아마도 그가 단로에 갔음을 짐작했다.
 단로는 세심거에서 조금 떨어진 곳에 있는데 구양천수는 그곳으로 가볼까 하다가 오늘이 바로 고본정양환의 완성일임을 알고 있었기 때문에 잠시 기다리기로 하였다.
 그가 세심거의 밖에 나와 등룡교의 밑을 포효하며 굴러가고 있는 옥룡류를 내려다보고 있을 때 문득 그의 뇌리에 한 가닥 영감이 떠올랐다.

쓱쓱, 그의 다리가 한순간에 교차하면서 돌연 소매 속에서 한 손이 완만하게 미끄러져 나왔다. 그 손이 미묘하게 움직인다 싶더니 갑자기 그 손의 뒤에서 오른손이 불쑥 튀어나왔다.

그의 옷자락이 부르르 떨린다 하는 순간에 그의 왼발이 뒤로 한 걸음 물러났다. 하지만 그것은 순간적이었고 그 발은 다시 앞으로 처음보다 반걸음 더 나아가 있었다.

그의 움직임은 마치 물이 흘러가듯 어떤 격식이 없어 보였으나 한 동작 안에 오행의 움직임과 음양의 이치를 담고 있어 포건곤(抱乾坤)의 세를 이루고 있으니 자연스럽기 이를 데 없었다.

한데, 그 순간에 구양천수의 움직임이 뚝 멎었다.

그는 마치 석상이 된 듯했다.

그는 손을 내민 채 미간을 찌푸리고 골똘히 무엇인가를 생각하는 듯했으나 뭔가가 마음대로 되지 않는 듯하였다.

이윽고 그는 나직이 탄식하며 손을 내렸다.

그러자 그의 뒤에서 구양천상의 음성이 들려왔다.

"왜 그만두는 것이냐? 내가 보기에 그 일식은 거기에서 끝이 나서는 아니 될 것 같은데……."

구양천수가 고개를 돌려보니 구양천상이 세심거의 뜨락에 백의를 펄럭이며 서 있었다.

"형님……."

아침 공기는 맑고 그 속에 서 있는 구양천상의 일신에서는 그 아침 공기보다 더 맑은 약향(藥香)이 번지고 있음을 구양천수는 느낄 수 있었다.

"고본정양환은?"

묻던 구양천수는 구양천상의 얼굴에 담담한 미소가 어림을 보고 환호하듯 외쳤다.

"성공했군요!"

구양천상은 고개를 끄덕여 보였다.

"괜찮은 듯하다. 어제 네가 복용한 것이 효력이 좋다면 아마 오늘 연제된 것들도 믿을 만할 것 같구나. 어떻더냐?"

구양천수가 웃으며 말했다.

"소제의 얼굴을 보고도 모른다면 그간 안력이 매우 노쇠해진 것 같습니다?"

"녀석……."

구양천상이 웃자 구양천수는 그의 팔을 잡았다.

"축하합니다! 아마 고본정양환은 머지않아 크나큰 쓰임새를 보일 수 있을 것입니다."

"네게 도움이 될 수 있다면 이 형은 더 바랄 것이 없다."

구양천상은 말을 돌려 구양천수에게 물었다.

"좀 전의 그것이 어제 네가 말하던 무공이냐? 불법무한이라는?"

"그렇습니다. 소제는 이 일식을 절반 정도 풀어내었는데, 도대체 동작을 연결시킬 수가 없어 고민 중에 있습니다. 식대로 움직이려고만 하면 기혈이 움직여 사방으로 흩어지는 통에 어젯밤에도 하마터면 주화입마할 뻔했었습니다."

"또 끝을 보지 않으면 아니 되는 그 버릇이 나왔구나. 어디 나에게 한번 보여주겠느냐?"

"그러시겠습니까? 죄송합니다."

구양천수의 말에 구양천상은 미미하게 웃었다.

"공연히 마음에 없는 소리를 하다니, 밖에 나가더니 배운 것은 겉치레 인사로구나……. 네 성미로 괜히 세심거 앞에서 그러고 있었으리라고는 믿기지 않는데?"

구양천수는 내심 가슴이 뜨끔하였으나 모른 척하고 흙바닥에다 그가 소림사 동굴 안에서 보았던 아미타불의 모습을 그려내었다. 그가 구양세가를 떠나게 되면 한가로이 무공을 연구하고 있을 만한 시간을 얻기 힘들 것 같았기 때문이다.

"이 일식에는 대단한 위력이 내포되어 있습니다. 만약 동작을 연결시킬 수만 있다면 어떠한 무공으로도 쉽게 상대할 수 없을 만합니다. 그러나 발자국의 묘리(妙理)를 쉽게 풀 수가 없음이 문제입니다."

구양천상이 그려진 불상을 뚫어져라 바라보고 있음을 보고 구양천수가 설명하듯 말했다.

구양천상은 구양천수의 말을 들으며 천천히 걸음을 떼기 시작했다. 그것은 놀랍게도 바로 바닥에 그려진 아미타불의 형상과 조금도 다르지 아니했다.

한 걸음, 두 걸음, 세 걸음…….

그가 단숨에 세 걸음을 옮겨놓는 것을 보자, 구양천수의 얼굴에는 경악의 빛이 떠올랐다. 그는 지난 며칠 동안 고심 끝에야 겨우 세 걸음 반을 떼어놓고 있었기 때문이다.

'과연 형님이시다! 역시 나에게 무공이 뒤처진다는 말씀은 그

냥 하신 말씀이셨구나.'
 구양천수가 경악을 금치 못하고 있을 때, 구양천상이 약간 상기된 표정으로 숨이 찬 듯 말했다.
 "네 말대로다. 이 무공의 열쇠는 바로 아미타불의 뒤에 새겨진 발자국에 있다."
 그는 발을 움직여 땅에 그려진 불상의 모습을 지워 버리며 물었다.
 "너는 이 무공을 연습할 때 내공을 사용했었느냐?"
 "그런 셈입니다. 경력을 뿜어내지는 않았지만……."
 구양천상은 알았다는 듯 고개를 끄덕였다.
 "그렇다면 대강 맞을 것 같다. 이 무공은 독문의 심법(心法)이 없이는 사용할 수가 없다."
 "독문의 심법?"
 구양천수는 의혹 어린 음성으로 중얼거리며 무의식중에 아미타불의 그림이 그려져 있던 바닥을 바라보았다.
 "그렇다. 좀 전에 내가 잇달아 걸음을 움직일 수 있었던 것은 전혀 내공을 끌어올리지 아니하였기에 가능하였다. 만약 한 걸음마다의 기혈의 움직임을 계산한다면 그 심법을 깨달아낼 수가 있을 것이다. 만에 하나라도 그 심법을 모르고 억지로 이 무공을 사용하려 한다면, 오히려 자신을 위험 속에 내모는 결과를 초래케 될 것이다."
 "독문의 내공이 포함된 일식의 장법…… 그렇군요! 기혈의 움직임에는 하나의 식이 연결될 수 있을 것 같습니다. 첫 번째 걸음에서는 수태음폐경(手太陰肺經)의 금혈(金穴)인 경거(經渠)에서 기혈이 충돌하고, 잇달아 수양명대장경(手陽明大腸經)의 금혈인 상양(商陽)을 두드린 기혈은 두 가닥이 되어 족양명위경(足陽明胃經)의 족삼리(足三里)와 족태음비경(足太陰脾經)의 태백(太白), 두 토혈(土穴)을 통과하니……."

"바로 보았다. 아미타불의 걸음은 다섯이니, 곧 오행(五行)이며, 수태음폐경이나 수양명대장경은 각기 음금(陰金)과 양금(陽金)이니, 그 혈의 금혈인 경거와 상양이 호응하여 오행지혈의 힘을 일으켜 가는 것이다……."

말을 하던 구양천상은 구양천수가 넋을 잃은 듯 묵묵히 서서 생각에 잠겨 있음을 보고 미소하며 세심거의 안으로 들어왔다.

대저 사람의 몸에는 경(經)과 낙(洛)의 기혈이 통하는 맥이 있으니, 경은 종으로 흐르는 맥이요, 기혈순환의 대간선이라 할 수 있으며, 낙은 횡으로 흘러가는 맥이다.

사람의 몸에서 중요한 역할을 하는 것은 모두가 경맥이며, 그것은 크게 십이정경(十二正經)과 기경팔맥(奇經八脈)으로 나뉘어지는 것이다.

그중 무가에서 가장 중요시하는 것이 기경팔맥의 전후중맥(前後重脈)인 임독양맥이었다. 그러나 구양천수가 얻은 불법무한이란 일식은 기이하게도 임독양맥을 이용하는 것이 아니라, 일반 경혈의 교통인 십이정경이었던 것이다. 그러니 임독양맥을 사용하는 내공이 거부될 수밖에 없었다.

구양천상과 구양천수는 탁자를 마주하고 앉아 있었고 그들의 앞에 무개옥합이 놓여 있었다.
 구양천수는 얼떨떨한 표정을 감추지 못하고 형과 무개옥합을 번갈아 쳐다보고 있었다.
 "아니, 그게 무슨 말씀입니까? 열리지 않도록 만들어진 옥합이라니! 그럼 이것이 아예 옥합이 아니라 하나의 옥 덩이[玉塊]에 불과하단 말입니까?"
 그의 말에 구양천상은 신중히 고개를 끄덕였다.
 "내가 보기에는…… 그러하다. 물론, 아직은 좀 더 시간이 필요하겠지만 어젯밤을 새면서 살펴본 결과로는 이 옥합은 원래부터 열리도록 만들어진 것이 아닌 듯 보여진다."
 "그럴 리가…… 설마 강호를 진동하는 불가해삼보 중의 하나인 무개옥합이 남의 눈을 속이는 장난감에 불과하단 말씀입니까? 그럴 수는…… 소제가 살펴본 바에 따르면 이 옥합의 겉에 새겨진 십장생의 조각은 정교의 극을 달리고 있을 뿐만 아니라, 누구라도 쉽사리 흉내낼 수 없는 현기를 품고 있어 보통의 물건이 아님은 분명했습니다!"
 구양천상은 흥분한 구양천수의 어조에 고개를 끄덕여 보였다.
 "네 말이 옳다. 이 옥합은 과연 보통 물건이 아니다. 그리고 네 말대로 이 옥합 전체를 덮고 있는 십장생의 조각에는 절세이립(絶世而立)의 현기가 감추어져 있음도 사실이다. 나는 이 옥합이 열리지 않는 물건일 가능성이 있다고 했지, 이것이 폐물이라고 하지는 아니하였다."
 "그 말의 뜻은……."
 중얼거리던 구양천수는 형의 말에서 무엇인가를 느낀 듯 안색이 괴이하게 변해 버렸다.

그런 구양천수를 쳐다보며 구양천상은 물었다.

"네 생각은 어떠하냐?"

구양천수는 이마를 만지작거렸다.

잠시 생각에 잠긴 채 눈 아래 있는 무개옥합을 내려다보고 있던 구양천수는 고개를 갸웃하며 말하였다.

"원래부터 열리게 만들어져 있지 아니하다 함은, 바로 이 옥합의 신비 자체가 겉에 있다는 말과 같은데…… 형님께서는 정말 저 십장생의 조각들에 무개옥합의 정수(精髓)가 담겨 있다고 생각하시는 겁니까?"

구양천상은 그렇다는 듯 고개를 끄덕거렸다.

"지금의 내 생각은 그렇다. 나는 무개옥합이란 말 자체가 바로 그러한 의미를 암시하고 있다고 생각을 한다. 어쩌면 사람들이 이 옥합의 신비를 풀어내지 못한 것은, 어떻게 하든지 이 옥합을 열고자 하는 데에만 노력을 경주하였기 때문이 아닐까 추측을 하고 있다."

"……."

구양천수는 침묵을 지켰다.

듣고 보니 보통 그럴듯한 것이 아니었다.

형제는 말없이 뚫어져라 가운데 놓인 무개옥합만 들여다보다 먼저 입을 연 것은 구양천수였다.

"어느 정도의 시간이면 이 옥합의 신비를 완전히 풀어낼 수 있으시겠습니까?"

"그것은 한마디로 장담할 수 있는 문제가 아니다. 십장생의

해[日]와 산, 물, 돌[石], 구름, 소나무, 불로초, 거북과 학, 그리고 사슴 등은 현문거사(玄門居士)들이 가장 즐겨 현기를 숨기던 것에 속한다. 조각한 솜씨를 보건대 현세에는 그만한 조각을 할 만한 능력자가 있을 것 같지 않아 거기에 내포된 현기 또한 그만큼 지고(至高)하다고 봐야 할 것이다."

하지만 구양천수의 얼굴은 자신 만만이다.

"그러나 문제를 푸는 것은 형이니, 나는 나의 형님이 풀 수 없는 문제가 세상에 존재하리라는 것을 믿지 않고 있죠."

구양천상은 어이가 없다는 듯 동생을 쳐다보았다.

"너는 마치 내가 삼두육비의 전능인(全能人)이라도 되는 듯이 말을 하는구나?"

"일두쌍비의 전능인이죠. 삼두육비면 괴물에 속하지, 이 구양천수의 형이 될 리가 없지 않겠습니까?"

구양천상은 그만 어이가 없어 웃고 말았다.

구양천수도 웃고 있었다.

第十章

주천금쇄(週天禁鎖)
―구양천수가 다시 강호로 떠나니 구양세가는
그 문(門)을 닫고…….

풍운고월
조천하

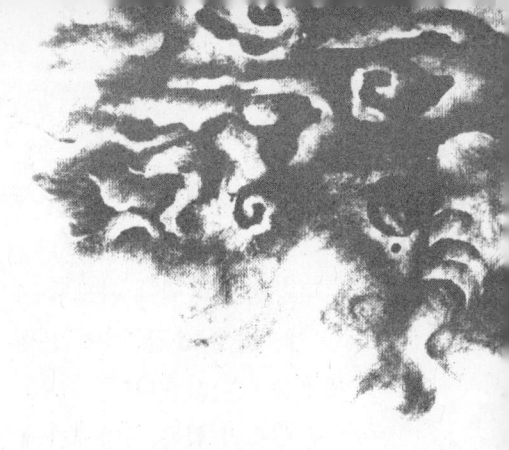

구양천수는 그날로 호가오영을 거느리고 구양세가를 떠났다.

오전 내내 구양천상과 무엇인가를 의논하고서…….

구양천수가 떠나고 난 뒤에도 구양천상은 세심거에 그대로 있었다.

흰 포말로 부서지며 바위에 부딪쳐 소리치면서 흘러가는 옥룡류 위에 등허리를 구부정하니 펴고 있는 등룡교 위를 그는 뒷짐을 진 채 어슬렁거렸다.

쏴아쏴아…….

시원스럽게 흘러가는 물소리에 이따금 들려오는 산새들의 노랫소리는 그윽한 정취를 풍기고 남음이 있었다.

잠시 다시 시간이 흘러갔을 때, 그의 앞에는 한 사람의 오십대 중노인이 황의장삼을 걸치고 모습을 드러냈다.

바로 구양세가의 총관인 사도광이었다.
"천수는 떠났습니까?"
구양천상의 말에 사도광은 고개를 숙였다.
"예, 바로 조금 전에 은형로(隱形路)로 하여 호가오영과 함께 세가를 떠나셨습니다."
은형로라 함은 구양세가에서 은밀히 마련한 통로이다.
구양세가의 가풍은 아랫사람이라 하여 함부로 하대를 하지 아니하였다. 더구나 이 총관 사도광은 선대 가주 구양범과 형제처럼 지내던 다섯 명의 지인(知人) 중의 하나라, 구양천상 형제들은 그들을 존장의 예로서 대해주고 있었다.
그렇지만 그들은 구양천상 형제들을 깍듯이 받들고 있었다.
구양천상은 물었다.
"천수가 함허별부(涵虛別府)에는 가지 아니하였습니까?"
사도광은 빙긋이 웃었다. 그는 신중한 사람이라 항상 소리내어 웃는 법이 없었다.
"길 떠나는 인사라 핑계하고 함허별부에 들어 한참 실랑이를 하시더니 결국은 그냥 나오시더이다."
"꿩 대신 봉황이라고, 나 대신 그분을 모시고 가려고 하더니 이 새 저 새 다 헛물만 켠 꼴이 된 모양이군……."
두 사람은 마주보고 웃었다.
"그래도 빈손으로는 나오신 것 같지가 않았습니다. 안에서 어른의 투덜대는 언성이 새어 나오던데요……."
"당연히 그러하겠지요. 원래부터 천수가 함허별부에 가서 빈손으로 나온 적은 단 한 번도 없었으니까요."

구양천상이 가볍게 웃는데 코웃음 소리가 들려왔다.

"그것을 알면서도 그 악다구니 같은 떼쟁이를 내게로 보내? 괘씸한 놈 같으니라구……."

세심거의 뜨락에서 이야기를 나누고 있던 두 사람이 흠칫하여 바라보니 옥룡류 위에 걸쳐진 등룡교 난간 위에 작달막한 체구의 대머리 노인 한 사람이 걸터앉아 다리를 까닥이고 있었다.

대머리 위에는 몇 가닥 남은 머리털이 조심스레 널려져 있고 유난히 긴 눈썹과 가슴까지 내려간 수염은 반백이라 보기 나쁘지 아니했으며, 긴 눈썹 밑에 자리한 두 눈은 마치 어린아이의 것과 같이 반짝거리고 있었다.

구양천상과 사도광은 급히 허리를 굽혔다.

"할아버님 나오십니까?"

"어른을 뵈옵니다."

"흥! 눈앞에서는 아주 받드는 척하지, 뒤에서는 제멋대로 흉을 보면서……."

대머리노인이 코웃음을 치자 사도광은 구양천상에게 포권을 해 보이며 말했다.

"세가 내의 기관을 발동시켜야 하니, 재하(在下:윗사람의 앞에서 자신을 일컫는 말)는 이제 가봐야겠습니다."

"세가 내의 기관매복뿐 아니라, 외곽의 대주천수목대진(大週天樹木大陣)까지 모두 발동시켜야 할 겁니다."

"대주천수목대진까지 말입니까?"

사도광이 얼떨떨한지 구양천상을 쳐다보자 구양천상은 간단히 고개를 끄덕였다.

"근일 내에 대적이 침범할 것이니 경계를 게을리할 수 없습니다."

"알겠습니다."

사도광이 대머리노인에게 허리를 다시 한 번 굽히고 총총히 그 자리를 떠나자 대머리노인은 그의 뒷모습을 보며 투덜거렸다.

"저놈은 늘 나만 보면 꽁지가 빠져라고 달아난단 말이거든……."

"일이 항상 바쁘지 않습니까? 본 가의 모든 살림을 혼자 도맡아서……."

"바쁘긴 뭐가 바빠? 만날 놀고 먹는 놈이…… 저 궁둥이 나온 거 좀 봐라. 내 것 두 개 합친 거보다 한쪽이 더 크다."

그의 성미를 잘 아는 구양천상은 이렇게 나가다가는 또 피곤하게 될 것임을 직감할 수 있어 말을 돌렸다.

"얼마 전부터 함허별부에서 두문분출하고 수발드는 아이들까지도 얼씬 못하게 하시어 문안드리러 가지도 못했었는데, 어인 일로 이곳까지 오셨습니까?"

그러나 대머리노인은 험악하게 구양천상을 쏘아보았다.

"너지?"

"무슨…… 말씀이십니까?"

"너 아니면 내가 근래에 들어 별부 내에서 대환주천(大圜週天)의 점혈비법을 연구하여 완성한 것을 누가 안단 말이냐?"

구양천상은 짐짓 눈을 크게 떴다.

"그러셨습니까? 과연 할아버님이십니다. 역대의 그 누구도 완전히 풀어내지 못했던 대환주천지비를 풀어내시다니! 소손은 단

약 제련 때문에 정신이 없어서 까마득히 모르고 있었습니다. 죄송합니다. 진작 찾아뵈었어야 하는데……."

'햐! 이놈 보게? 그새 아주 불여우가 다 되어 있네그려.'

대머리노인이 얼떨떨해 멍청히 구양천상을 쳐다보고 있는데 구양천상이 다시 말했다.

"그런데, 그것이 어찌 되었단 말씀이십니까?"

"몰라서 묻냐? 그것을 위해 내가 얼마나 심혈을 기울였는데, 완성을 하자마자 그 악다구니 같은 떼쟁이에게 걸려 그대로 뺏기고 말았단 말이다!"

구양천상은 고개를 끄덕끄덕했다.

"그러셨습니까? 저런 녀석 하고는……. 나한테 와서 고본정양환 제련한 것을 다 긁어가더니, 그것도 모자라 할아버님까지 들볶은 모양이군! 하지만 어쩌겠습니까? 제게는 하나밖에 없는 동생이고, 할아버지께는 귀여운 손자인데 우리가 참아야지요."

"참다니…… 이게 참을 일……!"

대머리노인이 이마에 핏줄을 세우는데 구양천상은 틈을 주지 아니하였다.

"하긴…… 그 녀석이 떼를 쓸 곳이 할아버님이나 저 외에 또 어디 있겠습니까?"

대머리노인은 그 뒷말이 무엇일지 잘 알기 때문에 목구멍까지 치밀어 오른 말을 꿀꺼덕 삼키지 아니할 수가 없었다. 다음 말은 보나마나 어머니 품도 모르고 자라난 어쩌고…… 그 말만 나오면 그는 안쓰러워 할 말을 잃어버리는 것이다.

대머리노인은 입맛을 쩍쩍 다셨다.

"고얀 놈…… 수도한답시고 틀어박혀 있는 놈의 혓바닥이 다 큰 계집 궁둥이 살처럼 매끄럽네그려……."

그는 칵 가래침을 내뱉더니 난간에서 훌쩍 뛰어내려 벌써 저만큼 나가 있었다.

"어디 가십니까?"

"뭐 땀시 물어? 이젠 뺏길 것도 없다."

대머리노인이 뒤도 돌아보지 않고 주절거리며 수풀 속으로 들어가려 하자 구양천상은 급히 말했다.

"한 가지 소손이 가르침을 청할 일이 있습니다."

그래도 노인은 들은 척도 하지 않았다. 그는 그대로 수풀 속으로 들어갔고 말소리만이 들려왔다.

"가르침은 무슨 가르침이냐? 네가 모르는 일을 내가 어떻게 안단 말이냐? 놈한테 시달리느라 기운없다. 성질 가라앉히러 하산하여 바깥 김 쐬러 가니 당분간 날 찾을 생각은 하지 말아라!"

주위는 이내 자연의 소리만이 울려올 뿐, 잠잠해졌다.

대머리노인이 사라진 쪽을 바라보고 있던 구양천상은 마치 잘 다녀오시라는 듯 그쪽을 향해 허리를 굽혀 보이더니 담담히 웃었다.

저 대머리노인이야말로 구양세가에 단 하나 남아 있는 유일무이한 어른이었다.

소요신옹(逍遙神翁) 구양운유(歐陽雲游).

그는 구양세가의 전전대 가주인 구양운룡(歐陽雲龍), 그러니까 구양범 아버지의 동생으로 구양천상에게는 숙조부였다.

선비의 가문이었던 구양세가의 입장으로 보면 구양운유는 매우 특별한 사람이라 할 수 있었다. 도무지 격식이라는 것을 싫어해 어떤 일이나 마음 내키는 대로 하여 사람의 눈을 가리지 아니하였던 것이다.

때문에 그는 항상 바깥을 떠돌아다녔고 집 안에 있는 경우가 별로 없었다. 하지만 그의 능력은 대단하여 일대의 선배 고인으로서 손색이 없었고, 구양범의 실종 이후 구양세가로 돌아온 그는 강호로 떠돌아다니는 것을 멈추고 구양천상 형제들을 돌보아 오고 있었다.

그가 아니었다면 구양천상 형제들이 아무리 천재라 하더라도 지금의 성취를 이루기는 불가능하였을 것이었다.

그의 기질은 어린아이 같은 데가 있어 언제나 조용한 구양천상보다는 활달한 구양천수와 잘 어울려 항상 아웅다웅하였지만, 그들 사이의 정은 비할 바 없이 깊었다.

오늘도 연구한 것을 뺏겼느니, 죽일 놈, 살릴 놈…… 난리를 치지만 구양천상은 알고 있었다.

아마도 저 할아버지는 내심 구양천수가 걱정되어 그의 뒤를 쫓아가고 있을 것임을…….

원래 구양천수는 형이 전혀 움직일 것 같지 않자, 할아버지인 소요신옹 구양운유를 마음에 두었지만 평생을 구속받는 것이라면 질색이라 결혼까지 하지 않은 그가 중인들의 앞에 나서려 할 리가 없었던 것이다.

"그분께서 뒤쫓아가셨으니 이제 천수 걱정은 하지 아니하여도 되겠군……."

구양천상은 고개를 끄덕이며 안으로 들어갔다.

*   *   *

그날부터 구양천상은 식음을 전폐하다시피 하면서 무개옥합의 연구에 골몰하기 시작하였다.
붉은 황혼이 드리워져 신선한 바람이 초무들 사이로 살랑거리기 시작할 무렵, 구양천상의 시녀인 금아가 상기된 표정으로 세심거로 올라왔다.
구양천상이 바라보니 그녀는 일신에 경장을 하고 버들잎처럼 날씬한 허리에는 한 쌍의 단검을 꽂고 머리는 긴 수건으로 질끈 동여매어 팔딱팔딱 뛸 듯했다.
"무슨 일이냐? 누구와 싸울 일이라도 생긴 듯하구나."
그러자 금아가 숨이 턱에 닿아 말했다.
"농담을 하실 때가 아니어요. 사도 총관님의 말씀에 따르면 적이……."
그녀는 황급히 말했으나 구양천상의 표정은 미동도 없었다.
"그래…… 어디까지 들어왔다고 하더냐?"
"아직은 본 가의 내부까지 들어오지 못한 듯해요. 하지만……."
그녀가 뭐라고 말을 하려고 하자 구양천상은 가볍게 고개를 저었다.
"공연히 들뜨지 말아라. 이미 대주천수목대진이 발동을 했으니 제아무리 기문신수(奇門神數)에 능한 자라 할지라도 단시간 안에는 안으로 진입해 들어올 수 없을 게다."

말과 함께 그는 천천히 자리에서 일어섰다.

"먼저 내려가 있도록 해라. 곧 뒤따라 내려갈 테니까."

구양세가는 구양범의 실종 이후, 어떠한 다툼에도 휩쓸리지 아니하고 세월을 보냈으니 금아가 흥분하는 것은 어쩌면 당연했다.

구양천상은 금아가 내려간 후에 밑으로 내려가는 것이 아니라 오히려 세심거의 위쪽으로 올라갔다.

세심거의 위쪽은 앞이 확 트여서 소요곡의 전경을 내려다볼 수 있었다. 그럼에도 그 산봉은 소요곡의 내부에 있어 그 생김의 형세는 참으로 묘했다.

구양천상이 위에 올라 살펴보니 이미 소요곡의 외부는 서리 같은 안개로 자욱이 덮여 바깥에서는 도저히 허실을 측량할 수가 없도록 되어 있었다. 대주천수목대진이 발동되었기 때문이다.

"그들이 이와 같이 빠른 시각에 침범해 온 것을 본다면 아마 천수가 은형로로 하여 빠져나간 것을 눈치채지 못한 모양이다……. 그렇다면 조금 더 시간을 끌어주는 것이 좋겠지."

잠시 아래를 굽어보고 있던 구양천상은 무엇인가 생각을 하는 듯하더니 밑으로 내려갔다.

구양천상이 세가 내의 그의 거처인 청풍헌으로 돌아왔을 때 그곳은 운아가 지키고 있었고 금아는 없었다.

"금아는 어디로 갔느냐?"

구양천상이 안으로 들어서며 묻자 녹의가 아닌 황의를 입은 운아는 바깥쪽을 힐끗 바라보며 대답했다.

"일이 어떻게 되었나 궁금하다고 알아보려고 갔는데 금방 온다고 했어요……."

구양천상은 쓴웃음을 지었다.

"이 녀석의 성미도 누구와 닮았군……."

그가 대나무로 만들어진 청풍헌의 일층 대청을 지나 그의 거처이자 서재가 있는 이층으로 오르려 할 때 금아가 숨이 턱에 닿아 나타났다.

"크, 큰일 났습니다! 적이…… 적이 바깥의 수림에다 불을 지르려 해요!"

"불을?"

운아가 금아의 말에 안색이 변해 되물었다.

구양세가의 전체는 언제나 잎이 지지 아니하는 상록수들로 둘러싸여 있다. 대주천수림대진은 바로 그것들로 이루어져 있는데 만에 하나라도 거기에 불을 지른다면 적들은 손도 대지 않고 코를 푸는 형국이 될 것이었다.

"그래! 내가 나가 보니 검은 옷을 입고 복면을 한 자들이 왔다 갔다 하면서 몇 번이나 본 가의 안으로 진입하려다가 실패를 하자 나뭇가지들을 모아 불을 지르려고 해! 대공께서는 어서 그곳으로 가보셔야……."

금아는 말을 하다가 어안이 벙벙해 구양천상의 뒷모습을 바라보았다.

그녀가 팔짝팔짝 뛰면서 소리치고 있음에도 불구하고 구양천상은 들은 척도 아니 하고 이층 서재로 올라가고 있었던 것이다.

"대공……!"

그녀가 다시 소리칠 때 구양천상은 뒤도 돌아보지 않고 한마디 했다.

"너는 내가 가르쳐 준 기문역수와 선천도해(先天圖解)들을 다 잊어버린 모양이로구나……."

말과 함께 그의 모습은 완전히 이층으로 사라져 버렸다.

"선천도해? 기문역수? 그것과 이게 무슨 상관이 있지?"

금아가 눈을 동그랗게 뜨고 토끼처럼 운아를 쳐다보았다.

순간, 운아가 손뼉을 쳤다.

"맞아! 지난날 대공께서 말씀하시기를 본 가의 지세는 매우 특이하여 태음잠형(太陰潛形)의 형상이라 거기에 대주천수목대진이 펼쳐지면, 천수송(天水訟)의 형국이 되는데 누구라도 안으로 들어서는 사람은 불리함을 면치 못하게 되고…… 그리고 불을 지르면 역괘(易卦)가 겹쳐져서 위쪽은 뭐였지? 그래, 건하(乾下) 이상(離上)의 화천대유(火天大有)의 괘가 되어 불길이 번지지 못하고 아래에 있는 태음장형의 세가 그 불길을 소멸하니 어떻게 해도 불을 지를 수 없고 오히려 그 불을 지른 사람이 해를 입게 되는……."

말을 듣고 있던 금아가 고개를 흔들었다.

"그만둬. 머리 아프다. 그냥 주역(周易)을 풀어내면 알겠는데 거기에 기문술수가 혼합이 되면 뭐가 뭔지 하나도 모르겠어."

운아가 빙그레 웃었다.

"잘 알면서 공연히 그런다. 너는 그저 꾀부리는 걸 좋아해서 그래."

기문(奇門)에 이르기를 태음잠형이란 곧 행적이 감추어지는 것이라 했다. 육합이 몸을 감추어주고 구천(九天)이 그 힘을 보이니, 구지(九地)가 은밀히 병마(兵馬)를 숨긴다 하였다.

숨긴다 함은 드러나지 않음이니, 곧 음(陰)이며 물이다.

천수송이란 물이 아래에 있고 하늘이 위에 있음을 뜻한다.

주역(周易)에 이르기를, 하늘[乾]과 물[水]이 어긋나는 것이 송(訟)이라 하였다. 송은 위가 강(剛)하고 아래는 험(險)하다. 가히 천험의 지세라 할 수 있을 것이다.

거기에 불을 더하여 화천대유지상이 겹치니, 대유(大有)는 역에 이르기를 크게 형통하다[大有元亨] 하였다. 또 단(彖)에 말하여 상하가 이에 응하는 것을 대유라[上下應之 曰大有] 하니, 곧 상(象)에서 말하는 불[火]이 하늘[天] 위에 있는 것이 바로 그것이다.

소요곡에 벌려진 진세가 대개 이와 같으니, 결국 소요곡을 둘러싸고 있는 대주천수림대진을 태워 버리려고 불을 지르는 것은 오히려 그 진세를 도와 크게 일으켜 주는 일이 되고 마는 것이다. 그러한 이치를 알지 못하는 자가 어찌 구양세가에 접근이라도 할 수 있을 것인가.

구양천상이 불을 지르려 한다는 말을 듣고 상대할 것이 없다는 듯 그대로 서재로 올라가 버린 것은 당연하였다.

시간은 순식간에 흘러 황혼은 산 아래로 뒤꼭지마저 감추었으니 주위는 어스름한 빛 밖에, 이내 어둠을 맞을 차비를 하고 있었다.

소요곡의 주위도 마찬가지였다.

그 어둠의 너울이 퍼져 가는 속에 회색빛 장삼을 입고, 머리에 유건을 쓴 날카로운 눈매를 가진 문사 차림의 중년인 한 사람이 팔짱을 끼고 서서 구양세가를 둘러싸고 있는 수림을 쏘아보고 있었다.

 그의 뒤에는 회색빛 경장을 한 복면인 다섯이 호위하듯 늘어서 있었고 옷자락 스치는 소리와 함께 앞에서 흑의에 복면을 한 사람 하나가 나타나더니 허리를 굽혔다.

 "현무검주 휘하 사호검위(四號劍衛)가 신기당주(神機堂主)의 존가(尊駕)를 영접합니다."

 신기당주라 불린 회의문사는 싸늘한 눈으로 그를 돌아보았다.

 "누가 불을 질렀나?"

 흑의복면인, 사호검위가 힐끗 뒤쪽을 바라보았다.

 거기에는 솔과 잣 등의 관목들이 하늘을 찌를 듯 솟아 있는데 그중 앞줄에 있는 몇 그루의 나무는 불길이 미친 듯 검게 그슬려 있고 그 뒤에 있는 나무들은 지척을 분간할 수 없도록 덮인 안개로 말미암아 제대로 알아보기조차 힘들었다.

 사호검위는 눈살을 찌푸리더니 말했다.

 "수하들이 도저히 진세를 뚫지 못하여 불을 질렀더니 그 직후 기이하게도 불길이 꺼져 버리고는 안개가 크게 일어나더니 저와 같이 지척을 분간할 수 없게 되어버렸습니다. 몇 번이고 불을 붙였으나 불길이 저절로 사그라지고 안개는 점점 더 짙어져……윽!"

 그는 말을 하다가 짧은 비명과 함께 휘청이며 서너 걸음 물러났다.

회색 옷의 신기당주는 그를 노려보며 싸늘하게 말하였다.
"네가 나의 수하였었더라면 이미 살아남지 못하였을 것이다. 얼빠진……."

그는 말을 하다가 차갑게 코웃음치며 시선을 돌려 버렸다.

사호검위는 눈앞에 불똥이 튀도록 따귀를 얻어맞았으나 자신이 왜 맞아야 했었는지 알 수가 없었다. 그러나 서슬이 시퍼런 신기당주의 앞에서 감히 입을 열 수는 없었다.

신기당주는 주위를 한참 살펴보더니 나직이 중얼거렸다.

"구양세가가 강호상에서 신기제일이라는 이름을 얻는 것은 과연 허명이 아니었구나……. 대주천수목대진이 여기에 펼쳐져 있을 줄이야……."

그는 엉거주춤 서 있는 사호검위를 쳐다보았다.

"현무검주는 어디로 갔느냐?"

"검주께서는 세 명의 검위와 수하들을 대동하고 진세 속으로 들어가셨습니다."

어이없는 빛이 신기당주의 얼굴에 떠올랐다.

"들어가? 나를 기다리지 않고? 어느 방향으로 진입했단 말이냐?"

"저…… 그러니까 저쪽이 아마 서남방이 되겠지요? 저쪽을 통해 안으로 들어……."

그는 말을 하다가 신기당주의 얼굴이 일그러지는 것을 보고 입을 다물었다.

"죽으려고 환장을 했군! 불을 질러 화천대유의 형세를 일으켜 놓고 이번에는 수하들을 이끌고서 사문(死門)이 된 곤이문(坤二門)

으로 들어서다니.”
 그는 내뱉듯 중얼거리더니 다시 물었다.
 “들어간 지 얼마나 되었느냐?”
 “얼마 되지 않았습니다. 아마…… 반 시각?”
 '그렇다면 잘하면 구할 수 있을는지도 모르겠군!'
 신기당주는 말도 하지 않고 옷자락을 펄럭이며 앞으로 나아갔다. 그의 뒤를 회색 옷의 복면인들이 따랐다.
 사호검위는 엉거주춤하다가 그 뒤를 따르는데 신기당주는 뒤도 돌아보지 않고 차갑게 외쳤다.
 “너는 수하들을 이끌고 이곳을 잘 지키도록 해라.”
 말과 함께 그는 수하들과 함께 안개로 덮여 지척을 분간할 수 없는 숲속으로 들어갔다.
 그가 들어선 곳은 동북방으로 바로 간방(艮方)이니, 현재 찾아낼 수 있는 유일무이한 생문(生門)인 셈이다.
 신기당주는 진의 안으로 들어서자 주위가 온통 뿌연 안개로 덮여 지척을 분간할 수 없음을 깨달았다. 바깥에서 보던 것보다 안개는 더욱 짙었다.
 그는 수하 하나가 옆으로 움직이는 것을 보고 다급하고도 나직이 꾸짖었다.
 “내 뒤만 따라오지, 단 한 걸음도 한눈을 팔지 마라!”
 하지만 그 순간에 안개가 미미하게 움직이는 듯하더니 그 수하의 모습은 홀연히 사라져 버렸다.
 “모두 그 자리에 있어!”
 신기당주는 소리치고 좌삼우사의 보법을 취하며 눈에 안력을 돋우니, 삼사 척 앞에 자신의 수하가 두리번거리고 있음을 볼 수 있었다. 그는 수하를 볼 수 있으나, 그의 수하는 그를 볼 수 없는 듯 당황한 기색으로 주위를 두리번거리더니 갑자기 괴이한 신음과 함께 손발을 허우적거렸다.
 "함부로 움직이지 말고 그 자리에 서……!"
 신기당주가 소리치며 그에게 다가가려고 할 때 그는 경악한 외침과 함께 몸을 돌려 뒤로 달아나기 시작했다. 그의 모습은 순식간에 신기당주의 시야에서 사라져 버렸다.
 "이미 진세에 걸렸군……."
 신기당주는 나직이 한숨을 쉬며 발길을 돌렸다.
 눈앞에서 동료 하나가 감쪽같이 사라지는 것을 본 그의 수하들은 감히 한 걸음도 움직이지 않고 목석과 같이 서 있었다.
 그가 움직이자, 그의 수하들은 마치 기계처럼 그의 뒤를 따르기 시작했다.
 그들이 보는 바에 따르면 신기당주의 움직임은 괴이하였다.
 멀쩡하게 앞에 길이 있는 것이 보이는데도 하늘을 찌를 듯 솟아 있는 노송을 향해 머리를 부딪쳐 가기도 하고 한 걸음이면 건너뛸 수 있는 곳도 수 장여를 빙 돌아가기도 했던 것이다.
 그러나 그처럼 거대하게 솟아 있는 노송이 신기당주가 온몸으로 부딪쳐 가자 사라지고 그 자리에 오솔길이 생겨남을 보고 나서는 그들은 이제야말로 감히 한눈을 팔 수가 없었다.
 반 식경(半食頃:밥 반 그릇 먹을 시간)가량의 시간이 지나고서야 그들은 어느 정도 수림의 안으로 진입할 수가 있었다.
 '이 정도까지 안으로 들어왔으면 종적이 있어야 할 텐데, 보이지를 않으니 괴이하구나. 이미 날이 어두워 진세의 변화를 알아보기 어려우니 더 이상 들어가는 것은 좋지 못한데…….'

신기당주가 주위를 두리번거리며 생각에 잠겨 있을 때, 돌연 괴이한 외침 소리가 들리며 인영 하나가 그들의 뒤쪽에서 덮쳐왔다.

신기당주의 수하들은 평범한 훈련을 쌓은 자들이 아닌 듯했다. 마치 기다리기라도 한 듯 아무 소리도 없이 흩어지며 일제히 나타난 자를 협공했다.

"안 돼! 그는 현무검주의……!"

신기당주가 말리려 했을 때, 나타난 자는 이미 처절한 비명을 지르며 그의 수하, 회의복면인들에 의해 피를 뿌리고 있었다.

나타난 자는 흑의에 복면을 한 자였다.

신기당주는 그의 곁으로 다가가 한쪽 무릎을 꿇었다.

"현무검주는 지금 어디에 있느냐?"

그의 물음에 흑의복면인은 멍청히 그를 올려다보더니 정신이 드는 모양이었다. 그의 가슴팍과 옆구리는 일반인들이라면 절명을 할 정도의 치명상을 입어 선혈이 냇물과 같이 흐르고 있었다.

"신기…… 당주님……?"

신기당주는 고개를 끄덕였다.

"그래, 나다. 너는 현무검주와 헤어진 지 얼마나 되었느냐?"

흑의복면인은 괴롭게 신음하였다.

"으으…… 속하도 잘은 모르겠…… 이 숲은 워낙 괴이하여 곳곳이 함정…… 처처에 괴물들이…… 어느 곳도 안전한 곳이 없습……!"

말을 하다가 그는 고개를 늘어뜨렸다.
 신기당주는 몸을 일으켰다.
"멍청한 자들…… 서로 헤어진 모양이로군. 대체 무엇 때문에 나를 기다리지 아니하고……."
 그러나 그들은 얼마 움직이지 않아 또다시 습격을 받게 되었다. 그자 역시 흑의에 복면을 한 자였다.
 신기당주의 수하들은 이미 언질을 받은지라 그의 공격만을 막고 뒤로 물러섰다. 흑의복면인은 물러서는 신기당주의 수하들이 보이지 않는지 어리둥절하는 빛이더니 이내 신기당주를 발견하고 괴성을 지르며 덮쳐 왔다.
"정신 차려! 어찌하여 현무검주 휘하에는 이처럼 잡졸들이 많단 말이냐?"
 신기당주가 차갑게 소리치며 노순천석(怒筍穿石)의 일식으로 그자의 어깨를 격타해 버렸다.
"으윽!"
 흑의복면인은 신음과 함께 손에 들었던 검을 떨어뜨리고 뒤로 물러났다. 그의 뒤에는 이미 흑의복면인들이 기다리고 있었다.
 그가 제압되어 땅에 쓰러질 때 신기당주는 세차게 그의 따귀를 잇달아 올려붙이고 그의 멱살을 잡아 올려 눈을 들여다보았다.
"정신이 드느냐?"
 그자는 눈살을 찌푸리고 신기당주를 보더니 한차례 머리를 흔들고는 이내 고개를 끄덕였다.
"신기…… 당주님이십니까?"
"그렇다. 너의 신분은 무엇이냐?"

"속하의 신분은 검주 휘하 이호검위입니다."

그는 신기당주가 혈도를 풀어주자 벌떡 일어나 허리를 굽혔다.

"방금 속하는 제정신이 아니어서……."

"사과 따위를 받을 시간은 없다. 현무검주는 어떻게 되었느냐? 언제 그와 헤어졌느냐?"

"얼마 되지 않습니다. 저희들은 적의 습격을 받아 고전을 면치 못하고 뿔뿔이 흩어지고 말았습니다. 적의 공격은 있는데, 적의 모습은 안개 속에 감추어져 있어 도무지 상대할 수가 없었습니다. 게다가 한 걸음만 잘못 옮기면 갑자기 하늘과 땅이 뒤집히면서 하늘에서 불벼락이 떨어지기도 하고 땅이 갈라져 사람을 삼키는 판이라……!"

그는 말을 하다가 그 공포스러운 광경이 생각났는지 어깨를 부르르 떨었다.

"진세 속으로 함부로 들어온 사람이 잘못이지……."

말을 하던 신기당주는 문득 귓전에 은은한 호통 소리가 들려오는 것을 깨달았다.

'이상하군……. 이 진세는 생로 이외의 길에서 나는 소리를 모두 차단을 하여 들을 수 없음이 보통인데, 이것은 어디에서 나는 소리일까?'

그는 소리가 나는 쪽이 경문(景門)인 태방(兌方:서쪽)임을 알았다.

잠시 망설이던 신기당주는 손짓으로 이호검위를 비롯한 수하들을 그의 뒤를 따르게 하면서 천천히 전진했다. 안개는 스멀스멀 더 짙어지는 듯했다.

채 열 걸음을 떼어놓지 않아 그의 앞에는 십여 장이나 되는 두 그루의 잣나무가 안개 속에서 모습을 드러냈다. 그 두 그루의 잣나무는 기이하게도 마치 길을 내주는 듯 좌우로 갈라 서 있고 그 두 그루의 잣나무 사이에는 신기하리만큼 안개가 걷히어 경물이 들여다보이고 있었다.

"검주님!"

이호검위가 소리쳤다.

잣나무의 사이로 들여다보이는 것은 사방 칠팔 장가량의 초지인데, 지금 거기에는 흑의에 복면을 한 자들이 약 십여 명쯤 둘러앉아 있고 그 가운데에는 역시 검은 옷에 복면을 한 자가 다리 위에 검을 올려놓고서 앉아 있음이 보였다.

"함부로 움직이지 마라! 여기는 진세의 경계선이다. 안으로 들어갔다가는 나오지 못한다."

신기당주는 빠르게 안의 상황을 살피고는 이호검위의 팔을 낚아챘다.

가운데에 앉아 있는 흑의복면인의 가슴에는 정교한 형태의 현무가 새겨져 있었고 기색을 보아 눈을 감고 주위를 살피고 있는 듯하였다.

"그래도 현무검주라 진세에 빠지기는 했어도 아직 스스로를 지키고는 있군."

신기당주는 나직이 중얼거리며 눈살을 찌푸렸다.

어떻게 해야 좋을지 잘 분간이 서지 않는 듯했다. 저렇듯 환히 보이는 지척이지만 아마도 단 한 걸음만 안으로 들여놓는다면 다시 빠져나오기는 들어갈 때처럼 쉽지 않을 것이다.

그것은 현무검주 등이 꼼짝도 않고 앉아 있음과, 그들이 지척에 있는 신기당주 등의 기척을 전혀 느끼지 못하고 있음을 보면 알 수 있는 일이었다.

그가 망설이고 있을 때, 돌연 낭랑한 웃음소리가 어디에선가 들려왔다.

"천도문에는 사대검주와 팔대당주가 있어 세상에 두려울 것이 없다고 하던데…… 과연 사실일는지 모르겠군."

신기당주의 안색이 돌변했다.

"누구냐?"

말소리는 신기당주의 물음에는 아랑곳없이 다시 들려왔다.

"사대검주의 위력은 그중 하나인 현무검주를 통해 충분히 견식했지만, 팔대당주의 능력은 과연 어떠할지 모르겠군……."

신기당주는 입을 다물고 주위를 둘러보았다. 그의 수하들의 전신에서도 긴장이 감돌았다.

갑자기 사방이 바늘이 떨어지는 소리도 들릴 만큼 조용해졌다.

신기당주는 천천히 숨을 내쉬며 입을 열었다.

"누구냐? 머리는 감추고 꼬리만 드러내는 것은 장부가 할 짓이 아니다. 본좌가 알기로는 구양세가는 이런 식으로 손님 대접을 하지 않는 것으로……."

그의 말을 끊어버리기라도 하는 듯 낭랑한 웃음소리가 들려왔다.

"핫핫핫하…… 그 말은 옳다. 구양세가는 절대로 손님 대접을 이런 식으로 하지 않지! 하지만 그대들은 손님이 아니다. 친구는 환영하지만, 적은 환영하지 않는 것이 본 가의 예법이니 또 궁금한 것이 있나?"

"……"

신기당주는 할 말이 없어 입을 다물었다. 원래부터 할 말이 있을 리가 없었다. 다만 말소리가 어느 방향에서 나는지 알고자 말을 시킨 것인데 그 음성에는 묘한 여운이 있어 쉽게 알 수가 없었다.

그가 무거운 빛으로 묵묵히 서 있는데 그의 앞에 있는 현무검주 등은 그들의 대화를 전혀 듣지 못하는 듯 그대로 있었다.

말소리가 다시 들려왔다.

"당신이 천도문의 신기당주인가?"

적은 자신에 대해 마치 모든 것을 알고 있는 듯했다.

'천도문이라는 이름은 아직 강호상에 알려진 것이 아닌데 도대체 이자는 누구기에 본 문(本門)의 내막을 속속들이 꿰고 있단 말인가?'

신기당주는 내심 가슴속에 섬뜩해져서 대답 대신 되물었다.

"당신이 구양세가의 가주인 구양천수요?"

다시 웃음소리가 들려왔다.

"나 따위가 어찌 본 가의 가주와 겨룰 수 있는 이름을 가지고 있을까? 본인은 구양세가의 부총관으로 신산서생(神算書生)이라고 하지……."

말소리를 약간 끌었던 음성은 예의 다시 말을 이었다.

"당신이 이곳까지 들어올 수 있었음을 보아 〈신기〉 두 자가 과연 헛되이 붙은 것이 아님을 알 수 있다. 비록 불청객이라 하나, 손님에는 틀림이 없음도 사실이라 할 수 있으니 내 그대에게 한 가지 길을 내주도록 하지."

신기당주는 주위가 어두워짐을 느끼고 아무 말 없이 상대의 다음 말을 기다렸다.

"저기 진을 치고 앉아 있는 현무검주 등을 구해낼 수가 있다면 본인이 책임지고 당신이 이 대주천수림대진을 벗어나는 것을 간섭하지 않겠다."

신기당주의 눈빛이 묘해졌다.

"정말인가?"

"구양세가의 사람은 거짓을 말하지 않는다."

말소리는 그것으로 끊어졌다.

상대는 어두운 곳에 숨어 있는데 자신의 적은 이목하에 환하게 노출이 되어 있다. 이것은 적의 커다란 환심이라 하지 않을 수 없었다.

'선기를 뺏긴 이상, 머뭇거려 득될 것은 조금도 없다.'

암중으로 생각을 굴린 신기당주는 묵묵히 눈앞에 서 있는 두 그루 잣나무를 보면서 방위를 계산하기 시작했다. 안개가 서리고 밤의 자락이 점점 크게 나래를 펼치는 터라 그의 미간에는 곤혹스러운 빛이 짙게 드리워졌다.

잠시 무엇인가 골똘히 생각하던 신기당주는 손짓으로 이호검위를 불렀다.

"저 두 그루의 잣나무 중 좌측에 있는 것에서부터 반 바퀴 돌아서 앞으로 다섯 걸음 가보아라. 한 걸음마다 신중하되, 조금이라도 이상하면 그 자리에 멈춰 움직이지 말아야 한다."

이미 한 번 혼이 난 이호검위는 망설이는 듯했으나 감히 명을 거역할 수는 없었다.

　그는 일신의 모든 공력을 경계하면서 신기당주의 말대로 한 걸음 한 걸음을 옮겨갔다. 그의 눈앞에 있는 경물은 그대로 있으면서 조금도 변화하지 않고 있었다.

　결국 그는 거침없이 현무검주 등이 있는 곳으로 들어설 수 있었다.

　그는 기쁨을 금치 못하고 무엇인가 소리치려고 하였다.

　그러나 그 순간, 그의 발아래가 꿈틀거리는가 싶더니 돌연 눈앞의 경색이 일변하면서 사방이 암흑천지로 변해 자신의 손가락조차 볼 수 없게 변해 버렸다.

　"시, 신기당주님……!"

　그의 외침은 공허했다.

　신기당주는 그가 자신을 돌아보다가 갑자기 안색이 급변하면서 온몸을 허우적거리는 것을 차가운 눈길로 보고 있었다.

　"역시…… 생문 속에 사문(死門)이 포함되어 있었군."

　그는 이미 결과를 알고 있었기에 자신의 수하를 보내지 않고 이호검위를 보낸 듯했다.

　"앞의 저 둘은 일음일양(一陰一陽)이 아니라, 삼기지수(三奇之數:일월성을 말함)를 눈가림한 것이 틀림없다. 숨어 있는 나머지 하나만 찾으면……."

　그는 중얼거리며 연신 허우적거리고 있는 이호검위와 반대쪽으로 다가갔다. 안개는 시야를 가리고 있어 앞에 무엇이 있는지 안다는 것은 쉽지 않았다.

　그가 앞으로 삼삼은 구, 아홉 걸음을 나갔을 때 갑자기 안개가 열어지기 시작하였다. 신기당주는 어디선가 은은히 물소리가 들려옴을 깨달았다.

'난데없는 물소리라니? 내가 설마하니 진세에 말려들었단 말인가?'

생각을 굴리던 그는 돌연 안색이 돌변하고 그의 뒤를 따르던 회의복면인들이 놀라 외쳤다.

눈앞에 있던 안개와 수목들이 삽시간에 온데간데없이 자취를 감추는가 싶더니 그들의 앞에 망망대해가 펼쳐졌던 것이다.

어찌 그뿐으로 신기당주가 안색이 변하랴.

온통 천하를 삼키고도 남을 듯한 거대한 해일이 악마가 이빨을 갈아대듯이 희뿌연 포말을 일으키면서 그를 향해 밀려오고 있던 것이다. 물소리는 천둥벽력보다 더욱 요란하였다. 그가 먼저 들었던 물소리는 바로 파도 소리였다.

"함부로 움직이지 마라. 이것은 환상일 따름이다!"

신기당주는 숨을 크게 들이켜면서 앞으로 나아갔다.

자고로 진세라는 것은 사람의 정신에 혼란을 일으켜서 존재하지 않는 온갖 환각을 만들어내는 것이다. 비록 눈앞에 천군만마가 달려올지라도 마음만 굳게 먹으면 사람을 해칠 수 없음이 일반적이다.

기문둔갑의 술(術)은 고대의 황제 때부터 비롯되었다고 전해지는데 세월이 흐르면서 전쟁에 없어서는 아니 될 학문으로 전하여졌다.

그리고 그 획기적인 전기(轉機), 다시 말해서 사람만으로 보전되던 기문진식이 초목이나 암석 등을 이용하여 만들어지게 된 것은 기록상으로 촉한 제갈량의 팔진도(八陣圖)로부터 비롯되었다.

환우기(寰宇記)에 따르면 팔진도는 사천성 봉절현(奉節縣) 서남 칠 리 지점에 있는데, 그 주위 둘레가 사백십팔 장(천오백여 미터) 이니, 암석을 모아 이루어졌다 하였다. 암석의 크기는 실로 작지 않아 그 높이가 모두 오 척 이상이었으며, 마치 바둑돌이 놓이듯 존재한다 했다. 그 암석들의 거리는 각기 구 척이니, 암석은 모두 육십사 개이며 현재도 그 모습을 잃지 아니하고 있다.

신기당주는 그러한 공부에 자부심을 가지고 있는 사람이라 이것이 환각임을 믿어 의심치 않았다.

그러나 그가 그 거대한 해일을 조금도 아랑곳하지 않고 성큼 앞으로 한 걸음 나섰을 때, 돌연 그의 이마에는 무엇인가 딱딱한 것이 세차게 부딪쳤고 그는 눈앞이 깜깜해지면서 불똥이 튐을 참지 못하고 낮게 소리치면서 앞으로 일장을 질러냈다.

펑!

요란한 음향과 함께 세차게 나뭇가지들이 스치는 소리가 주위를 뒤흔들었다.

신기당주는 어디선가 나직이 웃는 소리가 들림을 깨달았다.

앞을 살펴본 그는 저절로 얼굴이 붉어졌다.

그가 머리로 들이받은 것은 한 그루 하늘을 찌를 듯 치솟아 있는 잣나무였던 것이다. 그 잣나무는 신기당주의 일장을 맞고 미미하게 온몸을 떨고 있었는데 그 아름드리 밑동에는 사람의 손바닥 자국이 여실히 드러나 있었다.

골이 욱신욱신 쑤시고 머리가 횅했다. 이런 창피가 어디 있으랴.

'빌어먹을……! 이게 무슨 꼴인가.'
신기당주는 내심 이를 갈았다.
하지만 그는 자신이 목적하던 제삼의 잣나무를 드디어 찾아낸 것이다.
신기당주와 불과 삼사 장도 떨어지지 않은 곳에는 안개로 몸을 감춘 두 사람이 팔짱을 낀 채 그들의 움직임을 바라보고 있었다.
백의를 펄럭이고 있는 조용한 눈을 가진 사람은 바로 구양천상이었고, 그의 옆에 서서 눈을 부라리고 있는 사람은 총관 사도광이었다.
좀 전에 말을 한 사람은 구양천상이었으나, 부총관 신산서생이란 이름은 상대의 기를 꺾기 위함이라 할 수 있었다.
사도광은 신기당주가 고전을 하면서도 한 걸음씩 현무검주가 있는 곳으로 접근해 감을 보고 미간을 찌푸렸다.
"대공, 저놈을 저대로 두고 보실 참입니까?"
구양천상은 덤덤히 말했다.
"이미 약속을 했으니까요."
"말도 안 되는…… 그럼 정말로 저놈들을 그냥 돌아가게 둘 작정이란 말씀이십니까?"
구양천상이 묵묵히 고개를 끄덕여 답을 하자 사도광은 가슴이 답답해졌다.
"이것은 송양지인(宋襄之仁)이오이다! 적이 본 가에 쳐들어왔는데 어찌 그냥 돌려보낸단 말이오? 이 기회에 저놈들을 일망타진하여 적의 내정(內情)도 확실히 알아보고……."
그가 말을 하고 있는 사이에 신기당주는 안개 속을 뚫고 거의 현무검주의 앞쪽까지 다가가고 있었다.
 "저자의 능력은 생각보다 더하군……."
 구양천상은 나직이 중얼거리더니 못마땅해 있는 사도광을 쳐다보았다.
 "물론, 평소라면 그 말씀이 옳습니다. 하지만 지금은 적과 싸우기보다는 은밀히 밖으로 빠져나간 천수에게 시간을 벌어주는 것이 더 긴요합니다. 다 잡은 적을 놓아준다면 적들은 본 가의 허실을 알 수가 없어 궁리를 거듭할 것이고, 시간은 우리들의 편이 될 수도 있습니다."
 사도광의 안색이 점점 풀어졌다.
 "저 신기당주라는 자가 현무검주를 데리고 대주천수림대진을 빠져나간다면, 그들 천도문의 힘이 간단치 않다는 것이 이미 증명이 되는 것이지요. 그렇게 된다면…… 저는 대주천수림대진을 완전히 봉쇄하여 버릴 생각입니다."
 안색이 풀어지던 사도광의 얼굴에 경련이 일어났다.
 "보, 봉쇄라니? 그렇게 되면 밖에서 안으로 들어올 수 없음은 물론, 안에서도 밖으로 나갈 수 없음을……."
 "모를 리가 있겠습니까? 사십구 일간은 그 어떠한 자라 할지라도 들어올 수도, 나갈 수도 없는 것이 대주천금쇄입니다. 그렇게 된다면 적은 본 가가 외부와의 접촉을 차단하고 안에서 무개옥합의 연구에 전력을 다하는 줄 알고 안달이 날 겁니다. 그들의 정신과 힘을 많이 분산시킬 수 있겠지요."
 구양천상은 사도광을 쳐다보고 미미하게 웃었다.
 "앞으로는 싫어도 적과 싸워야 될 겁니다. 기왕 싸우게 될 것을 굳이 앞당겨 싸울 필요가 있겠습니까? 본 가가 적을 상대하지 않은 채 의연히 건재함은 적잖은 의미가 있습니다."

'과연…….'

사도광은 할 말이 없었다.

이 어리디어리던 도련님은 언제 이처럼 자라 나를 이렇듯 곤혹스럽게 하는가……. 하긴, 그의 자람은 나로 하여금 세월의 흐름조차 잊게 만들 정도로 경이의 연속이었었다.

그들이 이야기를 나누고 있는 사이에 신기당주는 마침내 현무검주의 앞에 당도하고 있었다.

그것을 보고 구양천상은 생각에 잠겼다.

'저자의 배움은 실로 간단치 않군……. 천도문의 일개 당주가 저러할진대 그 문주라는 자의 능력은 어떠할까? 천수가 나에게 도움을 청하는 것도 무리가 아닌 듯하다.'

그는 내심 마음이 무거워졌다.

저러한 적은 아마도 하나가 아닌 것이다.

만에 하나, 작은할아버지인 소요신옹 구양운유가 구양천수의 뒤를 따르지 않았다면 그의 마음은 비할 바 없이 무거워졌을 것이었다.

第十一章

무개지비(無開之秘)
―마침내 풀리기 시작하는 무개옥합의 비밀
그러나 그것을 노리는 무리는
드디어 구양세가를 침범하니……

풍운고월
조천하

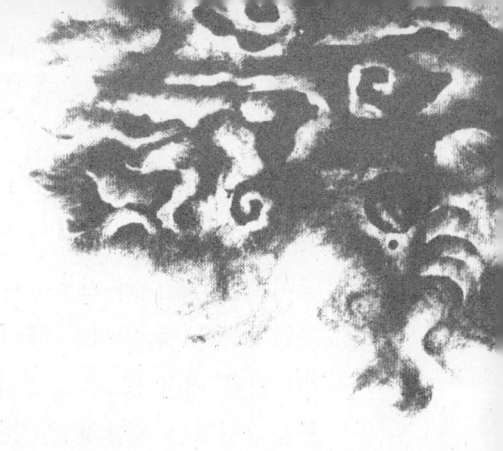

 소요곡이 대주천수림대진으로 완전히 봉쇄되고 나서 구양천상은 세심거에 틀어박혀 단 한 걸음도 움직이지 아니하였다.
 금아와 운아는 마치 다람쥐가 제집 드나들듯 세심거와 청풍헌을 오가며 발을 동동 굴렀다. 그럴 수밖에 없는 것이 그녀들의 우상이라 할 수 있는 그 주인이 거의 매 끼니의 식사를 거들떠보지도 않는 것이었다.
 하루하루 물려져 나오는 밥상의 수가 늘어가면서 그 의미대로 시간은 흐르고 있었다.
 그토록 기승을 부리던 더위도 잦아들고 햇살의 그림자는 차츰 시원해져 갔다. 들어올 수도 나갈 수도 없는 대주천수림대진이라 할지라도 기온의 출입마저 막을 수는 없는 듯했다.
 "큰일 났다! 도대체 뭘 저렇게 들여다보신다지?"

그대로 남아 있는 밥상을 보고 발을 동동 구르던 금아와 운아의 발소리도 멀어진 지금……

달이 한 번 찼다가 기울어지고 다시 차오르는 밤이었다.

구양천상은 불 밝혀진 세심거의 대청에 앉아 탁자 위에 놓인 무개옥합을 내려다보고 있었다.

풍운고월도는 옥합의 은은한 보광을 받아 더 웅대함을 자랑하는 듯하였다.

어쩌면 창백한 듯하게까지 보이는 구양천상의 주위에는 수를 헤아릴 수 없는 종이들이 흩어져 있고 그 종이들 사이로는 언제 것인지 알 수 없는 고서(古書)들도 모습을 보이고 있었다.

무개옥합을 내려다보고 있는 구양천수의 손은 막 탁자 위에 하나의 그림을 그려내고 있었다.

그것은 한 마리의 순박한 사슴의 모습이었다. 맑은 눈망울을 이리저리 굴리고 있는 사슴. 머리 위로 솟은 뿔은 위엄스럽고 가는 목은 슬프고도 약하다. 소담스런 등에 새겨진 꽃무늬들은 아름답고 금방이라도 내달을 듯한 다리 넷은 가늘지만 금방이라도 튀어 오를 것 같은 탄력의 결정이었다.

가만히 자신이 그린 그림을 내려다보던 구양천상은 손을 들어 옆에 있던 그림을 집어 들었다. 그것은 그가 좀 전까지 완성한 아홉 장의 그림이었다.

사슴의 그림은 그가 그린 마지막 열 장째의 그림인 셈이다.

열 장의 그림이 쭉 벌여졌다.

해, 산, 물, 돌, 구름…… 이제 보니 그것은 무개옥합에 있는 십장생을 각기 그림으로 옮겨놓은 것이었다.

세심히 그림과 무개옥합의 조각을 대조해 보던 구양천상은 천천히 고개를 저었다.
 "역시…… 이것은 아니다. 십장생은 각기 하나가 아니라 그것들이 연관되어 있는 어떤 것이 있다. 그것을 알지 못하고서는 절대로 무개옥합의 비밀을 풀 수가 없다."
 옥합이 새겨져 있는 십장생의 하나하나에는 놀라운 현기가 숨어 있었다.
 그러나 그 하나하나를 뜯어보아서 얻을 수 있는 것은 단 하나도 없었다. 얼핏 보기에는 분명히 무엇인가가 있을 것 같지만, 정작 파고들면 아무것도 없는 것이다.
 불가해라 불리는 이유는 바로 거기에 있을 듯했다.
 처음에는 분명히 현기가 숨어 있을 듯한 그 십장생의 조각들이 연구를 해나가면 아예 아무것도 아닌 평범한 조각이 되어버리는 것이다. 그것은 그냥 훌륭한 조각 예술품일 따름이었다.
 "아무것도 아닌 것으로 느낄 수밖에 없는 것은…… 여기에 새겨진 것이 상식을 벗어나는 것이기 때문이다. 이 태양의 조각만 하더라도 분명히 그 내부의 선은 기혈의 움직임을 나타내고 그 빛은 그 쓰임새를 의미하는 것이지만 활용을 할 방법이 없다. 이대로는 사용이 불가능한 것이다. 뭔가 하나가 빠져 있다. 그 빠진 것은 과연 어디에 있을 것인가?"
 그 의문은 이미 수십 일 동안 그를 괴롭혀 온 것이었다.
 다른 곳에 있을 가능성을 생각해 보기도 했지만 그럴 가능성은 거의 희박했다. 아마 그것이 무개옥합의 신비를 풀 수 있는 열쇠가 되리라.

곰곰이 옥합과 십장생이 그려진 열 장의 그림을 내려다보던 구양천상은 한숨을 내쉬면서 입을 열었다.

"이제 남은 것은 단 하나다. 그것은 이 십장생 전체가 하나라는 것이다……."

그는 말을 하면서 십장생의 그림을 하나씩 벌여 연결시키기 시작하였다.

열 장이 모여 하나의 큰 그림이 되었다.

숨도 쉬지 않는 듯이 구양천상은 그 그림을 쳐다보았다.

시간이 침묵 속에서 흘러갔다.

"연관은…… 분명히 있다. 그러나 연결이 되지 않는다."

한참 만에 구양천상은 입을 열어 중얼거렸다.

과연 어떤 연관이 있는 것일까?

천하에 없는 난제라 할지라도 구양천상은 이처럼 고전해 본 적이 없었다. 그 어떤 것이라 하더라도 그가 마음을 모으면 불과 얼마의 시간이 흐르지 않아 풀리곤 했던 것이다.

"세상은 넓고 기인이사는 강가의 모래알처럼 많다. 나의 공부는 아직 멀었다……."

구양천상은 나직이 탄식하면서 탁자 위에 벌여놓았던 열 장의 그림을 쓸어버렸다.

그림들이 미약한 신음을 지르며 제멋대로 주위로 흩어져 갔다.

무개옥합은 오만하게 그것을 지켜보고, 그 광경을 비추고 있었다. 열리지 않는 옥합을 왜 열려고 하는 것이냐는 듯이…….

피곤함이 엄습해 왔다.

그럴 수밖에 없었다.

이미 얼마 동안이나 잠을 자지 않았고 쉬지를 아니하였던가.

구양천상은 손으로 눈두덩을 짚은 채 눈을 감았다. 천만근의 피곤이 몰려오는 듯했다.

그것은 신체의 피곤이 아니었다. 구양세가의 무공은 스스로 일가를 이룬 유문(儒門)의 것이라 매우 훌륭하였다. 지금의 그는 막대한 심력(心力)의 소모로 인해 피곤을 느끼고 있는 것이다. 잠시 독문의 호연신공(浩然神功)을 일으켜 피로를 회복하던 구양천상은 어느 정도 원상이 회복됨을 느끼고 눈을 떴다.

그때 그의 눈에 바닥에 흩어져 있는 종이 조각들이 보였다. 그 중에는 방금 그가 쳐 흩트린 십장생의 그림들도 포함이 되어 있었다.

그 그림들은 어떤 것은 겹쳐져 있고, 어떤 것들은 뒤집혀져 있어 뒷면으로 번져 나온 먹물을 희미하게 드러내고 있었다.

그런데, 무심결에 그것을 쳐다보고 시선을 돌리던 구양천상의 안색이 달라지면서 다시 그것을 쳐다보는 것이 아닌가.

뒤집혀진 그림…….

한참을 목석이 된 듯 그 뒤집혀진 그림을 응시하던 구양천상은 이윽고 손을 뻗어 그 그림을 집어 들었다. 그리고 그는 그 그림을 뒤집어 바로 보는 것이 아니라, 그냥 그대로 그 그림의 뒷면을 뚫어져라 응시하였다.

또 하나의 그림을 집어 들었다. 그는 이번에도 그 그림을 뒤집어 뒷면을 들여다보았다.

점차 그의 눈에 기쁨이 차오르기 시작했다.

그림을 집어 드는 그의 손이 점점 더 빨라졌다.

"그렇군…… 그러했어, 그림이…… 그림이 거꾸로였다. 어이가 없군! 도대체 어떻게 그처럼 간단한 것을 생각지 못했을까?"

다시 잠시의 시간이 흐른 뒤에 구양천상은 마치 외치듯이 중얼거렸다.

그 소리는, 아직껏 그 누구도 풀지 못했던 신비 하나가 그 베일을 벗고 있음을 의미하는 것이었다.

구양천상은 그림 열 장을 집어 모두 뒤집어놓았다.

그리고 그는 무개옥합을 집어 들고 그 그림과 차근차근 대조해 나가기 시작했다. 조금 달랐다.

"아무리 똑같이 그린다 해도 거꾸로 되면 똑같이 될 수가 없다. 보고 그리는 것은 아무리 잘 그려도 흉내일 뿐이니까……."

구양천상은 화선지 한 장을 조심스럽게 무개옥합에 붙여가기 시작했다. 탁본을 하려는 것인 듯하였다.

그리고 몇 번의 실패 끝에 그는 마침내 완벽한 탁본을 얻어낼 수 있었다.

그것은 그가 지금껏 보았던 것과는 완전히 다른 것이었다. 그가 들고 있는 그림 위에 새겨진 것은 지금 무개옥합에 남아 있는 것과는 정반대인 것이다. 마치 도장을 찍어낸 듯이.

탁본된 것을 내려다보고 있던 구양천상의 입가에는 절로 웃음꽃이 피어나 번져 가고 있었다.

그처럼 절벽이던 것이 이제 보이고 있었다.

과연 그가 생각했던 대로 십장생의 조각들은 하나하나가 독립되어 있으면서도 사실은 완전히 하나의 테두리 내에 존재하고 있었다. 그 완전한 테두리를 알지 못한다면 다시없는 천재라 할지라도 풀어낼 수가 없는 것이다.
 그 전체적인 것은 거꾸로 옥합에 새겨져 있으며 겉으로 보아서는 거꾸로 무엇이 새겨져 있음을 알아낼 수 있는 징표는 단 하나도 없었다.
 "무공이 있다…… 십장생 하나하나가 모두 무공과 연관이 있는 듯하다. 그러나…… 이 전체적인 것 속에 포함된 현기는 또 무엇일까? 이것은 단순한 무공만을 의미하고 있지 않는 듯한데……."
 구양천상은 생각을 굴렸지만 일시지간에 더 많은 것을 알아내는 것은 쉽지 아니했다.
 하지만 그 모든 것들을 알아내는 것은 이제 시간문제였다.
 무개옥합의 모든 비밀은 이제 그의 손안에 든 것이나 진배없었다.
 "되었다. 이제 정말로 정교한 탁본을 하나 뜨면…… 그렇게 되면 이 밤이 가기 전에……."
 말을 하던 구양천상은 이상한 느낌에 고개를 들었다.
 주위가 훤했다.
 밤이 아니었다. 이미 해가 떠오르며 동녘이 희뿌옇게 밝아오는 중이었던 것이다. 또 한 밤이 넘어가고 있었다.
 "벌써 날이 밝았단 말인가?"
 창문 너머로 어렴풋이 보이는 미명을 느낀 구양천상은 문득 자신이 이미 얼마 동안인지 모르게 세심거의 밖을 나서지 않았음을 깨달았다.
 마음을 닦음에 있어 가장 중요한 것은 조급하지 않는 것이었다.

이미 무개옥합의 신비를 거의 풀어낸 것과 다름이 없는 구양천상은 조금 쉬면서 마음을 가다듬어야 할 때라고 생각했다. 그는 자신이 떠냈던 탁본 모두를 찢어버리고 무개옥합을 간수하였다.

 세심거의 밖을 나서자 싱그러운 아침 공기가 피곤했던 심신에 새로운 힘을 주는 듯했다.

 청신한 공기는 은은히 깔린 아침 안개 속에서 새롭게 꿈틀거리고 있었다.

 구양천상은 고개를 들어 아래를 내려다보았다.

 대주천수림대진은 아직도 몽롱한 안개에 덮여 있었다.

 "기운이 약화된 것을 보니 대주천금쇄가 풀리는 기일이 얼마 남지 않은 듯하군……."

 구양천상은 걸음을 옮겨 맑은 물방울을 튀겨내며 흘러가고 있는 옥룡류 위에 걸린 등룡교의 위에 섰다. 바닥이 드러나도록 맑은 물, 가슴속에 쌓인 모든 찌꺼기를 씻어주는 청량한 물소리……

 걸음을 멈춘 구양천상은 길게 심호흡을 했다.

 새벽만 되면 득달같이 달려와 살펴보던 금아와 운아가 아직 보이지 않는 것을 보니, 이젠 그녀들도 지친 모양이었다.

 빙긋 그가 미소 지을 때, 갑자기 그의 발아래 있는 옥룡류의 물줄기가 갈라지면서 유령과 같은 사람의 그림자 하나가 불쑥 솟구쳐 올랐다. 물빛의 옷을 입고 복면에 두 눈만을 드러낸 그는 단숨에 구양천상의 머리 위까지 날아올랐고 그의 손에서 번뜩이는 차가운 빛이 그대로 구양천상의 머리 위로 떨어져 내렸다. 복면인의 손에 들린 검은 무서운 기세로 아침 안개를 가르며 구양천상을 엄습했다.

"누구냐?"

구양천상은 뜻밖의 사태에 흠칫 뒤로 물러났다.

하나, 그 순간에 그는 뒤쪽에서 일어나는 물소리를 들었다.

직감적으로 살기가 등을 엄습함을 느낄 수 있었다.

구양천상의 미간이 곤혹으로 찡그려졌다.

등룡교의 폭은 겨우 일 장이 될까 말까 한다. 일 장의 폭에서 앞뒤로 공격을 받으며, 그것도 불의의 공격이라면 피할 방도가 없다.

구양천상이 발이 정(丁) 자의 형상으로 꼬이는 순간, 그의 몸이 마치 빨래가 뒤틀리듯 빙그르르 그 자리에서 반 바퀴 돌아가면서 그의 상체가 철판교(鐵板橋)의 형상으로 뒤로 젖혀졌다.

마치 쌍둥이처럼 같은 복장을 한 채 그를 공격해 오고 있는 두 사람의 검이 보였다. 구양천상의 두 손이 소매를 휘날리면서 뻗어났다.

분화불류(分花拂柳)의 일식이 양손에서 펼쳐지는가 싶은 순간에 그의 검지는 번개처럼 천운적월(穿雲摘月)의 식으로 두 사람의 검을 때렸다.

땅!

맑은 음향이 새벽의 고요를 깨뜨렸다.

들릴 듯 말 듯한 신음 소리가 그 속에 묻혀 들렸다.

젖혀졌던 구양천상의 상체가 다시 반 바퀴 회전하면서 일으켜졌다. 그의 발은 처음 그 자리에서 조금도 움직이지 않고 있었다. 꼬여졌던 다리를 풀며 구양천상은 그 자리에 섰다.

그의 등 뒤에는 채 반 척도 떨어지지 않은 곳에 두 복면인들이 경악으로 두 눈을 찢어져라 부릅뜨고서 서로를 쳐다보고 있었다. 앞으로 뻗어낸 그들의 손에 들린 검은 조금의 사정도 없이 서로의 가슴을 깊숙이 찌르고 있었다. 선혈이 방울방울 흘러내리고 있었다.

"이…… 이……?"

알아들을 수 없는 신음 소리와 함께 두 사람은 서로의 가슴에서 검을 뽑아내며 검을 쳐들었다. 그러나 쳐든 검이 구양천상의 등을 치는 것보다는 그들이 쓰러지는 것이 더욱 빨랐다.

구양천상은 단 일 초로써 두 사람의 자객을 처치하고서는 확신을 가지고 있는 듯 두 번 다시 뒤를 돌아보지 않았다.

그의 눈은 안개가 희미하게 깔려 있는 등룡교 건너의 수림을 보고 있었다.

삼 장여의 등룡교 건너에는 산길이 뻗어 있고 그 주변에는 구양세가 어디에나처럼 송백이 우거져 있었는데, 지금 구양천상의 정면에 난 오솔길에는 한 사람의 녹포괴인이 천천히 모습을 드러내고 있었다.

등에 한 자루의 기형도(畸形刀)를 멘 그의 눈은 안개 속에서 얼음같이 찼고, 말처럼 길고 해골처럼 마른 그의 얼굴 표정 또한 서리가 내린 듯 무표정하여 그를 보는 사람은 심중에 한기(寒氣)를 느끼지 않을 수 없을 듯했다.

그가 구양세가의 사람이 아니라는 것은 불문가지였다.

대체 그는 어디에서 어떻게 들어온 것일까.

구양천상은 녹포괴인이 한 걸음 한 걸음 다가올 때마다 살기가 점점 짙게 자신에게 다가오고 있음을 감지할 수 있었다.
 '보통의 수련을 쌓은 자가 아니로군.'
 그가 이미 좀 전에 상대한 두 자객과는 다름을 직감한 구양천상은 천천히 입을 열어 물었다.
 "그대는 누군가?"
 다가오고 있는 녹포괴인의 얄팍한 입가에 웃음인지 무엇인지 모를 괴이한 움직임이 일어났다.
 그러나, 그의 물음에 대한 대답은 뜻밖에도 구양천상의 뒤에서 들려왔다.
 "그는 본 천의 천봉기(天蓬旗) 대장이에요."
 "……!"
 구양천상의 검미가 꿈틀하는 듯하더니 반걸음쯤 물러나 약간 몸을 비틀어 뒤를 돌아보았다.
 놀랍게도 녹의려인(綠衣麗人) 하나가 방금 구양천상이 나온 세심거의 안에서 서서히 걸어나오고 있었다. 그녀의 손에는 십여 장의 종이가 들려 있는데, 얼핏 봄에도 분명 구양천상이 그렸던 십장생도였다.
 이들의 출현은 너무도 갑작스럽고 의외라 하지 않을 수 없었다. 그가 있는 곳이 비록 구양세가의 외곽이며, 위쪽에 위치해 있다고는 하지만 엄연히 소요곡의 내부이며 대주천수림대진의 안에 있는 것이다.
 경악의 빛이 나타나야 정상일 구양천상의 얼굴에는 미미한 의혹의 빛이 드러났다.
 "벌써 사십구 일이 지났단 말인가?"

그의 중얼거림을 들은 듯 녹의미녀가 가볍게 웃었다.

"아마 오늘이 그 마지막 날일 거예요. 우리는 해제될 때까지 참고 기다릴 만한 인내심을 가지지 못하여 양해를 얻지 못하고 조금 일찍 방문을 하게 되었으니, 뒤늦었지만 양해를 해주셨으면 좋겠군요."

그녀는 자신의 손에 들린 십장생도를 대강 살펴보더니 그것을 접어 품속에 넣으며 말을 이었다.

"근래에 강호에 소문이 하나 떠돌고 있는데, 거기에 따르면 구양세가는 현자 한 사람이 있어 그 능력이 지난날의 천기수사 구양범을 능가하며, 새로운 가주로서 혜성과 같이 나타나 이름을 떨치고 있는 신산룡(神算龍) 구양천수의 형이라 하더군요. 전하기를 당대에 불가해삼보의 신비(神秘)를 풀 수 있는 능력자는 오직 그 한 사람뿐이라던데 아마도 그 사람이 당신인 것 같군요……."

그 말에 구양천상은 가볍게 웃었다.

"오늘은 아침부터 분에 넘친 칭찬을 미인으로부터 듣게 됨을 보니 좋은 일이 있을 모양인가?"

그는 아직도 천천히 자신을 향해 접근해 오고 있는 녹포괴인의 위치를 의식하면서 고개를 저었다.

"내가 듣기로 근자에 태산에는 목적을 위해서는 수단과 방법을 가리지 않는 미인이 나타났다 하던데…… 당신이 그 미모의 악녀라면 오늘 내게 그다지 좋은 일이 일어날 것 같지는 않군……."

"오호호호……!"

그의 말에 녹의미녀는 드높게 웃었다.

과연 그녀야말로 구양천수를 함정에 빠뜨렸던 바로 그 녹의미녀였다.

그녀는 생글생글 웃으며 세심거의 계단을 내려오기 시작했다.

"고맙군요. 구양세가의 현자가 나와 같은 무영인을 기억하고 있다니……. 이 몸이 악녀라는 것을 알고 있는 이상, 지금부터 어떤 일이 일어날 것인지는 잘 알고 있으리라 믿어요."

그녀는 세심거의 뜨락에 내려서서 등룡교의 위에 서 있는 구양천상을 향해 다가오기 시작했다.

천봉기 대장이라 불린 녹포괴인은 여전히 구양천상을 향해 다가오고 있는데 그와 구양천상과의 거리는 이제 불과 이 장여 정도였다.

구양천상은 그들의 기세를 보며 담담히 웃었다.

"나는 아직까지 별로 악인들과의 접촉이 없었기 때문에 악녀가 무엇을 할지, 어떤 일이 일어날지는 짐작조차 가지 아니하오. 미안하지만 가르침을 부탁하오."

그의 말은 너무도 태연해 녹의미녀는 기가 질릴 정도였다.

하지만 그녀의 얼굴에는 여전히 웃음이 가시지 않고 있었다.

"말보다는 직접 보시는 것이 옳을 것 같군요. 나는 무개옥합을 회수하는 임무와 함께 당신을 본 천으로 모시고 오라는 임무를 부여받았어요……."

"나를?"

그 말은 확실히 의외인지라 구양천상은 얼떨결에 그녀를 쳐다보았다.

"그래요. 본 천의 천주께서는 세상의 모든 인재를 중용하고 계신데 구양세가의 사람이야말로 빼놓을 수 없는 인재라 할 수 있지요."
"불행히도 나는 세간의 일에 별로 관심이 없소."
녹의미녀가 미소했다.
"우리가 성의를 보인다면 아마 관심을 가질 수 있을 거예요."
"당신네 두 사람의 힘으로 그것이 가능하리라 믿으시오?"
녹의미녀는 녹포괴인이 구양천상과 불과 일 장 사오 치 정도의 거리로 접근해 있음을 보고 얼굴에서 천천히 웃음을 거두었다.
"왜 우리 두 사람이라고 생각을 하나요?"
구양천상은 대답에 조금도 망설이지 않았다.
"대주천수림대진은 아직도 완전히 금쇄가 풀린 것이 아니오. 당신네 네 사람이 여기까지 스며들어 올 수 있었던 것만 해도 쉽지 않은 일이지……."
그 순간에 다가오기만 하고 단 한마디도 하지 않고 있던 녹포괴인, 천봉기 대장은 서서히 손을 뻗어 등 뒤에서 머리를 내밀고 있는 기형도의 손잡이를 아주 느리게 잡았다.
살기가 단숨에 폭죽이 터지듯 그물과 같이 자신을 덮쳐 옴을 느낀 구양천상의 얼굴이 비로소 약간 굳어졌다.
그리고 그는 시선을 돌려 불쑥 천봉기 대장을 향해 물었다.
"나를 습격한 이들은 당신과 어떻게 되오?"
돌연한 질문에 흠칫하는 빛이 천봉기 대장의 눈에 스쳐 갔다. 그에 따라 그처럼 팽팽히 조성되어 가던 살기도 순간적으로 무디어져 버렸다. 그는 막 발동을 하려던 참이었던 것이다.
구양천상의 한마디는 참으로 시의적절하여 천봉기 대장의 발동 시기의 맥을 은연중에 잘라 버린 것이다. 고수들은 절대로 스스로의 기운이 충일하지 않으면 상대를 공격하지 못한다. 상대가 고수라면 섶을 지고 불 속으로 뛰어드는 격이 되기 때문이다.

차갑고 무표정하던 천봉기 대장의 얼굴이 음산하게 굳어졌다.

그 미묘함을 알아차린 녹의미녀는 천봉기 대장 대신 입을 열었다. 다시 기운을 가다듬을 시간을 주려는 것이다.

"그들은 천봉기 대장 휘하의 고수예요. 바로 천봉기 대장의 직속이라 할 수 있지요. 저들의 무공은 절대로 약한 것이 아닌데, 당신은 단 일 초로써 그들을 처리했으니 구양세가는 지난 이십 년 동안 무공 방면에서 놀라운 진보를 한 모양이군요?"

그녀의 말에 구양천상은 가볍게 머리를 흔들었다.

"별로…… 나는 저들이 서로 상해하도록 할 작정이었는데, 그들의 무공이 예상 밖이라 실수를 하고 만 것이오……."

말과 함께 구양천상은 다시 시선을 돌려 녹의미녀를 돌아다보았다.

"그대의 나이는 얼마 되지 않는데, 일의 처리는 대단히 노련하여 먼저 나타났던 천도문의 사람들보다 훨씬 나은 듯하군."

그의 말에 녹의미녀의 눈빛이 순간적으로 굳어졌다.

"그들이 왔었던가요? 그럴 리가……."

"신기당주라는 사람을 한 번 본 적이 있소. 그의 능력도 범상하지는 아니했는데 당신네와 같은 신속함은 모자라는 것 같소. 괜찮다면 당신네들이 속한 그 단체가 어떤 명칭을 가지고 있는지를 알고 싶은데?"

"우리와 같이 가게 된다면 자연히 알게 될 텐데요?"

구양천상은 담담히 웃고는 입을 다물었다.
그 순간, 천봉기 대장이 처음으로 입을 열었다.
"천주께서 원하시는 것은 살아 있는 자만이 아니라, 살아 있는 자와 동행하는 것이 불가능하다면…… 식은 몸도 가하다 하셨다!"
그의 음성은 싸늘한데다가 억양의 고저가 괴이하여 듣는 사람으로 하여금 섬뜩한 느낌을 주었다.
구양천상은 미간을 찌푸렸다.
"당신은 목에 이상이 있는 모양이군. 아침에 듣기로는 그다지 유쾌한 목소리가 아니오."
얼떨떨한 빛이 천봉기 대장의 눈에 어리는가 싶더니 이내 그의 눈에서 무서운 빛이 싸늘히 일어났다. 대단히 노했음이 틀림없었다.
그것을 보고 녹의미녀가 말했다.
"그는 본 천의 오기대장(五旗隊長) 중에서도 가장 냉혹무정하다는 천봉기의 대장이에요. 그처럼 그의 비위를 거슬려 좋을 것은……."
그녀의 말이 끝나기도 전에 천봉기 대장이 예의 음성으로 차갑게 외쳤다.
"본 대장이 평생토록 싫어하는 것이 바로 너와 같이 입만 살아 있는 서생 나부랭이들이다!"
동시에 그의 한 발이 앞으로 나섰고, 서릿발 같은 한망이 그의 등 뒤에서 솟구치더니 머리끝이 곤두서는 음향을 토해내며 구양천상의 미간을 향해 일직선으로 쪼개져 왔다.

이미 발동하기 전에 그처럼 놀라운 기세를 보이던 천봉기 대장의 도였다. 그 기세를 증명이라도 하듯이 그가 발동하자 그의 손에 들린 기형도는 이미 칼이 보이지 않는 속도로 움직이고 있었다.

그의 기형도는 그동안 한 걸음 한 걸음 걸어오면서 축적되었던 기세가 단 일 도에 모두 농축되어 있어 비할 바 없이 빨랐고 그 빠름은 감히 피할 수 있는 여유를 허락하지 않았다.

그처럼 침착한 구양천상마저도 안색이 변하지 않을 수 없었다. 그의 뒤에는 녹의미녀가 이미 움직이고 있는 판이다.

그런데 그때였다.

구양천상은 그 공격을 보고도 피하기는커녕, 오히려 불쑥 한 걸음 나서는 것이 아닌가!

동시에 난데없이 등룡교의 좌우 난간에서 덜컥 소리와 함께 두 개의 철간(鐵桿:쇠막대기)이 불쑥 튀어나와 천봉기 대장의 진로를 가로막았다.

길이 불과 삼 장 정도의 평범한 돌다리에서 이러한 조화가 일어날 것임을 누가 상상이라도 했으랴. 천봉기 대장은 여지없이 허벅지가 세차게 그 철간에 부딪치고 말았다.

그러니 그처럼 무서운 기세가 어찌 이어지랴.

천봉기 대장은 순간적으로 간담이 서늘해져 번개처럼 뒤로 물러나면서 공중으로 솟아오르려 했다.

그와 구양천상의 거리는 원래 일 장여 정도였다. 그리고 그가 철간에 허벅지를 세차게 부딪칠 때 구양천상과 그와의 거리는 겨우 육칠 척이었다.

폭발하듯 뻗어나가고 있던 천봉기 대장의 기형도가 순간적으로 주춤했음은 물론이다. 구양천상은 이미 그 모든 것들을 계산하고 있었던 듯했다.

천봉기 대장이 철간에 가로막히는 순간에 그는 이미 앞으로 한 걸음을 더 나가고 있었으며 왼손은 금계탁속(金鷄啄粟)의 일식으로 번개처럼 천봉기 대장의 기형도를 쥔 오른손의 완맥을 찍어가고 있었던 것이다.

뿐이랴.

그의 오른손에서 금빛이 번뜩이더니 이미 구양세가의 독문절학인 대라금광수가 천봉기 대장을 향해 쏟아져 나갔다.

그의 일초이식에 천봉기 대장은 안색이 돌변했다.

그가 기형도를 거두어들인다면 그 순간에 그의 가슴팍에는 빈 틈이 생겨 구양천상의 대라금광수를 피할 재간이 없을 것이고 그것을 막는다면 기형도를 거두어들일 시간이 없었다.

그렇게 된 가장 중요한 이유는 그가 덮쳐들다가 철간에 세차게 부딪치며 중심이 기우뚱한 때문이었지만 지금은 그런 것을 생각하고 있을 겨를이 없었다.

그러나, 어찌 목숨과 같은 무기를 버릴 수가 있단 말인가!

순간적으로 판단을 한 천봉기 대장은 일성 노갈과 함께 기형도를 거두어들이며 다른 손을 가슴에 모아 구양천상의 대라금광수를 막으려 했다.

그 순간에 그는 구양천상의 낭랑한 웃음소리를 들었다.

"당신은 과연 내가 생각한 대로 움직이는군……."

천봉기 대장은 가슴속이 서늘해졌다.

그와 동시에 천봉기 대장은 구양천상의 대라금광수를 막아냈다.
펑!
요란한 음향과 함께 막강한 충격이 천봉기 대장에게 전달되어 왔다. 절로 나직한 신음이 그의 입에서 새어 나왔다.
하지만 상황은 그것으로 그친 것이 아니었다.
구양천상은 이미 그가 기형도를 포기하지 않을 것임을 짐작하고 있었기 때문에 원래부터 그의 손 완맥을 노렸던 것은 허초(虛招:속임수)에 불과했었다.
그는 과연 천봉기 대장이 손을 거두자 그 즉시, 아니, 그보다 먼저 자신의 손을 거두어들였고 천봉기 대장이 손을 거두는 순간에는 웃음소리와 함께 이미 제이의 대라금광수를 천봉기 대장에게 밀어내고 있었던 것이다.
그 시간의 배합은 너무도 정확해 막 구양천상의 일장에 충격을 받은 천봉기 대장은 뻔히 보고 있으면서도 그것을 막아낼 수가 없었다.
신음 소리와 함께 한줄기 바람이 일어나며 천봉기 대장이 놀란 기러기처럼 날아 뒤로 물러났다.
그가 덮쳐들고 물러나는 것은 실로 단 한 순간이었다.
그러나 그 단 한 순간에 일어난 변화는 그 어느 누구도 상상치 못할 것이었다. 그처럼 기세등등하여 태산이라도 단칼에 베어버릴 듯하던 천봉기 대장이 이미 중상을 입고 물러난 것이다.
녹의미녀는 그 광경을 보고 놀라 옷자락을 펄럭이며 구양천상을 덮쳐 왔지만 그때는 이미 천봉기 대장이 구양천상의 제이장에 의해 패퇴되고 있을 때였다. 상황이 얼마나 빨리 진전되었는가를 짐작하고도 남음이 있게 하는 일이었다.

하지만 그녀의 무공 또한 가볍게 볼 것이 아니었다.

그런데도 구양천상은 그녀의 공격을 막을 생각도 없는 듯 가볍게 몸을 돌려 그녀를 쳐다보더니 미간을 찡그리며 말했다.

"발밑을 조심하시오."

녹의미녀는 안색이 돌변했다.

그녀는 이미 등룡교의 괴변을 보았고 천봉기 대장이 힘도 못 쓰고 격퇴되는 것을 보았기에 간담이 서늘하여 급급히 옷자락을 펄럭이는 가운데 허공에서 자신의 발을 차는 여세로 사오 척가량 뒤로 물러났다.

그때 구양천상의 뒤에서 이를 가는 신음 소리가 들려왔다.

좀 전에 충격을 받고 물러났던 천봉기 대장이 중심을 잡지 못하고 휘청거리며 다시 물러나다가 마침내 참지 못하고 왁, 하고 입에서 선혈을 쏟아내고 있었다.

그러잖아도 시체와 같은 그의 얼굴은 이미 산 사람의 기색이 별로 없었다.

원래 그는 어이없이 격퇴되어 분을 참지 못하고 구양천상이 녹의미녀를 돌아보며 말을 하는 순간에 소리도 없이 그를 덮치려고 번개처럼 앞으로 한 걸음을 내딛다가, 뭔가 뾰족한 물건이 치가 떨리는 고통을 주면서 자신의 발바닥 가운데 있는 용천혈(湧泉穴)을 뚫고 올라오자 절로 이를 가는 신음 소리를 흘려내었던 것이다.

용천혈이란 인체 십이정경 중에서 족소음신경(足少陰腎經)이 시작되는 혈도로서 소위 송장도 고통을 느낀다는 발바닥의 중심이니 그 고통이야말로 형용할 수조차 없다.

오죽하면 천봉기 대장 같은 자가 절로 이를 갈았으랴.

그가 물러난 자리에는 한 치가량의 금속 침 십여 개가 땅바닥에서 솟아올라 밝아오는 아침 햇살에 빛을 발하고 있었다.

구양천상은 가볍게 혀를 찼다.

"내가 분명히 말했었지. 발밑을 조심하라고······."

이런 때에 할 말이 있는 사람은 대단한 사람이다.

천봉기 대장은 단 한 번도 이와 같은 꼴을 당한 적이 없다.

가슴속에서 치미는 노화는 삼천 장이 아니라, 삼만 장이라도 시원치 않지만 이제는 감히 함부로 움직일 수가 없었다.

그처럼 혓바닥이 매끄러운 녹의미녀조차 그의 말 한마디에 놀라 뒤로 물러나서는 할 말을 잃고 있었다.

구양천상은 그들이 아무 말도 하지 못하고 있자 다시 말했다.

"본 가가 강호상에서 신기제일이라는 이름을 거저 얻은 것이 아니라는 것쯤은 알고 왔어야 했다. 내가 이곳에 있음을 어떻게 알고 왔는지는 모르겠으되, 이 인원으로 나를 찾았음은 매우 잘못이다."

그가 말을 하면서 움직이자, 어떻게 했는지 알아볼 수도 없었는데 등룡교 위에 나타났던 철간과 바닥에 솟아났던 쇠침들이 제자리로 사라져 버렸다.

"본 가가 외부에 대주천수림대진을 설치하고 외인의 접근을 막는 것은 번거로움을 피하고자 하는 것이지, 남을 겁내어서가 아니다. 사람들은 대주천수림대진만 돌파하면 모든 것이 끝난 것처럼 생각을 하는데 그것은 매우 잘못이다. 정작 무서운 것은 본 가거처에 널려져 있는 십면매복(十面埋伏)이다. 나는 그대들을 손가락 하나 대지 않고 기관만으로도 처리할 수 있다."

"……."

녹의미녀와 천봉기 대장은 이미 기가 눌려 말을 하지 못했다.

이미 그의 움직임에 당한 그들인 것이다.

"가서 그대들의 상전인 천주에게 전하라. 구양세가를 건드리지 말라고……."

그의 말에 녹의미녀가 의외인 듯 눈을 크게 떴다.

"우리를…… 이대로 돌려보내 준단 말인가요?"

구양천상은 고개를 끄덕끄덕하였다.

"굳이 잡아두어야 할 이유도 없겠지……."

중얼거리던 구양천상은 문득 미간을 찡그렸다.

"하지만 또 이렇듯 함부로 침범을 한다면 그때는 이와 같이 돌려보내지 않겠다."

그 말을 끝으로 그는 시선을 돌려 뒷짐을 지고는 등룡교 아래를 흘러가는 옥룡류의 물줄기를 내려다보았다.

등진 그에게서 느껴지는 것은 잔잔한 흐름이었다.

하지만 녹의미녀와 천봉기 대장은 그 잔잔함이 얼마나 거대한 흐름을 감추고 있는가를 이미 절감하고 있었다.

녹의미녀는 천봉기 대장과 시선을 교환하고는 감히 등룡교를 통해 옥룡류를 건너가지는 못하고 몸을 날려 옥룡류를 건너가고자 했다.

그때 구양천상이 다시 말했다.

"그냥 돌아가겠다는 말은 아니겠지?"

"그럼……?"

구양천상은 몸을 날렸다.

"나는 내 물건을 남이 허락도 없이 가져가는 것을 좋아하지 않아. 남겨두고 가면 좋겠군."

녹의미녀는 주춤거렸다. 하지만 그녀는 구양천상과 눈이 마주치자 어쩔 수 없는 듯 길게 탄식을 하며 품속에서 십장생의 그림을 꺼냈다.

"당신은 과연 신산룡 구양천수보다 더 무서운 듯하군요……."

구양천상은 그녀의 말에 담담히 웃고는 조금도 서슴없이 손을 내밀어 그녀의 손에서 그 그림을 받으려 했다. 순간,

피웃, 하는 소리와 함께 그 그림을 쥔 녹의미녀의 손에서 차가운 빛이 번개처럼 쏘아 나와 구양천상의 두 눈과 목을 노렸다.

구양천상은 혀를 찼다.

"어쩔 수 없군."

그녀의 손에서 발사된 것은 가느다란 은침이었고 그것들은 순간적으로 구양천상의 얼굴을 스치고 지나갔다.

녹의미녀로서는 이미 자신의 암습이 성공할 것으로는 아예 믿지를 않았기 때문에 은침을 발사함과 동시에 땅을 박차고 구양천상의 머리 위를 날아 넘으려 하였다. 그런데 그 순간에 그녀는 구양천상의 뒤쪽에서 두 개의 철창(鐵槍)이 등룡교의 밑에서 빠른 속도로 솟아 나오고 있음을 발견했다.

그 속도로 보건대 그녀가 구양천상의 머리 위를 날아 넘는 순간에 그 철창들은 그녀의 몸을 꿰뚫고 말 것이 틀림없었다.

그녀는 혼비백산해 허공에서 몸을 뒤집으며 땅으로 내려섰다.
땅에 내려선 그녀는 얼굴이 하얗게 질리고 말았다.
그녀가 내려선 곳은 바로 구양천상의 코앞이었던 것이다.
구양천상은 이미 그녀가 그 자리에 내려설 것을 알고 있었다는 듯 자연스럽게 손을 내밀어 그녀의 완맥을 제압했다.
그는 한 손으로 그녀의 완맥을 잡은 채 그녀의 손에 들린 십장생의 그림을 빼앗으며 말했다.
"함부로 움직이면 생사를 장담할 수 없다."
그 말과 함께 천봉기 대장은 이를 악물고 그대로 설 수밖에 없었다. 그는 녹의미녀가 제압당함을 보고 막 움직이려는데 구양천상이 미리 알고 말을 하자 감히 움직일 수가 없었던 것이다.
십장생도를 빼앗아 든 구양천상은 그녀의 완맥을 놓아주었다.
'……?'
어리둥절하여 쳐다보는 녹의미녀를 향해 구양천상은 말했다.
"한 가지만 물어보겠소. 그대가 속해 있는 단체의 이름은?"
녹의미녀는 멍청해졌다.
"그것을 왜 지금 물어보는 건가요?"
그녀의 말인즉슨 무엇 때문에 자신을 놓아준 후에 그러한 질문을 하는가 하는 것이었다.
구양천상의 대답은 여전히 담담했다.
"강제로 묻고 싶은 생각은 없기 때문이오. 알 수 있다면 언제라도 알게 되겠지. 말하고 싶지 않으면 가도 괜찮소."
'이 사람은…….'
잠시 아무 말도 없이 구양천상을 쳐다보던 녹의미녀는 이윽고 길게 탄식을 하면서 머리를 저었다.

"알 수 없는 사람이군요…… 어쩌면 우리는 사람을 잘못 찾아온 것도 같군요. 나는 태음천(太陰天)의 태음사자(太陰使者) 중의 하나인 매(梅)……."

그녀는 말을 하다가 돌연히 말을 끊고는 옷자락을 펄럭이며 쏜살같이 앞으로 달려나갔다. 그녀의 신법은 매우 빨라서 순식간에 천봉기 대장과 함께 자취를 감추어 버렸다.

마치 일진의 바람이 휩쓸고 지나간 듯하였다.

구양천상은 낭랑한 음성으로 외쳤다.

"왔던 길로 돌아가시오. 만에 하나, 다른 길로 들어선다면 안전을 보장할 수 없소."

대답이 있을 리 없다.

그 자리에 남은 것은 두 구의 시체였다.

구양천상은 자신의 손에 들린 십장생의 그림들을 보지도 않고 갈가리 찢어서 옥룡류의 흐르는 물에다 버렸다. 종이들은 옥룡류의 포말에 휘감겨 순식간에 자취를 감추어 버렸다.

"태음천이라……."

구양천상은 그것을 보고 있으면서 중얼거렸다.

천천히 아침 해가 떠오르고 있었다.

第十二章

강호출사(江湖出師)
―하늘이 무너지는 충격적인 소식은 그처럼
은둔코자 했던 용을 강호로 끌어내게 되고…….

풍운고월
조천하

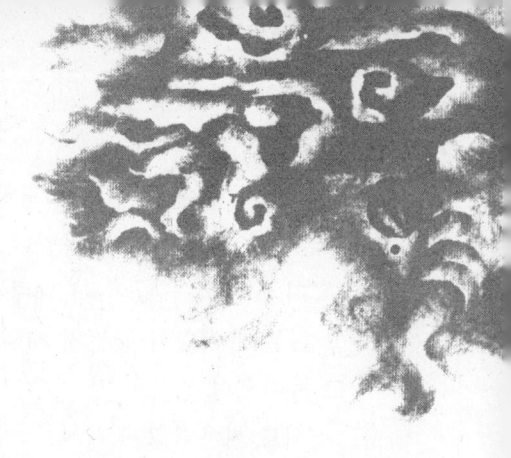

 구양천상이 십장생의 그림을 찢어서 옥룡류의 흐름에 흘려보내고 있을 때, 인기척이 들려오더니 홍의를 입은 소녀 하나가 가쁜 숨을 토해내며 모습을 드러냈다.
 그 뒤를 이어 이내 황의를 입은 소녀가 또 나타났다. 바로 구양천상의 시비인 금아와 운아였다. 그녀들은 숨이 턱에 닿아 내달아 와서 등룡교의 위에 두 구의 시체가 있음을 보고는 놀라 눈이 동그래졌다.
 "대공, 무슨 일이 있었어요? 이들은 누구죠?"
 "어디 다치지 않으셨어요?"
 구양천상은 담담히 고개를 저었다.
 "아무 일도 아니다. 청하지 않은 손님이 너희들보다 먼저 다녀갔을 뿐이다. 밑에 알려 시체를 치우도록 해라. 그보다⋯⋯ 네 기색을 보니 무슨 일이 있는 모양이구나?"
 금아가 빠르게 입을 열었다.
 "지금 난리가 났어요! 대주천수림대진이 지금 막 해제가 되려고 하는데 어디서 왔는지 사방에서 사람들이 몰려와서 안으로 뚫고 들어오려고 서로 막 싸우고 있어요."
 "서로 싸운다고?"
 구양천상은 미미하게 눈썹을 찡그렸다.
 "예! 누가 누군지 모르게 서로들 싸우고 있나 봐요. 아마…… 한두 패가 아니라는 것 같아요……."
 금아가 종알거리고 있는데 운아가 팔꿈치로 그녀의 옆구리를 찌르며 입을 열었다.
 "사도 총관께서 저희들에게 급한 일이 생겼으니 대공께서 좀 내려오셨으면 좋겠다는 말씀을 드리라고 하셨거든요……."
 "나를 말이냐?"
 "예! 아마 누가 찾아오셨다는 것 같아요."
 금아가 냉큼 말을 받았다.
 '누가 나를 찾아왔다고? 도대체 누가…….'
 구양천상은 무엇인가 심상치 않은 느낌이 전신에서 느껴짐을 의식했다.
 "누구라 하더냐?"
 "잘은 모르지만 소림사에서 오신 스님이라는 것 같아요."
 운아의 말에 구양천상은 걸음을 옮겨 밑으로 내려가기 시작했다. 그녀들이 쪼르르 구양천상의 뒤를 따르려 할 때 구양천상은 걸음을 옮겨가면서 말했다.

"너희들은 세심거를 청소하도록 해라. 어쩌면 얼마 동안은 세심거를 찾지 못할는지도 모른다."

"……?"

엉뚱한 말에 금아와 운아는 서로를 마주보았다.

세심거는 구양천상이 그의 거처인 청풍헌보다도 더 많은 시간을 보내는 곳이다. 한데 왜 저런 말을 하는 것인지…….

구양천상의 모습이 오솔길 사이로 사라져 감을 보고 운아가 소리쳤다.

"총관께서는 지금 신기전(神機殿)에 계세요!"

신기전은 구양세가의 전면에 위치해 있는 곳이다.

가주의 거처인 포고금헌의 앞에 있으면서 구양세가의 대소사가 총괄되는 중추적인 곳이 바로 신기전이었다.

금아와 운아의 기색으로 보건대 구양세가는 풍전등화의 환난에 휩쓸린 듯하건만 구양세가의 그곳에는 그저 평온만이 감돌 따름이었다.

그것은 구양세가의 저력이었다.

구양세가의 사람들에게 최대의 장점이 있다면 그것은 어떠한 경우에도 평정을 유지할 수 있는 침착성이라 할 수 있었다.

구양천상이 신기전의 앞에 당도했을 때, 그의 앞으로 한 사람의 삼십대 장년인이 옷자락을 펄럭이며 날아들었다.

세가의 경위대장(警衛大將)으로 있는 팔비운룡(八臂雲龍) 경중추(耿仲秋)였다. 그의 경공암기 실력은 이미 대단한 수준에 이르러 있어 그의 몸놀림은 바람과 같았다.

그가 자신의 앞에서 포권함을 보고 구양천상은 물었다.
"바깥의 정세는 어떠한가?"
"좋지 않지만 그렇다고 본 가를 위협할 정도는 되지 못합니다. 비록 대주천금쇄가 해제되었다고는 하나 진세를 통과할 능력을 지닌 자는 별로 많지 않습니다. 하지만 그 인원이 점점 많아지고 있어 골칫거리가 될 가능성이 있을 것 같습니다."
구양천상은 고개를 끄덕이다가 다시 말했다.
"총관께서는 지금 신기전에 계신가?"
"예, 소림사에서 오신 분과 함께 대공을 기다리고 계십니다. 속히 안으로 드시지요."

신기전은 세 개의 화청(花廳)과 하나의 대청으로 이루어져 있었다. 대청은 일대 가문의 위용을 자랑하듯 거대한 것이 아니라, 오히려 검박하고 고아한 품격을 갖추고 있어 유가의 풍도가 있었다.
총관 사도광은 그 대청의 안에 마련된 자리에서 구양천상을 기다리고 있었다. 한 사람의 승려와 마주하고 있는 그의 표정은 무거워 보였다.
구양천상이 들어서자 사도광이 일어섰고, 그에 따라 그의 맞은편에 있던 승려도 몸을 일으켰다.
사도광이 구양천상을 소개하였다.
승려는 그를 향해 합장하면서 천천히 허리를 굽혔다.
"아미타불…… 빈승은 하남 소림사에서 온 대방입니다."
"대방……."

대방이라면 바로 구양천수가 말했던 소림사 차대 장문인이 아닌가. 구양천상도 이미 오래전에 그에 대한 말을 들은 적이 있었다.

기실 구양세가의 정보망은 그 어떤 방파보다 빠르고 영통하다 할 수 있었다. 그럴 수밖에 없었던 것이 전대 가주인 구양범이 실종되어 생사불명이니, 그를 찾기 위해 지난 이십 년간 발전된 것이 바로 정보망이었던 것이다.

"가주로부터 대사의 말씀을 누누이 듣고 한 번 뵈었으면 하였는데, 이처럼 먼 길을 와주시니 감사합니다. 여로에 어려운 점은 없으셨는지요?"

구양천상의 말에 대방 대사는 합장했다.

"길을 막는 사람들이 있었으나…… 다행히 장문사존의 명을 저버리지 아니하고 무사히 도착할 수가 있었습니다."

"장문사존…… 그렇다면 대사께서 이번에 본 가에 오시게 된 것은……."

"사존의 명을 받들고서 대공께 이 서신을 전하고자……."

대방 대사는 품속에서 유지로 싼 서찰 하나를 꺼내 구양천상에게 내밀었다.

서찰을 받아 드는 구양천상의 안색이 무거워졌다. 상대는 다음 대 소림사의 장문인이다. 당대 소림사 방장이 공연히 그로 하여금 편지 한 장을 가지고 자신을 찾게 할 리가 없는 것이다.

무엇인가 중대한 일이 생긴 것이 틀림없었다.

구양천상은 대방 대사를 쳐다보았다. 그는 목에까지 올라온 구양천수에 대한 안부를 묻지 아니하고 손을 움직여 그 서찰을 뜯었다.
〈태산 구양세가 구양공 천상 근계〉라고 적힌 서찰의 겉봉에는 〈하남 소림파 장문인 만공 합장〉이라고 보낸 사람이 확실하게 명시되어 있었다.
사도광은 서찰을 읽어가고 있는 구양천상의 안색이 점점 무거워져 감을 보았다.
구양천상의 수양은 구양세가 내에 있는 어린아이라 할지라도 모르는 자가 없다. 누구도 그가 화를 내는 것을 본 적이 없으며, 얼굴빛을 달리하는 것을 본 적이 없을 정도인 것이다.
한데, 그러한 그가 한 통의 서신을 읽으면서 얼굴빛이 납덩이같이 변해가고 있었다.
구양천상은 소림 만공 대사가 보낸 서신을 다 읽고 나서 그것을 서서히 탁자 위에 내려놓고 대방 대사를 보았다.
"여기에 적혀 있는 것이 모두 사실입니까?"
"아미타불…… 그렇습니다."
구양천상은 입을 다물었다.
숨이 막힐 듯한 공기가 대청 안을 감돌았다. 아니, 짓눌렀다.
신중하기 이를 데 없는 총관 사도광도 더 이상 입을 다물고 있을 수만은 없었다. 그는 지난 십여 일 동안 불안감을 떨쳐 버리지 못하고 있었던 것이다.
결국 그는 입을 열고 말았다.
"대공, 무슨 일입니까?"
구양천상은 눈을 감은 채 아무 말도 없이 자신이 보았던 서신을 사도광에게 밀었다.

그것을 읽어본 사도광의 안색은 단숨에 흙빛이 되고 말았다.
"말…… 말도 안 되는…… 어떻게 또 이런 일이……!"
그는 세차게 머리를 흔들더니 대방 대사를 쏘아보았다.
떨리는 음성이 그의 입에서 새어 나왔다.
"저, 정말이오? 정말입니까? 본 가의 새 가주가 실종되었다는 것이? 정말 본 가의 가주가 실종되었다는 말씀이오?"
그가 받은 타격은 실로 지대하였다.
충격이 크지 않았다면 신중한 성품의 그가 이처럼 같은 의미의 말을 되풀이하지는 않았으리라.
구양천수가 실종되다니!
대방 대사는 무거운 표정으로 합장을 했다.
"빈승이 아는 바로는 그러합니다. 뭐라고 말씀을 드려야 할는지……."
그의 음성은 무겁다.
아무 말도 없이 눈을 감고 있던 구양천상이 눈을 떴다. 항상 맑고 고요히 가라앉아 있던 그의 눈에도 떨림이 일고 있었다.
"대사께서는 본 가의 가주를 마지막으로 본 것이 언제였습니까?"
그의 물음에 대방 대사는 무거운 입을 열었다.
"그분이 호가오영과 함께 떠나던 바로 그날 밤이었습니다. 그러니까, 정확히 십이 일 전입니다. 원래는 빈승 또한 그분과 함께 동행을 하려고 했었는데 가주께서 스스로의 힘으로 충분하다 하면서……."

태산 소요곡을 떠난 구양천수의 활약은 눈부신 바 있었다.

그는 모습을 드러내지 않은 채 소림 만공 대사와 함께 강호를 잠식하고 있는 적의 세력을 막기 위해 활동했다.

그의 이름이 정식으로 강호상에 알려진 것은 바로 만공 대사와 무당 장문 구양자, 화산 장문 육청풍 등이 공동으로 소집한 강호수뇌회의에서였다.

천하의 영웅이 다 모인 무림대회라 할 수는 없었지만, 그 회의는 최소한의 인원으로써 최대한의 역량을 발휘할 수 있는, 다시 말해서 비밀이 보장될 수 있는 그러한 사람들만이 모인 정예대회라 할 수 있는 것이었다.

하지만 거기에도 이미 적의 마수는 뻗쳐 있었다.

강호수뇌회의는 비밀리에 소집이 되었지만 그 개최는 이미 강호상에 소문이 나서 대회는 채 열리기도 전에 유산이 되고 말 위기에 몰리고 있었다.

그것을 나서서 해결한 것이 바로 구양천수였다.

그의 패기는 망설이는 사람들에게 용기를 주었고 그의 뛰어남은 군웅들에게 희망을 주었다.

그렇게 하여 무림을 좀먹는 암중 세력이 있음이 만천하에 공개되었으며, 그를 상대하기 위한 연맹이 결성되었다.

하지만 그것은 전체 무림대회가 있을 때까지를 위한 임시방편이었으며, 실제적으로 전 무림이 하나가 된 것은 아니었다.

아직까지도 천도문이나, 태음천과 같은 암중 세력에 대해 아는 사람은 한정되어 있었다.

그 이유는 돌발적인 강호의 혼란을 막기 위해서 일단은 그 일을 강호 각파의 수뇌들만이 알고 있도록 하고, 각파의 인물들에 대해서는 수뇌들이 책임을 지도록 했기 때문이다.

그러나 상호 협조를 위한 연맹이 만들어질 수 있었음은 순전히 구양천수의 공이었으며, 무명이었던 구양천수의 존재는 일약 강호상에 그 이름을 드러내게 되었다.

그로부터 구양천수가 보인 능력은 얼마 가지 않는 사이에 신산룡이라는 별호를 그에게 선사할 만큼 뛰어난 것이었다.

구양천수는 단 한 순간도 쉬지 않고 강호를 뛰어다녔다.

유명무실하였던 연맹은 그로 인해 서서히 기틀을 갖추어가기 시작했다.

하지만 적은 어두운 곳에 숨어 있고 정의는 아직까지는 허약한 모습으로 적의 이목하에 노출이 되어 있었다.

연맹의 설립은 그가 구양세가를 떠난 지 이십칠 일째에 되었으며, 그 이후 그는 한순간도 마음을 놓을 수 없는 생사의 고비를 연달아 넘어야 했다.

연맹의 고수들은 곳곳에서 피살되고 실종되었다.

삼십칠 일째가 되던 날, 구양천수는 은밀히 만공 대사를 찾았다.

그리고 그는 말했다.

"우리는 노출이 되어 있고, 적은 어두운 곳에 숨어 모습을 드러내지 않습니다. 이대로는 절대로 적을 당할 수가 없습니다."

"구양 가주께서는 자신이 적의 종적을 발견하였으며, 거대한 음모에 접근하고 있다 하였습니다. 만일 그 음모를 캐낼 수 있다면…… 꼬리를 드러내지 않고 적의 정체를 백일하에 노출시킬 수 있음은 물론, 결정적인 우위를 잡을 수 있을 거라고 하였습니다."

 대방 대사는 만공 대사가 보낸 서신을 보충하여 당시의 상황을 설명하고 있었다.

 "그렇게 하여 가주께서 그 음모를 캐내기 위해서 홀로 길을 떠나셨단 말씀이오?"

 사도광이 무겁게 물었다.

 "아미타불…… 빈승이 동행을 하고자 하였으나, 가주께서는 호가오영과 같이 가니 필요없다 하시었었지요. 그렇게 하여 구양 가주께서는 극비리에 떠나게 되었는데, 떠나시기 전에 한 통의 서신을 남기면서 만에 하나라도 자신이 돌아오지 못하는 일이 일어난다면 그 서신을 구양 대공께 보내라고……."

 구양천상의 눈에 의혹이 떠올랐다.

 "대사께서 가지고 온 서신은 만공 대사의 친필 서한이었지, 본가의 가주가 쓴 것은 아니었는데……."

 대방 대사의 얼굴이 침통해졌다.

 "죄송천만하게도 그 서신을 분실하고 말았습니다."

 "분실이라니!"

 사도광이 눈을 부릅떴다.

 "아니, 간수를 어떻게 하였기에 잃어버렸단 말이오? 그런데 저 편지는 어떻게 도착하였단 말씀이오?"

 대방 대사는 장탄식을 하였다.

 "할 말이 없습니다. 연맹 내에 남아 있던 고수 중에 적의 첩자가 있어……."

구양천상은 나직이 탄식했다.

"말씀을 계속해 보시지요."

대방 대사는 불호를 외더니 다시 말을 시작했다.

"구양 가주의 어조는 워낙 비장하여 그 일이 위험함은 누구라도 느낄 수 있었습니다. 빈승과 사존께서는 행동의 재고를 요청하였으나, 구양 가주의 말씀은 그 일에는 강호의 안녕이 걸려 있을 뿐만 아니라…… 실종된 구양세가의 전대 가주이신 구양범과 구양 가주의 행방에 대한 단서까지 포함되어 있다 하시면서……."

"아버님의?"

구양천상의 침중한 기운이 떠돌던 검미가 꿈틀했다.

아버지의 행방이 걸린 일이라면 구양천수뿐 아니라, 자신이라도 물불을 가릴 수가 없었으리라.

"그렇습니다. 사존께서는 구양 가주의 부친에 대한 일이 걸려 있기 때문에 더 이상 그분을 막을 수 없음을 아시고서 그 음모에 대해 물었으나, 구양 가주께서는 그 사안에 걸린 일의 범위가 너무도 커서 확실히 알기 전까지는 절대로 말을 하여 혼란을 초래할 수가 없다 하였습니다. 하지만 자신이 돌아오지 못하는 일이 생긴다면 자신의 형이신 구양 대공께서 그 일을 해결할 수 있을 것이라 하시면서…… 자신이 알고 있는 일은 바로 그 서신 안에 들어 있다 하셨습니다……."

대방 대사는 고뇌에 찬 얼굴로 말을 계속하고 있었다.

"구양 가주께서는 자신이 떠난 후, 열흘이 넘도록 소식이 없으면 자신의 일을 구양 대공께 알리라 하셨는데 팔 일째가 되도록 소식이 없어…… 그래서 그 서신을 찾아보았더니 이미 서신은 감쪽같이 도난을 당한 후였습니다."

"그게 누구의 짓인지도 모른단 말이오?"

사도광의 음성은 불만에 가득 차 있었다.

평소라면 있을 수 없는 일이지만 대방 대사는 뭐라 할 처지가 아니었다.

"암중으로 백방 노력하여 본 결과, 연맹 내에 남아 있던 고수 중의 하나인 관중대협(關中大俠) 유청(柳靑)에게 혐의가 집중되었는데, 그 직후 그는 숭산 기슭에서 피살체로 발견이 되었습니다."

"단서조차 없군!"

사도광은 내뱉듯이 말하며 이마를 긁었다.

"백방으로 수소문을 하는 사이에 이미 열흘이 지나가서 사존께서는 일단 빈승을 구양 대공께 파견하신 겁니다…… 뭐라 죄송한 말씀을 드려야 할는지……."

구양천상은 천천히 고개를 젓다가 사도광을 돌아보았다.

"연락이 끊어졌습니까?"

사도광은 일그러진 얼굴로 고개를 끄덕였다.

"약속하신 날짜로부터 연락이 끊어진 지 이미 보름이 넘었습니다. 그렇지 않아도 괴이하여 불안하기 짝이 없었는데……."

구양세가에는 특수한 연락 방법이 있다.

그중에는 일반적으로 이용되는 전서구(傳書鳩)를 통하는 방법이 있지만 그 연락 방법들은 대주천수림대진을 넘어 통용이 될 수 있었다. 그럼에도 불구하고 아무런 연락이 없었다면…… 끊어졌다면 구양천수의 실종은 이미 기정사실이었다.
 구양천상은 눈을 감았다.
 아무리 자제를 하려 하나 격한 아픔이 무딘 비수처럼 가슴을 저며들었다.
 활달히 웃는 그의 모습이 눈앞에 아른거렸다.
 '너마저 실종이라니…….'
 구양천상은 지그시 이를 악물었다.
 동생이 그처럼 원했었건만 동행을 거부한 것이 갑자기 후회가 되었다. 번잡함이 싫다 하나 어찌 그 일이 동생을 잃는 것보다 큰 일이랴.
 '알 수 없는 일이다…….'
 잠시 시간이 흐른 후에 구양천상은 내심 중얼거렸다.
 구양천수의 뒤에는 소요신옹 구양운유가 있었다. 그리고 그의 조련을 받은 호가오영이 있었다.
 그럼 그들 전체가 구양천수와 함께 사라져 버렸단 말인가?
 그는 소요신옹이 있는 한은 아무리 어려운 지경에 이르더라도 구양천수가 최소한 스스로를 보호할 수 있을 것임을 믿었었다.
 그런데도 구양천수가 실종되었다면 결론은 두 가지이다.
 하나는 소요신옹이 구양천수와 떨어져서 미처 그를 보호하지 못했음이고, 다른 하나는 소요신옹이 그를 보호했음에도 불구하고 능력이 미치지 못할 정도로 적의 힘이 가공하다는 것이었다.
 그 어떤 것이든지 결론은 하나다.
 그의 동생 구양천수는 그 아버지 구양범처럼 실종되어 버린 것이다.

수많은 생각들이 섬광과 같이 명멸하여 구양천상의 뇌리를 스쳐 갔다. 동생 천수가 자신이 그린 〈풍운고월도〉의 여백에 한 줄의 글을 첨가하던 것이 떠올랐다. 운명은 이미 그때부터 예정되어 있었던 것인지도 몰랐다.

구양천상이 눈을 뜨고 입을 연 것은 한참 만이었다.

"지금 만공 대사께서는 어디에 계십니까?"

"빈승이 떠나올 때는 숭산 태실에 위치한 연맹에 계셨습니다. 혹여 일이 계시다면 숭산 소실 본원에 계시겠지요."

구양천상은 고개를 끄덕였다.

"가서 전해주십시오. 근일 내에 구양천상이 직접 가 뵙겠다고 하더라고……."

"구양 대공께서 직접 말입니까?"

"그렇습니다."

구양천상은 몸을 일으켰다.

사도광과 대방 대사도 따라서 일어났다.

구양천상이 포권하였다.

"그때 다시 뵙도록하겠습니다. 사도 총관께서는 손님을 대접하여 쉬실 수 있도록 하십시오."

막 몸을 돌리던 구양천상은 다시 말했다.

"그리고 부탁하신 일은 이미 단서를 잡았으니, 자세한 것은 가서 말씀드리겠다고 하더라는 말도 같이 전해주셨으면 합니다. 그럼."

구양천상은 몸을 돌려 신기전을 떠나기 시작했다.

그는 시종 흐트러진 모습을 보이지 아니하였다. 그러나 사도광은 그가 마지막 말을 할 때 그 음성이 은은히 떨림을 알았다.
 구양천상은 수양의 힘으로 자신을 억누르고 있는 것이다.
 사도광은 알고 있었다.
 구양천상과 구양천수 사이의 우애가 얼마나 깊었는가를……
 그의 멀어져 가는 뒷모습을 총관 사도광은 바라보고 있었다.
 '마침내 강호에 나갈 결심을 하셨단 말인가?'

第十三章

연화미인(蓮花美人)
―미인도에 숨은 뜻은 하늘에 사무치나
구양천상은 그것을 간과(看過)하고…….

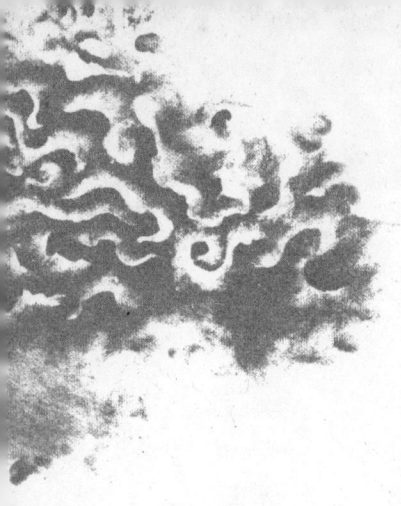

풍운고월
조천하

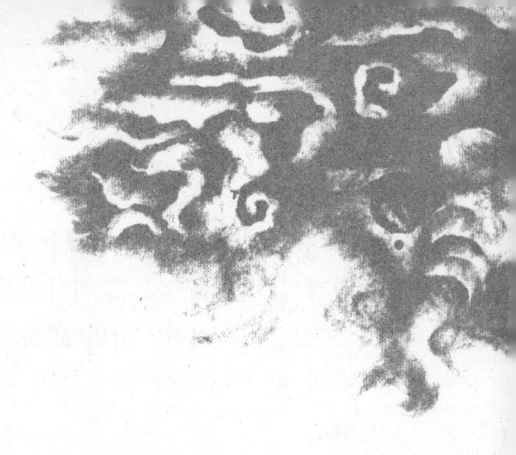

　오대(五代)에서 북송에 이르는 각조(各朝)의 도읍이었던 개봉성은 하남성의 수도이자 중국 육대고도(六大古都) 중의 하나이다. 따로이 변경(汴京)이라고도 불리는 개봉성은 문물이 번성하며, 이곳에서 나는 명주는 변주(汴綢)라 하여 천하 으뜸이다.

　남삼문(南三門) 중의 가운데 문인 건원문(乾元門)을 따라 안으로 들어가면 길게 뻗은 대로(大路)가 개봉의 힘을 상징하듯 보인다.
　개봉제일루(開封第一樓)라 불리는 취선거(醉仙居)는 그 대로의 끝변에 위치해 있었다.
　삼층 누각이 언제나 만원인 취선거에는 오늘도 취객호한들의 질탕한 웃음소리와 술잔 부딪는 소리가 끊이지 않았다.

그중 이층은 거의 빈자리가 없을 정도로 가득 메워져 있는데, 그 가운데 널찍한 자리에는 칠팔 명의 표사(鏢師)가 한데 어울려 뭔가 심각한 표정으로 이야기를 나누고 있었다.

"정말이라니까? 이번 표행(鏢行) 길에 보니까, 숭산 일대와 낙양변에 소림사의 고수들과 연맹의 고수들이 쫙 깔려 있더라고……"

조금 마른 듯한 표사 하나가 손짓을 하며 언성을 높였다.

그의 맞은편에 있던 눈빛이 날카로워 보이는 표사가 고개를 갸웃거렸다.

"나도 얼핏 소문을 듣기는 했지만…… 정말 괴이하군! 도대체 구양세가에 무슨 사정이 있기에 부자 이 대가 강호상에 나오기만 하면 실종이 된단 말이지?"

"듣자니 신산룡 구양천수는 지난날 그의 아버지보다 더 능력이 대단하여 이 몇 달 사이에 강호상의 기둥이 되고도 남음이 있다고 하던데 그처럼 혜성과 같이 나타났던 그가 감쪽같이 실종이 되었다니 믿기지를 않는군……"

안주를 집어먹고 있던 표사 하나가 눈빛이 날카로워 보이는 표사에게 눈길을 던졌다.

"과연 누가 그를 납치했을까?"

"납치라니? 누가 그런 말을 해?"

눈빛이 날카로운 표사가 그를 보자 그 표사는 혀를 찼다.

"지다성(知多星)도 다됐군! 아니, 그처럼 출중한 능력을 지닌 사람이 공연히 실종된단 말인가? 필시 누군가가 그를 납치한 것이지! 내 생각엔 요즘 강호상에 은밀히 준동하고 있다는 그 신비 세력……."
 그는 눈빛이 날카로운 표사가 손짓을 하며 고개를 흔드는 것을 보고 입을 다물었다.
 그의 눈길을 따라가 보니 그들의 뒤에 있는 자리, 창가에 면한 자리에 혼자 앉아 있던 백의유삼을 걸친 서생 하나가 천천히 몸을 일으켜 그들을 향해 돌아서고 있었다.
 맑은 기품을 지닌 백의서생은 그들을 한 번 쓸어보고는 조용한 걸음으로 그들 옆을 지나 계단을 내려갔다.
 그의 모습이 사라지자 방금 목구멍까지 올라왔던 말을 삼켰던 표사가 눈빛이 날카로운 표사를 쳐다보았다.
 "뭣 땜에 그래? 일개 서생인데……."
 지다성이라는 표사는 고개를 흔들었다.
 "내가 보기에는 그런 것 같지 않던데…… 그에게는 어떤 기품이 있는 것 같았거든. 하여간 전노삼(錢老三) 자네는 함부로 입을 놀리지 않는 것이 좋아. 강호상에서 보신(保身)하는 길은 그것이 최고니까……."
 "원 소심하기는, 쯧쯧……!"
 전노삼이라는 표사는 고개를 흔들며 술잔에다 술을 콸콸 따랐다. 주향이 군침을 돌게 했다.
 하지만 막 술잔을 쳐들어 들이켜려던 그는 창문 아래로 뻗어 있는 대로상을 천천히 걸어가고 있는 백의서생을 발견하고는 공연히 술맛이 사라졌다. 왜일까?
 '빌어먹을, 나도 소심해졌나?'
 그가 엉거주춤 눈알을 굴리고 있는 사이에 백의서생의 모습은 인파에 묻혀 더 이상 보이지 않게 되었다.

*　　　*　　　*

 개봉성 북사문 중 가운데 있는 통천문(通天門)을 나서면 성 주위를 꿈틀거리며 도도히 흘러가고 있는 황하를 볼 수 있게 된다.
 누런 흙탕물이 도도한 황하는 여름철이라 물이 불어 더욱 굼실대고 있는 듯 보였다. 상류로부터 황토흙을 하류로 싣고 내려오는 황하는 그로 인해 물빛이 탁하지만, 그 흙으로 인해 하류의 농토는 기름질 수 있기도 했다.
 하지만 일이란 것이 일장(一長)이 있으면 일단(一短)이 있기 마련이라, 하류에 퇴적되는 황토로 인해 황하 연변에는 매년 홍수가 끊인 적이 없고 연례 행사로 수재(水災)가 발생하였다. 그러하기에 세상 사람들이 말하는 황하란 수천 년 이래로 황토흙의 퇴적에 따라 그 물길이 계속해서 바뀌고 있었다.

 개봉성을 벗어난 예의 백의서생은 그 하변을 따라서 걸음을 옮겨 한 채의 자그마한 장원에 도달했다.
 장원은 야산 하나를 둘러싸고 있었으며, 황하를 굽어보며 개봉성을 등지고 있어 경치가 범상하지 않았다. 높은 대문에는 풍류제일장(風流第一莊)이라는 현판이 용비봉서(龍飛鳳舒)의 필체를 자랑하며 걸려 있어 기이하였다.
 백의서생의 눈에 미미한 웃음기가 보였다.
 "문 앞에까지 이 이름을 내건 것을 보니, 조금도 변하지 않은 모양이군…….”
 그는 계단에 올라 문고리를 몇 번 울렸다.
 당당…….
 문 소리의 여운이 사라지기도 전에 옆문이 열리더니 십사오 세 가량의 소동이 얼굴을 빠끔히 내밀었다.
 "누구를 찾아오신 어른이신지요?"
 "장주를 찾아 태산 소요곡에서 온 사람이다. 안에 계시느냐?"
 백의서생의 말에 소동은 눈알을 굴리더니 머리를 저었다.
 "지금…… 계시지 않는데요…….”
 "오늘 돌아오시느냐?"
 "글쎄요…….”
 소동이 말끝을 흐리는 것을 보고 백의서생은 혀를 찼다.
 "또 사방을 쏘다니는 모양이군……. 언제쯤 돌아올지, 아니, 그보다 지금 어디에 있는지 혹 알고 있느냐?"
 소동은 백의서생을 올려다보았다.
 "왜 그러시는지요? 장주님을 잘 아십니까?"
 백의서생이 뭐라고 말을 하려는데 소동의 뒤에서 영롱한 여인의 음성이 들려왔다.
 "웅아(熊兒), 지금 누구와 이야기를 하고 있는 것이지?"
 "어떤 선비께서 장주님을 찾아오셨어요…….”
 소동의 얼굴이 문안으로 사라졌다.
 "장주를 찾아오신 손님이 계시면 안으로 모실 것이지, 어찌 그처럼 무례히 대접한단 말이냐? 썩 문을 열지 못하겠느냐?"
 영롱한 음성이 나직이 꾸짖는 소리가 들리며 문이 열렸다.

소동이 머리를 긁적이며 나타나 허리를 구부렸다.
"안으로 드시지요."
안으로 들어서니 문안은 하나의 거대한 화원과 같았다. 사방이 화초에다 수목으로 우거져 있으며, 화향이 심신을 취하게 했고 그 가운데 안으로 뻗어간 대리석을 깐 길 위에는 백색 나의에 엷은 홍색 배자를 걸쳐 입은 이십여 세의 미인이 시녀 둘의 부축을 받으며 서 있었다.
백의서생을 본 미인의 눈이 동그래졌다.
"아니…… 구양 공자……!"
백의서생은 빙그레 미소를 머금었다.
"오랜만입니다. 그간 무양하시지요?"
움직임은 조용하고 음성 하나에도 기품이 있다. 이러한 것은 어느 누구도 쉽게 흉내낼 수 있는 것이 아니다.
그는 과연 태산 소요곡을 떠나 강호로 나온 구양천상이었다.
미인은 구양천상을 보고 의심스럽다는 듯이 말했다.
"제가 듣기로는 구양 공자께서는 근년에 들어 태산을 한 걸음도 벗어나지 않으신다고 하던데 어떻게 여기에……."
"조금 일이 있었습니다……."
미인의 아미에 그늘이 서렸다.
"그럼 강호상에 떠도는 그 소문이……."
"사실입니다. 그 일이 아니라면 무엇이 나로 하여금 강호로 나오게 할 수 있었겠습니까?"
구양천상은 말을 하다가 미인을 건너보았다.
"이 일이 알려진 것은 그리 오래된 것이 아닌데, 집 안에 계시면서도 세상 돌아가는 것을 밝게 알고 계시는군요."
 미인은 가볍게 머리를 저었다. 구름 같은 머릿결이 출렁였다. 패옥 소리가 맑게 귓전을 울렸다.
 그녀의 얼굴에는 수심이 그득했다.
 "집 안에 있는 아녀자가 알면 얼마나 알겠어요? 그분이 강호에 나가 돌아오시지 아니하니 그로 인해 강호의 소식에 귀를 기울이지 않을 수 없어 본의 아니게……."
 그녀는 말끝을 흐렸다.
 구양천상은 암중에 혀를 찼다.
 '멍청한 친구 같으니, 이런 여인을 두고 무엇 때문에 그처럼 싸돌아다닌단 말인가?'
 그는 망설였으나, 여기까지 온 이상 묻지 않을 수 없었다.
 "양 형이 지금 어디쯤 있는지 혹 들으신 풍문이라도 있으십니까?"
 미인은 잠시 생각을 하는 눈치이더니 말했다.
 "달포 전에 낙양 방면에서 그분의 행적을 보았다는 사람이 있었는데, 사람을 보내보았지만 찾을 수는 없었지요. 워낙 한곳에 머물기를 싫어하는 분이라서……."
 구양천상은 고개를 끄덕이고 그 집을 물러나올 수밖에 없었다.
 풍류제일장의 주인 양운비(楊雲飛)는 세간에 그 이름이 별로 알려지지 않은 젊은 기인(奇人)이라 할 수 있다. 그의 외호가 풍류공자(風流公子)임은 그의 성격을 짐작케 하고도 남음이 있을 것이었다.
 선대로부터 물려받은 누만금(累萬金)의 재물에다 용모는 반안이요, 재주는 삼국의 조식(曹植)을 능가하는 그였다. 풍류를 목숨과 같이 여겨 천하를 내 집과 같이 종횡하니, 세상의 여인 중 그를 사모하지 않는 이가 없었다.

그렇게 거칠 것 없이 살아가는 양운비가 세상에서 두려워하는 사람이 오직 하나 있으니, 바로 그의 정혼자이며 그의 집을 지키고 있는 여인인 섭소접(聶小蝶)이었다.

양가 부모가 생전에 모든 절차를 갖추어놓은 섭소접인지라 어찌할 수가 없는데다가 섭소접 본인이 보통 여인이 아니라서 함부로 대할 수 없음이 양운비로서는 그야말로 심복대환(心服大患)이었다.

한곳에 눌러 있지를 못하고 풍류를 목숨처럼 사랑하는 그인지라 섭소접에게 붙들려 집에 박히게 되는 날은 한마디로 그의 제삿날인 셈이었다.

구양천상이 양운비를 알게 된 것은 이미 삼 년이 넘었다.

그가 은밀히 태산을 떠나서 소림사를 찾기 전에 양운비를 먼저 찾은 것에는 다 까닭이 있지만, 양운비가 수년이 지난 오늘날까지도 저 현숙한 여인을 혼자 버려두고 도망 다님은 의외라 할 수 있었다.

꾸물거리던 날씨는 구양천상이 개봉을 떠나 관도로 접어든 지 얼마 되지 않아서 해가 사라지고 세찬 바람과 함께 비가 흩뿌리기 시작하였다.

주위는 금세 먹장처럼 어두워졌고 관도에는 오가는 사람마저 보이지 않았다. 비는 금세 그칠 것 같지 않았다. 이대로 해가 떨어지면 그야말로 풍찬노숙을 하지 않을 수 없는 처지였다.
 개봉성으로 돌아가는 것은 할 일이 아니었다. 그의 동생 구양천수는 아버지에 이어 실종이 되어 생사를 알 수 없는 것이다.
 '너에게 가업을 맡기고 안정이 되는 대로 아버님을 찾는 일에 전력을 다하려고 하였더니, 너마저 실종이라니…… 호가오영이 너를 수행하였음에도 종적조차 발견되지 않았다 함은 실로 믿기지 않는 일이다…….'
 구양천상은 태산을 떠나온 지난 사흘 이래 계속 생각해 오던 일을 떠올리고는 나직이 탄식하며 빗속에서 경공을 전개했다.
 옷자락이 비바람 속에서 펄럭이는 가운데 그의 신형이 쏜살같이 관도를 가로지르기 시작하였다.
 빗줄기는 점점 굵어지고 천둥마저 겁을 주듯 우르릉거리며 대지를 을러대었다.
 구양천상은 이미 흙탕이 된 관도를 포기하고 숲을 가로지르고 있었다. 일반적으로 관도변에서 비를 피하기는 어렵지만 숲에는 그럴 만한 곳이 많기 때문이다.
 그의 예상은 틀리지 않아 번갯불이 번쩍일 때 그의 눈에는 저 멀리 숲 사이로 하나의 건물이 서 있음을 발견할 수 있었다. 가까이 가보니 그 건물은 하나의 암자였다.
 깊은 숲에 자리한 암자는 주위에 숲과 돌로 쌓아 올린 담장이 높고 안에서는 희미한 불빛이 흘러나오고 있었다.
 담장에는 문의 형태를 갖춘 것이 달려 있으나 반쯤 열려 있고 비바람에 못 이겨 계속하여 삐걱거리고 있어 매우 듣기에 괴이했다.

어디선가 우우, 하는 늑대의 울음소리가 빗소리를 뚫고서 들려와 등골에 소름이 돋게 했다. 기분 좋은 분위기는 분명코 아니다. 하지만 지금 그런 것을 가릴 계제가 아니었다.

구양천상은 삐걱거리는 문을 두드리며 소리쳤지만 안에서 대답하는 사람은 아무도 없었다.

분명히 희미하게나마 불빛이 흘러나오고 있었음에도 불구하고…….

암자는 크지 않았다.

불당 하나와 선방, 그리고 조금 떨어져 헛간 같은 것이 있고 구조로 보아 선방 뒤에는 부엌이 있을 듯하였다. 불빛이 흘러나오고 있는 곳은 선방인 듯 보이는 곳이었다.

구양천상의 미간이 찡그려졌다.

무엇인가 심상치 않은 공기가 암자로부터 느껴지고 있었다.

그는 더 이상 망설이지 않고 불이 밝혀져 있는 선방으로 다가가 문을 두드렸다.

여전히 대답은 없고 문은 잠기지 않았던 듯, 그가 두드리자 그 서슬에 저절로 열렸다.

안은 간단했다. 탁자 하나에 의자가 하나, 짐인 듯 보이는 궤짝이 하나 구석에 있고 휘장과 같은 것이 맞은편 벽에 늘어져 있을 뿐이다.

불은 그 탁자 위에 희미하게 밝혀져 있는데 사람은 어디에도 보이지 않았다.

비가 이처럼 쏟아지고 있는데 사람이 어디로 갔다는 것도 이상했다. 선방과 마주하고 있는 불당을 보았지만 거기에 사람이 있는 것 같지는 않았다.
 잠시 생각을 굴리고 있던 구양천상은 공력을 끌어올렸다.
 순간적으로 그의 얼굴이 붉어지는 듯하더니 그의 몸에서는 김이 무럭무럭 피어오르며 젖었던 그의 옷은 삽시간에 말라 버렸다.
 내력을 아는 무림고수들이 보았다면 탄복할 내공이었다.
 구양천상은 안으로 들어섰다.
 관솔불이 밝혀져 있는 탁자 위에는 반쯤 먹다 만 밥그릇이 엎어져 있고 반찬 두어 종지가 보였다.
 '조금 전까지도 사람이 밥을 먹고 있었던 것 같은데…… 이 빗속에 먹던 밥을 팽개치고 어디로 갔단 말일까?'
 구양천상은 휘장처럼 벽에 늘어져 있는 검은 천을 보았다. 그것은 얼핏 보면 창문을 가린 것처럼 보이지만 구양천상은 한눈에 그것이 창문을 가리고 있는 것이 아님을 알아볼 수 있었다.
 잠시 망설이던 구양천상은 큰 걸음으로 다가가서 휘장을 젖혔다. 평소 그의 성품으로 본다면 주인도 없는 곳에 와서 남의 물건을 함부로 만지지 않을 것이지만 여기에 감도는 분위기는 무슨 일인가가 일어났음을 의미하는 듯하였던 것이다.
 '이건……!'
 구양천상의 손이 일순간 굳어졌다.
 젖혀진 검은 천 안에는 한 폭의 그림이 걸려 있는데, 그것은 진정 보기 힘든 일대의 미인도(美人圖)였던 것이다.
 연꽃이 가득 피어 있는 연못 가운데에 서 있는 정자 난간에 비스듬히 기대서 있는 운의예상(雲衣霓裳)의 미녀, 늘어진 머릿결과

아름다운 눈에 웃는 듯 마는 듯 미소가 흐르는 입술을 삐죽이며 무엇인가 말을 하고 있는 듯한 미녀의 자태(姿態)는 가히 경국(傾國)의 것이었다.

〈하늘이 번갯불[雷電]에 찢기고, 땅이 지진(地震)에 갈라질지라도, 나의 혼(魂)이 구천을 넘나들지언정, 그녀를 향한 이내 마음 영원할지라……〉

미인도의 오른쪽에 세필(細筆)로 흘려 써진 절구(絶句)는 가히 절절한 마음이 담긴 애가(哀歌)라 할 수 있었다.

그림은 그린 것이 이미 오랜 세월이 지난 듯 빛이 조금 바래 있었고, 서명을 한 곳은 기이하게 매우 흐려 잘 알아볼 수가 없었다.

구양천상이 그 서명을 들여다보려는 순간, 그는 방 안에 찬 공기가 밀려들어 옴을 깨달았다.

그것은 문이 열렸음을 의미하고, 그것을 증명이라도 하듯이 세찬 바람 한줄기가 구양천상의 등줄기를 엄습하였다.

그의 옷자락이 펄럭이는 순간에 세상에 유명한 구양세가의 천기미리보(天機迷離步)가 발휘되며 구양천상은 암습을 피해내면서 등 뒤에 나타난 사람을 볼 수가 있었다.

나타난 사람은 백발이 성성하고 허름한 옷을 걸치고 있는데 전신은 빗물과 핏물로 범벅이 되어 있고 부릅뜬 두 눈에서는 무서운 광채가 쏟아지고 있었다.

그가 문을 열어놓아 방 안으로는 세찬 비바람이 몰아쳐 들어와 그의 소매 한쪽을 마구 펄럭였다.

팔이 하나 없는 듯했다.

백발노인은 왼손을 쳐내어 구양천상의 등을 공격하였었는데 그가 순간적으로 자신의 공격을 피해냄을 보고 의외인 듯 눈에 놀람의 빛이 스치더니 냉소를 터뜨리면서 쳐나가던 손을 거두어 들였다가 거의 한순간에 구양천상의 전신을 향해 삼 초 구 식 십 이 장을 공격했다.

이번에는 구양천상의 눈에 놀람의 빛이 드러났다.

외팔이인 듯하지만 상대의 신수는 비범하기 이를 데 없어 보통의 고수가 아니었다.

"멈추시오!"

그는 소리치며 천기미리보를 운용하여 상대 백발노인의 공세를 피하고자 하였으나 좁은 방 안에다가 상대의 공세가 너무도 맹렬하여 완전히 피해낼 수가 없었다. 더구나 상대는 그의 외침을 들은 척도 하지 않았다.

구양천상은 나직이 외치며 일장을 밀어내어 상대의 마지막 연환장세(連環掌勢)를 받아냈다.

펑!

한소리 굉음과 함께 구양천상은 움찔하여 한 걸음 물러났다.

하지만 백팔노인은 두 눈만을 부릅뜬 채 끄떡도 하지 않았다. 그는 잡아먹을 듯 구양천상을 쏘아보다가 사납게 입매를 일그러뜨렸다.

"너와 같은 기품을 가지고서…… 적당의 주구(走狗)가 되다니……!"

말과 동시에 그의 얼굴이 창백하게 변하더니 그의 입에서는 덩

어리 선지피가 쏟아져 나왔다.
 구양천상은 의도에 일가견이 있는 터라 그가 이미 내상을 입고 있었으며, 그것이 자신의 일장에 의해 충격을 받아 터진 일임을 알아볼 수 있었다.
 하지만 백발의 노인은 강건하기 이를 데 없어 그럼에도 불구하고 조금도 흔들림을 보이지 않았다.
 바로 그 순간, 좀 더 정확히 말해서 백발의 노인이 피를 쏟아내는 순간에 그의 등 뒤 어둠 속에서는 음산한 웃음소리가 들릴 듯 말 듯 들려왔다.
 "위험합니다!"
 구양천상이 그 웃음소리와 동시에 몸을 날렸다.
 그러나 그가 몸을 날리는 순간에 나직한 신음과 함께 백발노인의 태산과 같던 신형이 부르르 흔들리더니 앞으로 한 걸음 나서며 그 자리에 무릎을 꿇었다. 그의 가슴팍에 반짝이는 물체가 튀어나오면서 피가 솟아났다.
 무릎을 꿇은 백발의 노인의 등 뒤에는 단검 하나가 자루만 남고 깊숙이 박혀 있었다.
 단검이 그의 등을 꿰뚫고 가슴까지 비어져 나온 것이다.
 구양천상은 번개처럼 그의 뒤를 막아서며 비바람이 몰아치는 바깥의 어둠을 살폈다.
 쏟아지는 빗속에 맞은편에 보이는 불당의 섬돌 위에 일신에 검은 야행의를 걸친 사람 하나가 우뚝 서 있는 것이 보였다.
 야행의의 복면인은 유령이 흐느적거리듯 옷자락을 비바람에 펄럭이며 서 있었다.

쏴아—

빗줄기는 점점 더 굵어지는 것 같았고 바람마저 더 강해지고 있는 듯했다. 빗소리가 모든 소리를 덮었다. 악천후였다.

그 속에 복면인은 우뚝 서 구양천상을 쳐다보고 있었다. 무슨 생각을 하는지 알 수 없으되, 백발의 노인을 저렇게 만든 것은 그가 틀림없는 듯했다.

복면인이 서 있기만 하자 구양천상은 옆으로 약간 물러나면서 백발노인을 살폈다.

"견딜 수 있으십니까?"

무릎을 꿇었던 백발의 노인이 고개를 쳐들었다. 밀려드는 바람이 그의 텅 빈 소매 한쪽을 마구 휘날렸다.

과연 그는 외팔이였다.

검이 등에서부터 가슴까지 관통하였음에도 불구하고 구양천상을 쳐다보는 그의 얼굴에는 고통의 빛보다는 의혹이 빛이 더 짙었다.

그리고 구양천상의 옆얼굴을 쳐다본 그의 눈에는 놀람과 괴이함이 한데 어울려 떠올랐다.

"그대는……."

번—쩍!

그 순간, 먹장 같은 하늘에서 섬광(閃光)이 거대한 신검과 같이 주위를 쪼개어 내렸다.

마치 석상인 양, 유령인 듯 묵묵히 서 있기만 하던 야행의의 복면인이 날아오른 것은 바로 그때였다.

불당과 선방은 떨어져 좁은 마당을 사이에 두고 마주하고 있지만 그 거리는 불과 삼사 장 정도에 불과했다.

뇌성이 천지를 진동하는 가운데 두 사람의 호통이 그 속에 묻히고 복면인의 신형과 구양천상의 몸이 격돌했다.

그리고 다음 순간에 선방의 앞을 가로막고 있던 구양천상의 신형이 비틀하면서 뒤로 한 걸음 물러났다. 세찬 경력이 일어나며 삐걱거리던 선방의 문이 나가떨어지고 계속 깜박거리던 탁자의 불이 마침내 그 기운을 이기지 못하고 꺼져 버렸다.

구양천상을 공격했던 복면인은 훌쩍 뒤로 물러났다가 몸을 뒤집는 순간에 불당의 지붕 위로 올라가 있었다. 나직한 신음 소리가 들리는 듯했다.

구양천상은 힐끗 외팔이노인을 바라보았다.

그는 탁자에 기대앉아 있는데, 일반인이라면 숨이 넘어갈 상세에도 불구하고 몸에 어린 꼿꼿한 기세는 사라지지 않고 있었다. 당장 무슨 일이 있을 것 같지는 않았다.

구양천상은 두말없이 몸을 날려 불당의 지붕 위로 올라간 복면인을 추격했다.

상황은 그야말로 태풍일과(颱風一過), 찰나간에 태풍이 지난 듯하였다.

탁자에 기대서 있던 외팔이노인은 괴이한 빛으로 구양천상의 날아가는 신형을 쳐다보았다.

"대라금광수(大羅金光手)…… 정말…… 저 아이가…… 구양 가문의……."

그는 눈을 들어 벽에 걸린 미인도를 쳐다보았다.

미인은 연꽃 속에서 웃고 있는 듯하였다. 마치 지난날과 같이 그 미소는 여전히 아름다웠다.

아무도 알아들을 수 없는 낮은 음성이 그의 입가에 맴돌고 있었다.

운지(雲芝)……

복면인의 무공은 높았다.

그와 같은 고수를 단 일격에 격퇴시킨다는 것은 지난(至難)한 일이다. 하지만 구양천상은 싸움을 오래 끌 이유가 없었다.

그의 등 뒤에는 중상을 입은 노인이 있었고, 이 일은 무엇 때문인지도 모르는 것이다.

생각을 굴린 구양천상은 처음부터 가문에서 가장 막강한 위력을 가진 대라금광수를 사용했고, 최초의 일격에서 타격을 받게 된 복면인은 심한 손해를 보고는 물러날 수밖에 없었던 것이다.

그러나 이처럼 비가 쏟아지고 바람이 몰아치는 숲속에서 사람을 추적한다는 것은 쉽지 않은 일이다.

더구나 구양천상과 그 사이에는 어떤 원한이 있는 것이 아니며, 그의 뒤에는 명재경각(命在頃刻)의 노인이 있었다.

먹물 같은 어둠을 뚫고 구양천상은 다시 선방으로 돌아왔다.

몰아치는 비바람으로 삐걱거리는 문짝을 밀며 안으로 들어서던 구양천상의 신형이 멈칫 굳어졌다.

없었다.

그 외팔의 백의노인이 증발하듯이 감쪽같이 사라져 버리고 보이지 않는 것이다.

방 안을 쓸어본 구양천상은 괴이함을 금치 못하고 몸을 날려 주위를 수색했으나, 노인의 모습은 하늘로 솟았는지 땅으로 꺼졌는지 흔적도 없었다.

구양천상이 선방을 떠난 것은 실로 찰나간에 지나지 않았다.

'성한 사람이라 할지라도…… 그 시간이면 멀리 갈 수가 없을 것이고 하물며 그 몸으로 이 우중에…….'

그가 떠난 사이에 누군가가 여기에 나타났었단 말일까?

구양천상은 문득 떠오른 생각에 선방 안에 있던 미인도 쪽으로 시선을 가져갔다.

거기에는 검은 휘장이 있을 뿐, 그림의 흔적은 보이지 않았다.

과연 그사이에 어떤 일이 벌어진 것인지 구양천상조차도 얼핏 짐작이 가지 않았다. 선방 안에 불을 밝힌 구양천상은 외팔이노인이 무릎을 꿇었던 자리에서부터 문턱까지 핏자국이 이어져 있음을 보았다. 좀 더 정확히 말하면 그 핏자국은 그림이 있었던 휘장까지 갔다가 문턱을 지나고 있었다.

'스스로가 그림을 떼어 가지고 이곳을 떠났단 말인가?'

구양천상은 밖으로 나와보았으나, 눈앞이 보이지 않도록 쏟아지는 빗줄기는 이미 모든 흔적을 지워놓고도 남음이 있었다.

묵묵히 서서 주위를 돌아보고 있던 구양천상의 눈에 불당이 들어왔다.

문을 여는 순간에 안에서 피비린내가 풍겨왔다.

침침한 어둠 속에 등신대(等身大)의 목불(木佛) 하나, 그 아래 차려진 단 위에는 승복 차림의 한 사람이 엎어져 있었다.

구양천상이 그를 일으켜 보니 그는 육십 이상 된 노승이었는데 가슴이 으스러져 있었고, 거기에서 흘러나온 피는 바닥을 온통 붉게 물들이고 있었다.
 '죽은 지 조금 된 것 같다. 이 노승이 죽음을 당하자, 그것을 추격하여 외팔이노인이 싸움을 벌이고…… 당할 수 없어 되돌아온 것이었을까? 아니면…….'
 구양천상이 생각을 굴리고 있는데 돌연 그의 뒤쪽에서 싸늘한 음성이 들려왔다.
 "심야의 절간, 거기다 비 오는 밤에 반항할 힘이 없는 노승을 살해한 이유는 무엇인가?"
 너무도 뜻밖의 음성에 구양천상의 눈빛이 굳어졌다.
 어느 누가 기척도 없이 그의 뒤에 나타날 수 있단 말인가?
 구양천상은 천천히 몸을 돌렸다.
 불당의 밖 섬돌 위에는 한 사람의 노인이 우뚝 서서 형형한 눈빛으로 구양천상을 보고 있었다.
 눈빛처럼 흰 심의(深衣:선비 옷)에 가슴을 지나는 은빛의 수염, 백발의 머리에는 선비들의 평정유건(平定儒巾)을 쓴 노인에게는 일대 석유(碩儒)의 고고함이 깃들어 있었다.
 하지만 구양천상은 그를 학자로 볼 수 없었다.
 소리도 없이 자신의 뒤에 나타난 것은 물론, 이 우중에서도 그가 걸치고 있는 옷이 별로 비에 젖어 보이지 않음은 결코 일개 문사가 보일 수 없는 능력인 까닭이다.
 '오늘 이 암자에 무엇 때문에 이런 고수들이 연이어 나타나는 것인지 알 수가 없군…….'
 생각을 굴린 구양천상은 입을 열었다.
 "소생은 비를 피해 여기에 들른 과객일 따름입니다. 노인장께서는 이 절과 무슨 관계가 있으십니까?"

사람에게는 기품(氣品)이라는 것이 있다.

그것은 아무리 감추려 해도 어쩔 수 없는 것 중의 하나인지라, 노문사 또한 그것을 느꼈는지 그를 보는 눈에는 기이한 빛이 떠올라 있었다.

노문사는 깊은 눈으로 구양천상을 쳐다보더니 천천히 말을 하였다.

"관계가 없다면 수천 리의 길을 달려오지 않았겠지……. 아깝게도 한발이 늦은 듯하군……. 그 노승 외에 혹 다른 사람을 본 적이 없는가?"

노문사는 이미 어조를 바꾸고 있었다.

그의 관찰력은 날카롭기 이를 데 없어 암중에 이미 죽은 노승이 흘린 피가 바닥에서 굳어 있음을 보았고, 또 구양천상의 태도에서 그가 평범한 사람이 아님을 느꼈기 때문이다.

구양천상은 잠시 생각하다가 대답했다.

"한 분의 외팔이노인을 뵈온 적이 있습니다."

"외팔이?"

노문사의 눈에 흔들림이 일어났다.

"그렇습니다."

구양천상은 조금도 숨김없이 방금 전까지의 상황을 이야기해 주었다.

상대 노문사에게서는 사람을 믿게 하는 어떤 넓음이 있는 듯했기 때문이고, 또 한 가지는 여기에는 무엇인가 심상치 않은 곡절이 숨어 있음이 틀림없다고 느꼈기 때문이다.

노문사는 미간을 찌푸린 채 잠시 침묵하더니 독백하였다.
"그렇다면…… 아직까지 희망이 사라진 것은 아니로군. 그가 살아 있다면……."
노문사는 중얼거리다가 문득 시선을 들어 구양천상을 쳐다보면서 입을 열었다.
"자네는……!"
그 순간이었다.
쏟아지는 빗소리를 뚫고서 저 멀리서 은은히 장소성이 들려왔다. 그 소리는 웅장한 기세를 품고 있어 뇌성벽력이 으르렁거리는 가운데에서도 뚜렷이 들렸으며, 그중에는 은연중에 다급한 기색이 포함되어 있는 듯했다.
노문사의 안색이 굳어졌다.
"강적을 만난 모양이군…… 시간이 없음이 안타깝군!"
알 수 없는 소리를 중얼거린 노문사는 빠른 어조로 구양천상에게 말을 했다.
"그대의 명호를 알 수 있겠나?"
구양천상의 눈에 얼핏 망설임의 빛이 스쳤다.
그럴 수밖에 없는 것이 구양세가에 무개옥합이 있다는 소문은 이미 강호상에 진동하여, 수많은 무림인들이 구양세가에 몰려와 난동을 벌이고 있었기 때문이었다.
더구나 어떻게 되었는지 알 수는 없으되, 강호상에는 그에 대한 소문이 은연중에 퍼지고 있어 자칫하면 번거로움을 자초할 수가 있었다. 그것을 피하기 위해서 구양천상은 세가를 떠나올 때에도 그림자처럼 움직여 남의 이목을 피했던 것이다.

구양천상은 가볍게 고개를 숙였다.

"죄송합니다. 잠시간 쉽게 신분을 밝힐 수 없는 사정이 있어……."

노문사는 구양천상을 쳐다보더니 미미한 웃음을 머금었다.

"사람마다 사정이 있기 마련이지, 오히려 거짓 신분을 대준 것보다는 훨씬 낫다고 생각하네."

노문사는 품속에서 은은한 빛이 어린 물건을 꺼내 구양천상에게 내밀었다.

그 순간에 다시 예의 장소성이 길게 빗소리를 뚫고 들려왔다. 그런데 그 소리는 이미 거의 들리지 않을 듯 멀어져 있었고 매우 다급했다.

노문사의 손에서 그 물건이 구양천상을 향해 날아왔다. 동시에 노문사의 신형이 빗속으로 떠올랐다.

"노부는 우리가 다시 만나기를 희망하네. 시간이 생기는 대로 황산(黃山) 백운곡(白雲谷)으로 노부를 찾아주기를……."

구양천상이 얼결에 자신에게 날아드는 물건을 받아 들고는 밖으로 나왔을 때 노문사의 신형은 이미 빗속을 뚫고 사라져 가고 있었다.

"노야(老爺:노인에 대한 존칭)!"

구양천상이 외칠 때 노문사의 신형은 이미 그의 시야에서 사라져 버렸고 대신 음성만이 은은히 전해져 왔다.

"잊지 말게, 황산 백운곡이라네……."

구양천상은 얼떨떨한 표정으로 노문사가 사라진 곳을 주시하다가 자신의 손을 들어 그 안에 있는 물건을 바라보았다.

그것은 푸른빛을 띤 옥벽(玉璧:반지처럼 환상(環狀)인 옥을 벽이라 함)이었는데 온전한 것이 아니라 그 절반인 것처럼 보였다. 반원형의 패옥을 황(璜)이라 하거니와 이것은 처음부터 반쪽은 아니니 옥벽이라 불려야 했다.

구양천상은 그 옥벽을 보는 순간에 노문사가 그것을 신표(信標)로 하여 자신을 찾아오라고 했음을 알았다.

옥벽에는 반쪽의 구름이 감도는 골짜기가 정교히 새겨져 있는데 단순한 물건이 아닌 듯 보였다.

구양천상은 노문사가 사라진 곳을 자신도 모르게 다시 한 번 눈여겨보았다. 그의 경공은 구양천상이 세상에 태어나서 본 것 중 가장 높은 것이었다.

"어쩌면…… 나의 이름을 밝히지 않은 것이 잘못한 것인지도 모르겠다……."

구양천상은 한참 만에야 중얼거렸다.

그의 느낌은 아직까지 한 번도 어긋난 적이 없었다.

비는 아직도 쏟아지고 있었다.

바람이 세차게 그의 옷자락을 휘몰고 있었다.

第十四章

미종지비(迷踪之秘)
―구양천수의 실종과 적의 내정(內情)은
점점 더 미궁에 빠져들고…….

풍운고월
조천하

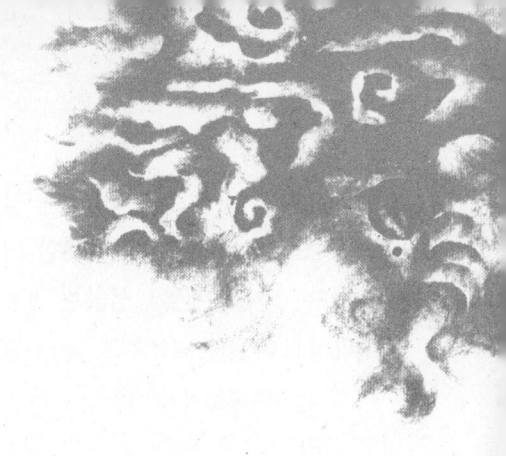

　중원오악(中原五嶽) 가운데에서 중악(中嶽)이라 불리는 숭산에는 소실과 태실의 양봉이 있으며, 그 가운데 소실에 존재하는 소림사의 이름은 무림 중의 일대기절(一代奇絶)이다.
　하지만 태실에는 무림이 아니라 강호상에 유명한 이름들이 있으니, 천하사대서원 중의 하나인 숭양서원(嵩陽書院)과 중악묘(中嶽廟)가 바로 그것이다.

　그 태실 기슭 깊숙한 숲속에는 온통 송백으로 둘러싸인 암자 하나가 있었다.
　비 온 뒤의 싱그러움이 더위를 씻은 듯이 몰아내고 있는 그 암자의 위에서 뒤뚱거리는 하오의 태양은 그저 따사로울 뿐, 타는 듯한 힘을 잃은 지 오래였다.

들리는 것은 어젯밤 비에 불어난 물소리와 새소리, 그리고 바람 소리뿐이었다. 찌는 듯한 더위는 딴세상의 일인 듯했다.

"……세존(世尊) 선남자(善男子) 선여인(善女人) 발아뇩다라 삼먁삼보리심(發阿耨多羅三藐三菩提心), 응운하주(應云何住) 운하항복기심(云何降伏基心)……."

그 고요함 속에 울리는 창창한 독경 소리는 이곳이 정녕 세속을 벗어난 곳임을 의미하는 듯하였다.

한 분의 금동불(金銅佛)이 모셔진 불당에는 청정한 향이 향연을 간들거리며 피어나고 있으며 그 앞에는 한 분의 노승이 단정히 결가부좌한 채 앉아 끊임없는 독경을 이어나가고 있었다.

"불언선재선재(佛言善哉善哉), 수보리(須菩提)……."

어느 순간인가, 한없이 이어질 듯하던 노승의 독경 소리가 갑자기 멎었다. 정적이 주위를 둘러쌌다.

노승은 천천히 고개를 돌렸다.

불당의 앞에는 한 사람의 백의유생이 나타나 있었다.

노승은 그에게서 나이답지 않은 조용히 흐르는 깊은 물과 같은 기품을 느낄 수 있었다.

노승과 눈을 마주한 백의유생이 그를 향해 합장하며 입을 열었다.

"수보리 여여소설여래 선호념제보살(須菩提 如汝所說如來 善護念諸菩薩)…… 대사께서 금강경(金剛經)을 좋아하신다는 말씀은 익히 듣고 있었는데 이처럼 직접 접하니 혼란하였던 마음이 절로 진정되는 듯합니다."

"나무아미타불……."

노승은 가부좌를 풀며 일어나 마주 합장 예를 하고는 입을 열어 물었다.

"구양 대공이시오?"

"구양가의 천상이 소림 장문대사를 뵙습니다."

백의유생, 그는 바로 구양천상이었으며, 그를 마주하고 있는 노승은 소림사의 만공 대사였다.

그와 만공 대사는 구양천상이 태산을 떠나기 이전에 이미 대방을 통해 은밀히 만날 약속을 해놓고 있었다. 구양천상의 몸에는 당금 천하가 모두 노린다는 무개옥합이 있어 그의 행적이 노출되면 시끄러운 일이 벌어질 것이 틀림없기 때문이다.

'그가 자신의 형을 과대평가하여 말하지 않았음을 이제야 알겠다……. 선재, 선재(善哉)로다…….'

만공 대사는 살쩍까지 늘어진 흰 눈썹 아래 자리한 자애한 눈을 들어 구양천상을 보며 암중으로 고개를 끄덕였다.

구양천상은 주위를 한 번 쓸어보더니 만공 대사를 보며 말했다.

"혼자…… 계십니까?"

만공 대사는 고개를 끄덕였다.

"아미타불…… 먼 길을 오시게 하면서도 마중은커녕, 이처럼 홀대를 하게 되었으니 죄민스럽기 이를 데 없소이다. 하아…… 더구나 구양 가주의 일은 모두가 노납의 불찰이라……."

구양천상이 조용히 머리를 저었다.

"어찌 그 일이 장문대사님의 잘못이겠습니까? 본 가의 가주가 함부로 행동을 하여 일어난 일임은 소생도 짐작하고 있으니 너무

자책치 마십시오."

"어찌 그럴 수가! 구양 가주를 강호로 나오도록 초청한 것은 바로 노납이거늘······."

만공 대사의 말에도 구양천상의 표정은 여전했다.

"그것이 정해진 길이라면 어쩔 수 없는 일이겠지요. 하지만 소생이 생각하기론 본 가의 가주에게 놀람은 있을지언정, 흉살(凶殺)의 위험은 없을 듯합니다."

만공 대사의 눈에 기이한 빛이 떠올랐다.

"위험이 없다니? 그럼 혹 구양 가주에 대한 소식이라도 들은 것이 있으시단 말씀이오?"

구양천상은 고개를 저었다.

"오면서 신경을 조금 써보았지만 황망하여 아직은 별다른 소식을 듣지 못하였습니다. 하지만 소생이 뽑은······ 그냥 바람일 뿐이지요."

구양천상은 무엇인가 말을 하려다가 입을 다물었다.

만공 대사는 그의 어조에서 그가 무엇인가 말을 하지 않았음을 느꼈으나, 캐물을 수는 없는 일이라, 심중의 의혹을 억누를 뿐이었다.

만공 대사인들 어찌 상상했으랴.

구양천상이 그의 동생 구양천수의 소식을 들은 그날로 향을 피우고 정신을 모아 선천역수(先天易數)를 뽑아보았음을······.

선천역수라 함을 일종의 점괘와 같은 것이라 할 수 있으나, 그것과는 차원이 다른 것으로서 우주의 운행 법칙에 근거를 둔 일종의 심오한 철학이었다. 함부로 남용할 수 없으되, 일단 운용되면 천도(天道)의 운행마저 자신의 손에 놓은 듯 알아볼 수 있다는 것이 바로 그것이었다.

지난날 촉(蜀)의 제갈량이 이 선천역수로써 천하를 종횡하니, 놀라지 않은 사람이 없었다.

그중 일부인 제갈신수(諸葛神數)는 제갈량 본인의 소저(所箸)라 알려져 있는 것으로 지금까지 전해져 오고 있다.

구양천상은 만공 대사로부터 구양천수가 떠나던 날의 상황을 전해 듣고 잠시 생각에 잠겨 있다가 물었다.

"그 일에 대해 알고 있는 사람은 모두 얼마나 됩니까?"

만공 대사는 수중의 염주를 굴리며 생각을 해보더니 말했다.

"아무리 생각을 해도…… 노납의 제자인 대방, 그리고 정 시주밖에 없소이다. 게다가 구양 가주가 무슨 일이 있으면 구양 대공에게 전하라고 맡긴 서찰이 있는 곳은 노납밖에는 모르는 일이라, 노납 스스로가 발설하지 않았으면…… 참으로 귀신이 곡할 노릇이 아닐 수 없소이다……."

만공 대사는 연신 머리를 저었다.

고승의 미간에는 괴이한 빛이 가득하였다.

그 모습을 보고 있던 구양천상은 다시 물었다.

"오늘…… 장문대사님과 소생이 만나는 일에 대해 알고 있는 사람은 몇이나 됩니까?"

"아무도…… 구양 대공의 분부대로 명을 전한 대방과 노납 외에는 오늘의 약속을 아는 사람은 없소이다. 정 시주에게조차 근일 내에 구양 대공께서 오실 거라는 말 외에는 하지 않았소이다……."

대답을 하던 만공 대사는 문득 이상함을 느끼고 구양천상을 쳐다보았다.
"무엇 때문에……?"
만공 대사는 말을 하다가 구양천상이 소매 속에서 하나의 은패(銀牌)를 꺼내놓는 것을 보고 안색이 변했다.
은패는 한 치가량의 넓이에 세 치 정도의 길이였는데 앞면에는 천도상전(天道常轉)의 넉 자가 새겨져 있고, 뒷면에는 하남도사자(河南道使者)라는 다섯 글자가 보이고 있었다.
"이것은 천도문의 신패인 듯한데, 어디에서……?"
구양천상은 그 말에 대답 대신 다시 물었다.
"용형팔괘장(龍形八卦掌) 수진우(帥津宇)가 연맹 내에 있는 사람임이 틀림이 없습니까?"
만공 대사의 미간에 그늘이 드리워졌다.
"틀림없소이다. 그는 연맹의 연락을 맡고 있는 하남성의……."
그의 말이 끝나기도 전에 구양천상의 말이 이어졌다.
"그 천도문의 신패는 바로 그의 몸에서 나온 것입니다. 수진우는 여기에서 십여 장 떨어진 곳에서 이 암자의 동태를 감시하고 있었습니다. 소생이 그를 제압하기는 하였지만, 미처 방비하지 못하여서 그는 자결을 하고 말았습니다."
"그럴…… 리가……!"
만공 대사의 입이 절로 벌어졌다.
오늘 이 자리의 약속을 아는 사람은 전기한 세 사람에 불과하다. 만공 대사는 오늘의 약속을 이행하기 위해서 실로 적지 않은 심혈을 기울였다.

그것은 두말할 것도 없이 구양천상의 신변 안전을 위한 것이었고, 최우선의 비밀 유지였다.

 한데 그런 자신의 행동이 적의 이목하에 노출이 되어 암중 감시를 받고 있었다니! 그것도 연맹 내부에 있는 사람에 의해서……. 도대체 적의 손길이 미치지 않는 곳은 어디란 말인가.

 구양천상은 그의 표정을 보고 이미 짐작하고 있던 사태를 확인할 수 있었다. 한마디로 적은 어둠 속에 숨어 있고 이쪽은 광명천지에 모든 것을 다 드러내 놓고 있는 상황이었다.

 손자(孫子)가 모공편(謀攻篇)에 이르기를 부지피부지기(不知彼不知己)면 매전필태(每戰必殆)라 하였으니, 적도 모르고 나도 모르면 싸울 때마다 반드시 위태롭다는 뜻이다.

 지금의 상황이 바로 그러했다. 어떤 전기(轉機)를 마련하지 못하면 이 싸움은 이길 수가 없다. 구양천상은 구양천수가 위험을 무릅쓰고 적진에 침투한 이유를 알 수 있을 듯하였다.

 더구나 그 일에 실종된 아버지 구양범에 대한 단서가 걸려 있었다면야…….

 만공 대사의 표정은 침중했다.

 적이 어떻게 오늘의 일을 알고 있었단 말인가.

 알 수 있는, 짐작할 수 있는 것은 누군가 내통자가 있었다는 것인데…… 그럴 만한 사람은 자신과 대방, 두 사람 중 하나밖에 없었다.

 자신이 적의 첩자가 아님은 분명하다.

 그렇다고 장차 소림을 이끌어 나갈 대방, 자신의 수제자가 적당의 주구란 말인가, 그가 내통을?

'그럴 리는…… 절대로 그럴 리는……!'

만공 대사는 부정하듯 속으로 되뇌이다가 눈처럼 흰 눈썹을 가늘게 떨면서 손가락을 들어 곁에 있던 목탁을 치려 하였다.

"대방 대사를 부르려 하십니까?"

"……!"

만공 대사는 놀란 눈으로 구양천상을 쳐다보았다.

'도대체 이 사람은…….'

그의 놀람은 당연했다. 대방은 이 암자의 주위에서 사방을 감시하고 있었으며, 목탁 소리를 신호로 하여 움직이게 되어 있던 것이다.

구양천상의 조용한 음성이 들려왔다.

"소생이 생각키로는 그분 대사께서는 혐의가 없을 겁니다. 내부의 문제보다는 그들의 이목이 이미 상식을 벗어나는 수준에 도달해 있음이 원인일 것 같습니다. 소생은 사실 태산을 떠나올 때만 해도 본 가의 가주가 위험을 무릅쓴 것에 대해 의혹을 가지고 있었는데, 저들의 움직임을 보고 대강 짐작을 할 수가 있을 듯합니다. 어쩔 수 없었겠지요……."

그가 느끼듯 적의 힘은 결코 만만한 것이 아니다.

만만하기는커녕, 그러한 적이 하나도 아니고 둘이나 되는 것이다.

그러한 구양천상의 말을 들으면서 만공 대사는 구양천수가 왜 그렇게 형을 존경하고 있는지를 알게 되었다. 들어 아는 것이 아니라, 체험을 하고 있는 것이다.

'하늘이 구양세가에만 인재를 내는구나…….'

만공 대사는 암중에 탄복을 금할 수가 없었다. 도대체 산중에만 박혀 있던 사람이 어떻게 이런 모습을 보일 수가 있단 말인가.

구양천상이 다시 입을 열었다.

"이곳은 이미 적의 이목에 노출이 되었지만, 감시자를 제거했고 대방 대사께서 바깥에 계시니 잠시 말을 나누기에는 별로 문제가 되지 않을 겁니다."

그는 시선을 바로 하면서 만공 대사를 쳐다보았다.

"소생이 듣기로는 본 가의 가주는 떠나던 그날 아침에 본 가의 정 이숙을 낙양으로 떠나보냈다는데, 거기에 대해 아는 것이 있으십니까?"

만공 대사는 머리를 저었다.

"그 일은 노납에게 의논없이 한 일이라…… 더구나 그 일의 처리는 매우 갑작스러워서…… 그 후, 정 시주의 말로는 호가오영만 이끌고 떠나면서 자신을 다른 곳으로 떠나보낸 것은 아마도 자신이 알게 되면 그 일을 막을 것이기 때문일 거라 하셨소이다."

그 말은 사실이다.

신중한 성격의 정락성이라 아마 구양천수의 모험을 만에 하나라도 사전에 알았다면 절대로 그냥 두지는 아니하였을 것이다.

하지만 그렇게 하여 떠났다 하더라도 호가오영을 동반하였고 그 뒤를 은밀히 따르는 소요신옹 구양운유까지 있는데 마치 조약돌이 바다에 가라앉듯 감쪽같이 종적이 사라진 것은 여전히 불가사의였다.

과연 구양천수는 어떤 단서를 발견하고 움직인 것일까.

구양천상은 생각에 잠겼다.

문제의 관건은 구양천수가 자신에게 남겼다는 봉서였다. 하지만 그것은 이미 적의 수중으로 넘어갔으니, 찾아올 수 있는 가능성은 전무였다.

그렇다면……

구양천상은 한 생각이 뇌리를 스치고 지나감을 깨달았다.

어쩌면 구양천수는 자신에게 남들이 생각지 못할 단서를 암중에 남겨두었을는지도 몰랐다. 추풍객 정락성을 굳이 그날 아침에 낙양으로 보낸 것은 단순히 그를 따돌리기 위한 것만이 아닐 수도 있었다.

수수께끼를 좋아했던 구양천수였다.

다른 사람은 몰라도 구양천상은 그 아무것도 아닌 것에서 무엇인가를 느낄 수 있었다.

'낙양…… 낙양이라…….'

구양천상은 불현듯 한 생각이 일어남을 깨달았다. 하지만 그것은 이 자리에서 확인될 성질의 것이 아니었다.

생각에 잠겨 있던 구양천상은 더 이상 묻지 아니하고 품속에서 가죽주머니 하나를 꺼냈다.

그 속에서 나온 것은 바로 무개옥합이었으며, 그 위에는 한 장의 흰 비단천이 얹혀져 있었다.

구양천상이 그것을 만공 대사의 앞으로 밀어놓자 만공 대사는 잠시 그것을 내려다보다가 구양천상에게로 시선을 옮겼다.

먼저 입을 연 것은 구양천상이었다.

"소생이 그간 이 옥합을 살펴본 결과, 이 무개옥합의 재질은 아마도 천산(天山) 일대에서 산출되는 곤옥(昆玉:천산 특산의 옥)의 정화인 만년옥정(萬年玉精)인 듯하였습니다. 그리고……."

만년옥정은 만년곤옥이라고도 불리는데, 곤옥이 오랜 세월을 땅속[地心]에서 땅의 영기(靈氣)를 흡수하면서 생성되어진다.

그처럼 오랜 세월을 통해 생성된 만년옥정은 비할 바 없는 영성(靈性)을 지니게 되어 생명체의 기(氣)를 돋우어주는 등의 신효를 지닐 뿐 아니라, 그 자체는 강철보다 더 강하다.

구양천상은 말과 함께 무개옥합의 위를 덮고 있던 흰 비단천을 펴 만공 대사에게 보였다. 거기에는 십장생의 무늬가 마치 새긴 듯 선명히 그 정교한 모습을 보이고 있었다.

"그간 이 옥합을 연구한 바에 따르면 무개옥합의 가치는 옥합의 내부에 있는 것이 아니라 바로 이 옥합의 겉에 새겨져 있는 십장생 조각에 있는 듯합니다. 다시 말한다면, 이 옥합은 생김은 합의 모습을 하고 있지만 기실은 열리게 되어 있지를 않다는 것이지요."

"구양 가주에게 얼핏 듣기는 하였지만…… 정녕 무개옥합이 한 덩이의 옥괴(玉塊:옥 덩어리)에 불과하단 말씀이오?"

"지금껏 소생이 알아본 바로는 그러합니다. 아마도 무개옥합이 오랜 세월을 유전하면서 불가해삼보의 하나가 된 이유는 바로 그러한 점 때문인 것 같습니다."

합의 형상을 하고 있으되, 열리지를 않는다. 열릴 수 없는 것을 열려 하니 어찌 문제가 풀릴 것인가.

"소생의 결론이 확실하다고 단정할 수는 아직 없습니다. 하지만 이 옥합의 겉면에 새겨진 십장생도에 지고(至高)한 현기(玄氣)가 숨어 있음은 사실이고, 이 천이 바로 그 십장생의 탁본입니다.

한번 보시지요."

 만공 대사는 비단천의 십장생도를 잠시 들여다보더니 구양천상을 보았다.

 "대공은 이 안에 무엇이 숨어 있는지 밝혀내셨소?"

 구양천상은 미미하게 머리를 저었다.

 "십장생 하나하나에는 각기 상승무공 하나씩이 갖추어져 있음은 알아낼 수 있었지만, 그것을 연구할 만한 시간이 없었습니다. 소생이 그 내용을 연구하려 할 때에 본 가의 가주 실종 소식이 전해져 와서……."

 '하필이면!'

 만공 대사는 암중에 혀를 찼다.

 "소생이 본 바에 따르면 그 무공들은 각기 천하를 오시할 만한 절학인 듯합니다. 그 외에 무엇인가…… 다른 어떤 것이 감추어져 있는 듯하지만 아직은 알아보지 못했습니다. 정리, 연구할 시간이 생긴다면…… 그때 말씀을 드리도록 하지요."

 말을 이어나가고 있는 구양천상의 어조는 평이하고 침착하기 이를 데 없었다.

 세상이 탐을 내고 있는 기보를 눈앞에 두고도, 그 비밀을 풀어내고도 욕심은커녕, 아랑곳하는 것 같지도 아니하였다. 이것은 말은 쉬워도 절대로 간단한 수양(修養)으로 될 일이 아니었다.

 만공 대사는 구양천상이 세속의 명리에 초연하여 수도자(修道者)와 같다는 구양천수의 말을 실감할 수 있었다.

 그때였다.

 저 멀리서 이상한 새 울음소리가 은은히 들려왔다.

구양천상은 그 소리를 듣더니 말을 멈추고는 만공 대사를 보았다.

"이곳을 벗어나심이 좋겠습니다. 옥합과 십장생도를 거두시지요."

"무슨…… 일이오?"

만공 대사의 물음에 구양천상은 몸을 일으키면서 말했다.

"소생은 여기에 오기 전에 본 가의 정 이숙을 만나 대강의 조사를 하고, 그분을 시켜 대방 대사의 반대쪽을 감시토록 하였습니다. 이 신호는 그 방면으로 누가 접근하고 있음을 알리는 것입니다."

만공 대사는 다시 한 번 입이 벌어지지 않을 수가 없었다.

이곳의 지주(地主)라 할 수 있는 자신보다 그의 움직임은 더 기민하였다. 과연 신기제일이라는 이름은 부끄럽지 않았다.

'그의 능력은 당년의 구양범을 능가하고도 남음이 있구나! 쉽지 않은 일이다. 정녕 쉽지 않아…….'

그리고 그는 한 생각을 완전히 심중에서 굳히게 되었다. 몸을 일으킨 그는 무개옥합과 십장생도를 집어 들어 구양천상에게 내밀었다.

"적의 힘은 곳곳에서 그 촉수를 감추고 있으며, 노납 등은 강호 정세에 능동적이지 못하여 함부로 처신할 수가 없소……. 역시 이 일은 마지막까지 구양 대공께서 맡아주심이 옳겠소."

구양천상의 눈에 난색이 떠올랐다.

"소생은 이제부터 본 가의 가주를 찾아 동분서주, 내일의 생사를 예측키 곤란합니다. 더구나 이러한 기보를 몸에 지니게 되면 행동에 제약을 받게 되어……."
 "아미타불…… 무리한 부탁임은 알고 있으나, 구양 가주가 실종된 지금에 이르러 대공을 제외하고 또 누가 있어 이 일을 맡을 수 있겠소이까? 만에 하나라도 아차 하여 이 물건이 적의 손에 들어가게 된다면 가히 호랑이의 등에 날개를 달아주는 격이 되고 말 것이오."
 구양천상은 다시 말했다.
 "소생이 이것을 지니고 있다 하여 적의 손에서 온전히 지킬 수 있다는 보장은 어디에도 없습니다. 더구나 세상에는 이미 소생에게 무개옥합이 있다는 소문이 난 상태인지라, 여러 가지 번거로운 일이 적지 않을……."
 "설혹 무개옥합을 잃어버리는 일이 발생한다 하여도 그것이 정해진 운명이라면 어찌하겠소? 대공은 그 점까지는 신경을 쓰지 않으셔도 되오. 그저 최선을 다해…… 십장생의 비밀을 밝혀 당금 강호상에 일고 있는 암운(暗雲)을 제거하는 데 힘이 될 수 있도록 해준다면 노납은 동료를 대신하여 감사를 드릴 것이오."
 '난처한 일이로군…….'
 구양천상은 간곡한 만공 대사의 말에 신음할 수밖에 도리가 없었다. 더 이상 어떻게 해야 할 것인가.
 하지만 그는 이 일이 의미하는 것이 단순히 무개옥합의 신비를 구명하는 것에 그치는 것이 아님을 알고 있었다. 그것은…… 구양천수가 맡았던 무림군사(武林軍師)의 일을 승계함을 은연중에 의미하고 있는 것이다.
 잠시 입을 다물었던 구양천상은 다시 입을 열었다.

"만약의 경우, 이 무개옥합을 소생이 마음대로 처리하여도 좋다고 허락해 주실 수 있으시겠습니까?"

만공 대사의 대답에는 망설임이 없었다.

"사욕이 아니라면 어떤 일이 있든지 노납이 모두 책임을 지도록 하겠소. 감사하오."

만공 대사가 합장을 하자 구양천상은 반걸음쯤 옆으로 걸음을 옮겨 그 예를 피하는 듯하면서 다시 말했다.

"소생은 원래 쟁명(爭名:남과 이름을 다툼)을 좋아하지 않아 강호에 나서는 것을 즐겨 하지 않았습니다. 지금 강호상에 나온 것 또한 무림 중의 정의보다는 본 가 가주의 실종 때문이니, 앞으로의 소생 행동이 생각하신 것보다 소극적이라 하여도 허물치 말아 주셨으면 합니다."

만공 대사는 나직이 탄식했다.

"사람마다의 뜻이 다르니 어찌 강요할 수 있겠소? 하나 노납은 구양 대공께서 무림 중의 정의가 어려움에 처해 있음을 보고도 외면만을 하리라 생각지는 않소……. 최소한 조언을 해주실 수 있으리라 믿고 있소이다."

"소생의 말로써 도움이 될 수 있는 일이 있다면 그 정도의 수고를 어찌 아끼겠습니까? 다만……."

만공 대사의 굳어 있던 얼굴에 웃음기가 떠올랐다.

"그것으로 되었소. 노납은 구양 대공의 그 말로써 충분히 만족을 하오. 나무관세음보살……."

만공 대사가 불호를 외는 순간에 예의 새소리가 다시 들려왔다.

그 소리는 이미 얼마 떨어지지 않은 곳에서 들려오고 있었다.
"움직임이 예상보다 상당히 빠르군요. 과연 어떤 자들인가 한 번 보기로 하지요."
구양천상이 먼저 불당을 나섰다.
만공 대사가 그 뒤를 따르자 이 조용한 암자는 순식간에 인적이 끊어진 빈집이 되고 말았다.

第十五章

적정탐모(敵情探摸)
―영웅(英雄)은 모습을 드러내지 아니하고
효웅(梟雄)은 도처에 숨어 있으니…….

풍운고월
조천하

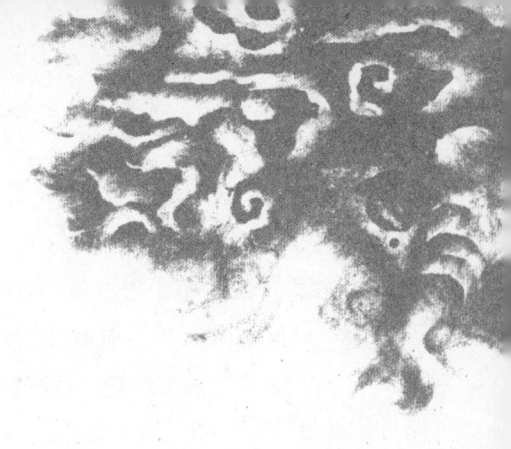

　송백으로 둘러싸인 암자.
　인적 끊어져 고요함에 묻힌 암자는 그윽한 물소리에 젖어 시원한 바람 속에 자고 있었다.
　살랑거리는 산바람…… 그 바람 속에서 고요에 묻혀 있던 암자의 주위에 한순간, 긴장이 일어났다.
　동시에 암자의 외곽에는 한 사람이 나타났다.
　일신에 초록빛 무복을 걸친 그의 눈빛은 차고 날카로웠다. 그는 그 자리에 못 박힌 듯 서서 잠시 암자를 바라보았으나, 암자에서는 아무런 기척이 보이지 않았다.
　'이미 약간의 시간이 흘렀는데도 안에 사람이 있는 기척은 없다……. 감시키로 되어 있던 수진우가 보이지 않는 것이 간단치 않은 느낌을 준다.'

초록의 중년인은 미간을 찡그리고 암자를 바라보다가 손을 들어 암자를 가리켰다.

그것과 동시에 암자의 주위에서 같은 차림을 한 대한 두 사람이 나타나더니 망설임없이 암자의 안으로 뛰어들어 갔다.

다음 순간, 그중 한 사람이 튕겨지듯 밖으로 다시 나오더니 초록의 중년인을 향해 고개를 흔들어 보였다.

중년인이 안색을 굳히며 바람과 같이 안으로 날아들어 갔다. 그의 움직임과 함께 주위에는 은밀한 움직임이 일어났다. 그들 세 사람 외에 다른 자들이 암중에 잠복해 있음이 틀림없었다.

구양천상은 만공 대사와 함께 그들의 그런 모습을 몸을 숨긴 채 지켜보고 있었다.

'저들의 움직임으로 보아, 나와 구양 공의 회합을 알고서 온 것이 틀림없도다……. 정녕 믿을 수 없도다. 믿을 수 없어! 어찌 그들의 움직임이 이처럼 기민할 수가 있단 말인가?'

만공 대사가 암중에 신음하고 있을 때 불당 안에서 예의 중년인이 바람과 같이 뛰쳐나왔다.

"철수한다!"

그는 빠르게 주위를 한 번 둘러보더니 낮게 소리치고는 그 자리를 벗어나기 시작했다.

주위에서 낮게 풀잎 스치는 소리들이 일어났고 그 소리들은 이내 잠잠해졌다.

구양천상은 만공 대사를 쳐다보며 전음입밀지법을 사용해 말했다.

"소생은 이제부터 저들의 뒤를 따라가 보겠습니다. 어쩌면 의

외의 수확을 얻을 수 있을는지도 모르겠습니다."

그의 말에 만공 대사는 그를 마주보았다.

"노납도 동행을 하도록 하겠소."

"장문인께서?"

"그렇소. 과연 어떤 자들이기에 그토록 비밀리에 행한 오늘의 회합을 알아내었는지 노납도 한번 보아야 하겠소······."

망설일 필요도, 그럴 이유도 없었다.

구양천상은 만공 대사와 어깨를 나란히 한 채 그들의 뒤를 따르기 시작했다.

만공 대사는 일대종사의 신분이며, 구양천상 또한 나이 적다 하나 일대의 기재이다. 앞선 자들이 비록 빠르게 움직이면서 뒤를 경계하였지만 이들의 미행을 눈치챌 수는 없었다.

앞선 자들은 순식간에 계곡 두어 개를 지나쳐 산세가 험준한 계곡에 당도했다. 거기에는 사냥꾼들이 일군 듯한 화전이 있었고 초막 하나가 흙담에 둘러싸인 채 존재했다.

노루 가죽인 듯한 몇 장의 가죽이 담 위에 널려져 있는 그 초막은 궁색하기 이를 데 없는 모습이었으나, 초록빛 무복의 중년인은 거기에 당도하자 조금도 망설이지 않고 흙담 안으로 들어갔다.

그의 뒤를 따르던 자들은 십사오 명 정도였는데 그중 몇은 그 뒤를 따르고 나머지들은 약속이나 한 듯 흩어져 주위로 잠복해 들어갔다.

구양천상은 그들의 움직임에서 그들 개개인의 역량이 간단한 것이 아님을 알 수 있었다.

'한낱 수하들이 저러한 움직임과 절도를 보일 수 있다면 과연 적의 힘은 간단한 것이 아니다…….'

만공 대사와 함께 주위 수목에 의지하여 은밀히 그 초막으로 접근하여 들어가던 구양천상은 그 주변이 좀 전에 잠복한 자들 이외에도 적지 않은 수효의 사람들에 의해 엄밀히 감시되고 있음을 알게 되었다.

'이런 정도의 경계라면 밤이라 하더라도 접근하기 쉽지 않을 것이다. 그러나 저들이 이러한 경계를 펴고 있다는 것은, 여기에 무엇인가 있다는 반증이기도 하다!'

구양천상이 만공 대사와 마주보고 있는데 앞쪽에서 이상한 호각 소리가 들려왔다.

구양천상이 시선을 돌려보자 화전 건너 쪽에서 칠팔 명의 흑의인들이 바람과 같이 나타났다.

옷자락을 펄럭이며 달려오고 있는 그들의 신법은 매우 빨랐고, 그 뒤를 따라 한 채의 사인교자(四人轎子:네 사람이 메는 가마)가 모습을 드러내었다.

이와 같은 산곡에 교자가 나타난 것도 기이했지만 교자의 사방은 검은 휘장으로 가려져 있어 더욱 신비스러웠다.

사인교자는 앞서 달리고 있는 흑의인들과 같은 복장을 한 흑의인들에 의해 움직이고 있는데 예의 호각 소리가 다시 한 번 들릴 때에는 이미 초막과 십여 장 떨어진 곳에 당도해 있었다.

흑의인들과 사인교자는 순식간에 모래 속에 물이 스며들 듯이 초막의 흙담 안으로 사라져 갔다.

그들이 안으로 들어가자 달라진 것은 아무것도 없고 이곳은 누가 보아도 그저 평범한 화전농가일 따름이었다.

"어쩌면…… 이곳은 저들의 연락 장소인 모양이오. 잘하면 우리는 어떤 단서를 발견할 수 있을 듯도 하오."

만공 대사가 구양천상을 쳐다보며 전음입밀지법(傳音入密之法)으로 말을 건넸다.

그들과 적들의 사이에는 아직 거리가 있지만 고수들은 청각이 발달하여 매우 낮은 소리도 들을 수가 있기 때문에 조심을 하는 것이다.

"그렇기는 하지만 적의 경계가 삼엄하니 접근하는 것이 그리 쉽지는 않을 듯합니다."

구양천상의 대답에 만공 대사는 흔연한 태도로 웃어 보였다.

"구양 대공이 옆에 있는데 접근하는 데에 무에 문제가 있겠소? 시간이 조금 걸린다면 몰라도……."

그 말에 구양천상은 부지중에 쓴웃음을 짓고 말았다.

묘하게도 만공 대사의 어조는 그의 동생 구양천수가 그에게 습관처럼 하던 것이었기 때문이다. 아련한 아픔이 가슴 한쪽에서 파도처럼 밀려왔다.

'이 녀석, 천수야! 너는 지금 어디에 있느냐…….'

구양천상은 심중의 움직임을 억누르고 주위를 눈여겨본 후에 품속에서 조그맣게 접힌 종이 봉지 하나를 꺼냈다.

"그게 무엇이오?"

구양천상이 조심스레 봉지를 펴자 그 안에 파르스름한 가루가 들어 있음을 보고 만공 대사가 의아한 표정으로 물었다.

구양천상은 대답없이 손을 쳐들어 그 종이 봉지에 있던 파르스름한 가루를 바람에 날려보낸 후에 만공 대사를 돌아보았다.
 "이것은 소생이 전날 채약(採藥)을 위해 묘강(苗疆:묘족의 땅)에 갔을 때 한 분의 친우를 사귀게 되어 조금 얻은 것인데 일종의 미혼분(迷魂粉)입니다. 사람의 정신을 일시지간 혼미하게 하는 효능이 있지요."
 "미혼분?"
 만공 대사가 의외라는 눈빛으로 구양천상을 바라보았다.
 미혼분은 무림 중에서 실력을 갖추지 못한 자들이 사용하는 하오문(下五門) 약물로써 명가의 사람들은 그러한 것을 사용하지 않는 법인 까닭이다.
 하지만 구양천상의 얼굴에는 거기에 대한 거리낌은 조금도 없었다.
 "그렇습니다. 이 청하분(靑霞粉)은 일단 바람을 타고 날면 무색무취하여 방비하기가 매우 어렵지요. 비록 온당한 방법은 아니지만 지금으로서는 적을 경동시키지 않는 가장 손쉬운 방법인 듯싶습니다."
 설명을 하던 구양천상은 숨을 두어 번 몰아쉴 정도의 시간이 지나자 고개를 끄덕여 보이고는 앞서 나아가기 시작했다.
 그 뒤를 따르면서 만공 대사는 암중에 고개를 흔들지 않을 수가 없었다. 빠르게 전진하고 있는 구양천상의 앞쪽에서 요소요소에 흑의와 청의를 입은 자들이 정신을 잃고 있음을 볼 수 있었던 것이다.
 '이들의 배치로 보아 아무리 경공이 놀라운 자라 할지라도 이들의 눈을 피하기 쉽지 않을 것인데, 어찌 보는 것만으로 이들의

배치를 짐작할 수가 있었을까?'

수도로 살아온 만공 대사는 내심 탄복을 금할 수가 없었다.

수목에 몸을 숨기면서 이십여 장 정도를 전진하게 되자 만공 대사와 구양천상은 그 초막의 흙담의 뒤쪽에 이르게 되었다.

그들의 움직임은 빠르기 이를 데 없었고, 만공 대사가 흙담 가에 도달했을 때 구양천상은 이미 그 위로 높다랗게 솟아 있는 커다란 자작나무 위에 올라가 있었다.

만공 대사가 몸을 솟구쳐 따라 올라가니 구양천상은 한 사람의 청의인을 조용히 나뭇가지에 기대놓고 있는 중이었다. 행색으로 보아 잠복하고 있던 자인 모양이었다.

"그자는……?"

만공 대사의 물음에 구양천상이 전음으로 대답했다.

"소생이 손을 써 제압했습니다. 소생이 날린 청하분은 소량이라 이 나무 위까지는 영향을 미치지 못했습니다. 하지만 우리의 종적이 탄로나지는 않았으니 마음 놓으셔도 됩니다."

그의 말에 만공 대사는 약간 걱정스러운 빛이 되었다.

"하나, 우리가 지나온 길에 쓰러져 있던 자들이 다른 자들에게 발견이 된다면 우리의 종적이 탄로남은 기정사실이 아니오?"

구양천상의 얼굴에 담담한 웃음이 번져 갔다.

"소생이 날린 청하분은 극히 소량입니다. 다시 말하면, 그 냄새를 맡고 기절한 자가 제정신을 찾기까지는 아주 짧은 순간이라는 것이지요."

"제정신을 찾다니? 그럼 해독약을 쓰지 않아도?"

"그렇습니다. 이 청하분의 특장(特長)은 바로 용량의 조절에 따라 상대의 혼미 시간을 마음대로 조절할 수 있다는 겁니다. 비록 그 사용 방법이 까다롭기는 하지만 말이지요."

이미 모든 상황을 다 염두에 두고 있는 구양천상의 앞에서 어떤 걱정을 한다는 것은 쓸데없는 짓이라는 것을, 만공 대사는 분명히 깨닫게 되었다.

그때 차가운 웃음소리가 초막의 안에서 들려왔다.

만공 대사는 반사적으로 흙담 안에 있는 초막을 살폈다.

흙담의 안은 사방이 팔구 장 정도의 넓이를 가지고 있는데 그들이 올라가 있는 자작나무에서 얼마 떨어지지 않은 곳에 초막이 엉성한 모습으로 서 있었다.

사인교자는 바로 그 초막의 뒤편에 놓여져 있고 흑의인들이 초막을 호위하듯 서 있음을 보아 아마도 사인교자 안에 있던 사람은 초막의 안에 들어가 있는 모양이었다.

흙담의 안쪽에는 초막을 중심으로 하여 좀 전에 초록빛 무복을 입은 중년인을 따라왔던 청의인들과 각기 복색이 다른 자들 십수 명이 맨바닥에 그대로 앉아 있음이 보였다.

그들은 굳은 표정으로 목석과 같은 태도로 있었는데, 조금 전에 들린 웃음소리는 바로 초막의 안에서 흘러나온 것임에 틀림이 없었다. 웃음소리는 매서운 여운을 품고 있어 노한 듯했다.

구양천상은 안력을 돋우어 초막 안을 보려 했으나 뒤쪽에 난 창문은 판자문으로 막혀 있어 안을 볼 수가 없었다.

그때 날카로운 어조를 띤 차가운 음성이 초막 안에서 들려왔다.

"명확한 모든 정보가 제공되었음에도 그들의 종적조차 발견하지 못하고 빈손으로 돌아오다니, 이러고도 하남(河南) 일대의 책임자라 할 자격이 있는가?"

"이 일은 하좌(下座)의 잘못만이라고는 할 수가 없습니다. 하좌가 그곳에 당도했을 때 거기에는 아무도……."

뒤를 이어 들려오던 말은 냉소(冷笑) 소리에 끊겨 버리고 말았다.

"변명은 아무런 소용이 없다. 하남총책은 그것이 향후 본 문성세에 얼마나 지대한 영향이 있는가를 모르고 있단 말인가? 더구나, 구양가의 대공자는 강호상에 모습을 드러내기도 전에 이미 그 신비한 역량이 그의 아버지 구양범을 능가한다고 천하에 알려지고 있는 능력자이다. 그가 어떠한 움직임을 보이는가에 따라 강호 정세에 미묘한 변화가 일어날 것이 틀림없다고 신기당주는 예언했다……."

음성은 말끝을 흐리더니 나직한 음성으로 누구에겐가 다시 무엇인가를 물었다. 하지만 그 소리는 매우 작아 잘 들리지 않았다.

대답이 들려왔다.

"그가 강호에 나섬에 따라 순찰당(巡察堂)에서는 모든 힘을 기울여 신산룡 구양천수의 실종에 대해 조사를 하고 있으나, 아직은 단서를 발견할 수가 없는 상황입니다……."

'천수에 대해 조사를? 그럼 이들은…….'

구양천상은 그들이 동생 구양천수에 대해 언급하자 정신이 번쩍 났다. 이들이 조사를 하고 있다면 구양천수의 실종과 이들과는 아무런 관계가 없다는 말이 되는 것이다.
 그러나 강호상의 모든 일들은 겉으로 드러난 것이나 한 단면(斷面)만을 가지고 판단할 수는 없는 것이다.
 그런데 바로 그때였다.
 구양천상이 나뭇가지에 기대 놓았던 매복인의 몸이 약간 기우뚱하면서 미약한 소리를 내고 말았다. 평소라면 아무것도 아닌 일이었으나, 지금과 같은 상황에서는 그야말로 결정적인 실수가 되는 일이 아닐 수가 없었다.
 "누구냐?"
 한소리 호통이 들림과 동시에 초막의 안에서 두 사람이 거의 한순간에 솟아 나왔고, 그 주위에 늘어서 있던 흑의인들이 바람과 같이 움직이면서 흩어졌다.
 초막 안에서 뛰쳐나온 두 사람은 암자에 나타났던 초록빛 무복을 입은 중년인과 검은빛 얼굴에 검은 장삼(長衫)을 입은 노인이었다.
 그들이 뛰쳐나옴과 동시에 뜨락에 앉아 있던 자들이 모두 땅을 박차고 일어섰고, 흑의인들이 흙담을 날아 넘으며 이곳저곳에서 매복한 자들이 모습을 드러냈다. 그 움직임은 놀랍도록 신속하여 순식간에 자작나무 일대를 중심으로 한 십여 장의 공간은 철통같은 형세로 변하고 말았다.
 뜻밖의 상황에 만공 대사는 낭패한 표정이 되어 구양천상을 쳐다보았다.
 한바탕 악전(惡戰)을 각오하지 않으면 아니 되게 된 것이다.
 하지만 구양천상의 표정은 미동도 없었다.

자신을 바라보는 만공 대사를 향해 소리없이 고개를 저어 보였을 뿐이었다. 그것이 무슨 뜻인지 몰라 만공 대사가 얼떨떨해 있을 때였다.

"으핫핫핫하……!"

그들과 십여 장 떨어진 수림 속에서 득의에 가득한 웃음소리가 터져 나오며 한 사람이 천천히 걸어나왔다.

회색빛 장삼에 머리에는 유건을 쓴 날카로운 눈매를 가진 문사 차림의 중년인, 그를 본 구양천상은 암암리에 미간을 찡그렸다.

'과연 그였군…….'

나타난 회의문사, 그는 바로 지난날 태산 구양세가에 나타났던 천도문 팔대당주 중의 하나인 신기당주였던 것이다.

그는 모습을 드러내고는 망설이는 빛 없이 구양천상이 있는 자작나무를 올려다보면서 말했다.

"구양세가의 대공은 꼬리는 보이되, 머리를 볼 수 없는 신룡(神龍)과 같은 기인이라 들어 항상 흠모의 정을 금치 못하였더니 오늘에서야 그 진면목을 대하게 되었으니 어찌 기꺼운 일이 아니랴……."

독백인 듯한 그의 말을 들어보면 그중의 뜻은 자못 자명하였다.

그는 구양천상이 숨어 있는 곳을 알 뿐 아니라, 그것이 구양천상임마저 알고 있는 것이다.

그의 출현으로 미루어보아 대답은 하나뿐이다.

그가 구양천상의 움직임을 미리 알고서 이곳에서 그를 기다리고 있었다는…….

'함정……!'

그것을 깨달은 만공 대사의 안색이 굳어졌다.

그렇지 않고서는 이러한 일은 일어날 수가 없다.

'설마했더니 정말 간단히 볼 자들이 아니로구나…….'

구양천상은 암중으로 생각을 굴리고는 만공 대사를 보고 고개를 끄덕여 보이고는 밑으로 뛰어내렸다.

신기당주는 이미 사오 장 정도 떨어진 곳까지 와 있었고, 주위는 완전히 포위된 형세를 지니고 있었다.

수망대어(守網待魚), 그물을 펴놓고 고기를 기다렸다.

그들의 움직임은 그들이 이미 만반의 준비를 해놓고 기다리고 있었음을 여실히 증명하고 있었다.

신기당주는 구양천상의 모습을 보자 눈빛이 약간 변했다. 그가 지난날 구양세가에 갔다고는 하나, 그때에 그가 본 것은 주천대목수진뿐이라 구양천상의 모습을 보는 것은 이것이 처음인 것이다. 한데 보니 이제 겨우 약관인 듯한 청년이 아닌가.

구양천상에 이어 만공 대사가 가사를 펄럭이며 나무 위에서 날아 내리자 신기당주는 나직이 웃었다.

"구양가의 대공만 하더라도 과분한데 소림사의 장문인까지 누거(陋居)에 친림하시니 어찌 영광이 아니겠소? 제대로 준비는 하지 못했지만, 소홀하다 탓하지 마시길……."

그의 말에 구양천상은 담담히 웃었다.

"겸손의 말씀을…… 초청장 하나 없이 이러한 솜씨를 보일 수 있음을 보아, 신기당주라는 이름이 과연임을 알고도 남음이 있겠소."
 그의 말에 신기당주는 흠칫하는 빛이 되어 구양천상을 보았다.
 '나를 어떻게 이처럼 간단히 알아본다는 말인가? 과연 만만히 볼 자가 아니로구나…….'
 생각을 굴린 신기당주는 짐짓 크게 웃었다.
 "그처럼 믿어주시니, 어찌 소홀하겠소? 본 문에서 오래전부터 구양 대공을 주목하고 있었음이 잘못이 아님을 본 당주는 오늘에서야 피부로 느끼게 되었소이다……."
 그는 웃음을 그치더니 정색을 하고 말했다.
 "본 당주는 오늘 두 분을 이 자리에 모시기 위해서 상당한 심혈을 기울였다 할 수 있소. 누추하나마 본 당의 성의를 보아 안으로 드심이 어떠실지?"
 그의 말이 의미하는 바는 명백했다.
 권유하는 것 같으나 기실 그 말의 뒤에 기다리고 있는 것은 그가 심혈을 기울였다는 준비된 힘일 것이다.
 구양천상은 초막을 쳐다보았다.
 초막의 안에 누가 있는지 알아볼 수는 없었다. 벽을 꿰뚫을 수 있는 초능력을 지니지 않는 한, 보이는 것은 그저 예의 사인교자와 초막의 주위에 흩어져 있는 흑의인들뿐이었다.
 그러나 한 가지는 명백한 듯했다.
 신기당주가 안으로 들어가자고 함을 보아 저 안에 있는 자의 신분이 신기당주를 능가한다는 것.
 그때 묵묵히 있던 만공 대사가 무거운 불호 소리와 함께 입을 열었다.

"아미타불…… 안에 계신 분이 천도문의 문주이시오?"

신기당주는 마치 길을 비켜주듯 옆으로 한 걸음 물러나며 정중히 말했다.

"안으로 들어가시면 자연히 아시게 될 것이니, 답을 드리지 못한다고 책하지 말아주시면 합니다."

그 말에 구양천상은 가볍게 웃었다.

"나는 넓은 곳을 두고 굳이 좁은 곳으로 들어갈 생각이 없는데, 미안하지만 안에 계신 분에게 밖으로 나오도록 말을 전해줄 수는 없을지?"

그의 말에 신기당주의 얼굴이 약간 굳어졌다.

"대공자 같은 현자(賢者)가 경주(敬酒)와 벌주(罰酒)를 구분치 못하리라고는 생각조차 해본 일이 없소!"

말을 하던 그는 안색이 일그러졌다.

구양천상이 그가 말을 하는 동안 뒷짐을 지고 주위의 경치를 완상(玩賞)하듯 둘러보면서 자신의 말을 들은 척 만 척하고 있음을 보았던 것이다.

"대공은 본 당주의 인내를 시험하고 있는 모양이오?"

그러자 구양천상은 시선을 돌려 그를 쳐다보더니 천천히 말했다.

"본인은 감히 현자라 자처할 수 없으니, 경주와 벌주의 구분을 명확히 할 수 없음이 사실이오. 하지만…… 내가 저 안으로 들어가는 것을 그리 달가워하지 않는 사람도 아마 있을 것 같아서……."

그의 말과 시선을 생각하던 신기당주의 안색이 돌변했다.

그와 동시에 초막의 안에서 얼마 전에 들렸던 예의 싸늘한 음성이 질타하듯 터져 나왔다.

"담대한 자로구나! 감히 본 문의 행사를 염탐하다니……."

구양천상과 반대쪽에는 한 아름이나 되는 소나무 세 그루가 있었다. 그것은 초막과 불과 사오 장 정도밖에 떨어져 있지 않았다.

초막 안에서 외침이 터짐과 함께 초막 일대를 경계하고 있던 흑의인들이 폭풍과 같이 날아올라 그 세 그루 중 좌측에 있는 소나무를 향해 덮쳐 갔다.

찰나,

"와하하하하……!"

사방을 울리는 광소(狂笑)가 그곳에서 쩌르르 터져 나왔다.

그 순간에 흑의인들은 이미 그곳에 도달했고 거의 동시에 호통 소리가 뒤를 잇고 예리한 음향이 잇달아 거기에서 들려왔다.

신음 소리가 들리며 덮쳐 갔던 흑의인 중 서넛이 튕겨지듯 아래로 떨어져 내리고, 그들 사이를 뚫고서 거대한 신형 하나가 바람같이 초막을 향해 쏘아져 내렸다.

펑!

그 인영은 문이 아니라 그대로 초막의 지붕을 뚫고 안으로 진입했다.

고막을 찌르는, 울리는 기합과 호통 소리가 뒤를 이었다.

그리고 초막의 문이라 이름하는 출입구가 그대로 부서져 나가며 거대한 신형 하나가 번개처럼 초막의 안에서 물러 나왔다.
 상황은 찰나적이었지만 그가 초막의 안에서 빠져나오자, 원래 초막의 흙담 마당에 있던 천도문의 인물들 중 두어 사람이 기다리고 있었다는 듯이 그 신형을 공격했다.
 "으악―!"
 참담한 비명 소리가 공격의 뒤를 이었다.
 그들 둘은 마치 강풍에 휘날리는 잎새인 양 피를 토하며 나가떨어져 버렸다.
 단 일거수에 두 사람을 물리친 그 신형은 그 순간에 이미 몸을 떠올려 초막의 흙담 위에 올라가 있었다.
 그러나 그가 그 위에 몸을 세우는 순간에 음산한 외침 소리가 들리며 바로 조금 전에 소나무에 있는 그를 공격했던 흑의인들 여덟이 일제히 그를 향해 덮쳐 왔다.
 "멈춰라!"
 그 순간에 초막의 안에서 냉랭한 외침 소리가 들려왔다.
 흑의인들이 바닥으로 내려섰다. 내려섰다고는 하지만 암중으로는 언제라도 발동할 수 있도록 그 신형을 포위한 형세였다.
 "근자에 들어 개방 중에 두 마리의 용이 있어 궁가이룡(窮家二龍)이라 불리며…… 그중 벽력도(霹靂刀) 뇌정(雷靜)은 목숨을 초개와 같이 여기는 호한(好漢)이라 한다던데, 오늘 보니 과연 겁이 없군……."
 초막의 안에서 차갑게 들려오는 말소리에 그 인영의 전신에 미미한 진동이 일어났다.
 "이건 정녕 뜻밖이로군! 천도문 중의 남북이후(南北二候)가 있다는 말을 듣기는 하였었지만…… 이처럼 감탄할 만할 줄이야!"
 구양천상과 만공 대사는 그제야 껄껄 웃는 그의 모습을 볼 수 있었다.
 육 척은 분명코 넘어 보이는 장대한 체구에 제멋대로 흩어진 긴 머리는 산발이 되어 얼굴을 덮고 있었고 옷도 남루하여 군데군데 기운 것이 보였다.
 하지만 구양천상은 그의 낡은 옷이 오히려 깨끗하며 산발이 된 머리카락 사이에 자리한 눈은 타는 듯한 광채를 갈무리하고 있음을 알아볼 수 있었다.
 그의 모습을 처음 보는 사람이 느낄 수 있는 것은 사람을 압도할 듯한 장대(壯大)한 기세였다. 그것은 털이 수북한 가슴팍이 드러나 있어서도 아니고 그의 등에 장대와 같이 걸려 있는 칠척대도(七尺大刀) 때문도 아니었다.
 오로지 그의 전신에 무형 중에 형성되어 있는 기세가 그것을 느끼게 하고 있었다. 그의 출현은 그야말로 돌발적인 것이었으나, 그 누구에게도 비할 바 없이 강렬한 인상을 뿌리고 있음이 사실이었다.
 벽력도 뇌정이라 이름하는 산발의 대한은 웃음을 그치며 구양천상을 돌아보더니 씨익 웃었다.
 "세상의 소문은 과연 믿을 것이 못 되는군! 신기제일이라는 구양세가의 대공이 궁하다고 하여 남의 바짓자락을 잡고 늘어져 같이 흙탕물에 빠져들게 하다니……."
 그가 고개를 설레설레 흔드는 것을 보고 구양천상은 마주 웃어 보였다.

"본의는 아니나, 워낙 다급해서 그리되었으니 양해하시면 좋겠소. 하지만 지금에 이르러 보니 남이 끈다고 하여 흙탕물에 빠져 헤어나지 못할 사람이 아닌 듯하니, 한결 양심의 가책을 덜 수 있겠소."

"으핫하하하……!"

그 말에 산발대한, 벽력도 뇌정은 목젖이 떨어져 나갈 듯이 방성대소(放聲大笑)하며 웃음을 그치지 않았다.

"통쾌하군, 통쾌해! 내 오늘에 이르러 이처럼 멋진 대답을 들으리라고 어찌 상상이라도 했으랴!"

그의 행동과 말에는 조금도 거침이 없어 사방을 에워싼 적들이 아예 보이지 않는 듯했다.

한마디로 방약무인(傍若無人)이었다.

그 광경에 신기당주는 완전히 얼굴이 구겨졌다.

오늘의 일이야말로 그가 심혈을 기울인 일막(一幕)으로서 그는 본래 대승을 목전에 두고 있었는데, 그 극비에 추진된 일에 난데없이 방해자가 나타난 것이다.

도대체 어떻게 이 일이 외부로 새어나간 것인지 알 수가 없었다.

'난세에 영웅이 나타난다고 하더니…… 정말 개방에 인물이 났군……. 내 그의 소문은 이미 들었었지만 그의 기도(氣度)가 이와 같은 줄은 몰랐었도다…….'

만공 대사가 암중에 감탄을 금치 못했다.

개방이란 거지들이 모인 천하제일의 대방(大幇)이다. 거지들이 있는 곳이라면 존재하는 것이 개방이니 그 수효가 많은 것은 당연하였다.

얼핏 생각할 때에는 거지들의 모임이 무에 그리 대단할까 의문이 갈 수도 있겠지만 개방에는 비단 거지들만 모여 있는 것이 아니고 세상의 모든 떠돌이들이 다 모여들어 이루어지니 기인이사(奇人異士)가 한둘이 아니었다.

게다가 원래 거지들의 집단에 이루어지기 마련인 강력한 위계질서는 거대한 힘으로서 개방이라는 존재를 있게 한 원동력이었고, 가진 것이 없는 자 뺏길 것이 없는 극빈(極貧)의 상황에서 생겨난 최소한의 의[義氣]는 세월의 흐름 속에서 그들의 가슴속에 죽음을 두려워하지 않는 의혈(義血)로서 자리하게 되었다.

그렇게 존재하게 된 개방(丐幇)은 그 특이성 때문에 강호상에서 구대문파와 같이 명문의 대접을 받지는 못했으나, 그들이 천하제일의 대방파임은 그 누구도 부인할 수 없는 사실이었다.

개방은 지난 수백 년 동안 부침을 거듭하면서 힘을 키워왔으나 인재난(人才難)으로 뚜렷한 힘을 보여주지 못했다.

무(武)를 닦는 자들이 바라는 것은 대부분 입신양명(立身揚名)이니 그들 중 누가 즐겨 거지가 되려 하랴.

개방이 그런 고질적인 인재난에서 서서히 벗어나기 시작한 것은 전대의 방주(幇主)였던 호연신개(浩然神丐) 원종도(袁宗道)가 제정한 일반인의 개방 입방(入幇) 허용부터였다.

전에는 거지가 아니라면, 또는 허락이 없이는 거지 차림을 벗어날 수가 없게 되어 있었으나 그때부터는 그러한 규정을 완화하였던 것이다.

새로운 힘을 받아들일 수 있게 된 개방은 당대 방주인 냉면혈담(冷面血膽) 석자청(石紫靑)의 대에 이르러 전과는 다른 면모를 지니게 되었으나 강호상에서 그것을 아는 사람은 그리 많지 않았다.

벽력도 뇌정은 바로 그 개방 방주인 냉면혈담 석자청의 사제(師弟)라고 알려진 인물이었으나 기실 그의 출신이나 그의 능력에 대해 강호상에 알려진 것은 오히려 별로 없었다.

다만 그 행동이 정사(正邪)를 가리지 않고 방약무인하며, 그와 함께하는 벽력도는 아직까지 적수를 만나지 못한…… 실질적인 개방제일의 고수라는 것이 떠도는 소문일 따름이었다.

그 벽력도 뇌정이 바로 여기에 나타난 것이다.

"가지 않으시려오? 본인 생각으로는 여기에 더 머물러 있어야 할 필요가 있을 것 같지 않은데……."

벽력도 뇌정의 말에 구양천상이 대답하기 전에 신기당주가 먼저 입을 열었다.

"귀하 혼자 떠난다면 개방의 체면을 봐서 말리지는 않지."

그의 말에 벽력도 뇌정은 눈을 끔벅했다.

"호오…… 개방의 체면은 볼 수 있는데, 소림이나 구양세가의 체면은 볼 수가 없다는 말이지? 이거 참…… 본 방의 위치가 이처럼 확고해진 것을 오늘, 이곳에서 확인할 수 있군그래?"

신기당주는 그의 말에 울화가 머리끝까지 치솟았다.

그의 얼굴이 노기로 인해 음침히 변했다.

"벽력도 뇌정이 분수를 모르고 물불을 가리지 않는다고 하더니…… 과연 명불허전이군!"

그는 말과 함께 한 손을 쳐들었다.

그러자 하남총책과 그의 수하들이 뒤로 물러나 벽력도 뇌정의 퇴로를 차단하고 하남총책과 함께 초막의 안에서 뛰쳐나왔던 검은 장삼의 노인이 날아올라 일장을 쳐왔다.

"흥!"

벽력도 뇌정은 가소롭다는 듯이 코웃음을 치더니 왼손을 들어 추산전해(推山塡海)의 일식으로 검은 장삼을 입은 노인의 일격을 정면으로 받았다.

그것을 보고 구양천상이 나직이 소리쳤다.

"손을 조심하시오."

순간,

팍, 하는 소리가 그 가운데에서 일어나더니 나직한 신음과 함께 검은 장삼의 노인이 허공중에서 재주를 넘으며 바닥으로 내려섰다.

하지만 벽력도 뇌정은 어깨를 한 번 꿈틀했을 뿐 그대로 있었다. 그가 딛고 있는 흙담 벽이 흔들거리며 약간 무너져 내렸을 뿐이었다.

단 일 장의 교환으로 이미 고하(高下)가 판명난 것이다.

그런데 벽력도 뇌정의 안색이 갑자기 굳어졌다.

그는 무서운 눈빛으로 땅에 내려서 한바탕 어깨를 떨고는 자세를 바로잡는 검은 장삼을 입은 노인을 노려보더니 냉소했다.

"이제 보니 오독장(五毒掌) 갈휘(葛輝)였군……. 너 따위가 감히 나에게 쥐새끼처럼 암수를 쓰다니……."

검은 장삼의 노인은 과연 오독장 갈휘였다.

그의 손은 오독장을 연마하여 그와 손을 마주하는 사람은 사신(死神)을 피할 수 없다고 하는 영남(嶺南:중국 오령(五嶺)의 남쪽) 일대의 고수였다.

오독장 갈휘는 벽력도 뇌정이 단숨에 자신을 알아보자 너무도 뜻밖이라 얼떨떨한 표정으로 그를 쳐다보더니 싸늘히 웃었다.

"개방의 소식이 천하에서 가장 빠르다 하더니 과연 허명만은 아니군! 중원도상의 사람이 노부를 그처럼 쉽게 알아볼 수 있다니…… 하나, 이미 늦었다. 노부의 오독장과 마주친 이상……."

그의 말에 벽력도 뇌정은 광소를 터뜨렸다.

"으하하하……!"

그는 천둥이 치듯 웃고 난 후에 발을 한 번 굴렀다.

그러자 그가 딛고 서 있던 흙담이 마치 사태가 난 듯 무너져 내리기 시작했다. 삽시간에 흙담 벽은 삼사 장 이상이 무너져 내렸다.

하지만 벽력도 뇌정은 무너져 내리는 흙담 위에 그대로 버티고 서 있었다.

담이 무너지자 그의 몸은 밑으로 가라앉는 상황이 되어 그는 오독장 갈휘와 마주선 형태가 되었다.

물론 그 이전부터 그를 포위하고 있는 흑의인들이 있었지만 벽력도 뇌정은 그들의 존재는 안중에도 두지 않는 듯했다.

그는 횃불 같은 눈을 들어 오독장 갈휘를 쏘아보며 서서히 손을 등 뒤로 뻗어 대도의 손잡이를 잡았다.

"좋아…… 그 오독장의 위력이 과연 어느 정도인가 한번 보자!"

흑의장삼의 노인 오독장 갈휘의 얼굴이 더욱 검어졌다.

강호상에 전하기를 아직껏 벽력도 뇌정의 벽력도를 본 사람은 없다고 했다.

이유는 간단했다.

그의 벽력도가 일단 칼집을 벗어나면 상대를 살려두지 않았기 때문이었다. 그의 안색이 변하는 것도 무리가 아니었다.

'저자가 오독장에 부딪히고도 아무렇지가 않단 말인가?'

그때였다.

"잠깐."

예의 음성이 날아와 벽력도 뇌정의 행동을 저지했다.

온통 검은빛의 사인교자가 어느새 네 사람의 흑의인들에게 메어져 앞으로 나와 있었다.

"귀하는 이 정도로 해두고 그만 돌아가는 것이 좋을 것 같소. 가지 않겠다면 모르겠으되, 가겠다면 잡지 않을 테니까."

벽력도 뇌정은 뜻밖인 듯 사인교자를 바라보다가 다시 말했다.

"그 말에는 소림사의 장문인과 구양세가의 대공도 포함이 되는 것인지 모르겠군?"

"필요하다면…… 누구든 떠나겠다면 무력으로 저지하지 않을 용의가 있지."

망설임없는 대답이 안에서 들려왔다.

그 말은 확실히 의외라 구양천상도 괴이한 빛이 되어 만공 대사를 쳐다보았다.

구양천상이 입을 열었다.

"충돌을 원치 않는다면 오늘의 일은 이 정도에서 접어둠도 그다지 나쁘지 않을 것 같군. 우리도 돌아가도록 하겠소."

"아미타불……."

만공 대사의 불호에 벽력도 뇌정은 껄껄 웃으며 잡았던 대도의 손잡이를 놓았다.

"좋아…… 오늘은 참도록 하지."

말과 함께 그는 성큼성큼 걸음을 옮겨 그곳을 떠나기 시작했다.

신기당주는 아무런 표정을 보이지 않고 묵묵히 서서 그가 떠나는 것을 보고 있었다.

하지만 구양천상과 만공 대사가 그 자리를 벗어나려 하자 그는 고개를 저었다. 구양천상과 만공 대사를 둘러싸고 있던 그의 수하들이 진로를 막아섰다.

그러나 구양천상은 걸음을 멈출 생각도 하지 않았고 만공 대사 또한 마찬가지였다. 그들과 신기당주의 수하들과의 거리가 마주 닿을 듯이 가까워졌다.

벽력도 뇌정은 흥미로운 듯 멈춰 서서 그 광경을 보고 있었다.

기합 소리와 함께 신기당주의 수하들이 몸을 날렸다.

"아미타불……!"

만공 대사의 창노한 불호 소리가 들렸다.

하지만 그가 손을 쓰기 전에 구양천상이 나직이 꾸짖는 소리가 들려왔다.

"물러나라."

그의 말과 함께 괴이한 일이 일어났다.

구양천상과 만공 대사의 앞을 가로막으며 공격해 오던 자들의 입에서 신음 소리가 흘러나오면서 그들이 짚단과 같이 쓰러져 버리고 마는 것이다.

'저럴 수가?'

신기당주는 물론, 벽력도 뇌정의 눈에서도 경악의 빛이 드러났다.

도대체 어떻게 하여 구양천상의 말 한마디에 그들이 쓰러지는 것인지를 알아볼 수가 없었던 것이다. 그와 불과 일 장여 정도밖에 떨어져 있지 않았던 신기당주마저도 구양천상의 소매가 펄럭인 것밖에는 본 것이 없었다.

말 한마디에 네 사람이 쓰러져 버리자 경악이 장중을 휩쓸었다.

"그를 막지 마라!"

사인교자 안에서 예의 음성이 뒤이어 들려왔다.

자신의 앞을 가로막았던 자들이 물러남을 보자 구양천상은 사인교자를 돌아보고는 말했다.

"생명에는 지장이 없을 것이오."

그는 말을 마침과 함께 신형을 돌려 성큼성큼 걸어나갔다.

그때였다.

"구양세가의 가주는 연이대(連二代)에 걸쳐 강호를 위해 동분서주하였고 모두 신비스럽게 실종이 되었지…… 본좌는 그 행방에 대한 단서를 가지고 있는데……."

그 말은 구양천상의 발길을 멈추게 할 뿐만 아니라, 되돌리게 하기에 족한 위력이 있었다.

구양천상은 걸음을 멈춘 채 사인교자를 보았다.

만공 대사도, 이미 육칠 장 밖에 나가 있던 벽력도 뇌정도 걸음을 멈추고 사인교자를 보았다.

구양천상이 아무 말 없이 사인교자를 주시하고 있자 사인교자 안에서는 나직한 웃음소리가 들려왔다.

"구양 대공은 본좌의 말에 흥미가 있으시오?"

구양천상은 고개를 끄덕였다.

"본인의 흥미를 끌 수 없는 말이라면 귀하께서도 할 필요가 없었겠지…… 무엇을 원하시오?"

묻기는 하지만 상대가 원하는 것은 자명하다.

예의 음성은 다시 말했다.

"본좌는 그 단서와 지금 현재 구양 대공이 소지하고 있다는 무개옥합의 비밀과의 교환을 원하고 있소……."

단도직입적인 말에 구양천상의 얼굴이 침착히 가라앉았다.

"무개옥합은 내 물건이 아니오. 따라서 내 개인적인 일에 쓸 수가 없소."

그 말에 옆에 있던 만공 대사가 참견했다.

"만약, 그 단서가 확실한 것이라면 노납은 책임을 지고 구양 대공이 무개옥합을 임의로 처리할 수 있는 전권을 위임토록 하겠소."

"장문인……."

구양천상이 만공 대사를 보자 만공 대사는 조용한 웃음을 머금었다.

"무개옥합이 비록 무림의 지보(至寶)라 하나 어찌 사람과 비길 수 있으리오. 더구나 구양 가주는 당금 강호 중에 없어서는 아니

될 인물이니…… 하지만 단순히 행방에 대한 단서만으로 교환할 수는 없다는 것을 분명히 밝혀두겠소. 확실한 정보라야만 이…….”

못마땅한 듯 냉소 소리가 신기당주에게서 흘러나왔다.

“소림사 장문인이 이처럼 후안무치할 줄은 뜻밖이군! 본래 그 옥합은 본 문의 물건인데 중도에서 가로채고는 이제 와서…….”

그 말에 벽력도 뇌정은 크게 웃었다.

“무개옥합의 주인은 지난 수백 년래 이미 몇 번이나 바뀌었는지 수를 헤아릴 수 없을 지경인데, 권리 주장을 하다니 귀하야말로 후안무치의 표본이 아닌가?”

신기당주의 얼굴이 사납게 변했다.

하지만 그가 다시 입을 열기 전에 사인교자 안에서 음성이 다시 흘러나왔다.

“쉽지 않은 조건이나 동의토록 하겠소. 하지만 단서가 아닌 명확한 정보라야 한다면…… 약간의 시간이 필요하겠소. 어디서 다시 만나면 좋을지?”

“굳이 장소를 약속할 필요는 없을 것이오. 천도문의 능력이면 언제든지 내 소재를 파악하고 있지 않겠소? 만에 하나, 내 행방을 모를 때에는 소림사의 장문인이신 만공 대사께 연락하면 연결이 될 것이오.”

사인교자 안에서는 잠시 생각을 하는 듯하다가 다시 말했다.

“좋소……. 그럼 그렇게 결정을 하지. 본좌는 대공이 무개옥합에 대한 모든 권한을 수임한 것으로 알고 있겠소.”

그렇게 하여 구양천상 일행은 바람과 같이 그곳을 벗어났고, 신기당주도 더 이상 그들을 가로막지 않았다.

하지만 그들이 떠나는 모습을 닭 쫓던 개 지붕 쳐다보듯 멀거니 보고 있는 신기당주는 속이 부글거려 견딜 수가 없었다.

"이러한 기회는 쉽게 잡을 수 있는 것이 아닌데, 무엇 때문에 저들을 이처럼 쉽게 놓아준단 말씀이오?"

그는 치미는 울분을 삭이지 못하고 사인교자를 쏘아보았다.

차가운 웃음소리가 사인교자 안에서 흘러나왔다.

"지난날 신기당주의 혜안(慧眼)은 다 어디 가고 오늘의 이 일은 이처럼 허점투성이란 말이지? 흥! 신기당주는 벽력도 뇌정 말고 또 다른 자가 숨어 기회를 노리고 있었음을 알아보지 못했단 말인가?"

"다…… 다른 자가?"

신기당주가 본능적으로 주위를 둘러보자 사인교자 안에서 냉소 소리가 얼음송곳처럼 터져 나왔다.

"사람이 이미 갔는데 무엇 때문에 남아 있을까? 자신있다는 일의 처리가 겨우 이 정도란 말인가? 근래에 들어 신기당주가 계획한 일들이 계속하여 실패한 이유를 이제야 알 것 같군……. 가자!"

차가운 소리와 함께 사인교자는 흑의인들과 함께 그곳을 벗어나기 시작했다.

한바탕의 폭풍은 천둥이 치기 전에 끝이 났다. 하지만 그것은 폭풍전야(暴風前夜)일 뿐이었다.

＊　　＊　　＊

 구양천상 일행은 그곳을 벗어나 단숨에 십여 리를 질주하고서야 걸음을 멈추었다.
 걸음을 멈춘 벽력도 뇌정은 눈을 들어 뒤를 바라보더니 냉소했다.
 "끈질기게 따라오는군……."
 그 말에 구양천상은 가볍게 고개를 흔들었다.
 "적이 아니니 신경 쓰지 않아도 됩니다."
 벽력도 뇌정은 흠칫 구양천상을 쳐다보더니 씩 웃었다.
 "그자들이 한걸음 양보할 수밖에 없는 이유를 이제야 알았군……."
 그때 그는 구양천상이 품속에서 한 알의 단약을 꺼내 자신에게 내미는 것을 보고 기이한 빛을 띠고 있다가 껄껄 웃었다.
 "구양세가의 비전 고본정양환은 무림 중의 영약이지……. 호의를 거절함은 장부가 할 일이 아니니 고맙게 받겠소. 그럼……."
 그는 조금도 망설이지 않고 구양천상의 손에서 고본정양환을 받아 삼키고는 포권을 해 보이더니 몸을 돌렸다.
 그리고 몇 걸음 앞으로 옮겨가던 그는 문득 뒤를 돌아보며 물어왔다.
 "좀 전에 천도문과 약조한 것은 그들에게만 해당이 되는 것인지?"
 구양천상은 담담한 어조로 말했다.

"굳이 그들에게 한정되어야 할 필요가 없을 것임을 아마 뇌 당주(雷堂主)께서도 알고 계실 것이니 긴말은 하지 않도록 하지요."

"좋소, 좋아……."

벽력도 뇌정은 껄껄 웃더니 그대로 몸을 날려 사라져 갔다.

그가 사라져 감을 보고 있던 만공 대사가 미간을 찌푸렸다.

"강호 중에 개방의 움직임이 별로 보이지 않는다고 하던데 실제로는 전혀 그렇지 않아 보이는군."

"그렇지 않아 보이는 정도가 아닐 겁니다. 힘을 가지고 있되, 그것을 드러내지 않을 수 있음은 아무나 할 수 있는 일이 아니지요……."

"알 수 없는 일이야. 원래 개방은 강호 문파와 그리 가깝게 지내지는 않았지만 이러한 모습을 보인 적은 없었던 것 같은데…… 그러고 보니 당금 개방의 방주인 냉면혈담 석자청이라는 인물에 대해 강호상에 알려진 것이 너무 없는 것 같군……."

구양천이 묵묵히 고개를 끄덕이고 있음을 보고 만공 대사가 물었다.

"좀 전에 그가 내상을 입었었소?"

"소생의 생각으로는 처음 그가 남북이후 중의 하나라는 사인교자에 탄 자와 맞닥뜨렸을 때…… 그들 둘은 모두 충격을 받았을 것 같습니다. 거기다 벽력도 뇌정은 오독장과 무심결에 마주쳐 조금 손해를 보았겠지요. 그러나 별 상관은 없을 겁니다. 그의 내공은 이미 간단한 지경이 아닌 것 같았습니다."

"아미타불…… 노납이 보기에도 그러했지. 한데 그자들이 어찌하여 함정을 만들어놓고 포위를 한 상황에서 우리를 그처럼 쉽게 풀어준 것이오?"

그때 바람 소리가 일어나면서 대방 대사가 그들의 앞에 날아 내렸다.

구양천상은 목례로 인사를 하고 만공 대사를 향해 웃음을 지어 보였다.

"바로 이분들 때문입니다. 사인교자에 탄 자는 벽력도 뇌정과 일전을 하고 만만치 않은 상대라고 생각을 하고 있는데 주위에 또 다른 사람들이 있음을 알고는 오늘의 일을 포기하고 뒷날의 기회를 노리게 된 것이지요."

간단하게만 보였던 암중의 일은 기실 기가 막힐 심기의 배합이 이루어지고 있었다.

추풍객 정락성은 대방 대사와 함께 구양천상의 뒤를 따랐고 그들의 움직임을 경각한 사인교자 안의 사람은 그들이 누군지 알 수 없어 결국 모든 계획을 포기하고 말았던 것이다.

구양천상은 만공 대사를 향해 합장하는 대방 대사를 향해 물었다.

"정 이숙께서는 그들의 뒤를 따라갔습니까?"

"아미타불…… 그러합니다. 단서가 발견되는 대로 연락을 하도록 하겠다는 말을 전하라고 하셨습니다."

"……"

만공 대사는 아무 말이 없었다.

그가 무슨 말을 할 수 있으랴.

그저 구양천상을 다시 한 번 쳐다볼 뿐이었다.

*　　　*　　　*

　아버지 구양범의 실종에 이은 동생 구양천수의 실종은 마침내 은둔하고자 하는 용(龍)의 잠을 깨우고야 만다.
　고월(孤月)은 세속의 어지러움을 꺼려하나, 구름과 바람은 그 시비의 와중으로 고월을 끌어들이려 한다.
　이제 고월은 싫어도 풍운 속에서 떠올라 암흑 속에 그 모습을 드러내고 빛을 뿌려야 하니, 비로소 풍운고월(風雲孤月)의 막은 천하로 열리게 되는 것이다.

『풍운고월조천하』 제1권 끝

저작권 보호!!
장르문학의 성장에 힘이 되어주십시오.

저작물의 무단 전재와 복제, 불법 다운로드!
이것은 관심이 아니라 무관심입니다!

작가님들은 창의적 열정과 시간을 투자해 자신의 꿈과 생계를 유지합니다.
한 권의 책을 만들어 많은 사람들은 자신의 인생과 미래를 설계합니다.

저작물 속에는 여러 사람의 노력과 희망이 담겨 있습니다!

저작물의 무단 전재와 복제, 불법 다운로드는 여러 사람들의 꿈과 생계를
위협함으로써 장르문학을 심각한 상황에 빠뜨리고 있습니다.

이제는 무관심이 아니라 관심으로 장르문학의 성장에 힘이 되어주세요.

[도서출판 **청어람**은 항시적인 저작권 보호를 통해 장르문학과
여러분의 희망을 지키겠습니다.]

저작물의 무단 전재와 복제, 불법 다운로드는 법률에 의해 처벌받을 수 있습니다.
저작권법 제97조의5 (권리의 침해죄)
저작재산권 그 밖의 이 법에 의하여 보호되는 재산적 권리(제73조의 4의 규정에 의한 권리를 제외한다)를 복제·공연·방송·전시·전송·배포·2차적 저작물 작성의 방법으로 침해한 자는 5년 이하의 징역 또는 5천만 원 이하의 벌금에 처하거나 이를 병과(동시에 두 가지 이상의 형벌을 지우는 일)할 수 있다.

도서출판 청어람

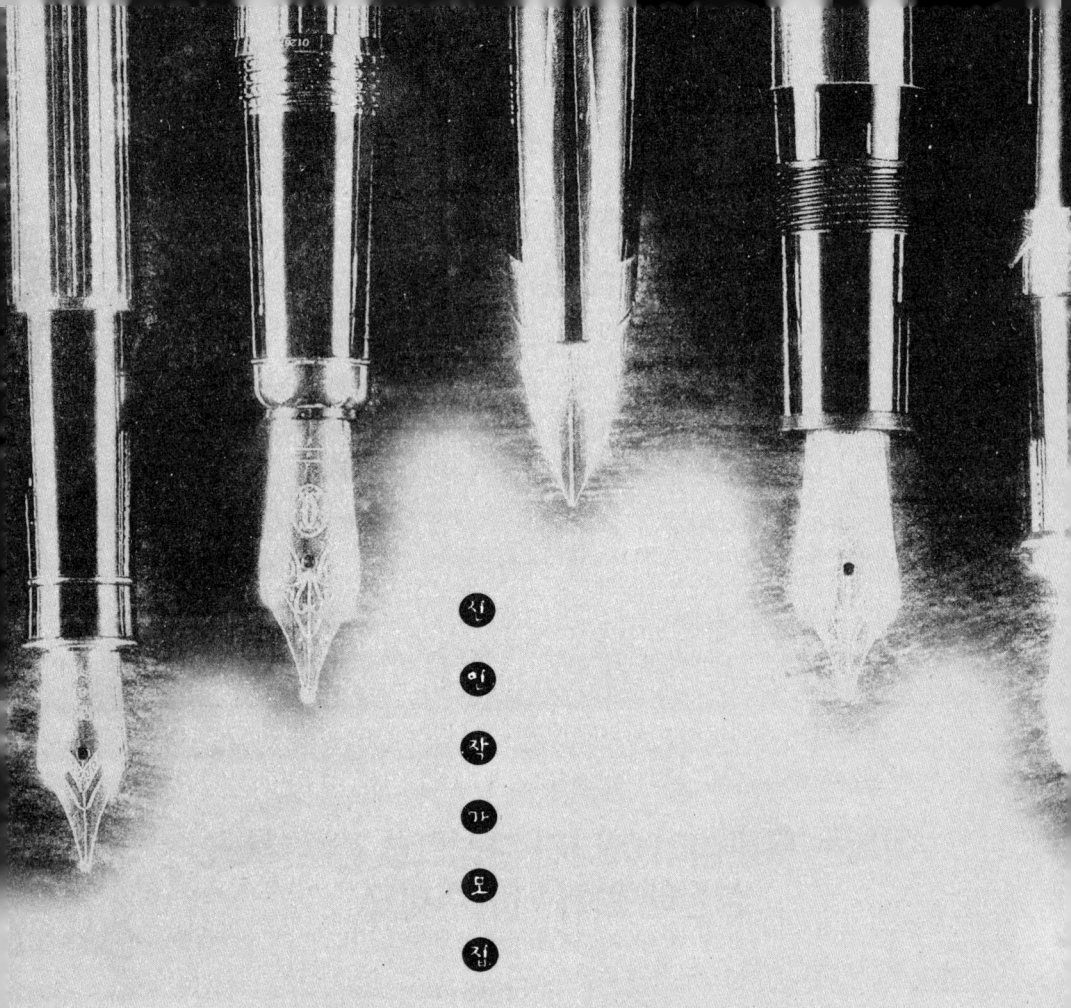

War Mage

워메이지

김재한 퓨전 판타지 소설

사람들이 인식하는 상식의 세계 이면,
짙은 어둠이 드리워진 그곳에 사는 괴물들이 있다.

문명이 드리운 그림자 속에서, 전투기계들과
인간의 사념으로부터 태어난 마물들이 격돌한다.
마법과 주술이 난무하는 초현실적인 전장,
소년은 그곳에 서는 대가로 인생을 잃었다.
운명의 노예가 되어
가족과 인성을 잃어버린 소년, 진유현.

총염(銃炎)과 검광(劍光)이 뒤얽히는
어둠의 거리에서, 운명의 족쇄를 끊고 나온
소년의 눈이 살의를 발한다.

유행이 아닌 자유추구 -
WWW.chungeoram.com
BOOK Publishing CHUNGEORAM

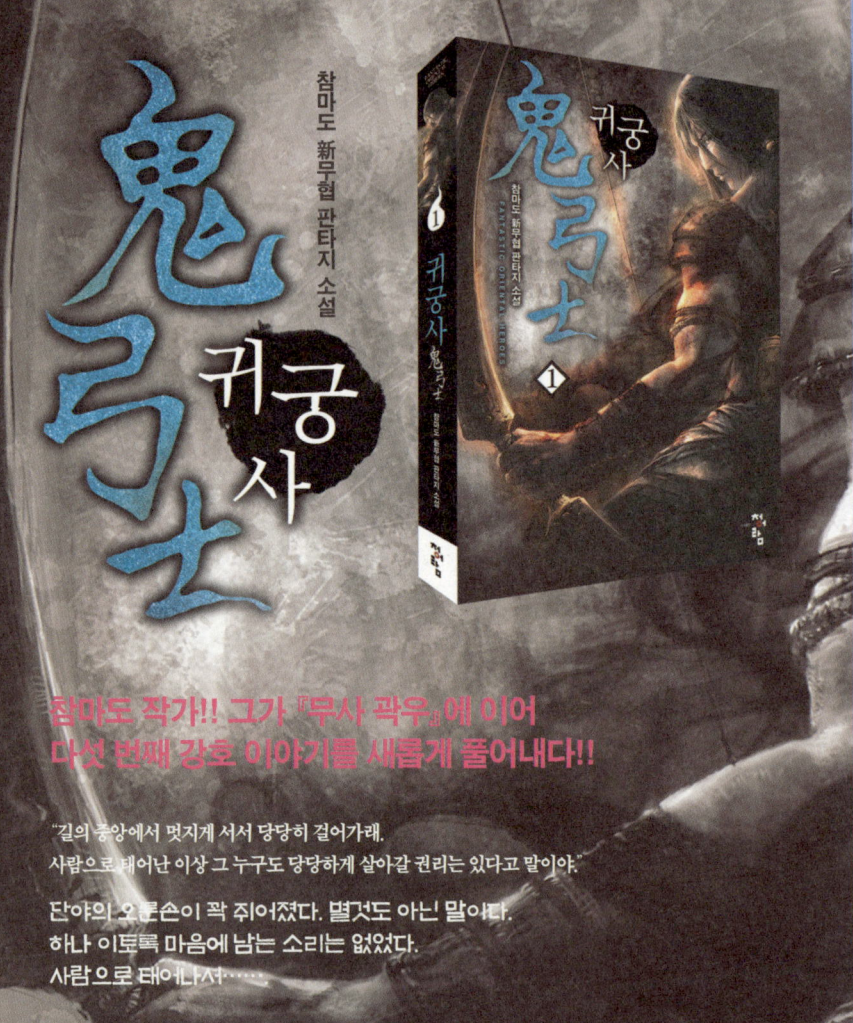

**참마도 작가!! 그가 『무사 곽우』에 이어
다섯 번째 강호 이야기를 새롭게 풀어내다!!**

"길의 중앙에서 멋지게 서서 당당히 걸어가래.
사람으로 태어난 이상 그 누구도 당당하게 살아갈 권리는 있다고 말이야."

단야의 오른손이 꽉 쥐어졌다. 별것도 아닌 말이다.
하나 이토록 마음에 남는 소리는 없었다.
사람으로 태어나서……

요물, 괴물.
나이를 먹지 않는 월홍과 얼굴이 징그럽게 망가진 단야.
그들 앞에 펼쳐진 강호란……!

유행이 아닌 자유추구 -
www.chungeoram.com
BOOK Publishing CHUNGEORAM

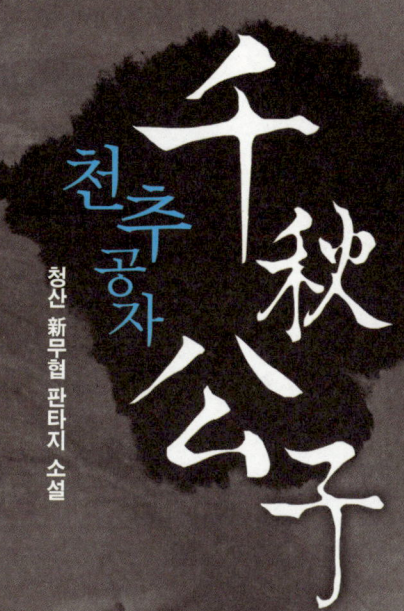

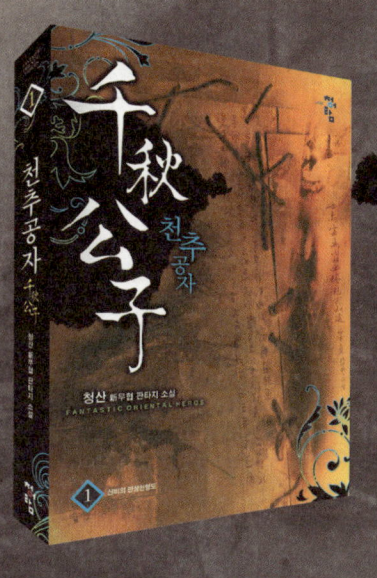

천추공자

청산 新무협 판타지 소설

운명을 뛰어넘는 담대한 도전!

황제마저 농락한 숭문세가의 공자 문천추(文千秋).
용문에 이르기 전까지 그는 시문과 서화를 즐기며 대하를 누비는
한 마리 커다란 잉어였다.
그러나 운명은 그를 용문(龍門) 앞에 이끌었다.
용문의 드센 물살을 거슬러 올라 용(龍)이 될 것인가,
아니면 용문점액의 상처를 입고 추락할 것인가.

죽음의 하늘 사중천(死重天)!
오로지 파괴와 살육만을 일삼는 사마악(邪魔惡)의 결집체.
사중천의 어둠은 태양마저 가리며 천하를 뒤덮는다.
마침내 죽음의 하늘과 맞서는 용 울음소리.

천추(千秋)에 빛날 문무제일공자의 호쾌한 행보가 시작되었다.

 유행이 아닌 자유추구 —
WWW.chungeoram.com
BOOK Publishing CHUNGEORAM

少林棍王
소림곤왕

한성수 新무협 판타지 소설

감동의 행진을 멈추지 않는 작가 한성수!

구대문파 시리즈의 두 번째 이야기 『소림곤왕』!!
그 화려한 무림행이 펼쳐진다

"너는 지금부터 날 사부님이라 불러야만 하느니라.
소림사의 파문제자인 나, 보종의 제자가 되어서 앞으로 군소리없이 수발을 들고
모진 고통을 이겨내며 무공 수련을 해야만 한다."

잡극계의 천금공자 엽자건!
소림의 파문제자 보종의 제자가 되다!!

역사와 가상.
실존의 천하제일인과 가상의 천하제일인에 도전하는 주인공!
이제부터 들어갑니다. 부디 마음껏 즐겨주시기 바랍니다.
- 작가 서문 中에서.

 유행이 아닌 자유추구 -
WWW.chungeoram.com

BOOK Publishing CHUNGEORAM